Thomas McCave

Das (Un)Glücksrad

Dieses Buch widme ich meinen Großeltern
Irmgard und Günter S.

sowie

meiner wundervollen Frau Maria.

Bibliografische Information der Deutschen Nationalbibliothek:
Die Deutsche Nationalbibliothek verzeichnet diese Publikation in der Deutschen Nationalbibliografie; detaillierte bibliografische Daten sind im Internet über http://dnb.dnb.de abrufbar.

© 2025 Thomas McCave
Das (Un)Glücksrad und andere bizarre Geschichten

Verlag: BoD · Books on Demand GmbH, Überseering 33,
22297 Hamburg, bod@bod.de
Druck: Libri Plureos GmbH, Friedensallee 273, 22763 Hamburg

Projektbetreuung: Ka & Jott GbR, Bernau b. Berlin

ISBN: 978-3-8192-9829-5

Thomas McCave

Das (Un)Glücksrad

und andere bizarre Geschichten

Der See

Der alte klapprige Opel bog, eine Staubwolke hinter sich herziehend, auf den mit Unkraut überwucherten Waldparkplatz ein. Einst war das hier ein beliebtes Ausflugsziel, an dem sich eine stark frequentierte Imbissbude befand. An den Wochenenden und in den Sommerferien standen die Leute Schlange, um sich Pommes Frites, Currywürste oder Getränke zu kaufen. Heute war davon nichts mehr zu sehen. Überall lag Müll herum, der langsam vor sich hin gammelte. Leere Flaschen, alte Autoreifen, benutzte Tampons und andere Dinge verunstalteten die Fläche. Sogar ein totes Tier lag im welken Gras. Anhand des Madenbefalls konnte man nicht mehr erkennen, um was für eines es sich handelte.

Die Fahrertür des Wagens öffnete sich und ein kräftig wirkender junger Mann stieg aus dem Fahrzeug. Sein Name war Bruno Hoffmann. Er nahm seine Sonnenbrille ab und sah sich um.

»Ist nicht gerade sehr einladend hier!«, sagte er.

»Stimmt«, antwortete sein Kumpel, der auf den Namen Oskar Niemann hörte und gerade dabei war, das Fahrzeug auf der Beifahrerseite zu verlassen. Er war etwas schmaler als Bruno, jedoch fast einen Kopf größer. »Hier sollte mal jemand sauber machen«, fügte er hinzu.

»Ja«, meinte Bruno, »Dreckschweine gibt es überall!«

Mittlerweile waren auch die beiden dunkelhaarigen Schwestern Tanja und Melissa Rach aus dem Opel gestiegen. Auch sie verzogen bei dem Anblick, der sich ihnen bot, die Gesichter.

»Iiiih!«, machte Melissa. »Das ist so widerlich. Bah!« Tanja schwieg.

Die vier waren seit der Grundschule befreundet. Nicht mehr. Nichts Sexuelles. Das war tabu.

Alle waren Anfang zwanzig. Sie waren das, was man allgemein als »eingeschworene Gemeinschaft« bezeichnete. Jeder konnte sich blind auf den anderen verlassen. Egal, worum es sich handelte. Ohne Ausnahme. Bruno lief zum Kofferraum und klappte den Deckel hoch. Er lud Rucksäcke, Decken sowie Kühltaschen und Körbe mit Lebensmitteln aus.

Er selbst hatte sich einen Klappstuhl mitgebracht, den er sich unter den Arm klemmte, nachdem er seinen Rucksack geschultert hatte. Auch die anderen nahmen ihr Gepäck und wandten sich nach links zum dortigen zugewucherten Pfad.

»Au, Scheiße!«, schrie Tanja auf. »Ich bin gerade gestochen worden!«

»Von wem denn?«, wollte Oskar wissen.

»Keine Ahnung, was das war. Irgend so ein Mistvieh!«

»Mach dir nicht gleich in die Hose, Schwesterherz. War bestimmt nur 'ne Mücke.«

»Die muss aber ziemlich groß gewesen sein, so wie meine Schulter wehtut. Außerdem«, fügte sie hinzu, »habe ich gar keine Hose an!«

»Oho!«, machten beide Jungs gleichzeitig und lachten.

»Dass euch das gefällt, ist mir schon klar«, meinte Tanja und stimmte ins Gelächter ein.

Dann marschierten sie los Richtung See. Der Waldweg war zwar nur mit Mühe zu erkennen, aber sie kamen gut voran. Immer wieder mussten sie Wurzeln und Brennnesseln ausweichen, die über den kaum auszumachenden Wegen wucherten. Die Sonne brannte vom Himmel und es war windstill. Es mussten etwa dreißig Grad im Schatten sein. Schweiß lief an ihren Körpern herunter und tropfte von den Nasenspitzen.

Nach einer Dreiviertelstunde erreichten sie ihr Ziel: den See. Das Wasser war blau und erstaunlich klar. Das Ufer war sauber und nicht so zugemüllt wie der Parkplatz vorhin. Es gab keinen richtigen Strand; die Bäume standen bis nahe am Wasser. Dazwischen gab es kleine freie Flächen, auf denen die vier ihre Decken ausbreiteten und es sich bequem machten, nachdem sie ihre Badesachen angezogen hatten. Tanja hatte einen hellblauen Bikini an, der ihre vollen Brüste zur Geltung brachte, und Melissa trug einen schwarzen einteiligen Badeanzug. Ihre Begleiter trugen normale Badehosen. Bruno eine grüne und Oskar eine schwarze mit weißen Ankern.

»Wollen wir gleich ins Wasser, oder zuerst etwas essen?«, fragte er.

»Ins Wasser!«, war die einstimmige Antwort. Sie liefen los und, im Gegensatz zu Bruno und Oskar, die sich sofort in die Fluten stürzten, schritten die Schwestern langsam in den See. Das Wasser war warm. Nach wie vor war kein Windhauch zu spüren. Der See war beinahe rund, das gegenüberliegende Ufer etwa vierhundert Meter entfernt. Nirgendwo gab es einen richtigen Strand. Ziemlich genau in der Mitte des Sees konnte man eine Plattform sehen, die am Grund befestigt worden war.

Eine ganze Weile schwammen, planschten und alberten sie herum. Schließlich beschlossen sie, etwas zu essen. Danach wollten sie die beiden Zelte aufbauen. Getrennt nach Geschlechtern.

Es gab Nudelsalat mit Würstchen, Toastscheiben und Cola sowie Limonade. Alkohol mochte keiner von ihnen. Höchstens an Geburtstagen oder an Weihnachten. Und selbst dann nur wenige Schlucke Weißwein oder Ähnliches. Dank der Kühltaschen war alles angenehm temperiert.

»Was machen wir als Nächstes?«, fragte Bruno.

»Ich werde mich einen Moment hinlegen und die Augen zumachen«, meinte Melissa. »Die Fahrt war anstrengend und ich bin heute sehr früh aufgestanden.«

»Und ich lese weiter in meinem Buch«, sagte Oskar und nahm einen Schluck von seiner Zitronenlimonade.

»Ach, kommt schon, Leute!« Bruno schüttelte den Kopf. »Das kann ja wohl nicht euer Ernst sein! Schlafen und lesen könnt ihr auch zu Hause. Ich dachte, wir wollten Spaß haben.« Er sah kopfschüttelnd in die Runde, blickte von einem zum anderen. »Und was ist mit dir?«, wandte er sich an Tanja. »Willst du vielleicht Schmetterlinge beobachten?« Tanja riss erstaunt die Augen auf. »Woher weißt du …?«

»Nee, oder?« Bruno konnte es nicht glauben. Dann bemerkte er, dass Tanja grinste und begriff, dass sie ihn veräppelt hatte. »Haha, sehr witzig!«, sagte er und musste ebenfalls schmunzeln.

»Was hast du denn vor?«, wurde er von Oskar gefragt.

»Ich werde raus zur Holzplattform schwimmen. Die wurde erst vor etwas über einem Jahr erneuert. Kurz bevor der See gesperrt wurde.«

»Gesperrt?« Drei Augenpaare blickten Bruno an. »Was meinst du mit gesperrt?«, hakte Melissa nach.

Nun war es Bruno, der überrascht schaute. »Sagt bloß, ihr habt nichts von den Vorfällen gehört?« Dreifaches Kopfschütteln. »Lest ihr keine Zeitung? Das ging durch die Presse. Überall.«

»Nun erzähl schon, um was geht's denn, Mann!«, forderte Oskar seinen Freund auf.

»Na schön. Also … vor ungefähr zwei Jahren fing alles an. Ein Mann aus dem Dorf hier …«

»Moment mal«, unterbrach ihn Tanja. »Ich dachte, hier gibt es keine Ortschaften oder Dörfer. Welches Dorf meinst du also?«

Bruno stütze sich auf einen Ellbogen. »Hier in der Nähe existiert eine klitzekleine Ortschaft namens Protzdorf. Sie besteht nur aus ein paar Häusern, mit weniger als zwei Dutzend Einwohnern. Kaum der Rede wert.« Er winkte ab. »Wie ich eben schon versucht habe, zu erzählen, bevor Fräulein Tanja mich unterbrach …«

»Blödmann«, rief diese und warf eine Packung Taschentücher nach ihm, die ihn an der Stirn traf. »Nun hört doch mal zu!«

»Danke, Oskar.« Bruno nickte ihm zu. »Es wurde eine männliche Leiche am Seeufer gefunden. Wie sich später herausstellte, handelte es sich um einen Urlauber aus Schweden. Man ging natürlich davon aus, dass er ertrunken war, aber dem war nicht so. Der Mann hatte komische Verletzungen am Körper und an den Beinen.«

»Was denn für welche?«, fragte Oskar.

»Manche waren wie von Schnüren, die jemand eng um

einige Körperteile geschlungen hat, andere sahen aus wie Bisswunden. Das Seltsame war nur, dass die Forensiker bei der Polizei keine passenden Vergleiche fanden. Biologen wurden hinzugezogen, aber auch die waren ratlos. Die Zahnabdrücke passten zu keinem bekannten Tier!«

»Im Ernst?«, fragte Melissa dazwischen.

Bruno nickte. »Kein Scherz!«, sagte er.

»Und wie ging es weiter?«, schaltete sich nun auch Tanja ein.

»Wollt ihr das wirklich wissen?« Bruno grinste in die Runde.

»Ja!«, riefen sie alle im Chor.

»Tatsächlich?«

Wieder schallte es »Jaaa!«

»Ganz sicher?«

»Jaaa!«, vernahm er zum dritten Mal die gleiche Antwort.

»In Ordnung.« Er räusperte sich. »Manche Leute gingen von einem Fisch aus, jedoch war das ziemlich unwahrscheinlich. Andererseits hatte niemand eine bessere Erklärung dafür. Es kommt immer wieder mal vor, dass ein Wels irgendwo auftaucht und sich zum Beispiel kleine Hunde schnappt, die er in die Tiefe zieht. Ihr wisst ja auch, dass in den Sommermonaten sehr häufig über Tiere berichtet wird, die von ihren Besitzern ausgesetzt wurden. Gerne auch mal an Badeseen, so wie diesen hier. Und ich rede nicht von niedlichen Hunden oder Katzen, sondern von Reptilien!« Er machte eine kurze Pause.

»Was?«, fragte Melissa perplex. »Was denn für Reptilien?«

»Na zum Beispiel Schildkröten, aber auch Schlangen!«

Oskar war beeindruckt. »Krass. Was für Schlangen?«, wollte er wissen.

»Alle möglichen. Sowohl Giftschlangen als auch Würge-schlangen.«

»Das glaube ich ja jetzt nicht!« Melissa wirkte richtig em-pört. »Jetzt gehe ich ganz bestimmt nicht mehr ins Wasser!« Sie schauderte.

»Darf ich weitererzählen?« Bruno sah seine Freunde mit erhobenen Augenbrauen der Reihe nach an.

»Ja, lassen wir ihn einfach ohne weitere Unterbre-chung berichten«, sagte Tanja. »Sonst sitzen wir noch um Mitternacht hier. Und ich will auch noch zur Plattform schwimmen.«

»Du kommst mit?« Bruno war angenehm überrascht. Tanja nickte. »Toll! Dann haben wenigstens wir beide Spaß.«

»Lesen macht auch Spaß!«, warf Oskar ein.

Bruno hob die Hände. »Ich habe nichts anderes behaup-tet«, meinte er und fuhr mit seiner Story fort.

»Also, fassen wir kurz zusammen: Alles mögliche Getier wird immer und überall ausgesetzt. Sogar Alligatoren sollen schon gesichtet worden sein, wenn auch nur sehr selten und nicht hier. Jedenfalls, nachdem man den toten Schweden obduziert hatte, war man genauso schlau – oder unschlau – wie vorher.«

»Was ist denn *unschlau* für ein Wort?«, mäkelte Oskar dieses Mal.

»Ruhe!« Tanja wurde langsam ziemlich sauer. »Der nächste, der dazwischen quatscht, bekommt eine Schelle!«

»Ist das ein Versprechen?«

»Ja, du Affe!«

»Darf ich weitererzählen?« Dreifaches Nicken. »Die Kri-po recherchierte noch eine ganze Weile, konnte aber nichts

Relevantes in Erfahrung bringen. Kurz darauf fand man gleich zwei Tote, im See treiben! Ein Ehepaar, das auf der Durchreise war. Sie wiesen die gleichen seltsamen Spuren auf wie der Skandinavier zuvor. Aber der Mann war erstickt und nicht ertrunken, wie man hätte annehmen sollen. Seine Frau hatte schwere Kopfverletzungen. Zudem wies ihr Körper Verätzungen auf!« Er atmete tief durch. Dann trank er einen großen Schluck Cola. »Die Polizei forderte Taucher an, die den See unter die Lupe nehmen sollten, so gut es ging. Sie fanden jedoch nichts, außer …« Bruno machte eine Kunstpause.

»Außer …?«, fragte Melissa.

»Nichts außer fünf weiteren Leichen!«

Alle schwiegen. Tanja meinte: »Ist das wirklich wahr, oder denkst du dir das alles nur aus, hm?« Bruno setzte sich gerade hin. »Ich schwöre, dass ich euch nicht anlüge.«, versicherte er, bevor er weitererzählte.

»Die fünf befanden sich in unterschiedlichen Stadien der Verwesung, was die Untersuchungen erheblich erschwerte. Natürlich wiesen auch sie sämtliche bereits bekannten Wunden auf! Vom Grund des Sees wurden zudem Unmengen menschlicher Knochen geborgen! Wie zu lesen war, von mindestens einundzwanzig Personen!«

»Nein!«, sagte Melissa.

»Boah!«, machte Oskar.

Tanja blieb zunächst still, schließlich fragte sie: »Und was passierte dann?«

»Das gesamte Gelände um den See und selbstverständlich auch der See selbst wurden gesperrt.«

»Hat die Polizei denn keine Lösung gefunden?«

Kopfschütteln. »Nein, Oskar. Der Fall ist bis heute ungelöst.«

»Unglaublich! Und ihr wollt ernsthaft in diesem Gewässer schwimmen?«

Bruno holte Luft, um zu antworten, aber Tanja war schneller. »Wie hast du es überhaupt geschafft, uns hierherzubringen, ohne dass wir auf eine Absperrung oder etwas Ähnliches gestoßen sind?«

»Es gibt ein paar Stellen, wo die Umzäunung zerstört worden ist.«

»Und woher weißt du das?«, fragte Tanja.

»Ich war schon mal hier und habe mich umgesehen. Hier ist absolut niemand. Keiner kommt hierher. Deswegen wollte ich euch herführen. Wir können hier draußen tun und lassen, was immer wir wollen. Wir sind ganz allein.«

»Findest du nicht, du hättest uns von den Vorkommnissen berichten sollen, bevor wir vorhin in den See gegangen sind, hm? Du hast uns in Gefahr gebracht, du Arsch!«

»Aber …«

»Nichts aber! Stell dir nur mal vor, jemandem von uns wäre etwas zugestoßen. Dann wärst du schuld gewesen, Bruno Hoffmann! Ich fasse es nicht.« Tanja stand vor ihm, die Fäuste in die Hüften gestemmt, und schüttelte den Kopf.

»Nun reg dich mal wieder ab. Du …« Wieder unterbrach sie ihn.

»Ich soll mich abregen? Hier herrscht Lebensgefahr, du Idiot! Weißt du, was das bedeutet? Offenbar begreifst du die Tragweite deines Handelns nicht und wie diese Situation hätte enden können. Mann ey!«

Bruno ging einen Schritt zurück. »Es tut mir leid, wenn

ihr die Sache so zu Herzen nehmt. Das hatte ich nicht gewollt. Echt nicht. Ich dachte, ich …«

»Falsch!«, stand Melissa ihrer Schwester bei. »Du hast eben *nicht* nachgedacht! Das ist kein blödes Schwimmbecken, auf irgendeinem Grundstück, wo wir uns abkühlen wollten, sondern ein tiefer, gefährlicher See, in dem eine Menge Menschen umgekommen sind. Und du hast es für unnötig gehalten, uns rechtzeitig darüber aufzuklären? Uns zu warnen?«

Oskar erhob sich und stellte sich neben die Mädels, sodass sie eine Reihe bildeten. »Da haben die beiden recht, Bruno«, meinte er. »Zwar glaube ich nicht daran, dass es Monsterfische oder Alligatoren in diesem Gewässer gibt, aber trotzdem hättest du uns erzählen müssen, was hier abgeht!«

Bruno konnte es nicht nachvollziehen, dass er hier zum Buhmann gemacht wurde.

»Ich brauche eine Abkühlung«, sagte er, drehte sich um und rannte ins Wasser.

»Das kann ja wohl nicht wahr sein!«, rief Tanja. »Jetzt haut der Mistkerl einfach ab. Ich könnte mir vor Wut in die Hosen kacken!«

»Hä?«, machte Oskar und lachte. Auch Melissa stimmte mit ein. Selbst Tanja musste grinsen.

Augenblicklich wurde die angespannte Situation lockerer.

»Der schwimmt tatsächlich zur Plattform raus«, meinte Melissa. »Der hat echt Nerven!«

»Soll er doch«, meinte Tanja. »Vielleicht kapiert er dann, in welche Gefahr er uns gebracht hat.«

Die drei setzten sich wieder und Oskar förderte ein Kartenspiel zutage. »Mau-Mau?«, fragte er. Die Schwestern stimmten nickend zu.

Bruno pflügte mit kräftigen Zügen durchs Wasser. Er war ziemlich konsterniert wegen des Vorfalls.

Er hatte keine Unruhe stiften wollen. Und auch niemanden in Gefahr bringen. Selbstverständlich nicht! Schließlich waren das seine besten Freunde. Leichte Kritik hätte er eventuell noch verstanden und hinnehmen können, aber die sind ja richtig ausgerastet. Allen voran Tanja. Wenn die mal wütend wurde, dann sollte man besser in Deckung gehen! Melissa stand ihrer Schwester meistens bei, ohne jedoch richtig auszurasten. Und Oskar war ohnehin eher zurückhaltend. Er nahm vieles lockerer als die anderen und regte sich nur selten auf. Er schwamm weiter und würde sich gleich auf die Plattform legen und eine Weile über alles nachdenken. Er zuckte zusammen. Etwas hatte sein Bein gestreift. Ein Fisch? Oder eine Pflanze? Möglicherweise Algen. Die gab es hier bestimmt. Vielleicht war es auch lediglich ein Stück Müll. Egal. Nicht mehr lange und er war da. Er konnte die Plattform schon erkennen. Sie war aus Holz und war auf tonnenähnlichen Schwimmkörpern montiert worden, die wie Fässer aussahen. An der ihm zugewandten Seite gab es sogar eine kleine metallene Leiter.

Dort würde er hinaufklettern. Wieder spürte er eine Berührung. Dieses Mal am Bauch. Was war das?

Sofort kamen ihm die skurrilsten Gedanken. Haie, Monsterfische oder Wasserleichen auf der Suche nach frischem Menschenfleisch. Alles Blödsinn natürlich. Trotzdem war ihm unwohl.

Er erhöhte sein Tempo, erreichte die Leiter und kletterte schneller als nötig hinauf.

Geschafft! Er stand auf, sah sich um und wurde dabei von

der Sonne bestrahlt, die auf ihn nieder schien. Der Himmel zeigte ein tiefes Blau und war wolkenlos. Hier auf dem Wasser herrschte eine leichte Brise, die sehr angenehm war. Bruno drehte sich einmal im Kreis. Nur Bäume, Büsche und Wasser, sonst war nichts zu sehen. Seine Freunde konnte er aufgrund der Entfernung nur unscharf erkennen. Außerdem wurde er von der Sonne geblendet. Sie schienen es sich gemütlich gemacht zu haben. Wahrscheinlich spielten sie irgendein Spiel, wie sie es meistens taten, wenn es Unstimmigkeiten gab. Oskar hatte immer Spielkarten dabei, egal, wohin sie gingen.

Bruno setzte sich an den Rand der Holzplattform und ließ die Beine ins Wasser baumeln.

Er genoss die Ruhe, die ihn umgab. Nur das sanfte Plätschern der Wellen war zu hören. Er wurde schläfrig. Urplötzlich schreckte er auf, als schon wieder etwas seine Beine streifte. Er stieß einen kurzen Schrei aus und sprang auf. »Scheiße, was war *das* denn?«, rief er. Dann blickte er an seinen Beinen hinab und erschrak. Er blutete …

Tanja, Melissa und Oskar waren ins Kartenspielen vertieft. Aller Ärger war weg. Sie hatten sich wieder beruhigt und hatten Spaß. Plötzlich hielt Melissa inne. Sie runzelte die Stirn.

»Was macht Bruno denn da?« Sie zeigte mit dem Finger in seine Richtung.

Oskar und Tanja sahen hin. »Keine Ahnung«, meinte Oskar, »sieht aus, als ob er 'nen Tanz aufführt oder so.«

Tanja nickte. »Das wird es sein«, meinte sie sarkastisch. Sie versuchte, ihren Blick auf Bruno zu fokussieren. Schaffte es aber nur bedingt, weil das Wasser die Sonnenstrahlen reflektierte.

Sie sahen Brunos Gestalt auf der Plattform auf und ab hüpfen und mit beiden Armen winken. »Vielleicht will er, dass wir zu ihm kommen«, meinte Melissa.

»Ja, kann sein«, stimmte Oskar zu und auch Tanja nickte. »Sieht ganz so aus.«

»Ohne mich«, wehrte Melissa ab. »Ich werde auf gar keinen Fall in diesen See gehen!«

»Wisst ihr was, ich schwimme rüber zu ihm.« Tanja lief zur Wassergrenze vor.

»Bist du wahnsinnig? Das kannst du nicht machen, Schwesterchen!«

Die drehte sich um. »Und warum nicht?«

»Willst du aufgefressen werden?«

»Von Bruno?«

Melissa stöhnte auf. »Verarsch mich nicht! Von dem, was im Wasser lauert. Was auch immer das ist«, fügte sie hinzu.

»Meinst du das ernst?«

Melissa war von der Frage überrascht. »Na klar, meine ich das ernst. Mir ist scheißegal, wie ihr darüber denkt, aber ich werde mich nur an Land aufhalten. Punkt!«, fügte sie hinzu.

Tanja ging auf den See zu. Das Wasser umspülte bereits ihre Füße.

»Pass bloß auf, Tanja«, meinte sogar Oskar.

»Das werde ich.« Sie watete tiefer, dann schwamm sie los.

Die beiden Zurückgelassenen sahen sich unschlüssig an. Sie fühlten sich sichtlich unwohl …

Bruno hatte sich hingesetzt und seine Wunde inspiziert.

Gebissabdrücke! Stellte er fest. Ganz eindeutig. Irgendetwas hatte ihn tatsächlich gebissen.

Aber was sollte das gewesen sein? Raubfische gab es hier nicht. Höchstens Hechte, Barsche oder Welse. Sofort kam ihm wieder seine Erzählung in den Sinn. Aber er glaubte natürlich nicht daran. Nein, es musste eine andere Erklärung geben. Bloß fiel ihm keine ein.

Rechts neben ihm platschte es. Er erschrak. Vorsichtig sah er über den Rand der Plattform. Nichts zu sehen. Hmm … Urplötzlich rammte etwas gegen das Floß! Ziemlich heftig sogar.

Das war mit absoluter Sicherheit kein kleiner Fisch gewesen; auch kein Stück Treibholz!

Der nächste Stoß folgte. Bruno war sich sicher, er wurde angegriffen! Er sah sich um und nahm in einiger Entfernung eine Bewegung im Wasser wahr. Jemand schwamm in seine Richtung.

Oh nein, bitte nicht, dachte er. Er stellte sich, immer noch blutend, hin und wedelte wie vorhin mit den Armen, um auf sich aufmerksam zu machen. Ohne Erfolg. »Scheiße!«, fluchte er. Inzwischen konnte er einen blauen Bikini erkennen und wusste somit, dass Tanja auf dem Weg zu ihm war.

»Tanja! Schwimm zurück ans Ufer!«, brüllte er. Aber Tanja hörte ihn nicht.

»Tanja, komm nicht hierher, etwas im See hat mich angegriffen! Hau ab! Es ist gefährlich!«

Sie reagierte nicht. Und somit konnte er nur zusehen, wie seine Freundin immer näher kam, und hoffen, dass alles gut gehen würde.

Tanja kam zügig voran. Sie hörte Bruno rufen, beachtete ihn aber nicht. Ohne innezuhalten, zerteilte sie das Nass. Sie wurde von etwas gestreift. Wahrscheinlich eine Pflanze. Dann wickelte sich etwas um ihr linkes Bein. Sie trat um sich, konnte sich jedoch nicht befreien. Im Gegenteil, was immer sie gepackt hatte, zog sich noch mehr zusammen. Ein unglaublicher Druck entstand und Tanja schrie vor Schmerz. Dann riss ihr Schrei abrupt ab, als sie unter die Wasseroberfläche gezogen wurde … Sie tastete an ihrem Bein entlang und fühlte eine Art Liane oder Alge. Hatte sie sich darin verheddert? Nein, beantwortete sie ihre eigene unausgesprochene Frage, das konnte nicht sein. Eine Pflanze würde sie nicht aktiv nach unten ziehen können. Tanja hatte nicht genügend Luft einatmen können, weshalb sie so schnell wie möglich wieder an die Oberfläche kommen musste. Sie versuchte nun, ihre Fingernägel in das Ding zu bohren, konnte aber die Hülle nicht durchdringen. Die Konsistenz war nicht pflanzlich, eher nachgiebig wie ein Gummischlauch. War es ein Fangarm, ein Tentakel? Gab es in dem Gewässer etwa Kraken? Sie packte diesen *Schlauch* und zog daran so fest sie konnte.

Und plötzlich war der Druck weg! Sie war frei. Sofort tauchte sie auf und atmete tief ein.

»Schnell!«, hörte sie eine Stimme. »Komm her. Los, los ,los!« Es war Bruno, der hektisch winkend am Rand der Plattform stand und sie anfeuerte. Sie orientierte sich und kraulte in seine Richtung. Sie erreichte die Leiter und erklomm die wenigen Stufen. Erschöpft blieb sie auf dem Schwimmkörper liegen.

»Alles in Ordnung, Tanja? Bist du verletzt? Sag was!« Bruno war überdreht.

»Ja, es geht schon wieder. Oh Mann, was war das eben?«

Bruno hob die Schultern. »Keine Ahnung. Hast du denn meine Rufe nicht gehört?«, wollte er wissen.

»Doch schon, aber ich hab sie ignoriert. Abgesehen davon, konnte ich eh nichts verstehen.« Sie hustete. »Hey, du blutest. Was ist passiert?«

»Ich weiß es nicht genau. Ich saß am Rand, dann ergriff mich etwas und wollte mich ins Wasser ziehen.«

»Ich wurde ebenfalls gepackt und runtergezogen. Irgendein Scheißtier hat uns aufgelauert, Bruno!«

»Na toll, dann sitzen wir also in der Scheiße!«

Die Plattform erzitterte, als wieder etwas dagegen stieß. Beide knieten sich auf die Planken.

»Das ist vorhin schon einmal passiert!«

Im nächsten Augenblick durchstieß etwas die Wasseroberfläche. Tanja schrie, Bruno konnte sich nur mit Mühe zurückhalten, dasselbe zu tun.

Was sie sahen, machte die beiden sprachlos. Vor ihnen ragte ein Ding auf, wie es keiner von ihnen je gesehen hatte. Es war ein großer, gewölbter Körper von rötlicher Farbe, an dem sich zu beiden Seiten lange, armdicke Auswüchse befanden, die wiederum in gelborange Enden mündeten, die an Keulen erinnerten. Der Korpus an sich war kuppelförmig gewölbt und kam ihnen wie ein aufgeblasener Ballon vor.

»Was ist *das* denn?«, fragte Bruno.

Gerade als Tanja antworten wollte, legte sich das Gebilde auf die Seite, sodass die beiden Menschen es in Gänze erkennen konnten. Der Leib hatte eine Länge von ungefähr von fünf Metern. Die Kuppel war rundlich. Nach unten wurde es schmaler, als hätte es eine Taille. Ein weiterer kurzer Abschnitt verdickte sich wieder, bevor er relativ eng bis zum Ende weiterführte. Dort befand sich eine Öffnung wie ein Maul. Die Ränder zuckten auf und zu und waren bezahnt. Im Vergleich zur Größe dieses Wesens waren die asymmetrischen Zähne fast winzig. Nichtsdestotrotz aber sehr spitz!

»Tanja, was ist das?«, fragte Bruno zum zweiten Mal. »Ein Alien?«

Die Frau schüttelte den Kopf. »M-mh«, machte sie, »kein Alien.

»Was dann?«

Beide starrten nach wie vor gebannt zu dem Wesen. Es hatte kein Gesicht, weder Augen noch Nase oder Ohren.

»Ich weiß es nicht genau.«, sagte sie.

Bruno bemerkte Tanjas leichtes Zögern und hakte nach. »Aber du hast einen Verdacht, nicht wahr?«

Sie atmete tief ein, bevor sie antwortete: »Du weißt doch, dass ich mal für ungefähr ein halbes Jahr in einer Frauenarztpraxis gearbeitet habe, nicht wahr?«

Bruno nickte. »Was hat das hiermit zu tun?« Er blickte verwirrt zu ihr.

»Na ja, ich glaube, es handelt sich hierbei um einen …«

»Einen *was*?«

Tanja drehte sich zu Bruno um, schaute ihm in die Augen und sagte: »Meiner Meinung nach ist das Ding ein gigantischer Uterus!« Sie kam sich zwar ziemlich blöd vor, so etwas zu sagen, aber es konnte nichts anderes sein.

»Hä? Ein was?«, fragte er.

Tanja hob eine Augenbraue. »Ein Uterus!«

Bruno schaute immer noch verständnislos drein. »Ein Uterus? Was soll das sein, ein Fabelwesen? Ein mythologisches Monster?«

»Sag mal, du Knallkopf, weißt du wirklich nicht, was ein Uterus ist?« Ungläubig sah sie ihn an.

»Nie davon gehört. Ungeheuer sind nicht mein Fachgebiet. Klär mich auf.«

»Ein Uterus ist eine Gebärmutter! Ein weibliches Geschlechtsorgan! Darin hast auch du bis zu deiner Geburt gewohnt!«

»Ach so, na dann ist ja alles klar«, gab er zurück. »Quasi meine erste eigene Wohnung. Mensch, Tanja, erzähl keinen Scheiß!«

»Das ist kein Scheiß! Ich wünschte, ich könnte dir eine andere, eine bessere Antwort geben, aber das kann ich nicht. Leider!«

Bruno sah, dass Tanja ernst blieb. Kein Grinsen, nicht mal ein spitzbübisches Lächeln. Da wurde ihm bewusst, dass sie nicht scherzte.

»Aber wie kommt so eine Gebärmutter in den See? Und vor allem, warum jagt sie Menschen? Sie ist ein Körperorgan und hat hier nichts zu suchen. Sie sollte in einer Frau sein und ihrer Aufgabe nachkommen.«

»Da hast du ausnahmsweise mal recht, Bruno.«

»Und warum ist das Scheißding überhaupt so riesig? Da passen ohne Probleme mehrere erwachsene Menschen rein!«

In diesem Moment öffnete der Uterus seinen *Mund* und spuckte in ihre Richtung.

»Achtung!«, schrie Bruno und zog Tanja zur Seite. Da, wo sie eben noch gestanden hatte, traf ein schleimiger Batzen auf die Holzplanken. Sofort begann die Stelle zu zischen und zu dampfen. Rauch stieg auf, der sich beißend auf ihre Atemwege legte. Sie husteten. Als sie wieder zu Atem gekommen waren, sagte Tanja: »Erinnerst du dich, was du von den Toten, die hier gefunden worden sind, gesagt hast?«

»Was meinst du?«

»Du hast erwähnt, dass viele der Opfer Verätzungen aufgewiesen haben. Ich glaube, wir kennen jetzt den Grund dafür.«

Bruno riss Mund und Augen weit auf.

»Scheiße, das stimmt. So muss es gewesen sein. Wir haben den Fall aufgeklärt, Tanja! Ich fasse es nicht. Wir werden berühmt, kommen in die Zeitungen. Ins Fernsehen und …«

»Stopp! Ist das alles, woran du denkst?«

»Wieso, was ist daran falsch?« Er verstand nicht, worauf Tanja hinauswollte.

»Halloho!« Sie wedelte mit einer Hand vor seinem Gesicht herum. Wir müssen erst einmal hier weg. Zuallererst ans Ufer und dann zur Polizei. Nur … wie können wir das Ufer erreichen, ohne von dem Ding erwischt zu werden?«

Beide dachten eine Weile nach. Dann sagte Bruno: »Wir müssen den Utebus –«

»Uterus!«, korrigierte Tanja.

»Wie auch immer. Wir müssen ihn von uns ablenken. Fragt sich nur, wie?«

»Wie schnell kannst du schwimmen, Bruno?«

»Sehr schnell. Warum?«

Tanja sah ihren Freund ernst an. »Traust du dir zu, das Ufer zu erreichen, bevor er dich erwischt?« Sie deutete mit dem Kopf auf das lauernde Organ.

»Du willst, dass ich ans Ufer schwimme? Bist du irre? Warum springst du nicht ins Wasser und spielst den Köder, hm?«

»Du hast recht, es war 'ne blöde Idee«, stimmte sie zu.

»Allerdings!«

Der Uterus dümpelte immer noch etwa zweieinhalb Meter neben dem Floß.

»Wir müssen die anderen warnen. Lass uns rufen. Zu zweit hören sie uns möglicherweise. Entlasse deinen schrillsten Sopran.«

Tanja nickte. »Okay, ich versuch's.«

»Also, eins … zwei … drei!«

»Hiiillfeee!«, schrien sie zusammen. »Hiiillfeee!«

Oskar hatte derweil in seinem Buch gelesen, während Melissa mit geschlossenen Augen neben ihm auf der Decke lag. Unter den Bäumen war es angenehm. Es ging ein leichter Wind.

Er bemerkte eine Ameise auf seinem Arm und schnippte sie weg. Ihm war, als hörte er Rufe. Er stemmte sich von seinem Stuhl hoch und blickte zum See. Die Sonne blendete ihn zunächst. Dann schirmte er seine Augen mit der flachen Hand ab. Der Himmel war klar. Er sah, wie seine Freunde ihm von der Plattform aus zuwinkten. Er stieß Melissa vorsichtig mit dem Fuß an.

»He, wach auf!«

»Was ist los?«, fragte sie.

»Sieh mal, da. Bruno und deine Schwester winken und rufen zu uns herüber.«

»Na und?«

»Wahrscheinlich wollen sie, dass wir zu ihnen kommen.«

»Oh, nein. Ohne mich. Ich bleibe hier!«

»Immer noch Angst wegen der Gruselgeschichte, die Bruno zum Besten gegeben hat?«

»Auch, aber nicht nur das. Ich habe keine Lust auf Wasser. Wenn du magst, kannst du gerne zu ihnen schwimmen. Ich bin auch wirklich nicht sauer.«

»Ich weiß nicht, Melissa. Ich möchte dich nur ungern allein lassen.

»Ohh …« Sie tätschelte seine Wange. »Lieb von dir, aber unnötig! Ich komme schon zurecht. Also lass dich nicht aufhalten, Oskar. Mach dich nass.«

Beide grinsten über ihre Wortwahl.

»In Ordnung«, nickte Oskar. »Dann bis später.«

»Ja bis dann.« Melissa winkte ihm hinterher, dann nahm sie in Oskars Stuhl Platz und nahm ein Schinken-Käse-Sandwich aus der Kühlbox. Herzhaft biss sie hinein.

»Oskar, kommt zu uns!«, rief Bruno. »Scheiße!«

Sie blickten ihrem Freund entgegen, der nichts ahnend auf sie zuschwamm. Und auf die Killergebärmutter. Die hatte sich ein wenig weiter abtreiben lassen, war nun etwa sechs Meter entfernt. »Mann, wir müssen etwas unternehmen, Tanja!« Bruno war verzweifelt. Und wütend.

»Ich weiß, aber das können wir nicht.«

Oskar hatte mittlerweile die Hälfte der Strecke hinter sich gelassen. Also entschieden sich die beiden, erneut zu brüllen, was ihre Kehlen hergaben. Und es schien so, als würde Oskar innehalten und Wassertreten. Bruno und Tanja riefen und schrien wie verrückt.

Oskar glaubte, Worte wie »umkehren« und »Gefahr« gehört zu haben.

Das könnte euch so passen, dachte er, mich zurückzuschicken, damit ihr das Floß für euch habt. Er holte tief Luft und tauchte ab, um unter der Wasseroberfläche weiter zu schwimmen.

»Oh fuck!« Tanja sah, wie Oskar untertauchte. »Scheiße!«, wiederholte Bruno.

Dümmer hätte es gar nicht laufen können. Da bemerkte er, dass der Uterus weg war.

Melissa fand den Inhalt des Romans nicht so interessant. Der Klappentext hörte sich langweilig an. Irgendetwas über Ausgrabungen alter Artefakte. Sie schnaufte. Hauptsache, es gefiel Oskar.

Sie stellte sich ans Ufer und sah hinaus. Oskar war schon ziemlich weit draußen; er tauchte immer wieder mal ab. Bruno und Tanja wedelten nach wie vor mit den Armen. Aber Melissa würde sich nicht umstimmen lassen. Sie blieb an Land. Basta! Sie glaubte, eine Gestalt gesehen zu haben. Schräg hinter Oskar, der weiter seine Bahnen zog, ohne etwas bemerkt zu haben. Was war das?

Sie dachte an einen aufgeblähten Fallschirm oder einen abgestürzten Heißluftballon. Aber das war höchst unwahrscheinlich. Sie blieb stehen und beobachtete weiter, was dort vonstattenging.

Wieder bemerkte sie etwas hinter ihrem Freund; näher dieses Mal. Seltsam …

Oskar kam wieder hoch und trat Wasser. Er sah, wie die zwei auf dem Floß mit den Fingern auf ihn zeigten. Oder hinter ihn? Er runzelte die Stirn und drehte sich um hundertachtzig Grad. Der Schock traf ihn wie ein Vorschlaghammer. Vor ihm ragte eine Scheußlichkeit auf; ein riesiger Fleischberg. Mindestens zweieinhalb Meter ragte er über ihm auf. Zwei an Arme erinnernde Auswüchse befanden sich an den Seiten, mit Keulen an den Enden. Oskar wandte sich um und nahm Kurs auf die Plattform. Er schwamm, so schnell er konnte. Sein Herz raste wie bei einem Marathonlauf.

Als er einen Blick zurückwarf, stellte er fest, dass der Fleischbrocken die Verfolgung aufgenommen hatte! Oskar steigerte sein Tempo noch weiter, wollte so schnell wie möglich zu seinen Freunden. Aber er konnte seinen Verfolger nicht abhängen. Im Gegenteil, der holte auf, kam kontinuierlich näher.

»Schneller, Oskar, beeil dich!«, hörte er die Stimmen seiner Begleiter. Es ging aber nicht schneller. Ein Krampf in seiner rechten Wade kündigte sich an. Nur etwa zehn Meter trennten ihn noch von der Plattform. Er gab alles. Auf einmal hörte er etwas durch die Luft zischen. Im selben Moment traf ihn ein ungeheurer Schlag am Hinterkopf. Blut spritzte und verteilte sich auf dem Wasser. Oskar rührte sich nicht mehr …

Tanja und Bruno verfolgten den Überlebenskampf ihres Kameraden. Sie sahen, wie er versuchte, vor dem wütenden Uterus wegzuschwimmen. Letztlich vergebens.

Das Organ ließ einen Eileiter über Oskars Körper wirbeln. Wie ein Cowboy sein Lasso.

Dann schlug es das Ovarium mit voller Kraft auf den Schädel des Schwimmers!

Eine Blutfontäne schoss in die Höhe und färbte augenblicklich das Wasser rot. Die beiden erkannten, dass der Schädel zertrümmert worden war. Bewegungslos trieb ihr toter Freund an der Oberfläche des Sees. Tanja weinte und sogar Bruno musste schlucken. Was sollten sie nur tun?

Melissa erlebte den Vorfall ähnlich wie die beiden auf dem Floß, nur zog sie die falschen Schlüsse.

Für sie hatte es so ausgesehen, als hätte sich ein Baumstamm – oder etwas Ähnliches – im Wasser gedreht und dabei Oskar getroffen. Es sah lebensgefährlich aus. Er bewegte sich auch nicht mehr. Deshalb rannte sie, trotz aller Bedenken, in den See, um ihrem Freund zu helfen …

Davon bekamen Tanja und Bruno nichts mit. Sie waren zu geschockt. Sie versuchten, das eben Erlebte zu verarbeiten. Oskar war tot.

Das war Fakt. Ermordet von einer durchgedrehten Gebärmutter! Wie konnte so etwas überhaupt existieren? Hier wurde kein Film gedreht. Das war kein Roman. Nein, es war pure Realität!

Als sie seltsame Geräusche vernahmen, sahen die beiden zur Killerin hinüber.

Das Grauen wurde abermals gesteigert! Der Uterus lag auf der Seite, die untere Öffnung, der äußere Muttermund, hatte sich weit gedehnt und die dortigen Zähne hatten damit angefangen, Oskar zu verspeisen! Seine abgebissenen Beine hatten bereits den Zervixkanal passiert und befanden sich schon im Gebärmutterhals. Der bezahnte Muttermund nagte am Unterleib des Toten und öffnete ihn. Gräuliche Darmschlingen quollen heraus und verteilten sich um den Körper herum.

Der Uterus verschlang sie. Dabei zog er die Leiche zu sich heran und kaute weiter. Die beiden Eileiter mit den Eierstöcken dümpelten schlaff auf den Wellen.

Aus dem eingeschlagenen Kopf sickerten Hirnfragmente und verteilten sich im Wasser.

»Wir werden hier ebenfalls sterben, das ist dir bewusst, oder?«, fragte Tanja. Bruno nickte nur.

Melissa kam dem Ort des Geschehens immer näher. Noch konnte sie nicht erkennen, welche Tragödie sich abgespielt hatte. Unbeirrt schwamm sie weiter, in der Hoffnung, Oskar helfen zu können. Nach ein paar weiteren Metern stutzte sie. Etwas trieb auf sie zu.

Eine Schlange!, dachte sie. Erst dann erkannte sie, was es war: ein Stück Darm!

Sie stöhnte auf und hätte sich beinahe noch verschluckt.

»Oskaaar!«, brüllte sie. »Wo bist du?«

Sowohl Tanja als auch Bruno wurden aus ihrer Starre gerissen. Sie riefen Melissa zu, zurück an Land zu schwimmen, wie sie es vorhin schon Oskar sagten.

Jedoch rührte sich Melissa nicht von der Stelle. Stattdessen setzte sich der Uterus in Bewegung. Mit Kurs auf sein neues Opfer!

»Verschwinde, Melissa!«, rief Bruno. »Hau ab! Die Gebärmutter wird dich töten! Schnell!«

Aber sie begriff nicht. Ihr Kopf war leer. Was war geschehen?

Da sah sie endlich den Fleischklumpen, der auf sie zukam. »Oh fuck!«, entfuhr es ihr.

Sie registrierte die komische Art, wie das Ding sich auf sie zubewegte. Es zog seinen Leib zusammen und bewegte sich durch das sogenannte Rückstoßprinzip weiter. Dabei wird Wasser angesaugt und schnell wieder ausgestoßen. Das war auch die Art, wie sich Quallen durch die Ozeane fortbewegten. Und diese Gebärmutter war nicht gerade langsam. Sie kam behände auf sie zu. Melissa hatte mittlerweile mitbekommen, um was es sich bei dem Ungetüm handelte. Sie nahm es einfach hin. Nach Gründen für dessen Existenz zu suchen, fehlte ihr die Zeit. Noch immer schrien ihre Freunde ihr zu, Gas zu geben. Sie konnte schwimmen, klar, aber längere Strecken bereiteten ihr immer Probleme.

Etwas klatschte neben ihr ins Wasser! Es war einer der Eierstöcke, den der Killeruterus nach ihr geschleudert hatte. Gleich darauf prallte der zweite gegen ihre Schulter. Sie wurde durch den Schlag sofort unter Wasser gedrückt. Ihre Schulter war zweifellos kaputt!

Wahrscheinlich ein Trümmerbruch. Der erste Eileiter wickelte sich um Melissas rechtes Bein und zog sie in Richtung Gebärmutter. Sie versuchte, sich zu befreien, aber mit nur einem Arm und von unsäglichen Schmerzen gepeinigt, hatte sie nicht die geringste Chance.

Sie sah den gierig geöffneten Muttermund immer näher kommen. Erkannte die Zähne, die ihn umrandeten. Sie wirkten nicht sonderlich groß, aber es waren unglaublich viele.

Wie bei einer Vagina Dentata!, dachte Melissa noch. Dann wurde sie mit dem Kopf voran bis zur Hüfte hineingeschoben. Die Zähne wurden geschlossen und der mordende Uterus hatte ein weiteres Opfer bekommen.

Die beiden auf dem Floß hatten alles mitbekommen. Starr vor Schreck und Panik knieten sie auf den hölzernen Planken. Keiner rührte sich, niemand sagte ein Wort. Es gab nichts zu sagen. Was sie eben erlebt und mit angesehen hatten, war abnormal! Pervers!

Sie hätten vermutlich noch lange Zeit reglos dort verbracht, wenn sich der Uterus nicht durch eine neue Kollision mit dem Floß bemerkbar gemacht hätte.

Beide schreckten auf. Direkt vor ihnen lag der Fleischberg auf dem »Rücken« und spuckte in ihre Richtung, wie er es vorhin schon getan hatte. Dieses Mal jedoch traf er!

Ein Batzen erwischte Bruno auf dem Oberkörper. Es zischte und Bruno schrie vor Pein auf, als sich der säureartige Speichel in seine Brust fraß. Dampf stieg auf. Blasen bildeten sich, die blubbernd zerplatzten und dabei einen penetranten Gestank freisetzten, der sich auf die Atemwege legte, wo er Rötungen und Verätzungen verursachte. Bruno bekam kaum noch Luft. Japsend lag er auf den Planken des Schwimmkörpers, wand sich von einer Seite zur anderen. Tanja konnte nichts machen. Weder hatte sie Hilfsmittel noch wollte sie Bruno anfassen, weil sie zurecht annahm, sich selbst ebenfalls durch die Säure zu verletzen. Sie war aufgestanden und blickte auf Bruno herunter, dessen Bewegungen immer schwächer wurden. Sie wusste, er starb gerade einen fürchterlichen Tod.

Der tödliche Speichel hatte einen Krater in Brunos Brustkorb gebrannt, der immer noch qualmte.

Als Tanja in sein Gesicht blickte, waren seine Augen starr und leer. Er war tot! Wie auch Oskar und ihre Schwester Melissa. Was als fröhliches Wochenende mit den besten Freunden gedacht war, war zu einem Massaker geworden.

Sie entdeckte den Unterleib ihrer Schwester, der auf den leichten Wellen trieb. Ziemlich genau in der Mitte war ihr Körper durchgebissen worden. Keine drei Meter daneben dümpelten die Überreste von Oskar, die kurz darauf im Schlund der Gebärmutter verschwanden. Offenbar war das Organ noch nicht satt! Dann tauchte es unter.

Tanja überlegte, wie sie überleben könnte. Welche Möglichkeiten hatte sie?

So wie sie es sah, gab es lediglich zwei Alternativen.

Keine von beiden war sonderlich Erfolg versprechend. Wenn sie versuchte, an Land zu schwimmen, würde sie von dem Scheißding eingeholt werden. Sie hatte mit eigenen Augen gesehen, wie schnell es werden konnte. Bliebe sie jedoch hier, würde sie verhungern, oder – was wahrscheinlicher war – ebenfalls verätzt werden.

Sie hatte die Wahl zwischen Pest und Cholera. Was für ein Schlamassel!

»Du Scheißding!«, kreischte sie. »Du bist nichts als ein Exkrement am Arsch einer Scheißhausfliege!« Sie ballte die Fäuste. »Du Uterusschwein!«

Fluchen konnte sie schon immer sehr gut. Jetzt ließ sie ihrer Wut freien Lauf. Machte sich Luft, ließ alles raus. »Wenn ich ein Messer hätte, dann würde ich dich aufschlitzen und dich zwingen, dich selbst zu fressen! Ich würde dich anpissen und meinen Darm auf dir entleeren, du verfotztes Rotzstück, du!«

Sie musste durchatmen, war total außer Puste. Tanja überlegte, dann kam ihr eine Idee:

Sie könnte Brunos Leiche ins Wasser rollen, sozusagen als Köder. Die Gebärmutter wäre abgelenkt und sie, Tanja, könnte sich vielleicht unbemerkt vom Floß entfernen. Ja, die Idee war gut! Doch plötzlich schnellte der Uterus aus dem Wasser. Wie ein Korken oder ein Ball, den jemand untergetaucht hatte.

Ohne zu zögern, hämmerte er gleich beide Ovarien rechts und links neben Tanja auf die Plattform! Sie verlor das Gleichgewicht und stürzte auf die Planken. Diese waren durch die Schläge teilweise zersplittert und abgerissen worden. Tanja konnte die Schwimmkörper sehen, auf denen die Plattform befestigt war. Es waren luftgefüllte Fässer, die miteinander verschweißt worden waren. Sie fragte sich, wie diese Konstruktion am Grund befestigt wurde, wenn der See wirklich so tief war, wie Bruno behauptet hatte.

Der nächste Treffer erschütterte das Floß. Genau an einer Ecke schlug es ein. Spitze Holzsplitter ragten gefährlich auf.

Ihr Gegner hatte ihr die Entscheidung abgenommen. Sie konnte hier keine Minute länger verweilen. Schwankend erhob sie sich und dann sprang sie ins Wasser, um das rettende Ufer zu erreichen …

Tanja schwamm so schnell wie nie zuvor in ihrem Leben. Ihre Arme waren wie Windmühlenflügel, die Beine wie Schiffsschrauben. Als sie sich nach einer Weile umdrehte, war der Uterus direkt hinter ihr. Sie hatte erwartet, dass er die Verfolgung aufnehmen würde, aber sein Abstand betrug gerade mal einen Meter! Er schien mit ihr zu spielen. Leicht nach hinten gebeugt, kam er hinter ihr her.

Tanja wollte ihr Tempo noch verschärfen, aber es ging nicht! Sie mobilisierte alle ihr zur Verfügung stehenden Kräfte, aber sie blieb auf der Stelle. Dann merkte sie, dass sie zurück driftete, als wäre sie in einen Strudel geraten, der sie unbarmherzig in die Tiefe reißen wollte. Sie schaute erneut nach hinten und dann begriff sie, was der Grund dafür war. Der Uterus saugte Wasser in seinen Korpus und erzeugte somit einen Unterdruck, der sie in seine Richtung zog. Was Tanja auch versuchte, es war unmöglich, ihm zu entkommen. Ihre Zehen stießen bereits an den Rand des Muttermunds.

In ein paar Sekunden würden ihre Zehen abgebissen werden; wahrscheinlich gleich die ganzen Füße. Als Appetithäppchen. Ihre Beine würden folgen, dann der Unterkörper. Und danach der Rest von ihr …

Aufgefressen von einer Amok schwimmenden Gebärmutter!

Aber sie wurde nicht gebissen, stattdessen flutschte sie durch den Muttermund, passierte den Zervixkanal und prallte schließlich gegen die Gebärmutterkuppel. Weil der Uterus quasi auf dem Rücken lag, befand Tanja sich sozusagen auf dessen Rückwand. Seltsamerweise war kaum Wasser ins Organ eingedrungen. Sie richtete sich auf, kauerte auf Händen und Knien, spürte unter ihren Fingern das feste Gewebe des glitschigen Endometriums.

Komischerweise war eine gewisse Helligkeit vorhanden, deren Ursprung sie nicht verifizieren konnte. Dann kam Bewegung in das Organ. Es zog sich zusammen, um sich im darauffolgenden Moment wieder zu entspannen. Diese Muskelkontraktionen verstärkten sich mehr und mehr.

Als würde der Uterus den Geburtsvorgang einleiten. Aber das ergab keinen Sinn!

Weshalb sollte er sie wieder entlassen, wo er sie doch gerade eben erst gefangen hatte?

Tanja entdeckte die Öffnungen der beiden Eileiter an den Seiten ihres Gefängnisses. Sie ging zur linken hin und steckte einen Arm bis zur Schulter hinein. Nichts geschah.

Die Wände begannen auf einmal, Schleim abzusondern. Roten Schleim!

Nein, das war nicht einfach nur Schleim, sondern … Der Gedanke verursachte ihr Übelkeit. Es war Blut! Ja, genau … Aber das Grauen konnte noch gesteigert werden, denn es war Menstruationsblut.

»Na toll!«, entfuhr es ihr. »Ich bin gefangen in einer menstruierenden Gebärmutter!«

Urplötzlich musste sie lachen. Es war so lächerlich! Wenn das, was sie heute erlebt hatte – und noch immer erlebte! –, in einem Roman niedergeschrieben worden wäre, hätte sie ihn im Müll entsorgt, denn so einen unglaublichen Schwachsinn konnte man doch nicht lesen.

Aber jetzt steckte sie wortwörtlich mittendrin! Eine Gebärmutter an sich war ein Muskel, der sich extrem ausdehnen konnte. Ein Volumen von mindestens fünf Litern konnte er während einer Schwangerschaft erreichen.

Kaum hatte sie diesen Gedanken zu Ende gedacht, da kontrahierte der Uterus noch stärker als vorhin. So als hätte er Tanjas Schlussfolgerungen gehört und wollte deren Richtigkeit auf diese Art bestätigen. Tanja spürte, wie der Sauerstoff immer knapper wurde. Sie schwitzte und ihr Herz hämmerte stakkatoartig in ihrem Brustkorb.

Das Menstruationsblut quoll aus der Gebärmutterschleimhaut und rann in langen Bahnen an den Innenwänden herab. Tanja stand schon bis zu den Knöcheln in einer Blutpfütze. Auch von oben fielen dicke, schwere Blutstropfen auf sie herab. Sie verklebten ihr Haar und liefen in Streifen über ihr Gesicht, wo sie schließlich vom Kinn auf ihre Brüste tropften.

Aufgrund des einsetzenden Sauerstoffmangels tanzten Blitze vor ihren Augen und ihr wurde schwindelig. Sie setzte sich in die rote Lache, aber das war ihr egal.

Ihre Bewegungen wurden immer schwächer; sie keuchte. Versuchte verzweifelt, Luft in ihre Lungen zu pumpen, aber vergebens. Sie kippte zur Seite und landete mit dem Gesicht in der Blutpfütze. Tanja Rach starb im Innern eines monströsen Wesens, das keine Existenzberechtigung hatte.

Eines Tages würden ihre Überreste, genau wie die ihrer drei Freunde, vielleicht gefunden werden.

Als Knochen oder als im See treibende menschliche Puzzleteile. Aber bis dahin würden noch viele, viele Opfer folgen …

ENDE

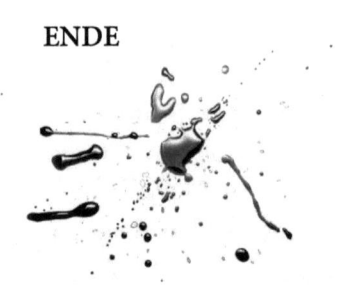

Das Kloster
St. Strulzkum

Das Benediktinerinnen-Kloster St. Strulzkum lag hoch oben auf dem Jungfrauen-Berg nahe dem Erzgebirge. Es war ein wuchtiges, düsteres Gemäuer, das eher an eine alte Ritterburg erinnerte als an ein Nonnenkloster. Es war von dicken massiven Mauern mit Zinnen umgeben, und drumherum befand sich ein tiefer Graben, den man nur über eine Zugbrücke überqueren konnte, die jedoch fast immer hochgeklappt war. So hatte es die Leiterin des Klosters, die Äbtissin Vaginata, angeordnet. Und das war gut so. Die Zeiten waren hart, und gelegentlich kam es vor, dass Banditen und Räuber versuchten, ins Gebäude einzudringen; bislang aber erfolglos. Die Nonnen waren dazu angehalten, das Kloster mit allen zur Verfügung stehenden Mitteln zu verteidigen. Heißes Öl, kochendes Wasser oder Steine bewirkten dann, dass die Gegner das Weite suchten. Einige der Schwestern konnten sogar mit Armbrüsten umgehen! Der Klostergraben tat sein Übriges.

Allerdings gab es solche Vorkommnisse nur äußerst selten. Die Benediktinerinnen hatten innerhalb der sie umgebenen Mauern ihre eigene kleine Welt. Sie hatten alles, was sie zum Leben benötigten. Im Hof befand sich sogar ein kleiner Brunnen und im Stall hielten sie ein paar Nutztiere.

An diesem Tag saßen die Mutter Oberin und die Priorin Uterussina im Scriptorium zusammen und besprachen einige Dinge des Alltags, als es plötzlich stakkatoartig an die Tür klopfte.

Beide blickten zum Eingang. »Nanu?«, wunderte sich die Priorin und sah zum Oberhaupt des Klosters. »Sicher ist es eine der Novizinnen, die es mal wieder eilig hat«, vermutete sie. Das Klopfen dauerte an. »Herein!«

Die Tür wurde geöffnet, aber es betrat keine Novizin die Schreibstube, sondern Schwester Labiana. Nachdem sie geknickst hatte, fing sie auch sofort an zu reden.

»Verzeiht die Störung, Mutter Oberin, aber Ihr müsst Euch unbedingt etwas ansehen!«

»Etwas ansehen? Ist etwas passiert?«

Schwester Labiana schüttelte den Kopf. »Nein, passiert ist nichts. Die Schwestern Brustina, Klitorissa und ich waren gerade dabei, den alten Lagerraum im Keller aufzuräumen, als wir plötzlich am Boden eine Falltür entdeckten!«

»Eine Falltür?«, hakte die Priorin Uterussina nach.

»Ja! Genau darüber hat immer ein Regal gestanden, mit allerhand unnützem Zeug. Als wir es leerräumten, stellten wir fest, dass mehrere der Bretter morsch waren und nahmen es auseinander. Da fanden wir überraschenderweise diese Falltür.«

Die Äbtissin und ihre Stellvertreterin schauten einander an. »Das hört sich in der Tat mysteriös an. Gut wir kommen mit und sehen es uns an.«

»Oh danke, Mutter Oberin!« Schwester Labiana war enorm erleichtert. Vaginata und Uterussina erhoben sich und folgten der Schwester auf den Gang hinaus. Sie durchschritten mehrere kurze Flure, bevor sie dann zum überdachten Kreuzgang gelangten. Auf der Umrandung des Brunnens im Innenhof saßen zwei Novizinnen und unterhielten sich. Als sie die Äbtissin wahrnahmen, erhoben auch sie sich und machten einen Knicks. Die Leiterin nickte den beiden zu, dann schritten die drei durch eine kleine Tür. Anschließend stiegen sie eine recht steile Steintreppe hinunter und befanden sich am Ziel. Brustina und Klitorissa knicksten ebenfalls und traten dann zur Seite, um der Äbtissin Platz zu machen.

»Dort ist es, seht!«, sagte Schwester Labiana und deutete auf die entsprechende Stelle.

Die beiden eingetroffenen Frauen stoppten erst, als sie direkt vor der Falltür standen.

»Oh, Mutter Oberin, der Saum Eures Habits ist ganz staubig geworden, es tut mir leid!«

»Dafür kannst du doch nichts«, meinte die Äbtissin und wandte sich von ihr ab, um zu verhindern, dass Labiana weiter plapperte, wofür sie bekannt war. Sie ging in die Hocke, wobei ihr Pektorale hin und her pendelte, und nahm die Falltür in Augenschein. Sie war aus dickem Eichenholz und mit Eisen beschlagen. Zwei Riegel, jeweils am oberen und unteren Ende, mit dem Hauptschloss in der Mitte zwischen ihnen, hielten die Luke an Ort und Stelle. Die beiden Riegel waren in entsprechende Ösen eingerastet, die ihrerseits am Boden des Kellerraums befestigt waren. Das Schloss selbst war mehr als handtellergroß, lag mit der Schlüsselöffnung nach unten und war mit einem dicken Bügel versehen, der um eine weitere, ebenfalls dicke Öse geschlossen war. Alles machte einen massiven Eindruck.

»Habt Ihr eine Ahnung, was es damit auf sich hat?«, fragte die Priorin.

Die Mutter Oberin schüttelte den verschleierten Kopf. »Nicht mal ansatzweise. Ich frage mich gerade, weshalb jemand die Luke so sehr gesichert hat. Warum soll niemand dort hinuntergelangen?«

»Vielleicht soll aber auch niemand von dort unten hinauf gelangen …«, unkte Uterussina.

»Meinst du wirklich, dass es da unten jemanden gibt, der besser dort bliebe?«

Die Priorin wiegte den Kopf. »Jemand oder *Etwas*!«

»Etwas? Was meinst du?«

»Nun, es gibt in diesem Landstrich viele Legenden über Unholde, sowohl menschliche als auch nichtmenschliche.«

Die Äbtissin blickte ihre Stellvertreterin ungläubig an.

»Aber das sind doch alles nur Spukgeschichten und Ammenmärchen, die sich irgendjemand ausgedacht hat, um Kindern Angst zu machen. Glaubst du wirklich, dass darin ein wahrer Kern steckt, Uterussina?«

»Ehrlich gesagt, ich weiß nicht, was ich glauben soll. Möglicherweise ist dort unten lediglich ein weiterer Keller oder Abstellraum, wer weiß?«

Beide verstummten. Den Moment nutzte Schwester Labiana, um einen Kommentar abzugeben. »Vielleicht ist da unten ein Schatz versteckt, oder ein Geheimgang führt in eine Höhle voller Gold und Edelsteine.«

»Schluss damit!«, fuhr Vaginata auf. »Was immer sich dort befindet, wir werden es herausfinden. Ihr zwei dort drüben, wie sind eure Namen?«, wandte sie sich an die beiden Helferinnen Labianas.

Die Angesprochenen senkten den Blick.

»Klitorissa und Brustina, ehrwürdige Mutter!«

»Ah ja, ich vergaß«, murmelte die Äbtissin, die sich erinnerte, dass Labiana vorhin die Namen genannt hatte. »Lauft los und sucht die Schwestern Sekretia und Rita. Teilt ihnen mit, sie mögen unverzüglich hier erscheinen!«

»Ja, Mutter Oberin!« Sie machten kehrt und eilten die Treppe rauf.

»Was habt Ihr vor?«, erkundigte sich die Priorin.

»Sekretia ist die Messnerin, hat somit sämtliche Schlüssel, die zum Kloster gehören, und Rita ist die Älteste hier. Vielleicht weiß sie etwas, oder es fällt ihr ein, wenn sie die Falltür erblickt.«

Uterussina nickte.

»Kann ich noch etwas für Euch tun, Mutter Oberin?«, erkundigte sich Labiana. Zuerst wollte die Äbtissin verneinen, dann fiel ihr jedoch tatsächlich etwas ein.

»Das könntest du in der Tat, Labiana. Draußen am Brunnen halten sich zwei Novizinnen auf. Wenn ich mich nicht täusche, handelt es sich um Oralia und Tamponia. Bring die beiden bitte zur Magistra und sage ihr, sie möge ihnen eine Aufgabe zukommen lassen.«

»Selbstverständlich, ehrwürdige Mutter.« Sowohl die Äbtissin als auch die Priorin blickten ihr nach, als sie den Kellerraum verließ.

Dann ergriff Vaginata das Wort: »Ich glaube mich zu erinnern, dass ich, vor vielen Jahren, als ich gerade das ewige Gelübde abgelegt hatte, davon gehört habe, dass es eine uralte Legende gibt, die von unserem Kloster St. Strulzkum handelt. Leider fallen mir die Details nicht mehr ein.«

Die Priorin Uterussina verstand.

»Deswegen habt Ihr nach Schwester Rita geschickt.«

»Ja, es könnte sein, dass Rita diese Legende kennt und uns wertvolle Hinweise geben kann.«

»Es ist zumindest einen Versuch wert«, bestätigte Uterussina.

Schritte waren zu vernehmen. Schwester Sekretia, die Messnerin erschien. Sie war übergewichtig und schnaufte, als sie eintraf. Sie hatte nicht nur alle Schlüssel, sondern war außerdem zuständig für alle finanziellen Angelegenheiten des Klosters.

»Ihr habt nach mir verlangt?«, fragte sie mit einer Verbeugung.

»Allerdings, das habe ich. Sieh dir bitte einmal diese Verschlüsse an. Kannst du sie vielleicht öffnen?«

Sie ging näher heran und betrachtete aufmerksam die Riegel und das Schloss.

»Hmm …«

Sie kniete sich hin und beugte sich so weit vor, dass ihre Nasenspitze fast den staubigen Kellerboden berührte.

»Nun?« Die Leiterin des Klosters wollte ein schnelles Resultat.

Schwester Sekretia richtete sich wieder auf. »Na ja, die beiden Eisenriegel stellen kein Problem dar.«

»Nicht?«, fragte die Priorin.

»Nein, sie lassen sich einfach zur Seite schieben. Nur das Schloss hindert uns daran. Sobald wir es geöffnet haben, sind sie zwecklos!«

»Nun gut. Hast du einen passenden Schlüssel in deiner Werkstatt?«

»Ich bin mir nicht sicher, aber ich werde es gleich nach-prüfen. Zuerst muss ich mir aber das Schloss ganz genau anschauen.« Sie ging in die Hocke, fasste das Utensil und – »Hoppla, was haben wir denn hier?« Sie blickte die Mutter Oberin an.

»Was ist? Hast du etwas gefunden?«

»Wie man's nimmt. Seht, hier.« Sie deutete auf die Stelle über dem Schlüsselloch. Dort war etwas eingraviert. Die Äb-tissin beugte sich vor und konnte eine Inschrift ausmachen.

»Könnt Ihr entziffern, was dort geschrieben steht?«, frag-te Uterussina.

Vaginata kniff die Augen zusammen, erst dann konnte sie die eingeritzten Buchstaben tatsächlich lesen.

»*Numquam aperta* steht hier.«

»Niemals öffnen!«, übersetzte Sekretia.

»Das ist eine eindeutige Warnung!«, bemerkte die Priorin. »Wir sollten sie befolgen.«

»Meinst du?«

»Ja! Ich bin davon überzeugt, dass sich niemand grund-los die Mühe gemacht hat, diese zwei Worte hier einzuritzen. Sie sind bestimmt nicht ohne Bedeutung!«

»Vermutlich hast du recht, Uterussina.« Einen Moment lang dachte die Äbtissin nach, dann hatte sie eine Entschei-dung getroffen.

»Gut, wir machen Folgendes: Du gehst mit Rita in mei-nen Arbeitsraum.« Sie drehte sich um. »Und du, Sekretia, suchst nach einem passenden Schlüssel für das Schloss.«

Beide Angesprochenen nickten synchron.

»Aber was ist, falls ich keinen Schlüssel finde?«

»Dann müssen wir es aufbrechen!«

47

Die Messnerin riss die Augen weit auf und atmete erschrocken ein.

»Aufbrechen? Aber die Warnung … Wollt Ihr sie ignorieren?« Sie konnte es nicht fassen.

»Wir werden sehen …« Mit diesen Worten stieg sie die Treppenstufen nach oben und ging, tief in Gedanken versunken, in ihr Büro …

Zirka eine halbe Stunde später saßen die Äbtissin, ihre Stellvertreterin sowie Rita und eine weitere Schwester namens Urina, die sich um die alte Rita kümmerte, zusammen im Büro.

»Rita, ich habe dich herkommen lassen, weil du die Älteste von uns allen bist. Ist dir bekannt, dass es im Kellerraum einen Zugang gibt, der noch weiter nach unten führt? Wenn ja, weißt du, was es damit auf sich hat und wo er hinführt?«

Schwester Rita, fast blind, hatte ihre Hände auf den Holzstock gestützt, der ihr als Gehhilfe diente.

Sie legte den Kopf leicht schräg und hatte die Augen zu Schlitzen verengt. Zögernd nickte sie.

»Ja, ich glaube, da war etwas. Vor sehr langer Zeit. Könnt Ihr mir mehr Hinweise geben?«

»Leider nicht. Schwester Labiana hat bei Aufräumarbeiten im unteren Lagerraum einen Zugang entdeckt, der noch tiefer zu führen scheint. Wir wissen aber nicht, wohin.«

»Dann geht hinunter und seht doch nach«, erwiderte die alte Nonne spontan.

Die Äbtissin Vaginata hielt sich mit einer Rüge zurück. Immerhin war Rita beinahe doppelt so alt wie sie. Eine andere Schwester wäre von ihr zurechtgewiesen worden.

»Das können wir eben nicht, weil die Luke, oder Falltür, mit einem massiven Schloss gesichert ist. Schwester Sekretia probiert alle ihre Schlüssel aus, ob eventuell einer passt. Du meintest eben, da wäre etwas gewesen, weißt du noch, was? Überlege genau, jedes Detail könnte wichtig sein.«

Rita schürzte die Lippen. »Es könnte sich um einen Fluch handeln oder um einen Dämon. Irgendwas in dieser Richtung. Vielleicht fällt mir ja tatsächlich noch mehr ein. Aber dafür benötige ich Ruhe. Darf ich mich in meine Zelle zurückziehen?«

»Natürlich, aber vorher muss ich noch erwähnen, dass auf dem Vorhängeschloss eine Warnung eingeritzt ist.«

»Eine Warnung? Wie lautet die?«

»*Numquam aperta!* Niemals öffnen. Kommt dir das bekannt vor, Rita?«

Ihre Hände fingen an zu zittern. Sie atmete plötzlich schwer.

»Was ist los mit dir, geht's dir nicht gut?«, fragte die Priorin besorgt.

Doch die Seniorin ging nicht auf die Frage ein.

»Ich kenne diesen Spruch. War noch ein weiterer da?«

»Nein, nur dieser. Warum fragst du?«

»Das ist seltsam, es gibt immer mehrere Warnsprüche, manchmal auch verbunden mit Zeichnungen!«

»Dann weißt du also, worum es geht?«

Rita nickte. »Ich habe einen Verdacht. Mir fallen jedoch so spontan keine Einzelheiten ein, aber das werden sie. In meinem Raum.«

Damit erhob sie sich von ihrem Stuhl. Schwester Urina, ihre Betreuerin, stand ebenfalls auf.

»Moment, nicht so schnell«, versuchte Vaginata sie zu bremsen. »Erzähl uns wenigstens ein klein wenig, damit wir nicht ganz ahnungslos sind.«

»Ich kann Euch nur eines sagen: Nehmt die Warnung ernst und lasst die Luke verschlossen!«

Sie wandte sich ihrer Assistentin zu. »Bring mich in meine Zelle, ich habe nachzudenken. Ich weiß, dass irgendwo in meinem alten Kopf noch Informationen abgespeichert sind. Nun gilt es nur noch, sie zu finden.«

Sie setzte sich in Richtung Tür in Bewegung. Schwester Urina zuckte entschuldigend mit den Schultern, aber die Äbtissin winkte verständnisvoll ab.

»Wir dürfen gespannt sein, was Rita uns zu berichten hat«, sagte sie, nachdem die beiden das Büro verlassen hatten.

»Allerdings«, stimmte Uterussina nickend zu. »Mal schauen, wer zuerst eine Erfolgsmeldung bringt, Rita oder Sekretia.«

Ungefähr eine Stunde später betrat Schwester Sekretia den Raum. Sie war außer Puste und musste erst einmal wieder zu Atem kommen. Ihre fleischigen Wangen waren gerötet.

»Bist du erfolgreich gewesen, Sekretia?«, kam die Äbtissin gleich auf den Punkt.

»Nun ja, sagen wir mal so, ich habe zwar keinen passenden Schlüssel gefunden, aber ein Brecheisen. Wenn Ihr wollt, kann ich das Problem damit lösen?«

Die Äbtissin und die Priorin tauschten Blicke aus.

»Ich finde, es ist besser, wenn wir noch ein wenig warten. Ich hoffe, dass sich Rita daran erinnert, was sie mal wusste.«

»Wie Ihr wünscht.« Sekretia verbeugte sich leicht.

»Du darfst fürs Erste gehen. Sollte Rita zu lange brauchen, dann hast du die Erlaubnis, das Hindernis zu beseitigen, Sekretia!«

Die Messnerin nickte und ging.

»Wollt Ihr Euch wirklich gewaltsam Zutritt verschaffen, Vaginata?«, fragte Uterussina zweifelnd.

»Ich glaube, dass uns gar nichts anderes übrig bleiben wird. Was, wenn Rita sich nicht erinnern kann, oder falsch? Nein, das Geheimnis muss gelüftet werden. Außerdem, je länger es dauert, desto mehr Gerüchte werden entstehen. Du weißt, wie flink gerade unsere Novizinnen dabei sind, Gerüchte in die Welt zu setzen. Das will ich nicht riskieren. Ich möchte, dass die Luke noch heute geöffnet wird!«

»Wie Ihr meint.« Die Priorin war zwar anderer Ansicht, aber sie ordnete sich natürlich dem Entschluss der Äbtissin unter. »Wie lange wollt Ihr warten?«, hakte sie nach.

»Ich gebe ihr noch eine Stunde. Sollte ihr bis dahin nichts eingefallen sein, darf Sekretia zur Tat schreiten.«

»Und die Warnung? Wollt Ihr die ignorieren?«

»Die Warnung, ja …« Die Leiterin blickte nachdenklich auf ihre auf dem Schreibtisch zusammengefalteten Hände.

»Meint Ihr nicht, es gibt einen Grund dafür, warum jemand sie in das Vorhängeschloss geritzt hat? Stellt Euch nur mal vor, Ihr setzt auf diese Weise etwas in Gang, etwas, das möglicherweise das gesamte St. Strulzkum-Kloster in Gefahr bringt! Könntet Ihr damit leben?«

»Ehrlich gesagt, Uterussina, ich weiß es nicht. Trotzdem steht mein Entschluss fest. In einer knappen Stunde werde ich eine Schwester zu Rita schicken, um in Erfahrung zu bringen, ob sie den Schleier des Geheimnisses wenigstens ein wenig lüften kann. Sonst …« Den Rest ließ sie unausgesprochen. Beide wussten, was dann geschehen würde. »Jetzt lass mich bitte allein, ich muss nachdenken.«

»Natürlich.« Die Stellvertreterin stand auf und verließ das Zimmer.

Äbtissin Vaginata gab Rita sogar anderthalb Stunden Zeit. Als die Botin wieder bei ihr erschien und mitteilte, dass es keine Neuigkeiten von der Ältesten gäbe, ordnete sie an, dass Sekretia mit dem Aufbrechen des Schlosses beginnen solle. Sie selbst wäre ebenfalls dabei und wollte, dass auch Priorin Uterussina sowie Subpriorin Busenta, die zugleich auch Magistra war, anwesend waren.

Als sich die drei Nonnen schließlich auf den Weg machten, hatten sich vor der Kellertür etwa ein halbes Dutzend Nonnen eingefunden, die sich aufgeregt unterhielten und Mutmaßungen anstellten, was es wohl mit der ominösen Falltür auf sich habe. Als sie die Treppe zum Kellerraum hinabgestiegen waren, registrierten sie gerade noch, wie Schwester Sekretia das Schloss knackte, wobei sie ein Grunzen ausstieß.

»Na, da kommen wir ja gerade richtig!«, meinte die Priorin.

Die füllige Schwester sah auf und schenkte den Ankommenden ein verschwitztes Lächeln.

»Es ist vollbracht, ich habe es aufbrechen können.« Sie rieb sich die Hände.

»Das hast du sehr gut gemacht!«, lobte Vaginata.

»Vielen Dank, ehrwürdige Mutter.« Sie nickte, erfreut über das Lob. »Soll ich die Luke öffnen?«, bot sie an.

»Noch nicht. Bleib aber bitte in der Nähe.«

»Ganz wie Ihr wollt.« Die Messnerin suchte ihr Werkzeug zusammen und erklomm die Stufen der Kellertreppe. Die Schwestern sahen sich an. Schließlich fragte Uterussina: »Wie wollt Ihr nun vorgehen?«

»Das hängt davon ab, was sich dort unten befindet.«

Kurz überlegte sie, dann sprach sie: »Busenta, schick zwei Mitschwestern her. Achte darauf, dass sie jung und kräftig sind.«

»In Ordnung!« Sie drehte sich um und verschwand die Treppe hoch.

»Was habt Ihr vor?«

»Die beiden Schwestern werden die Vorhut bilden.«

»Die Vorhut? Wie meint Ihr das?«

»Sie werden hinuntergehen und die Lage sondieren. Möglich, dass es tatsächlich nur ein alter Raum ist; es könnte sich aber genauso gut um einen Tunnel oder etwas Ähnliches handeln. Wenn sie uns entsprechende Angaben machen, wird über das weitere Vorgehen gesprochen.«

Die Priorin nickte. Sie fand diese Vorgehensweise klug und weise. Stimmen erklangen.

Wie angeordnet, hatten sich zwei Nonnen auf den Weg zu ihnen ins Untergeschoss gemacht. Sie knicksten und die Kleinere sagte: »Magistra Busenta schickt uns zu Euch, um Euch zur Hand zu gehen und zu unterstützen.«

Die Äbtissin beäugte die beiden. Diejenige, die eben gesprochen hatte, war nicht nur kleiner, sondern auch ziemlich schmal gebaut. Die andere war dementsprechend größer und kräftiger. Beide standen erwartungsvoll da und warteten auf Anweisungen der Leiterin von St. Strulzkum.

»Wie ihr sehen könnt, haben einige eurer Mitschwestern diese Falltür dort gefunden. Mittlerweile ist das Vorhängeschloss geöffnet worden und ihr beide werdet gleich die Luke öffnen. Dort in der Ecke liegen Fackeln, sie werden euch Licht spenden. Ihr geht hinunter und schaut euch um. Beschreibt genau, was ihr seht.«

Beide nickten aufgeregt. Sie waren offensichtlich voller Tatendrang und konnten es kaum erwarten, anzufangen.

»Wie ist dein Name?«, wurde die Größere gefragt.

»Ich heiße Maria, Mutter Oberin.«

Sie wandte sich der anderen zu. »Und du?«

»Mein Name ist Dajana, ehrwürdige Mutter.« Vaginata nickte. Von den beiden hatte sie schon gehört. Sie waren fleißig und immer hilfsbereit. Magistra Busenta hatte eine gute Wahl getroffen!

»Maria und Dajana, also fangt an und klappt die Falltür hoch!«

Sie nickten und setzten sich umgehend in Bewegung. Sie bückten sich, umfassten den eisernen Ring und zogen daran. Es war schwer, die Luke rührte sich nicht gleich. Erst als Maria vorschlug, mehrmals am Ring zu rucken, um etwaige Verkantungen zu lockern, klappte es. Langsam und knarrend ließ sich das Holzteil anheben. Als es den Scheitelpunkt überschritten hatte, ließen die Nonnen die Klappe los und sie krachte auf den Kellerboden! »Puh …«, machten beide synchron. Das war nicht so leicht gewesen, wie es zuerst den Anschein hatte.

»Kann ich etwas für Euch tun?«, ertönte die Stimme Labianas von oben.

»Danke, das ist nicht nötig!«, antwortete die Priorin. Sie

54

konnten hier unten niemanden gebrauchen, der so geschwätzig war. Vier Augenpaare blickten zu der entstandenen Öffnung im Boden.

Schwärze, mehr war nicht zu erkennen. Maria holte einige Fackeln und entzündete zwei davon. Eine übergab sie Dajana, die andere behielt sie selbst in der Hand. Die Unterseite der Holzluke war erstaunlicherweise nicht mit Spinnweben verklebt. Das Material war auch nicht feucht. Aus dem nun offenen Verlies kam ein leichter Hauch von alter, verbrauchter Luft, der jedoch nicht penetrant war. Schwester Maria ging in die Hocke und senkte die Fackel in den unteren Bereich hinein.

»Was siehst du?«, fragte Dajana gespannt.

»Steinstufen.«

»Kannst du erkennen, wohin sie führen?«

Maria schüttelte den Kopf. »Nein, abgesehen von den Stufen sehe ich nichts! Die Treppe scheint aber ziemlich lang zu sein.«

»Geht hinunter und seht nach, was dort unten ist. Aber gebt auf euch Acht!«

Maria stand am Rand der Bodenöffnung und konnte problemlos die erste Stufe erreichen. Nachdem sie ungefähr sechs hinter sich gelassen hatte, gab sie weiter Auskunft.

»Ich kann immer noch nichts sehen! Links und rechts von mir sind Wände und die Treppe führt weiterhin geradeaus in die Dunkelheit!«

»Wie weit kannst du in etwa sehen, Maria?«, fragte die Priorin.

»Nicht sehr weit! Es hat den Anschein, als würden die Stufen endlos in die Tiefe führen.«

»Kannst du etwas hören oder riechen?«, wollte Schwester Dajana wissen.«

»Hm, hier ist es totenstill. Ein muffiger Geruch umgibt mich, aber das ist normal, wenn man bedenkt, dass dieser Ort wahrscheinlich seit unzähligen Jahren nicht mehr betreten wurde. Wie weit soll ich noch hinuntersteigen, ehrwürdige Mutter?«

Äbtissin Vaginata überlegte, dann rief sie: »Geh noch zwanzig Stufen, wenn du dann nichts Neues entdeckst, komm wieder zurück!«

»Das werde ich«, kam die Antwort.

Dajana fragte: »Mutter Oberin, darf ich bitte zu Maria?«

»Wenn du zu deiner Freundin willst, nur zu. Vier Augen sehen mehr als zwei.«

Dajana verneigte sich. »Ich danke Euch.« Dann eilte sie ihrer Freundin hinterher.

»Mutig sind sie ja«, sagte die Priorin.

»Solange daraus kein Leichtsinn wird, ist das durchaus vertretbar«, sagte die Äbtissin und nickte.

Einige Minuten danach kamen die beiden Nonnen wieder in den Hauptraum zurück.

»Nun«, begann die Leiterin, »was habt ihr zu berichten?«

Maria übernahm das Reden. »Wir haben ungefähr vierzig, vielleicht sogar fünfzig, Treppenstufen hinter uns gelassen, aber es bot sich uns immer das gleiche Bild: Noch mehr Stufen, die immer weiter in die Tiefe führen.«

»Ich frage mich«, meinte Dajana, »wie tief es wohl hinuntergeht. Hoffentlich nicht bis in die Hölle!«

»Dajana!« Die Äbtissin war erbost. »So etwas darfst du

nicht sagen! Damit könntest du die Dämonen der Unterwelt erzürnen und sie veranlassen, uns heimzusuchen!«

Die Nonne war zusammengezuckt und errötete.

»Verzeiht, ehrwürdige Mutter, daran habe ich nicht gedacht.«

Uterussina, die Priorin, übernahm das Wort.

»Was gedenkt Ihr nun zu tun, Äbtissin?«

»Das ist eine schwierige Frage. Eigentlich würde ich gerne den Rat zusammenkommen lassen, aber das würde zu viel Zeit in Anspruch nehmen.«

Der Rat bestand aus vier Nonnen, die die Äbtissin bei schwierigen Entscheidungen berieten.

Diese Zusammenkünfte waren dafür bekannt, dass sie sehr lange, manchmal mehrere Tage andauern konnten.

»Ich verstehe«, nickte ihre Stellvertreterin.

»Deshalb«, fuhr Vaginata fort, »möchte ich, dass du mit Maria und Dajana und noch einigen weiteren Mitschwestern mit der Erkundung fortfährst!«

»Wann?«

»Sofort!«

»Habt Ihr einen Wunsch bezüglich der Teilnehmerinnen?«

»Nein. Such dir die geeignetsten Mitschwestern aus und komm mit ihnen in mein Büro. Ich werde euch dort erwarten.«

»Ja, Mutter Oberin.«

»Magistra Busenta, Schwester Labiana sowie die Novizin Syphilisa sollen hier derweil Wache halten.«

»Selbstverständlich. Ich werde die Anweisung augenblicklich weiterleiten.«

Damit trennten sich die Führerinnen des Klosters für den

Moment. Jede Nonne von St. Strulzkum machte sich ihre eigenen Gedanken, was es mit der mysteriösen Treppe auf sich hatte. Nicht wenige hielten sie tatsächlich für den Weg in die Hölle ...

Äbtissin Vaginata saß an ihrem hölzernen Schreibtisch und grübelte, als die Priorin mit den Schwestern eintraf.

»Wie ich sehe, hast du deine Auswahl getroffen, Uterussina.«

»In der Tat, das habe ich.«

»Um wen handelt es sich? Ich muss die Namen in der Klosterchronik vermerken.«

»Zuerst haben wir hier Maria und Dajana, die die erste Erkundungsmission durchgeführt haben. Außerdem Schwester Mösina und Schwester Zervixia, unsere Infirmarin. Falls es dort unten zu Verletzungen kommen sollte – was der Herr verhindern möge –, ist es von Vorteil, eine Heilerin dabei zu haben. Des Weiteren wird Schwester Spekulumnia mit dabei sein.«

Die Äbtissin horchte auf. »Spekulumnia ... bist du nicht die persönliche Assistentin der Priorin?«

»Das bin ich, ehrwürdige Mutter«, bestätigte die sommersprossige Nonne.

»Und«, fuhr Uterussina mit der Aufzählung fort, »die Leitung dieser Exkursion hat unsere Magistra und Subpriorin Busenta, die nach wie vor im Keller Wache hält, zusammen mit Labiana und Syphilisa.«

Die Äbtissin notierte zu Ende, dann legte sie die Schreibfeder zur Seite und sah die Anwesenden der Reihe nach an.

»Ich weiß leider nicht, was euch da unten erwartet. Es könnte alles ganz harmlos sein, was ich von ganzem Herzen hoffe, aber es könnten auch Gefahren auf euch lauern. Letzteres ist meines Erachtens unwahrscheinlich, weil diese Falltür seit vielen Jahren verschlossen gewesen war. Es sei denn, es gibt noch einen oder mehrere andere Zugänge. Es gilt, herauszufinden, was es mit der Treppe auf sich hat und natürlich auch, wohin sie führt. Aber seid bitte vorsichtig und bringt euch nicht unnötig in Bedrängnis. Meldet euch im Refektorium und lasst euch von Schwester Ovariana Proviant und etwas zu trinken mitgeben. Macht von Zeit zu Zeit Meldung, damit wir wissen, dass alles in Ordnung ist. Und nun geht und lüftet das Geheimnis. Möge der Herr mit euch sein und euch beschützen!«

Die fünf Nonnen verließen den Raum. Nur Vaginata und Uterussina waren noch da.

»Wie ist Euer Gefühl bei dieser Sache?«, erkundigte sich die Priorin.

Die Äbtissin wiegte den Kopf und verzog leicht das Gesicht.

»Ehrlich gesagt, habe ich ein ungutes Gefühl! Ich hoffe, dass Rita doch noch etwas einfällt …«

Dann verfielen beide in Schweigen.

Eine halbe Stunde später waren alle sechs Exkursionsteilnehmerinnen bereit, sich ins Unbekannte zu begeben. Maria und Dajana begaben sich als Erste hinunter, gefolgt von Busenta, der Anführerin der Truppe. Danach kamen Spekulumnia und Mösina. Den Schluss bildete die Krankenschwester Zervixia. Langsam, Schritt für Schritt, stiegen sie hinab ins Ungewisse.

Es dauerte nicht lange, bis sie den Punkt erreichten, an dem die erste Erkundungsmission abgebrochen wurde.

»Bis hier sind wir vorhin gekommen, dann kehrten wir um«, informierte Schwester Dajana die anderen. Maria leuchtete mit der Fackel die nächsten Stufen aus. Nach wie vor war kein Ende in Sicht. Sie atmete einmal tief durch, dann setzte sie den Abstieg fort.

Nach etwa einer weiteren Viertelstunde fragte Schwester Mösina: »Wie weit sollen wir denn gehen? Ich meine, es sieht nicht so aus, als ob wir gleich das Ende der Treppe erreichen werden.«

Magistra Busenta antwortete: »Wir haben diesbezüglich keine Anweisungen von der Mutter Oberin erhalten. Ich fände es jedoch vernünftig, in bestimmten Abständen Posten zurückzulassen.«

Maria stimmte zu. »Das ist eine sinnvolle Idee, Subpriorin. Wir sind zu sechst und können nach und nach drei Schwestern entbehren. Die restlichen drei gehen den Weg bis zum Schluss weiter.«

»Aber dann sind die Posten ja völlig allein hier unten! Das ist doch unheimlich. Was, wenn eine Fackel erlischt, dann ist es auch noch stockfinster!«, meinte Mösina.

»Keine Sorge«, beruhigte Spekulumnia sie, »wir haben genügend Fackeln dabei.«

Sie liefen weitere zwanzig Minuten abwärts, als sie einen Treppenabsatz erreichten. Auch er war, genau wie die Stufen, aus Stein. Als die Nonnen sich nach links wandten, bemerkten sie eine Holztür.

»Wohin die wohl führt?« Mösina schauderte.

»Das werden wir gleich herausfinden!«, sagte Schwester

Maria und wollte gerade die Klinke betätigen, als sie innehielt. »Was ist, warum zögerst du?«, wollte die Magistra wissen.

Maria trat zur Seite und deutete auf eine Stelle der Tür.

»Seht her, hier ist wieder etwas eingeritzt worden!« Busenta ging zu ihr und beugte sich nach vorn.

»Tatsächlich. Kannst du entziffern, was da steht?«

»Ich versuche es.« Sie stellte sich ganz nah an das Türblatt und verengte die Augen zu Schlitzen.

»Dajana, nimm meine Fackel und beleuchte bitte zusammen mit deiner die Schrift.«

»In Ordnung.« Sie stand hinter der hockenden Maria und hielt die Flammen von beiden Seiten, sodass sie den Text lesen konnte.

»Hier steht: *admonitio finalis!* Letzte Warnung!«, übersetzte sie sogleich.

»Oh mein Gott!« Mösina schlug die Hände vor den Mund. »Wir müssen umkehren! Sofort! Sonst werden wir alle hier unten sterben!« Sie bekreuzigte sich mehrfach.

»Diesem Vorschlag schließe ich mich an!«, stand Schwester Zervixia ihr bei.

»Nicht so voreilig!« Die Magistra versuchte, Ruhe zu vermitteln. »Es ist noch nichts Schlimmes passiert. Solange es so bleibt, halten wir uns an unsere Vereinbarung! Schwester Maria, mach bitte weiter.«

Sie nickte und drückte die Klinke herunter. Es funktionierte, die Tür öffnete sich einen Spalt nach innen! Dajana trat dazu und drückte ihre Fingerspitzen gegen das Holz und erweiterte die entstandene Lücke. Seltsamerweise knarrte die Tür nicht in den Angeln. Die beiden Nonnen leuchteten hinein und sahen, dass sich ein Gang vor ihnen ausbreitete. Dajana drehte sich zur Magistra um.

»Sollen wir ein Stück vorgehen und nachschauen, wie lang der Stollen ist?«

Die Expeditionsführerin nickte.

Daraufhin liefen die zwei los. Boden, Decke und Wände bestanden nach wie vor aus Stein. Der Gang selbst war relativ eng. Man konnte die Arme beidseits nur zur Hälfte ausstrecken. Auch die Decke endete nur wenige Zentimeter über ihren Köpfen.

»Alles in Ordnung?«, fragte Maria, als sie bemerkte, dass Dajana blass geworden war.

»Ich mag keine engen Räume!«, verkündete ihre Begleiterin und fasste sich ans Herz.

Trotzdem folgte sie ihrer Mitschwester.

»Sieh mal«, Maria war stehen geblieben, »der Gang macht einen Knick!« Sie beschleunigten ihr Tempo und blickten vorsichtig um die Ecke der Stollenwand.

»Das ist nur eine Nische«, meinte Maria. »Und schon wieder eine Tür!«

»Komm, wir kehren um und informieren Magistra Busenta«, schlug Dajana vor. Das taten sie auch.

»Was schlagt ihr nun vor?«, fragte Zervixia, nachdem die beiden fertig waren.

Die sechs Nonnen standen da und hingen ihren Gedanken nach. Die Magistra wusste natürlich, dass die anderen auf eine Entscheidung ihrerseits warteten. Deshalb verkündete sie: »Wir werden Folgendes tun: Spekulumnia, du wirst an die Oberfläche zurückkehren und der Äbtissin erzählen, was wir hier unten gesehen haben. Mösina, du bleibst hier und wirst der erste Posten dieser Exkursion. Wir anderen gehen weiter voran!«

Daraufhin nahm sich Schwester Spekulumnia eine Fackel und begab sich auf den Rückweg. Man sah ihr an, dass sie froh darüber war. Im Gegensatz zu Mösina, die versuchte, die Magistra umzustimmen. »Ich habe meine Entscheidung getroffen!«, erwiderte sie bestimmt, um jedwede Diskussion zu unterbinden. Schwester Mösina musste sich fügen. Auch ihr wurde eine Fackel übergeben und noch eine in Reserve. Sie trat auf das Podest und lehnte sich an die Wand. Tränen liefen ihr Gesicht hinunter. Sie hatte sich noch nie so sehr gefürchtet und verlassen gefühlt …

Die anderen vier Nonnen standen vor der neu entdeckten Tür und betrachteten sie. Dieses Mal gab es keine Ritzungen im Holz. Zervixia betätigte die Klinke und gab der Tür einen Stoß. Sie schwang auf und direkt dahinter führten noch mehr Stufen nach unten.

»Nicht schon wieder!« Dajana konnte es kaum glauben.

»Immerhin führt die Treppe nach unten. Stell dir nur mal vor, wir müssten die ganze Zeit nach oben steigen. Dann könnten wir uns vor lauter Wadenkrämpfen gar nicht mehr bewegen!«

»Das ist ein gutes Argument«, stimmte Busenta der Schwester Maria zu.

»Also dann …«, meinte Maria und machte sich auf den Weg nach unten.

In der Zwischenzeit befand sich Schwester Rita mit ihrer Betreuerin Urina in ihrer Zelle und grübelte noch immer über die Vergangenheit nach. Sie war sich absolut sicher, dass es da etwas gab, was sehr wichtig für sie alle war, aber es fiel ihr beim besten Willen nicht ein. Sie saß an ihrem Tisch und hatte einen Becher mit frischem Quellwasser vor sich stehen. Urina lag auf dem Bett und las in der Bibel.

»Ich komme einfach nicht drauf, was damals geschehen ist.«

»Es wird Euch ganz bestimmt noch einfallen, Rita. Immerhin ist es schon lange her.«

Rita nickte. »Mehr als siebzig Jahre!« Dann verfielen beide erneut in Schweigen …

Die vier Schwestern waren mittlerweile fast eine Stunde lang weiter hinuntergestiegen. Wenn man die gesamte Strecke zählte, würden weit mehr als eintausend Stufen zusammenkommen! Es war einfach unfassbar, dass jemand diese Treppe angelegt hatte. Zumal sie aus dem Stein gehauen worden war. Das bedeutete jahrelange Arbeit! Wer der Erbauer war, würden sie wohl nie erfahren, aber das Ziel, was immer es auch war, würden sie erreichen. Es musste auch einen Grund gegeben haben, weshalb das Ganze erschaffen wurde …

»Wenn die Treppe nicht bald endet, dann werden wir vielleicht unten herausfallen!«, unkte Dajana.

»Dajana!«, reagierte die Magistra scharf. »Niemand wird irgendwo herausfallen. Solch ein Unsinn!«

Maria fragte: »Was glaubt ihr, wo wir ankommen werden?«

»Ich vermute, dass wir in einer Art Höhle eintreffen werden. Dort könnten wir alles Mögliche vorfinden. Oder auch gar nichts.«

»Ich glaube, die Treppe hört da vorne auf!«, verkündete Maria und beschleunigte ihr Tempo.

Sie hatte recht, die letzte Stufe führte auf eine kleine quadratische Plattform, und in der gegenüberliegenden Wand war schon wieder eine Tür eingelassen, in deren Mitte eine metallene Tafel mit einer neuen Warnung angebracht worden war.

»Kannst du das lesen, Maria?«

»Hier steht: *tredecim mortui!* Dreizehn Tote!«

»Soll das bedeuten, dass sich hinter dieser Tür dreizehn Leichen befinden?«, fragte Zervixia.

»Nun, das ist nicht auszuschließen«, antwortete die Magistra.

»Vielleicht in Sarkophagen?«, vermutete Dajana.

Maria sagte: »Die letzten Türen ließen sich einfach öffnen. Nur die erste war durch das Schloss gesichert. Vielleicht enthüllen wir jetzt das Geheimnis.«

Sie ging vor, drückte die Klinke runter und schob behutsam die Tür auf …

Im selben Moment stieß Rita in ihrer Zelle einen Schrei aus! Urina sprang vom Bett hoch und eilte zu ihr. »Was habt Ihr? Tut Euch etwas weh?«

»Bring mich zur Äbtissin Vaginata!«, forderte Rita, ohne auf die Frage ihrer Assistentin einzugehen.

»Meine Erinnerung ist zurückgekehrt!«

Die Äbtissin befand sich im Scriptorium und blätterte in den Annalen des Klosters. Bislang allerdings ohne Erfolg. Urplötzlich wurde, ohne anzuklopfen, die Tür geöffnet. Sie erblickte Rita und deren Gehilfin.

»Schnell, Äbtissin, Ihr müsst umgehend die Exkursion abbrechen! Jede Sekunde zählt!«

Vaginata setzte sich.

»Was hast du herausgefunden, Rita?«

»Die Zeit drängt, darum werde ich mich kurzfassen. Vor mehr als zweihundert Jahren hausten im Kloster St. Strulzkum, welches zum damaligen Zeitpunkt verlassen war, Mörder und Raubgesindel. Diese Leute hatten sich den Dämonen der Hölle verschrieben. Manche waren sogar davon überzeugt, dass sie dem Teufel selbst dienten! Diese Bande hatte hier ihren Stützpunkt und zog mordend, plündernd und brandschatzend durch das Land! Das ging mehrere Jahre so, bis sich schließlich die Männer einiger Dörfer zusammentaten und die Barbaren angriffen! Es gab ein blutiges Gemetzel, aber die Bauern gewannen letztlich den Kampf und brachten die überlebenden Gesetzlosen in eine Gruft, tief unter der Erde. Dort wurden sie getötet. Zuvor jedoch stieß ihr Anführer einen Fluch aus, der besagte, dass, wann immer jemand den Zugang öffnete, dreizehn Menschen sterben würden!«

Die Äbtissin saß mit offenem Mund da und war stark beunruhigt.

»Hat sich dieser Fluch jemals erfüllt?«, hakte sie nach.

Die alte Nonne nickte. »Es dauerte nur wenige Monate, bis der erste Neugierige den Weg antrat. Er selbst und zwölf weitere Menschen aus seinem Heimatort starben. Daraufhin bauten die Dörfler Türen in die Gänge ein und schrieben Warnungen hinzu, um andere davon abzuhalten, nach unten zu steigen. Wie Ihr Euch sicher denken könnt, gab es in unregelmäßigen Abständen immer wieder Leute, die alle Warnungen ignorierten. Jedes Mal forderte dieser Ungehorsam dreizehn Opfer! Als dann der große Umbruch kam, verließen die Dorfbewohner diese Gegend. Kurz danach wurde hier das Kloster St. Strulzkum gegründet.«

»Du hast erwähnt, Rita, dass du selbst den Fluch erlebt hast. Erzähl mir davon.«

»Natürlich, wie Ihr wünscht. Es war vor über siebzig Jahren, als eine junge Novizin namens Donata den Zugang entdeckte. Sie erzählte niemandem davon und machte sich allein an den Abstieg. Was dann genau geschah, weiß natürlich kein Mensch, aber sowohl Donata als auch zwölf ihrer Mitschwestern verloren ihr Leben! Es war eine schreckliche Tragödie. Die Schwestern verschlossen den Eingang nach unten und stellten alle möglichen Dinge auf die Falltür, sodass man sie nicht so leicht finden konnte.«

»Und nun sind unsere Schwestern dort unten und wissen nichts von dem Albtraum, den sie auslösen werden. Wie sieht es mit den Warnungen aus, Rita, ab welchem Zeitpunkt tritt der Fluch in Kraft?«

Die Angesprochene legte den Kopf schief. »Wenn ich mich recht erinnere, beginnt der Fluch ab dem Moment, wo jemand die Schwelle zur Gruft überschreitet. Von diesem Augenblick an kann man nicht mehr verhindern, dass er sich ein weiteres Mal erfüllt!«

»Das hört sich wirklich nicht gut an!«, kommentierte die Äbtissin. »Kann man den Fluch denn irgendwie brechen?«

Rita rutschte nervös auf dem Stuhl herum. Sie fühlte sich überhaupt nicht mehr wohl.

»Du weißt doch etwas, richtig?«, hakte Vaginata nach. »Sprich, was ist es?«

Auch Schwester Urina ermunterte ihren Schützling. »Rita, Ihr müsst alles sagen, was Ihr wisst! Vielleicht können wir dann noch das Schlimmste verhindern. Bitte, redet!«

Rita holte tief Luft und sprach weiter.

»Der Fluch kann tatsächlich für alle Zeit gebrochen werden, wenn ...« Sie stockte.

»Wenn *was*?« Auch die Äbtissin wurde jetzt unruhig.

»Wenn der ranghöchste Bewohner des Dorfes bereit ist, sein Leben zu beenden!«

Jetzt war es heraus.

»Selbstmord?«, fragte die Äbtissin nach.

»Ja, ein Selbstmord muss verübt werden, um das Leben vieler potenzieller Opfer zu retten!«

»Aber Rita«, warf die Oberin ein, »hier gibt es überhaupt kein Dorf mehr.«

»Da habt Ihr recht, ehrwürdige Mutter.«

»Aber dann kann der Fluch ja gar nicht beendet werden!«

»Doch«, widersprach die alte Nonne, »das kann er.«

»Und wie?« Die Äbtissin war etwas verwirrt.

»Wie Ihr schon sagtet, gibt es hier zwar kein Dorf mehr, aber ... ein Kloster!«

Urina sog erschrocken die Luft ein. »Aber ..., das kann doch ..., ich meine ...«, stammelte sie.

Äbtissin Vaginata blickte vor sich auf die Schreibtischplatte und schwieg zunächst.

»Wie ich merke, hat es Euch die Sprache verschlagen. Das kann ich gut verstehen. Die damalige Äbtissin hatte lange mit sich gerungen, ob sie den Fluch beenden solle, sich jedoch dagegen entschieden, weil, wie Ihr wisst, der Selbstmord einer Nonne oder eines Mönchs unweigerlich bedeutet, dass diejenige Person in die Hölle kommt!«, erklärte die alte Nonne.

»Auch wenn man damit viele Menschenleben rettet?«, fragte Schwester Urina.

Rita nickte. »Auch dann. Selbstmord ist Selbstmord! Egal aus welcher Motivation heraus er begangen wird.«

Die Oberin stand auf.

»Ich danke dir für die Informationen, Rita. Bewahre bitte den Mitschwestern gegenüber Stillschweigen, bis ich mich mit dir in Verbindung setze. Das gilt selbstverständlich auch für dich, Urina!«

Die Betreuerin senkte den Kopf. »Natürlich, Mutter Oberin. Ich werde kein Wort von dem sagen, was ich hier erfahren habe.«

»Dann werden wir Euch jetzt allein lassen, Vaginata«, sagte Rita und hakte sich bei ihrer Assistentin unter. Dann verließen sie das Scriptorium. Für die Äbtissin standen schwere Stunden bevor …

Maria, Dajana, Magistra Busenta und Zervixia betraten die Gruft. Im nächsten Augenblick ertönte ein unmenschlicher Schrei, der an ihnen vorbeizuschallen schien und letztlich draußen im Treppengang verhallte. Im Fackelschein standen sie da und erkundeten den Raum mit Blicken. Überall lagen Skelette herum! Sie lagen einfach kreuz und quer am Boden und schienen eines gewaltsamen Todes gestorben zu sein. Viele von ihnen wiesen schwere Kopfverletzungen auf, bei manchen waren die Schädel regelrecht zertrümmert. Andere waren enthauptet worden, oder es steckten noch Mordwerkzeuge zwischen ihren Rippen. Was war hier geschehen, wer waren diese Leute und wer hatte sie ermordet? Und warum? Viele Fragen, die jedoch von ihnen nicht beantwortet werden konnten. Abgesehen von den Toten, gab es in dieser Gruft nichts. Boden, Decke und Wände waren aus blankem Stein. Nicht mal eine alte Fackel lag hier.

»Ich glaube, wir sind am Ziel und haben das Geheimnis gelüftet, was hier unten zu finden ist. Aber gleichzeitig haben sich viele neue Fragen ergeben.«

»Was machen wir jetzt?«, fragte Maria.

»Ich werde Schwester Mösina darüber in Kenntnis setzen, was wir gefunden haben, und sie dann nach oben schicken, um Bericht zu erstatten. Die Äbtissin sollte entscheiden, wie es weitergeht …«

In dem Moment, als die vier die Gruft betraten, geschah im Kloster Folgendes: Die beiden Novizinnen Tamponia und Oralia, die sich vorhin am Brunnen im Klosterhof aufhielten, hatten von der Magistra die Anweisung erhalten, das Dormitorium zu säubern. Sie waren gerade dabei, unter den Betten zu fegen, als sie sich zeitgleich zusammenkrümmten und vor Schmerz aufschreien wollten, aber keine Luft mehr bekamen. Sie wälzten sich am Boden und starben, weil ihre Lungen kollabierten.

Die Cellerarin Ovariana war damit beschäftigt, die Kleidung ihrer Mitschwestern zu ordnen, als sie plötzlich einen schmerzhaften Stich in ihrer Brust verspürte, der sie zusammenbrechen und ihren Herzschlag für immer aussetzen ließ.

Die Schwestern Brustina und Klitorissa, die zusammen mit Schwester Labiana die Falltür gefunden hatten, saßen in der kleinen Klosterkapelle in Kontemplation versunken. Brustina fing plötzlich an zu zucken und rutschte von der Bank. Ihre Freundin Klitorissa kniete sich erschrocken neben sie und wollte ihr helfen, aber sie wusste nicht, wie. Sie stand wieder auf, um Hilfe zu holen, aber sie kam nur zwei Schritte weit, dann brach sie zusammen, weil sie einen Schlaganfall erlitt. Sie war auf der Stelle tot. Brustinas Zucken hatte zwar nachgelassen, aber ihr Herz verlangsamte merklich seinen Rhythmus, bis es schließlich ganz aussetzte.

Die Kantorin Schwester Hermine stand in der Sakristei und übte ein neues Gesangsstück, welches sie ihren Mitschwestern demnächst vorstellen wollte. Es war eine Eigenkomposition, die ihren kräftigen, druckvollen Sopran hervorragend zur Geltung brachte. Schlagartig versagte ihr jedoch die Stimme. Sie bekam keinen Ton mehr heraus und ihr blieb die Luft weg. Wie sehr sie sich auch bemühte, Atem zu holen, es klappte nicht. Und so verstarb sie, ohne jemals ihr Lied vorgesungen zu haben.

Im Necessarium wusch sich Schwester Grisella die Hände, da versagten ihr die Beine, sie kippte um und schlug mit dem Kopf ungebremst auf den Steinboden. Er platzte und es breitete sich eine Blutlache aus.

Spekulumnia, die Assistentin der Priorin, eilte zurück an die Oberfläche, um die anderen darüber zu informieren, was sich dort unten ereignet hatte. Sie erreichte gerade den letzten Treppenabsatz, als sie auf ihren Habit trat und das Gleichgewicht verlor. Sie kippte hinten über und purzelte die Stufen wieder hinab, die sie eben erklommen hatte. Am Fuß der Treppe blieb sie mit unnatürlich verdrehtem Hals liegen. Ihr Genick war gebrochen.

Schwester Agathe, die Zeremonienmeisterin, war oben im Glockenturm, um die Hinterlassenschaften der Tauben zu entfernen, die sich dort eingenistet hatten. Sie rutschte auf dem noch feuchten Boden aus und prallte gegen das Geländer, welches unter dem plötzlichen Druck nachgab und zusammen mit der Nonne in die Tiefe fiel, die sogar noch mit dem Kopf an den Klöppel stieß und dieser daraufhin einen einzigen Glockenschlag verursachte.

In der Bibliothek sortierten Schwester Dora und Schwester Martha Bücher in die Regale ein. Die stark übergewichtige Martha verlor auf einmal den Halt auf der kleinen Leiter und wollte sich am wackligen Bücherregal festhalten, das allerdings unter dem zusätzlichen Gewicht umkippte. Martha wurde von ihm und den sich darin befindlichen Büchern erdrückt, und Dora, die in der untersten Reihe ihre Arbeit verrichtet hatte, ereilte das gleiche tragische Schicksal.

Die Priorin Uterussina schlenderte in Gedanken versunken über den klostereigenen Friedhof, um sich abzulenken. Sie stand unter einer alten Eiche und betrachtete die Gräber der hier begrabenen Nonnen. Sie hörte ein Geräusch und schaute nach oben. Als sie registrierte, dass ein Ast aus der Baumkrone herabstürzte, war es bereits zu spät und sie wurde von ihm erschlagen.

Die alte Rita und ihre Assistentin saßen beisammen und unterhielten sich über den Fluch.

Dabei schnitt Urina Obst für sie beide in eine Schale. Auf einmal schrie Urina auf. Sie war mit dem Messer abgerutscht und hatte sich geschnitten, und zwar in die Pulsadern! Das Blut spritzte fontänenartig aus ihr heraus und die Verletzte wurde immer schwächer, bis sie letztlich vom

Hocker fiel und verblutete. Rita war wie gelähmt und konnte sich nicht rühren. Erst als ihre Helferin tot war, murmelte sie: »Der Fluch wurde also wieder freigesetzt!« Sie senkte den Kopf und betete.

Schwester Mösina, die von der Magistra nach oben geschickt wurde, erreichte den Kellerraum, in dem sich der Zugang zur Unterwelt befand, und wurde sofort von der Novizin Syphilisa mit Fragen bedrängt, auf die sie jedoch nicht einging. Sie eilte den Kreuzgang entlang. Schließlich traf sie an ihrem Ziel, dem Büro der Äbtissin Vaginata, ein. Sie wunderte sich, dass Schwester Rita an der Tür lehnte.

Ihre Unterstützerin war indes nirgends zu sehen.

»Wer ist da?«, fragte die alte Nonne.

»Ich bin es, Schwester Zervixia. Magistra Busenta schickt mich, damit ich Bericht erstatte.«

»Das brauchst du nicht mehr, Zervixia!«

»Ist die Mutter Oberin denn nicht in ihrem Büro?«, fragte sie irritiert.

»Doch, das ist sie.«

Zervixia trat direkt vor die Alte. »Dann muss ich sofort zu ihr hinein«, sagte sie und versuchte, Rita beiseitezuschieben. Die bewegte sich jedoch keinen Zentimeter von der Stelle.

»Lass mich vorbei, Rita, ich habe keine Zeit zu verlieren.«

Rita hob und senkte die Schultern und ließ den Kopf auf ihre Brust sinken.

»Dafür ist es bereits zu spät!«, verkündete sie.

»Was meinst du damit?«

»Der Fluch, er hat sich schon erfüllt!«

»Was? Was für ein Fluch?«

»Ich hörte viele Schreie in der letzten Stunde.«

»Schreie? Von wem?«

»Von unseren Mitschwestern, die gerade ihr Leben verloren haben!«

Zervixia schüttelte den Kopf.

»Was erzählst du da für einen Unsinn, Rita? Bist du verwirrt?«

Die alte Nonne lächelte. »Nein, ich bin nicht verwirrt, im Gegenteil, ich fühle mich so klar im Kopf, wie schon lange nicht mehr.«

»Geh bitte zur Seite und lass mich zur Mutter Oberin hinein. Es eilt!«

»Na schön, wie du willst. Ich habe dich gewarnt, Zervixia!«

Sie ging auf ihren Stock gestützt ein paar Schritte zur Seite, um die Infirmarin vorbeizulassen.

Die klopfte an die Tür und wartete. Keine Antwort. Sie klopfte erneut. Nichts! Vorsichtig drückte sie dann die Klinke herunter und öffnete die Tür eine Handbreit. Durch den entstandenen Spalt konnte sie aber nichts erkennen.

»Ehrwürdige Mutter? Seid Ihr da?«, fragte sie. Wieder erfolgte keine Reaktion. Daraufhin fasste sie all ihren Mut zusammen und schob die Tür vollends auf. Im nächsten Augenblick schrie sie, was ihre Lungen hergaben!

Als Erstes bemerkte sie einen umgekippten Stuhl am Boden. Als sie schließlich nach oben schaute, sah sie die Füße der Äbtissin, die etwa einen halben Meter über dem Boden in der Luft baumelten. Die Infirmarin ließ den Blick weiter nach oben wandern und entdeckte, dass sich die Leiterin des Klosters St. Strulzkum am Fensterkreuz erhängt hatte!

»Heilige Mutter Gottes!«, rief sie und bekreuzigte sich immer wieder.

»Die Mutter Oberin hat Selbstmord begangen!«, sprach die alte Nonne.

»A-aber … das ist eine Todsünde, Rita!« Zervixia war fassungslos.

»Ich weiß«, erklang die Antwort. »Aber mit dieser selbstlosen Tat hat Äbtissin Vaginata unzählige Menschenleben gerettet! Es heißt, wenn der Ranghöchste des Dorfes – oder in unserem Fall des Klosters – durch eigene Hand sein oder ihr Leben beendet, dann ist der Fluch für alle Zeiten gebrochen!«

Für einen Augenblick sprach keine der beiden Nonnen ein Wort.

»Das bedeutet, dass ab jetzt Priorin Uterussina die neue Äbtissin wird, richtig?«, fragte Zervixia.

»Normalerweise schon, aber auch sie ist nicht mehr am Leben, wie auch zwölf weitere Schwestern!«

»*Tredecim mortui!* Dreizehn Tote! So stand es unten am Eingang der Gruft!«, sagte Zervixia

»So ist es, somit hat der Fluch ein letztes Mal den Tod gebracht …«, bestätigte Schwester Rita.

»Und wer wird unser Kloster in Zukunft leiten?«

»Die Magistra und Subpriorin Busenta! So wurde es einst festgelegt!«

EPILOG

Das Kloster St. Strulzkum hielt sich nur noch wenige Jahre unter der Führung der neuen Äbtissin Busenta. Mehrere Nonnen starben im Lauf der Zeit und es kamen kaum Novizinnen nach. Als dann der Krieg ausbrach, verließen die restlichen Nonnen das Kloster und wurden im Kloster St. Fornitzki integriert, wo sie bis zu ihrem Ende lebten. Keine von ihnen hat jemals von den Vorkommnissen an diesem Tag gesprochen. Sie alle nahmen die Geschehnisse mit in ihr Grab.

Die alte Rita starb im Alter von 104 Jahren.

Das Kloster St. Strulzkum wurde im Krieg größtenteils zerstört. Viele der Mauern stürzten ein und sowohl die nach unten führenden Gänge als auch die Gruft selbst wurden verschüttet.

Vom Fluch hörte man tatsächlich nie wieder etwas …

ENDE

Klywaxtarr

Fast alle Bewohner des Knökstein-Internats waren an den Weihnachtsfeiertagen nach Hause gefahren oder abgeholt worden. Lediglich vier Schüler blieben über den Jahreswechsel in dem großen Gebäude zurück. Einer von ihnen war der sechzehnjährige Anton Thorwald. Er lag an diesem Vormittag auf seinem Bett und las einen Horror-Roman, als es an seiner Tür klopfte.

»Immer herein!«, rief er. Als er zum Eingang sah, stand Anna Meier im Zimmer.

»Was machst du gerade?«, wollte sie wissen.

»Ach, ich lese ein Buch über *Urban Legends*.«

»Über *was*?« Anna schüttelte verständnislos den Kopf.

»Moderne Legenden«, erklärte Anton. »Was gibt's?«, hakte er nach.

Sein Gast hob die Schultern. »Mir ist langweilig. Habe Lust zu nichts!«

Anton nickte. »Ich weiß, was du meinst. Mir geht es ähnlich. Das Buch hier habe ich schon mal gelesen. Es ist zwar ziemlich interessant, aber eigentlich würde ich lieber etwas anderes machen.«

»Und was?«

»Keine Ahnung.«

Anton blickte zu Anna und sah, wie sie sich ihre dunkelbraunen Haare hinters Ohr strich und sich auf einen Stuhl setzte. Sie hatte ein knallrotes T-Shirt an, dazu Jeans und leichte Schuhe. Im Internat war es warm, weshalb auch Anton nur ein kurzärmeliges Hemd trug und ebenfalls eine Jeanshose. Er legte den Roman zur Seite und richtete sich auf.

»Ist schon scheiße, dass die anderen alle weg sind, oder?«

Sie nickte. »Ja. Es ist fast totenstill hier. Richtig unheimlich. Als ich letzte Nacht ins Bad ging, da habe ich absolut gar nichts gehört. Kein Gequatsche, keinen Fernseher, nicht mal ein Schnarchen! Eigentlich mag ich es ja, wenn es ruhig ist, aber dann weiß ich auch, dass noch andere da sind. Jetzt sind nur wir vier in diesem großen Gebäude.« Sie schauderte. »Abgesehen von den beiden Lehrkräften natürlich«, fügte sie hinzu.

Anton lächelte. »Gerade das finde ich toll! Überleg doch mal, wir können hier fast alles tun, was wir wollen. Keiner funkt uns dazwischen. Selbst der Hausmeister ist für eine Woche weg ...«

»Klopf, klopf!«, ertönte es da vom Eingang her. »Stör ich?«

»Überhaupt nicht!«, antwortete Anton. »Komm rein, Pauline.«

»Danke.«

Pauline Kreiß war mit ihren fünfzehn Jahren ein Jahr jünger als die anderen drei.

»Na, auch Langeweile?«, fragte Anna.

»Allerdings!«

»Willkommen im Klub«, meinte Anton. »Setz dich.«

Der Neuankömmling nahm auf dem Stuhl neben Anna Platz.

»Fehlt nur noch Rudolf, dann können wir uns zu viert langweilen«, ergänzte er.

»Wo steckt er überhaupt?«, wollte Anna wissen.

»Keine Ahnung!«, antworteten die beiden unisono.

»Ich fände es schön, wenn wir zusammen etwas machen würden«, sagte Pauline.

»Ja, aber was?« Anna zog die Augenbrauen hoch.

Paulines Schultern sackten nach vorn.

»Hey, ich hab's!«, rief Anton plötzlich. »Was haltet ihr davon, wenn wir ein Ritual vollziehen?«

Die beiden Mädchen blickten ihren Klassenkameraden skeptisch an.

Anna ergriff das Wort: »So mit Blut und Menschenopfern?«

»Quatsch! Nein, ich meine so eine Art Beschwörung. Wie in meinen Büchern.«

»Kommen da nicht immer alle um?«

»Nicht immer, manchmal überleben auch welche.«

Jetzt sprach auch Pauline: »Welche Art von Beschwörung meinst du denn?«

Anton beugte sich nach vorne. »Wir können versuchen, einen Dämon oder einen Geist zu rufen.« Er schaute die beiden Besucherinnen erwartungsvoll an. »Was meint ihr?«

In diesem Moment betrat Rudolf Kaminski das Zimmer.

»Hallo zusammen. Kaum bin ich mal für einen Augenblick nicht da, schmiedet ihr die interessantesten Pläne! Dämonenanrufung, was sagt man dazu …«

»Hast du uns etwa belauscht?«, fragte Anna.

»Nee, ich hab nur eben draußen im Gang einen Knoten im Schuh gehabt und als ich versuchte, ihn zu entwirren, hab ich mitbekommen, worüber ihr euch unterhalten habt.«

»Und wie ist deine Meinung dazu?«

»Tja, Alter, du weißt doch, dass ich dafür immer bereit bin, oder?«

Anton nickte. Rudolf Kaminski hatte kurzes dunkelblondes Haar und lief wie meistens in einem ausgebeulten Trainingsanzug herum.

»Tut mir leid, dass ich euch mit meinem Erscheinen vom Thema abgebracht habe. Wen willst du denn rufen, hm?«

»Ich dachte, dass wir mit einem einfachen Geist anfangen.«

»Welchen?«, wollte Pauline wissen.

»*Bloody Mary*!«, rief Anna.

»Nicht Bloody Mary.« Anton schüttelte den Kopf.

»Warum nicht?«

»Weil, liebe Anna, das Thema schon ausgelutscht ist. Jeder hat heutzutage schon mal Bloody Mary gerufen. Es gibt noch viele andere Wesen, die sich lohnen würden.«

»Zum Beispiel?«, fragte Rudolf.

»Aber bitte nichts mit Spiegeln!«, sagte Pauline. »Das ist mir zu unheimlich!«

»Wir könnten es mit diesem skandinavischen Geist versuchen. Ich habe den Namen vergessen«, schlug Anna vor.

Anton ging nicht auf Annas Vorschlag ein. »Es gibt zum Beispiel Toilettengeister oder -dämonen. Die sind richtig cool!«

»Kommen die etwa aus der Kloschüssel?«

Er nickte Anna zu.

»Die meisten schon, aber nicht alle. In Japanesien sind einige interessante dabei.«

Rudolf runzelte die Stirn. Er hatte sich inzwischen auf

den Tisch gesetzt und ließ die Beine baumeln. »Japanesien?«, fragte er. »Gibt es die nicht hauptsächlich in Chinesien und Thailandien?« Anton lächelte. Die Mädels stöhnten auf und lächelten ebenfalls.

»Welche existieren denn in *Japan?*«, betonte Pauline, die sich nicht ganz wohlfühlte bei dieser Thematik.

»Da gibt es zum einen Aka Manto oder auch Toire no Hanako-san. Beides sind spannende Wesen, besonders Hanako-san, aber ich habe in einem Buch von einer Dämonin gelesen, die nicht so bekannt ist und deshalb meiner Meinung nach umso spannender für uns wäre.«

»Auch aus Japan?«, hakte Pauline nach.

»Nicht direkt. Sie taucht in fast allen westlichen Kulturen auf und ist sehr gefürchtet!«

Anna war genervt. »Nun lass dir doch nicht alles aus der Nase ziehen, Mensch! Wie heißt deine Toilettenfrau?«

»Ihr Name ist … Ich hole mir eine Limo. Will sonst noch jemand eine?« Anton stand auf.

»Ihr Name ist *Limo?*« Pauline grinste.

»Alter, du strapazierst unsere Nerven«, sagte Rudolf. »Wie ist denn nun der Name der Puppe?«

Anton stellte sich vor seinen drei Kumpels hin und nahm einen tiefen Schluck aus der Flasche.

Dann rülpste er laut und erklärte: »Sie heißt Klywaxtarr!«

»Häh …?«

»Das ist doch kein Name!«

»Alles klar«, meinte Rudolf, »du willst uns verarschen!«

»Nein, wirklich nicht. Das ist ihr Name. Ich habe die Beschwörung schon länger geplant, aber bisher nie die Zeit gefunden, mit euch darüber zu quatschen.«

Anna beugte sich nach vorn. »Und was macht diese Kla-wixa so, wenn man sie herbeiruft?«

»Das wüsste ich auch gern«, schaltete sich Pauline ein.

»Klywaxtarr! Mit trollendem R«, korrigierte der Ange-sprochene, dann trank er noch einen Schluck, rülpste wie-der und erklärte: »Wie ich bereits erwähnt habe, ist sie eine Toiletten-Dämonin. Es ist nicht sonderlich kompliziert, sie zu rufen. Man setzt oder hockt sich auf den Boden, der hof-fentlich sauber ist, um eine Kloschüssel herum. Jeder Teil-nehmer gibt etwas Blut in die Toilette ab und dann wird sie gerufen.«

»Waaas!?«, rief Anna. »Wir sollen uns verletzen? Das kannst du aber so was von vergessen, Anton!«

»Ich steige auch aus!«, verkündete Pauline.

»Na toll!«, schmollte Anton. Er war enttäuscht. Er hatte sich auf einen unheimlichen Abend mit seinen Freunden gefreut. Und nun war schon alles vorbei, bevor es angefan-gen hatte.

Er sah erwartungsvoll zu Rudolf. »Wie sieht's bei dir aus, bist du wenigstens mit dabei?«

Der senkte den Kopf und überlegte lange, dann sah er Anton an. »Ja, ich mache mit!«

»Na immerhin einer, abgesehen von mir. Hätte ansonsten ziemlich blöd ausgesehen, wenn ich alleine vor dem Lokus gehockt hätte.«

Rudolf wandte sich an die beiden Mädels: »Es kann doch gar nichts passieren!«, betonte er. Es ist quasi ein Spiel, wie das Treppenspiel, oder Bloody Mary, über die wir vorhin schon sprachen. Gebt euch einen Ruck und kommt mit.«

»Ihr braucht auch gar nicht teilzunehmen, sondern uns

einfach nur Gesellschaft zu leisten«, fügte der Initiator hinzu. Anna sah zu Pauline, die den Boden anstarrte und den Kopf schüttelte.

»Wollen wir?« Pauline sah hoch. »Ich habe Angst vor so etwas. Ehrlich, ich weiß, dass die allermeisten Leute das Ganze als Blödsinn oder Spielerei abtun, aber ich habe im Netz haufenweise Berichte und Dokus zu diesem Thema gesehen, dass ich mir vorgenommen habe, niemals an so etwas teilzunehmen! Das wird schiefgehen, garantiert!«

Anton ergriff das Wort. »Du musst gar nichts tun, Pauline. Stell dich vor die Kabine und sieh uns bei der Anrufung zu. Es kann und wird nichts Schlimmes passieren. Wir sind zu viert. Und wenn Klywaxtarr frech wird, treten wir ihr in den Hintern! Basta!«

Jetzt musste sie lächeln.

Anna legte den Kopf schief. »Bitteee …«, sagte sie und klimperte mit den Augenlidern.

Pauline konnte ein Grinsen nicht unterdrücken und stimmte schließlich doch zu.

»Also gut, wenn es euch so wichtig ist, mich dabei zu haben, dann will ich euch den Spaß nicht verderben.«

»So ist es richtig!«, lobte Anton und Rudolf tätschelte ihre Schulter.

Anton hob den rechten Zeigefinger. »Zieht euch schwarze Klamotten an, wie es sich für solch ein Ritual gehört! Irgendwelche Einwände?«

Gemeinschaftliches Kopfschütteln war die Antwort.

»Wann soll's denn losgehen?«, fragte Anna.

»Ich schlage vor, wir treffen uns um 23:45 Uhr vor dem Mädchenklo in der zweiten Etage.«

Rudolf blickte auf seine Armbanduhr. »Das wäre dann in ungefähr zwölf Stunden. Was machen wir bis dahin?«

»Karten spielen!«, riefen alle Anwesenden im Chor. Und das taten sie auch …

Sie spielten ungefähr vier Stunden lang. Dann aßen sie gemeinsam zu Mittag, bevor ein Spaziergang durch die Schneelandschaft folgte. Nahe des Knökstein-Internats gab es einen Nadelwald. Die Zweige waren von einer dicken Schneeschicht bedeckt. Wenn sie sprachen, klangen ihre Stimmen dumpf. Keine Menschenseele war zu sehen. Lediglich ein Reh kreuzte den Fußpfad und verschwand auf der anderen Seite im Gehölz. Als die vier nach ein paar Stunden wieder im Internat eintrafen, unterhielten sie sich noch eine Weile bei Kaffee und Kuchen. Danach verzog sich jeder auf sein Zimmer, um sich mental auf das nächtliche Vorhaben zu konzentrieren.

Pünktlich, fünfzehn Minuten vor Mitternacht, hatten sich alle am verabredeten Punkt eingefunden.

Die jungen Männer trugen Jeans und unbedruckte T-Shirts, dazu Turnschuhe. Alles in Schwarz.

Anna hatte sich ein knielanges Kleid mit viereckigem Ausschnitt angezogen und ebenfalls Turnschuhe. Pauline jedoch war mit einem Pyjama bekleidet, plus an den Fersen geschlossenen Plüschhausschuhen. Wenigstens hatte alles die korrekte Farbe.

Rudolf konnte sich einen Kommentar nicht verkneifen. »Ich bin erstaunt, dass du deinen Teddy nicht dabeihast«, meinte er.

»Ich besitze keinen Teddy und auch kein anderes Ku-scheltier, du Quatschkopf!«, gab sie zurück.

Er zwinkerte ihr zu und sie lächelte zurück.

»Okay«, begann Anton seine Ansprache. »Wir gehen jetzt da rein. Ihr müsst unbedingt meine Anweisungen befolgen, klar?« Er fasste nach der Türklinke und öffnete sie.

Der Raum war sauber und hell, wenn nicht, wie jetzt ge-rade, draußen Dunkelheit herrschte. Es gab acht Kabinen und hinter einer weiteren Tür eine Dusche. Nachdem sich alle in dem gekachelten Raum befanden, holte er aus der mitgebrachten Plastiktüte für jeden ein Teelicht und ein Ta-schenmesser heraus.

»Was willst du mit dem Messer?« Verwirrt sah Pauline ihren Kumpel an.

»Das brauchen wir, um uns die Haut einzuritzen wegen dem für das Ritual benötigte Blut«, klärte Anna ihre Freun-din auf. »Stimmt, das hab ich ganz vergessen«, sagte Pauline und fasste sich an ihre Stirn.

»Welches Klo wollen wir nehmen?«, wollte Rudolf wissen.

»Das letzte auf der linken Seite.« Sie steuerten darauf zu. Abgesehen von den Geräuschen, die sie selbst verursachten, war es mucksmäuschenstill. Die Toilettentür stand, wie alle anderen auch, weit auf. Anton ging hinein und klappte den Deckel hoch. Er stellte sein Licht auf der Brille ab und be-deutete den anderen, es ihm gleichzutun.

»Hast du auch ein Feuerzeug dabei?«, unkte Anna.

Anton griff in seine Hosentasche und präsentierte den Gegenstand. »Tadaaa!«

Er entzündete die Kerzen. »Kommt her«, forderte er die Freunde auf. »Kniet euch auf den Boden.«

»Das wird auf jeden Fall eine enge Angelegenheit«, kommentierte Rudolf und Pauline fügte noch hinzu: »Ich hätte ein Kissen mitnehmen sollen. Der Boden ist hart und bestimmt auch kalt.«

»Du schaffst das schon«, munterte Anna sie auf.

»Machst du bitte noch das Licht aus, Rudolf?«, bat Anton, seinen Freund.

Der nickte und legte den Schalter um, bevor er zu den anderen in die Toilettenkabine trat. Es war wirklich sehr eng, aber das war zu erwarten gewesen. In Blickrichtung von der Tür aus kniete Anna ganz links, neben ihr Anton, gefolgt von Rudolf und Pauline, die den Abschluss bildete.

»Müssen wir uns an den Händen halten, oder so was?«, fragte Rudolf.

Anton schüttelte den Kopf. »Verhaltet euch einfach still, alles andere mache ich. Gebt mir Bescheid, wenn es eine Minute vor Mitternacht ist.«

Nach dieser Antwort schloss er seine Augen und fing an, irgendetwas Unverständliches zu murmeln.

Rudolf schaute auf das Zifferblatt seiner Armbanduhr: Es war 23:56 Uhr. Noch vier Minuten also.

Die anderen sahen sich nur an und hoben die Schultern. Aber sie hielten sich an Antons Anweisung und schwiegen. Die Stille, die die Jugendlichen umgab, war fast fühlbar. Das Licht der vier Teelichter erhellte nur die unmittelbare Umgebung. Sie brannten ruhig, die Flammen bewegten sich fast gar nicht. Es war eine besondere und spezielle Atmosphäre.

»Es ist jetzt 23:59 Uhr«, flüsterte Rudolf schließlich. Anton nickte mit geschlossenen Augen.

»Nehmt nun das Taschenmesser und ritzt euch in einen Finger. Der Schnitt muss nicht tief sein. Wichtig ist, dass von jedem von uns ein paar Tropfen Blut in der Porzellanschüssel landen.«

Rudolf bemerkte, dass die Mädels unschlüssig waren, und nahm das Messer, welches Anton zuvor auf dem Boden abgelegt hatte. Er streckte die Hände nach vorn direkt über die Schüssel und führte die Klinge an den Zeigefinger seiner rechten Hand. Der Abfluss befand sich in der Mitte und alle sahen das darin stehende Wasser. Es wirkte sauber, wie auch das Sitzbecken an sich.

Rudolf zuckte kurz zusammen, als die Schneide in sein Fleisch drang. Zwei Blutstropfen fielen sofort ins Becken, bei den anderen half er ein wenig nach, indem er die Wunde drückte und auf diese Weise das Blut herausquetschte. Dann übergab er Pauline das Messer und das Mädchen vollführte sogleich den erforderlichen Schnitt. Danach folgte Anna dem Beispiel ihrer Kumpels und am Schluss war Anton an der Reihe.

»Das war's schon?«, wagte Anna zu fragen.

»Fast«, erwiderte der Initiator. »Macht nun alle eure Augen zu und wartet so lange, bis ihr ein Plätschern hört, dann ist Klywaxtarr da und ihr dürft sie wieder aufmachen. *Nicht vorher*!«, betonte er, damit auch jeder die Wichtigkeit verstand. Er sah jedem noch einmal in die Augen, dann nickte er und die vier Schüler schlossen die Lider.

Wieder breitete sich eine erwartungsvolle Stille aus. Mehrere Minuten geschah nichts. Pauline fühlte sich höchst unwohl, machte aber weiterhin mit. Rudolf wirkte relativ gelassen, er war gespannt, was folgen würde. Anna machte einen sehr konzentrierten Eindruck. Sie saß mit gerade durchgedrücktem Rücken da und zeigte keine Regung. Antons Lippen hingegen schienen fast ein leichtes Lächeln zu zeigen. Er wirkte zufrieden und schien Spaß an der Sache zu haben.

Um ziemlich genau 0:20 Uhr vernahmen sie ein Geräusch, als würde eine Luftblase in einem Waschbecken zerplatzen. Oder in einem Toilettenbecken …

Vier Augenpaare öffneten sich. Die vier sahen einander an, aber niemand wagte es, einen Blick in die Kloschüssel zu werfen. Erst als sich das Geräusch mehrfach wiederholte, beugte Anton sich vor und sah auf die Wasseroberfläche hinab. Überrascht hob er die Augenbrauen und diese Reaktion ermunterte die anderen dazu, auch hineinzuschauen. Tatsächlich waren es Luftblasen, die dort zerplatzten, jedoch setzten sie dabei leichten Rauch ab, der scheinbar geruchlos zu sein schien, denn keiner vernahm einen Geruch. Unter der Oberfläche konnten sie eine Bewegung ausmachen, die aus dem Abflussrohr kam.

»Was ist das?«, fragte Pauline ängstlich.

»Das würde mich auch mal interessieren«, fügte Rudolf an.

Anna nickte nur.

»Leute«, sagte Anton, »ich glaube, unsere Anrufung war erfolgreich! Was wir da sehen, ist Klywaxtarr! Es kann gar nichts anderes sein.«

»Oh Gott!« Anna bekreuzigte sich. Pauline sah aus, als würde sie jeden Moment in Tränen ausbrechen.

»Bleibt ganz ruhig, ich habe alles unter Kontrolle!«, versuchte Anton die Mädels zu beruhigen.

»Bist du dir da ganz sicher?«, hakte Rudolf nach, der sich inzwischen auch nicht mehr wohlzufühlen schien. Sein Blick flatterte vor Nervosität. Er hatte gedacht, dass nichts passieren und sie nach einer halben Stunde alles abbrechen würden. Aber jetzt, wo sich wirklich etwas tat, spürte er, wie sich langsam Furcht in ihm ausbreitete.

»Na klar!«, versicherte Anton. »Schließlich habe ich das hier!« Er holte eine Münze aus seiner Hosentasche und hielt sie den anderen hin.

»Was soll das sein?«, wollte Anna wissen.

»Das ist eine mit Weihwasser besprenkelte Silbermünze, die jeden Dämon oder Geist davon abhält, uns etwas anzutun!«

»Woher willst du das wissen? Aus deinen Büchern?«

»Auch.«, bestätigte er. »Seht ihr das Motiv auf der Münze? Es stellt ein Doppelkreuz dar, quasi zwei Pfeiler mit einem gemeinsamen Querbalken. Dazu noch das Weihwasser und wir haben *den* Schutz überhaupt!«

Pauline schüttelte energisch den Kopf. »Ich breche ab und gehe in mein Zimmer. Das ist mir alles zu viel!«

Sie stand auf und wollte sich an Rudolf vorbeiquetschen, um zur Tür zu gelangen, als diese urplötzlich mit einem Knall zufiel! Auch die sieben anderen Toilettentüren fielen donnernd ins Schloss. Aber nicht nur das, nein, alle Türen verriegelten sich selbst!

»Scheiße!« Anton erhob sich ebenfalls und versuchte, die Tür zu öffnen, aber es ging nicht.

»Was hast du gemacht?«, jammerte Pauline.

»Ich? Gar nichts!« Anton wirkte ratlos.

»Wenn's nicht anders geht, rammen wir die Tür auf. Das

sollte nicht allzu schwer sein. Wir werfen uns zu zweit dagegen und schon sind wir frei!«

»Na hoffentlich hast du recht«, meinte Anna.

»Aaaaahh!« Pauline schrie aus Leibeskräften, sodass alle zusammenzuckten. Sie hatte die Augen vor lauter Panik weit aufgerissen und deutete mit dem Finger zur Kloschüssel hin.

Alle wandten sich um und bekamen den Schock ihres noch jungen Lebens!

Etwas ragte aus dem Toilettenbecken auf. Keiner von ihnen wusste, worum es sich dabei handelte.

Es sah aus wie ein hautfarbener Schlauch. Er war armdick und pendelte leicht hin und her, wie eine langstielige Blume in einer sanften Brise. Das Ding erhob sich etwa einen halben Meter über den Beckenrand empor. Das obere Ende schien eine Öffnung aufzuweisen, einem Gartenschlauch nicht unähnlich.

»Scheiße, was ist das?« Rudolfs Herz pochte, wie nach einer enormen Anstrengung. Schweiß drang ihm aus allen Poren.

»Vielleicht eine Art Schlange?«, schlug Anna vor.

Die beiden jungen Frauen hielten sich im Arm und starrten mit offenen Mündern zu dem unidentifizierbaren Teil. Pauline liefen Tränen die Wangen hinab.

»I-ich hab's g-gewusst!«, stotterte sie. »So w-was geht n-nie gut!«

Anton versuchte, wenigstens äußerlich, Ruhe zu bewahren. Fieberhaft suchte er nach einer halbwegs plausiblen Erklärung, die seine Freunde beruhigen würde. Da wurde sein Gedankengang von Anna unterbrochen, die ihn ansprach.

»Mach, dass es verschwindet!«

»Das kann ich nicht!«

»Du bist doch der Experte, wenn es um Übernatürliches geht!«, ergänzte die weinende Pauline.

Anton fühlte sich ein wenig bedrängt, obwohl er ihr innerlich zustimmte.

»Ich habe so was noch nie erlebt, Leute. Das ist auch für mich eine Premiere.«

Rudolf mischte sich ein: »Was sagen denn deine schlauen Bücher dazu?«

»Also jeder Dämon ist anders. Was für den einen tödlich ist, darüber lacht sich ein anderer kaputt. Ich könn–«

Wieder war es Pauline, die einen Schrei ausstieß. »Da!«

Der Schlauch war immer noch da, aber etwas schob sich von innen nach oben. Es sah aus, als hätte ein Strauß einen Ball verschluckt, der langsam den schmalen Hals entlang glitt und diesen dabei auswölbte, nur in umgekehrter Richtung. Nur noch wenige Zentimeter, dann würde sich der Inhalt aus der Schlauchöffnung herausschieben. »Oh mein Gott!«, stammelte Pauline. Rudolf drückte nochmals die Türklinke runter, aber erfolglos. Die Tür blieb zu. Alle vier drängten sich am Eingang zusammen. Die Rückwand war fensterlos und die Wand zur Nachbarkabine trennten oben nur wenige Zentimeter von der Decke. Ebenso verhielt es sich an der Unterkante. Kein Mensch passte da durch!

»Jetzt kommt es raus!«, rief Pauline. Und tatsächlich erschien etwas Rundliches in der Öffnung, wobei der Rand extrem geweitet wurde. Im nächsten Augenblick war es draußen! Es war annähernd rund wie ein kleiner Ball oder eine Kugel und hatte die Farbe von rohem Fleisch, welches noch Blutreste aufwies.

Aber keiner der vier konnte auch nur ansatzweise eine Vermutung anstellen. Ratlosigkeit befiel sie. Plötzlich fing die Kugel an zu wachsen! Der Umfang wurde immer größer. Wie bei einem Kugelfisch, der sich bei Gefahr aufpumpt. Als ungefähr der Umfang von anderthalb Fußbällen erreicht war, stoppte der Vergrößerungsvorgang.

Unter den Schülern griff das Entsetzen um sich. Alle hatten Angst, was angesichts der Situation kein Wunder war. »Stellt mir bitte keine Fragen, Leute, ich bin genauso schlau wie ihr!«, sagte Anton.

»Uuäh … ist das eklig!« Anna konnte trotzdem nicht ihren Blick abwenden. Er wurde wie magisch von dem hässlichen Ding angezogen, was auch auf die anderen zutraf.

Rudolf ergriff das Wort: »Was immer das auch ist, ich stelle mir gerade die Frage, wie kann dieses runde Teil so schnell wachsen? Und …«, er hob einen Zeigefinger, »wo hängt es dran?«

»Das ist eine sehr gute Frage!«, meinte Anton. »Möglicherweise lebt irgendein Wesen in der Kanalisation, von dem die Menschen keine Ahnung haben.«

»Ich dachte, das ist Klywaxtarr! Um die ging es doch die ganze Zeit, oder etwa nicht? Weißt du, wie sie aussieht? Hast du in deinen Büchern Bilder von ihr gesehen, hm?« Anna sah ihn an.

Er schüttelte den Kopf. »N-nein«, musste er zugeben.

»Na also, dann müssen wir wohl davon ausgehen, dass sie es ist, die aus der Kloschüssel ragt. Alles andere ergibt überhaupt keinen Sinn. Du beschwörst eine Toiletten-Dämonin und genau in dem Augenblick steckt irgendein Kanalisationsbewohner eines seiner Körperteile aus unserer Kloschüssel raus? Das ist absurd, mal abgesehen davon, dass die gesamte Situation an Absurdität kaum noch zu überbieten ist!«

In der nun einsetzenden Stille wurde ein Geräusch vernehmbar. Es klang so, als würde jemand in einer offenen Bauchhöhle herumwühlen, irgendwie matschig. Die Kugel hatte auf einmal einen Spalt, der sich wie ein Äquator um den halben Umfang herum aufgetan hatte. Grüngelber Schleim quoll daraus hervor und tropfte ins Becken und auf die Toilettenbrille. Der Spalt vergrößerte sich und Zähne wurden sichtbar! Dreieckige Reißzähne wie bei einem Raubfisch! Und das Ding fauchte sie an!

»Scheiße verflucht, das ist ein Kopf!«, rief Rudolf.

»Aber er hat keine Augen!«, bemerkte Pauline zaghaft.

»Möglicherweise ploppen die ja noch auf«, meinte Anton. »Bei solchen Wesen kann alles passieren!« Das Maul öffnete sich noch weiter, bis es einen Neunzig-Grad-Winkel hatte, erst dann stoppte es.

Als Nächstes eruptierte ein Schwall des grüngelben Schleims aus dem Maul und bespritzte die Anwesenden. Pauline fing an, zu schreien. Und in genau diesem Moment schnellte eine gespaltene Zunge aus dem Maul heraus und drang in den Mund der Schreienden ein! Sofort erstarb der Schrei und sie musste würgen. Die Zunge hatte eine unglaubliche Länge! Von Klywaxtarrs Schädel bis zu ihr war es etwa ein halber Meter. Und das Organ hatte sich noch weiter verlängert, als es sich durch Paulines Rachen nach unten in ihren Körper geschoben hatte.

93

Plötzlich versteifte das Mädchen und zwei Sekunden danach zuckte es mehrmals, als innerhalb ihres Leibes einige Organe zerstört wurden. Dann vernahmen alle ein ratschendes Geräusch und daraufhin wölbte sich ihr Pyjamaoberteil nach vorn. Es wurde erst feucht, dann nass. Schließlich riss der Stoff und die Spitze der *Zunge* schob sich hindurch, nur dass sie jetzt keine gespaltene Zunge mehr war, sondern zwei scharfe spitze Klingen aufwies! Diese hatten sich durch ihre Eingeweide gefräst und waren nun durch die Bauchdecke wieder zum Vorschein gekommen. Klywaxtarr nutzte dieses Organ quasi als Haken, um Pauline am Umkippen zu hindern und zu sich heranzuziehen.

Aufgrund der Tatsache, dass diese Haken mit Klingen versehen waren, schnitten sie ihr den kompletten Bauch auf. Aus dem so entstandenen Schnitt quollen die Eingeweide heraus und landeten mit platschenden Geräuschen auf dem Boden der Kabine. Sie bildeten ein Gewirr aus Darmschlingen, die aber noch immer mit Paulines Körper verbunden waren.

Als sich das tote Mädchen unmittelbar vor der Dämonin befand, klappte diese ihr Maul unnatürlich weit auf und schloss die Kiefer um den schlaff herabhängenden Kopf.

»Oh nein …«, brachte Anna heraus, der, ebenso wie den anderen, das Grauen ins Gesicht geschrieben stand. Fast im selben Augenblick biss das Toilettenwesen zu! Ein Knirschen war zu hören, als sich die Zähne durch den Schädelknochen bohrten. Kurz darauf war das Schädeldach abgebissen und fiel klappernd und Blutspritzer verteilend auf den gefliesten Boden. Doch das Grauen wurde noch gesteigert! Der runde Kopf der Dämonin hatte sich wieder geöffnet und war wie bei einer Schmuckschatulle um mehr als neunzig Grad nach hinten geklappt. Dann hob sie die Tote hoch und beugte sie zu sich hin. Paulines Gehirn rutschte aus dem offenen Kopf und direkt in Klywaxtarrs Maul.

Es war nicht zu sehen, ob das Wesen kaute, aber das Hirn war innerhalb kürzester Zeit weg.

Die Hakenzunge zog sich wieder in das runde Gebilde zurück und der Leichnam prallte auf den Boden. Dabei fielen zwei der Teelichter ins Klo, wodurch die gesamte Szenerie noch schlimmer wurde. Das Licht der beiden übrigen Kerzen erhellte lediglich das direkte Umfeld.

»Habt ihr das auch gerade gesehen?«, fragte Rudolf mit verzogenem Gesicht.

»Allerdings!«, bestätigte Anton. Anna nickte nur.

»Wir müssen hier raus!«, brüllte Rudolf und fing an, mit der Schulter gegen die Tür zu rammen.

»Hilf mir mal, Anton!« Wieder und wieder prallten sie gegen das Türblatt, aber damit erreichten sie nichts.

»Hört auf, Jungs, das bringt doch nichts.«

»Was sollen wir denn sonst tun?«, fragte Rudolf.

»Sag mal, Anton, du hast doch noch die geweihte Münze, oder?«

Der Angesprochene riss die Augen weit auf. »Scheiße, Anna, du hast recht! Die habe ich ganz vergessen! Ja, das ist die Lösung, so werden wir dieses Dreckstück vernichten.« Er suchte einen Moment lang in seiner Hose nach dem Objekt und wurde schon nach wenigen Sekunden fündig! »Hier ist sie!«

»Und was machst du nun damit?«, erkundigte sich Rudolf.

»Da gibt es zwei Möglichkeiten. Zum einen kann ich Klywaxtarr damit berühren oder ich stopfe sie ihr in den

Rachen.« Er sah zu ihr hinüber. Seit ihrer Mahlzeit hatte sie keine Regung mehr gezeigt.

Nach wie vor erhob sie sich aus der Toilette und wiegte sich kaum wahrnehmbar hin und her.

»Ich glaube«, begann Rudolf, »die erste Variante ist einfacher, auch deshalb, weil sie ihr Maul geschlossen hat.«

»Du hast recht, Kumpel. Ich werde jetzt zu ihr gehen und die Münze gegen ihren hässlichen Ballkopf drücken. Das sollte reichen, um sie entweder ein für alle Mal auszuschalten oder wenigstens dahin zurückzuschicken, woher sie kam.«

Rudolf klopfte ihm aufmunternd auf die Schulter. »Du schaffst das schon!«

»Sei aber bitte vorsichtig, Anton. Komm danach sofort wieder her, ja?«, bat Anna, als würde er eine größere Entfernung zurückzulegen haben als diese anderthalb Schritte. Anton nickte ihr zu, dann setzte er sich in Bewegung …

Schließlich stand er direkt vor ihr. Aus der Nähe betrachtet bestätigte sich ihr vorheriger Verdacht, der Schädel bestünde aus rohem Fleisch. Dem war wirklich so. Blutige Schlieren liefen daran herunter, wurden aber wieder resorbiert, bevor sie abtropfen konnten. Augen, Nase oder Ohren gab es nicht. Ihm war noch nie etwas Vergleichbares untergekommen, weder in natura noch in den unzähligen Büchern, die er gelesen hatte. Ständig rann Schleim aus dem Maul und benetzte die Klobrille sowie den Boden. Er blickte nach unten in die Toilette, jedoch gab es da nichts zu entdecken, außer dem Schlauch, dessen anderes Ende im Abwasserrohr verschwand.

Bestand dieses Dämonenwesen nur aus Schlauch und Kopf oder war es nur eine Art Ableger eines noch wesentlich größeren Organismus? Anton versuchte, sich auf seine Aufgabe zu konzentrieren.

Er hielt die Münze in seiner rechten Hand und näherte sich damit zögerlich dem Ungetüm. Klywaxtarrs Kopf neigte sich ein winziges Stück zur Seite, als hätte sie Sensoren und würde ihn irgendwie wittern. Anton war sich sicher, dass sie längst wusste, dass er da war, und er musste davon ausgehen, dass sie nicht so einfach zu besiegen war. Trotzdem wollte er es versuchen.

Er gab sich einen innerlichen Ruck und er presste die Münze gegen den Schädel!

Er wartete. Und wartete … jedoch geschah absolut nichts. Aber das war unmöglich! Die Münze war geweiht und bestand zudem aus Silber, was die meisten dämonischen Wesen nicht vertrugen! Theoretisch … Dann ging alles ganz schnell.

Das Fleischgebilde schnellte auf Anton zu und rammte in seinen Bauch. Aber das war nicht etwa ein Versuch, den Angreifer wegzuschubsen, nein, es war eine Attacke! In dem Moment, als Klywaxtarrs Kopf ihn traf, biss sie auch schon zu. Anton schrie wie nie zuvor in seinem Leben.

Es war, als hätte sich ein Hai in ihn verbissen. Und nicht nur das. Der Kopf biss sich durch die Bauchdecke in sein Inneres vor. Er sah nach unten und als sein Blick auf das runde Etwas traf, fand er, dass er aussah, als wäre er schwanger. Er konnte sich kaum noch auf den Beinen halten. Die Dämonin hatte ein Organ von seinen *Halterungen* befreit und verschlungen. Vielleicht die Leber oder eine Niere, er wusste es nicht, aber das war auch völlig egal, er war so gut wie tot.

Die Silbermünze war ein Flop. Plötzlich zog Klywaxtarr sich aus ihm zurück.

Das Letzte, was er in seinem Leben sah, waren einige tropfende Darmschlingen, die zwischen ihren Zähnen heraus baumelten. Rudolf und Anna standen wie gelähmt da. Nicht einmal den kleinen Finger konnten sie bewegen. Möglicherweise hatte die Dämonin sie kurzfristig gelähmt, um bei ihrer Rache nicht gestört zu werden. Anton sackte zusammen und blieb tot neben der Toilettenschüssel gegenüber von Paulines Überresten liegen.

»Hast du noch den geringsten Zweifel daran, dass wir alle sterben werden, Rudolf?«

»Nein, wir haben keine Chance gegen sie.«

»Ob sie uns hören kann?«

»Keine Ahnung. Ich habe sie auch eben erst kennengelernt. Weshalb fragst du?«

Anna antwortete ihm nicht, stattdessen sprach sie die Toiletten-Dämonin an.

»Hey, du, Klywaxtarr, kannst du mich verstehen? Wir hatten nicht vor, dich zu ärgern oder zu töten, falls du das vermutet haben solltest. Wir wollten einfach nur eine Beschwörung durchführen, einfach so, ohne einen tieferen Sinn dahinter. Sollten wir dich gestört oder verärgert haben, tut es uns leid und wir entschuldigen uns dafür bei dir. Wir werden das nicht noch einmal machen, das garantieren wir. Bitte, Klywaxtarr, lass uns am Leben.«

Mehr fiel ihr nicht ein, also beendete sie ihre Rede.

»Das hast du gut gemacht, Anna. Wirklich. Ich hätte das nicht so formulieren können.«

»Danke.« Das Schlauchwesen reagierte zuerst nicht. Dann

drehte es den Kopf in Richtung der Schüler, als hätte es Augen. Es fauchte. Laut und lange, aggressiv, wobei es noch mehr Schleim absonderte als ohnehin schon. Im nächsten Augenblick raste der Schädel mit der *Stirn* auf Rudolf zu und erwischte ihn mitten im Gesicht. Knochen wurden zertrümmert, Blut spritzte aus mehreren entstandenen Wunden. Annas Gesicht und Oberkörper wurden davon getroffen. Ihr Blick färbte sich rot und als sie sich mit Toilettenpapier gesäubert hatte, sah sie, dass die Angreiferin wieder ihre alte Position eingenommen hatte. Erst dann schaute Anna zu Rudolf, der halb auf Paulines Leichnam lag und sah, dass sein Gesicht nur noch aus einer roten Masse bestand und eine tiefe Wölbung nach innen aufwies. Der Dämonenschädel musste ihn mit unvorstellbarer Wucht getroffen haben, sodass die meisten Gesichtsknochen zerstört wurden.

In diesem Krater könnte man problemlos einen Ball ablegen und er würde nicht wegrollen.

Jetzt war nur noch sie übrig. Möglichkeiten zu entkommen, gab es keine, das war ihr absolut klar. Ebenso wenig würde es ihr gelingen, diese Scheußlichkeit zu besiegen. Womit auch?

Anna hatte keine andere Wahl, als auf ihr Ende zu warten und zu hoffen, dass es schnell gehen würde. Sechzehn Jahre alt war sie und verlor ihr Leben wegen einer blöden Beschwörung. Sie hatte vorgehabt, als Croupier zu arbeiten, im Spielkasino in ihrer Heimatstadt. Das konnte sie jetzt abhaken und vergessen. Trotzdem würde sie hier nicht ausharren, bis Klywaxtarr dazu bereit war, sie zu töten. Nein, Anna Meier würde kämpfend untergehen! Sie wollte probieren, den Klodeckel herunterzuklappen und den Schlauch einzuklemmen. Sie bezweifelte zwar, dass es etwas nützte, aber es war besser, als hier auf den Tod zu warten.

Ein letztes Mal schloss sie die Augen und holte tief Luft, dann wollte sie losstürmen, aber schon beim allerersten Schritt trat sie auf ein Stück Darm und rutschte aus. Ihr Fuß schnellte nach oben und Anna fiel so unglücklich rückwärts, dass sie ungebremst mit dem Hinterkopf auf die Fliesen knallte. Dabei zog sie sich einen mehrfachen Schädelbruch zu und war auf der Stelle tot.

In dem Moment, als alle vier Personen tot waren, verschwand auch Klywaxtarr …

Und die Moral von der Geschicht: Dämonenbeschwörung lohnt sich nicht!

ENDE

Die Lichtung

»Da bin ich aber froh, dass ich Sie getroffen habe«, sagte die vierundzwanzigjährige Sandra Hölzer und lächelte die beiden Männer an. »Sonst hätte ich mich hier wahrscheinlich hoffnungslos verlaufen.«

Der Mann mit der Glatze nickte der schwarzhaarigen Frau zu. »Davon können Sie ausgehen. Dieser Wald ist dafür bekannt, dass Leute in ihm einfach verschwinden.«

»Genau«, pflichtete sein bärtiger Begleiter ihm bei, »das geht schon seit Jahren so und keiner ist je wieder aufgetaucht.«

»Umso mehr freue ich mich«, meinte Sandra und atmete tief durch. Sie war bestimmt schon seit zweieinhalb Stunden hier herumgeirrt, ohne auf einen Weg oder Pfad getroffen zu sein. Dann begegnete sie zufällig diesen beiden Männern. Beide waren um die fünfzig, schätzte sie, und mit Rucksäcken und Gewehren beladen. Sie machten auf sie den Eindruck von rauen Naturburschen. »Was machen Sie überhaupt in dieser gottverlassenen Gegend?«, wollte der Glatzkopf nun von ihr wissen.

»Ich wollte eigentlich eine Art Abenteuerurlaub machen. Habe jedoch nicht das Richtige gefunden. Dann erzählte mir eine Kollegin von dieser Gegend in Schleswig-Holstein, wo sich kaum Menschen aufhalten würden. Viel unberührte

Natur. So etwas habe ich gesucht. Keinen Trubel, keine Hektik; nur Stille.«

»Na, da sind Sie hier genau richtig«, meinte er und spuckte ins Gebüsch.

»Zudem«, fügte Sandra hinzu, »interessiert mich diese Lichtung. Die Todeslichtung. Schon der Name ist unheimlich.« Sie schauderte und sah sich um. In der Nähe gab es wirklich nichts als Pflanzen jedweder Größe. »Übrigens, ich heiße Sandra, Sandra Hölzer.« Sie stellte sich vor und streckte ihm die Hand entgegen.

Er nahm und schüttelte sie. »Ich bin Dieter Schmitt. Und der Typ mit dem Bart ist mein bester Freund Jürgen Ortmann«, sagte der Glatzkopf und deutete zuerst auf sich und danach auf seinen Begleiter.

»Seit ihr auch hier wegen der Lichtung?«, wollte Sandra nun wissen.

»Nicht direkt. Wir wohnen ungefähr dreißig Kilometer entfernt von hier«, erklärte Jürgen. »Manchmal, wenn uns die Langeweile überkommt, dann streifen wir hier durch den Wald.«

»Zur Entspannung«, fügte Dieter hinzu.

»Außerdem«, erzählte Jürgen weiter, »haben wir nicht weit von hier ein Blockhaus.«

»Hört sich prima an. Muss toll sein, sich zurückziehen zu können, wann immer man will. Habt ihr auch so stressige Berufe?«

»Kommt ganz darauf an, was man darunter versteht. Ich arbeite im Tierpark als Pfleger. Dieter ist Buchhändler. Und womit verdienen Sie Ihr Geld, Frau Hölzer?« Neugierig blickte er die junge Frau an.

»Ich bin Angestellte in einem Musikgeschäft in Wismar. Ich verkaufe Schallplatten und CDs und dergleichen.« Für einen Moment herrschte Schweigen zwischen ihnen, dann fragte sie spontan: »Wollen wir uns nicht duzen?«

»Nichts dagegen«, antwortete Dieter Schmitt.

Auch Jürgen Ortmann nickte zustimmend.

»Prima! Also, wie gesagt, ich bin Sandra.«

»Jürgen.«

»Dieter.«

Sie grinsten, dann setzten die drei ihren Weg fort. Dieter hatte die Führung übernommen. Sandra lief hinter ihm. Jürgen bildete den Schluss. Schweigend gingen sie weiter. Nach etwa einer halben Stunde sprach Jürgen die Frau an: »Was willst du denn überhaupt auf dieser Lichtung?«

Sandra stolperte über eine Wurzel, bevor sie antwortete. »Ich möchte sie mir einfach mal anschauen. Will sehen, ob sie tatsächlich so unheimlich und verwunschen aussieht, wie die Leute sagen. So etwas hat mich schon von klein auf fasziniert. Ich mag gruselige Orte.«

Dieter blieb neben einem Baumstumpf stehen. »Hier hast du gleich zwei gruselige Orte auf einmal. Den Wald *und* die Lichtung. Und wenn ich mir den Himmel so ansehe, haben wir sogar das passende Wetter dazu.«

Alle drei sahen hoch. In der Tat war der Himmel voller dunkler Wolken. Zwar war es immer noch warm für Ende September, aber ein kräftiger Regenschauer konnte schnell für Abkühlung sorgen.

»Ja, der ist wirklich düster«, meinte Sandra. »Was genau hat es denn mit dem Wald auf sich?«, wollte sie nun wissen.

»Willst du das tatsächlich wissen?«, fragte Jürgen.

»Aber natürlich!«

»Ich weiß nicht, wir wollen dir keine Angst machen, Kleines.«

Er zögerte. Doch Sandra winkte ab.

»Darüber braucht ihr euch keine Gedanken zu machen. So schnell bekomme ich keine Angst!« Sandra setzte sich auf den Stumpf und blickte gespannt zu Jürgen auf.

»Na schön, du hast es so gewollt. Ich werde dir von dem Wald berichten. Und wenn du anschließend immer noch zur Lichtung willst, dann bringen wir dich persönlich hin. Nicht wahr, Dieter?«

»Au ja!«, rief Sandra und klatschte vor Freude in die Hände.

Aber Dieter schien es nicht zu gefallen. »Ich bin mir nicht sicher, ob wir das tun sollten«, meinte er und blickte skeptisch drein.

»Aber warum denn nicht?« Sandra war enttäuscht.

Er sah sie mit ernstem Gesicht an. »Das ist kein Spaß, weißt du.« Er schüttelte den Kopf. Ihm gefiel der Enthusiasmus der jungen Frau gar nicht.

»Egal. Ich bin kein zartbesaitetes Püppchen. Ich habe schon viele Nächte auf spukenden Friedhöfen verbracht. Ich habe mich auch einmal eine Nacht lang in diesem Horror-Museum in Belgien einschließen lassen. Nicht zu vergessen die Nacht in der Kirchengruft in Schottland!«

»Na gut, na gut«, bremste Jürgen ihren Redefluss und hob die Hände, »du hast uns überzeugt. Also pass auf, Sandra: Seit nunmehr sechzehn Jahren verschwinden hier immer wieder Menschen. Der Erste, den es erwischte, war ein Einsiedler, der von einem Tag auf den anderen weg war. Man hat nie wieder etwas von ihm gehört oder gesehen. Zuerst dachten die Leute, er wäre einfach weggegangen, einfach weitergezogen. Aber als noch im selben Jahr ein Touristenpärchen nicht von einem Waldspaziergang zurückkehrte und dann auch noch drei Teenager vom Zelten nicht wiederkamen, wurde man misstrauisch. Ein Suchtrupp, bestehend aus vier Personen, wurde hinterhergeschickt. Keiner von ihnen kehrte zurück! Daraufhin gab es ausführliche Ermittlungen der Kriminalpolizei. Anhand der Spurenlage fand man heraus, dass die meisten Personen in der Nähe des Sees und der Lichtung verschwunden sein mussten. Kleidung und andere persönliche Gegenstände wurden sichergestellt. Man fand aber keine Blutspuren oder dergleichen. Die Bevölkerung wurde schließlich dazu aufgefordert, den Wald zu meiden. Warnschilder wurden aufgestellt, hauptsächlich für Urlauber.«

Er hielt inne und sah zu Dieter. Sandra war von der Geschichte in ihren Bann gezogen worden. »Warum hat man denn keine Wachen aufgestellt?«, fragte sie.

»Wachen? Dafür ist der Wald viel zu groß. So viele Polizeibeamte, wie man dafür benötigt hätte, gibt es nicht in diesem Landstrich.«

»Ach so, klar. Das hätte ich mir eigentlich denken können. Bin ja selbst eine ganze Weile hier herumgeirrt.«

»Eben.«

Dieter ergriff dieses Mal das Wort. »Dass die Warnschilder nicht beachtet werden würden, war von Anfang an klar. Die Waldlichtung zog immer wieder Leute an, meistens Jugendliche, die auf Abenteuer aus waren. Oder Mutproben veranstalteten. Jedenfalls wurde die Liste der Verschwundenen länger und länger. Fast jeden Monat gab es neue Vermisste. Allein in den ersten fünf Jahren verschwanden einundachtzig Personen!«

»Boah, so viele?!« Sandra war perplex.

»In der Tat«, nahm nun wieder Jürgen den Faden auf. »Und das sind nur die bekannten Fälle. Man kann davon ausgehen, dass wohl weit mehr als einhundert Menschen verschwunden sind. Ich selbst habe meine beiden Schwestern sowie meinen Onkel hier verloren.«

»Oh, das tut mir leid«, warf Sandra ein.

Jürgen sah zu Boden und zuckte mit den Schultern, bevor er weitererzählte. »Erst nach ein paar Jahren fand man Knochen im Wald. Menschenknochen.«

Sandra nutzte die kurze Erzählpause für eine Zwischenfrage. »Hat man vorher nie Knochen oder Schädel gefunden? Ich meine, auch wenn hier alles dicht bewachsen ist, sollte man doch davon ausgehen können, dass irgendjemand etwas gefunden hat, oder?«

»Gute Frage, Kleines. Genau die gleiche stellte sich jeder andere auch. Die Polizei, die Anwohner, einfach alle! Es gab jedoch keine Erklärung dafür. In den nächsten elf Jahren wurden offiziell hundertsechsundachtzig weitere Menschen als vermisst gemeldet.«

Sandra riss erschrocken ihre Augen auf. »Das macht insgesamt zweihundertsiebenundsechzig!«

»So ist es. Wenn man dann noch die nicht registrierten Personen hinzuaddiert ... Tja, da kommt man locker auf dreihundertfünfzig, vielleicht sogar auf vierhundert!«

»Puh.« Sie stieß die Luft aus und sah nachdenklich auf den Waldboden.

»Na, Sandra, willst du noch immer zur Lichtung oder hast du es dir inzwischen anders überlegt?«, wollte Dieter wissen.

Die junge Frau stutzte, überlegte. »Ja, ich will sie mir ansehen, sie betreten. Jetzt erst recht. Das wird ein Höhepunkt in meinem Leben! Alle anderen Gruselorte, die ich bisher besichtigt habe, verblassen dagegen. Auch wenn mir die Menschen leidtun, wird die Todeslichtung mein persönliches Highlight überhaupt!«

»Na gut«, sagte Jürgen, »so sei es. Ich schlage vor, wir gehen zuerst zu unserer Hütte, stärken uns und marschieren dann los. Einverstanden?«

»Au ja!«, rief Sandra.

Dieter nickte nur. Dann schulterte er sein Gewehr. »Auf geht's«, brummte er.

Sie setzten sich in Bewegung. Nach wie vor war kein Pfad zu erkennen. Nicht mal ein Wildwechsel. Nur Bäume und Sträucher. Einmal sahen sie einen Wolf, der sofort das Weite suchte, als er sie bemerkte.

»Was meint ihr?«, fragte Sandra. »Warum tötet jemand so viele Menschen?«

»Ich glaube«, antwortete Dieter, »dass entweder ein Psychopath dahintersteckt, der einfach nur eine möglichst hohe Opferzahl erreichen will, oder –« Er machte eine Pause.

»Oder?«, fragte Sandra nach.

»Oder es ist schlichtweg Hunger, der ihn oder sie antreibt.«

»Kannibalen?« Die junge Frau erschrak.

Dieter hob die Schultern und nickte gleichzeitig. »Warum nicht? Wenn man nichts zu essen hat und kein Geld, um sich etwas zu kaufen.«

»Aber dafür gibt es doch Behörden, die einen versorgen. Das Sozialamt, zum Beispiel«, warf Sandra ein.

Diesmal sprach Jürgen. »Ja schon, aber stell dir nur mal vor, der Täter – es könnten natürlich auch mehrere sein, oder eine Frau, möglicherweise sogar ein Pärchen – wird polizeilich gesucht. Vielleicht wegen eines anderen Delikts; Einbruch, Körperverletzung, was auch immer, er hat niemanden, bei dem er bleiben kann. Weder Freunde noch Verwandte. Was soll er tun? Auf den Straßen rumlaufen? Stets in Gefahr, dass die Polizei ihn entdeckt?«

Sandra wollte etwas sagen, aber Jürgen sprach weiter.

»Nein. Das einzig Vernünftige ist es, auf Tauchstation zu gehen. Und was wäre geeigneter dafür als ein dichter Wald?«

»Wenn man es so betrachtet, hast du nicht unrecht, aber er könnte sich doch Tiere fangen, Fallen stellen. Hier gibt es bestimmt unzählige Tierarten. Hasen, Vögel, Mäuse und viele mehr. Das sollte doch ausreichen, um satt zu werden, oder?«

Dieter ging auf ihren Einwand ein. »So betrachtet schon, aber vielleicht hat ihm ja das tierische Fleisch irgendwann nicht mehr gereicht.«

»Nein, das ist kein Argument.« Sandra schüttelte den Kopf. »Er könnte sich eine Weile von Pflanzen ernähren. Oder Fische fangen. Aber Menschen essen? Bah!«

Jürgen sagte: »Möglicherweise hat er unbeabsichtigt jemand getötet. Dann hat er sich gedacht, warum soll das Fleisch hier einfach so verrotten? Für ihn war es eine kulinarische Abwechselung, mal etwas anderes zu essen zu haben. Also hat er ein Stückchen gekostet und fand den Geschmack nicht schlecht. Schließlich hat er sich die Leiche einverleibt und hat von da an seinen Speiseplan erweitert. Er wäre nicht der Erste, der Menschenfleisch isst.«

»Igitt!« Sandra schüttelte sich und verzog das Gesicht. »Ich könnte das nicht. Einen Menschen verspeisen. Niemals! Wer weiß, wie das überhaupt schmeckt …«

»Wie Hühnchen«, meinte Dieter.

»Woher willst du das wissen?«, fragte Sandra.

»Alles schmeckt wie Hühnchen«, antwortete er.

»Würdet ihr Menschenfleisch essen?« Sie war neugierig geworden.

»Wahrscheinlich schon. Ich meine, wenn ich die Wahl hätte zwischen verhungern und einen Menschen vertilgen … Ich würde ja sagen!«

»Und du?« Sandra drehte sich zu Jürgen um.

»Ich stimme Dieter hundertprozentig zu. Verhungern ist ein schmerzhafter Tod. Man bekommt Krämpfe, halluziniert und der Körper beginnt, sich selbst zu verdauen. Darauf kann ich verzichten!«

»Das macht mich jetzt sprachlos.« Sandra war geschockt.

Dieter bemerkte ihre Betroffenheit. Er versuchte, sie ein wenig zu beruhigen.

»Das heißt natürlich nicht zwangsläufig, dass man jemanden töten sollte. Wenn es meinetwegen ein Unfall war. Jemand stolpert, knallt mit dem Kopf gegen einen Stein und stirbt, dann ist das etwas anderes. Zugegeben, dass so etwas mehrmals passiert, ist eher unwahrscheinlich, aber nicht unmöglich.«

»Abgesehen davon«, ergänzte Jürgen, »ist alles, was wir hier fantasieren, nur hypothetisch. Keiner sagt, dass es so war, oder ist.«

Sandra nickte.

Dieter war stehen geblieben und sagte: »Wir sollten das Thema für den Moment beenden. Wir sind angekommen.«

Er schob mit dem Arm einen tief hängenden Zweig zur Seite und Sandra betrat eine Lichtung. Sie war kleiner, als sie vermutet hatte, und rundum von dunklen, fast laublosen Bäumen umgeben. Ihre Zweige waren ineinander verwoben und verhakt. Die Baumstämme standen dicht an dicht; kaum ein Sonnenstrahl drang bis auf den Waldboden, auf dem nicht einmal Unkraut wuchs. Alles machte einen düsteren Eindruck. Die freie Fläche vor der Hütte war von fast kniehohem Gras bedeckt. An deren gegenüberliegendem Ende stand das Blockhaus ihrer beiden Begleiter.

»Wow, das sieht ja cool aus!«, meinte Sandra. »Das gehört euch?«

Beide nickten.

Jürgen sagte: »Die Hütte haben wir vor vielen Jahren hier entdeckt. Sie war in keinem guten Zustand. Wir haben sie dann nach und nach wieder hergerichtet.«

»Ich bin beeindruckt.« Sandra stand zwischen den Freunden und ließ sich vom Anblick, der sich ihr bot, vereinnahmen. Das Haus war aus halbrunden Stämmen errichtet worden, die sich an den Ecken überlappten. Eine kleine Veranda befand sich vor dem Eingang, die von einem Geländer umgeben war. Das Holz war so dunkel, dass es schwarz wirkte. Fast wie verkohlt. Beiderseits der Tür befanden sich Fenster, deren Läden geschlossen waren. Das Dach war leicht schräg und besaß einen Schornstein. Gemächlich liefen die drei weiter.

»Die Hütte ist wirklich weit abgelegen. Das hier wäre eine

hervorragende Kulisse für einen Horrorfilm. Wenn man die Vorkommnisse in der Umgebung noch hinzuzählt, dann passt das perfekt.«

Sie erreichten ihr Ziel und stiegen die vier Stufen zur Veranda hinauf. Dieter holte den Schlüssel aus seiner Jackentasche, schloss auf und öffnete die Eingangstür. Dunkelheit umfing sie. Die Männer öffneten die Fensterläden. Außer den beiden an der Vorderfront gab es noch zwei weitere an der Rückwand. Sandra sah sich um. In einer Ecke stand ein Tisch mit vier Stühlen und einer batteriebetriebenen Lampe darauf. An der Seitenwand, vom Eingang rechts, befanden sich zwei Betten. Die ordentlich gemacht waren. Links stand ein Schrank. In einer Nische erkannte Sandra eine Pinnwand, an der glänzende Gegenstände hingen, die eigentlich nicht in dieses Ambiente passten. Daneben war eine Leine gespannt, die einen separaten Bereich vom Hauptraum abtrennte. »Habt ihr hier keinen Strom?«, wollte Sandra wissen.

»Nee«, antwortete Dieter, »Elektrizität gibt es hier nicht. Fließendes Wasser ebenfalls nicht.«

»Und wie wascht ihr euch? Wie bereitet ihr euer Essen zu?«

»Nicht weit von hier existiert eine Quelle, von dort holen wir Wasser. Zum Kochen benutzen wir einen alten Ofen, der sich in der Ecke hinter dem Vorhang befindet.«

Jürgen ergänzte: »Strom brauchen und wollen wir nicht. Wir kommen auch so gut zurecht.«

»Na ja, das verstehe ich. Irgendwie …«

»Setz dich«, forderte Dieter sie auf. »Ruh dich aus. Du bist bestimmt erschöpft.«

Sie nickte. »Das bin ich in der Tat.«

Sandra sah noch einmal zu der Pinnwand. Als sich ihr Blick fokussierte, erkannte sie, dass es sich bei den glänzenden Gegenständen um Schmuckstücke handelte. Ringe, Halsketten mit Anhängern, Ohrringe und dergleichen. Besonders ein Anhänger fiel ihr sofort ins Auge. Es war eine etwa vier Zentimeter große Meerjungfrau aus Gold.

»Möchtest du etwas trinken?«, fragte Jürgen und riss sie aus ihren Gedanken.

»Sehr gerne. Ich bin am Verdursten.« Er verschwand hinter dem Vorhang und Sandra hörte, wie er dort hantierte. Dieter kam derweil mit Tellern und Besteck, die er aus dem Schrank geholt hatte zum Tisch.

»Ihr mögt es rustikal, nicht wahr?«

»Da hast du recht«, antwortete Dieter.

»Was hat es denn mit all den Schmuckstücken da drüben auf sich?«, fragte Sandra und sah ihn gespannt an.

»Die haben wir im Laufe der Zeit gefunden.«

»Hier im Wald? So viele?«, hakte sie nach.

Er nickte. »Die meisten, ja. Wenn man häufig unterwegs ist, so wie wir, dann findet man schon so einiges. Du kannst mit uns essen, wenn du möchtest«, wechselte er das Thema. »Jürgen bereitet gerade eine Kleinigkeit zu.«

»Die Einladung nehme ich gerne an«, meinte Sandra. »Ich bin am Verhungern.«

»Eben warst du noch am Verdursten und nun am Verhungern«, bemerkte Jürgen. »Scheint fast so, als ob du immer mit einem Bein im Grab stehst.«

Sandra grinste unsicher. »Na, so schlimm ist es dann doch nicht.«

Jürgen kam aus der Kochecke und reichte Sandra ein Glas Wasser.

»Danke.«

»Keine Ursache.«

Sie hörte ein Feuer knistern. Dieter hatte, von Sandra unbemerkt, den Ofen angeheizt. Es wurde wärmer in der Hütte.

»Ich habe eben Gemüse geschnippelt und Wasser angesetzt. Jetzt fehlt nur noch das Fleisch. »Was meinst du, Kleines, was es gibt?«, fragte er.

»Keine Ahnung. Schweinefleisch?«

Er schüttelte den Kopf. »Falsch.«

»Hasenbraten?«

»Auch nicht.«

»Ich weiß es wirklich nicht«, sagte Sandra.

»Rate einfach weiter«, meinte Jürgen. »Betrachte es als ein Spiel. Abgesehen davon wird es noch eine ganze Weile dauern, bis wir unsere Bäuche füllen können.«

Sandra hatte eigentlich keine Lust, dieses Ratespiel mitzumachen, aber da nichts anderes zu tun war, ließ sie sich doch darauf ein.

»Na schön, Steak?«

Kopfschütteln.

»Vielleicht Fisch?«

»Auch nicht. Was meinst du, Jürgen. Wollen wir unserem Gast einen Tipp geben?«

Dieter sah seinen Freund an und hob die Augenbrauen.

»Oh ja, bitte! Nur einen kleinen Hinweis. Möglicherweise komme ich dann drauf.«

Jürgen grinste, dann nickte er zustimmend.

»Hm …«, machte er, »welchen Hinweis können wir dir geben, ohne zu viel zu verraten?«

Sandra machte das Ganze inzwischen richtig Spaß. Sie mochte Rätsel jedweder Art.

»Ist es etwas Gekauftes? Oder ist es frisch?«

»Wir kaufen nichts!«, meinte Dieter. »Bei uns kommt alles frisch auf den Tisch.«

Jürgen fügte hinzu: »Wir gehen auf die Jagd und erlegen unsere Beute von Angesicht zu Angesicht.«

»Genau so ist es«, meinte Jürgen. »Und jetzt habe ich auch den gewünschten Hinweis für dich, Sandra.«

Gespannt sah sie ihn an. »Oh, nun mach es doch nicht so spannend, Jürgen.«

Er legte seine Ellbogen auf die Tischplatte, beugte sich vor und sagte: »Unsere Beute ist relativ groß.«

»Was, das ist alles? Das hilft mir überhaupt nicht weiter. Nenn irgendwas Spezielles.«

Sandra war enttäuscht. Sie trank einen Schluck Wasser und rülpste laut. »Entschuldigung«, sagte sie.

»Kein Problem. Okay, um ein wenig voranzukommen, werde ich dir jetzt einen hilfreichen Hinweis geben. Unsere Jagdbeute hat weniger als vier Beine.«

Die Männer tauschten einen Blick, beobachteten ihren weiblichen Gast.

»Weniger als vier Beine ist ein guter Tipp. Mal sehen …«, grübelte sie. »Die Tiere, die mir spontan einfallen, haben alle vier Beine. Fische habt ihr schon ausgeschlossen. Hm … Igitt, ihr esst doch keine Insekten, oder? BAH!«

Dieter ergriff das Wort. »Du hast etwas vergessen. Wir haben gesagt, unsere Beute ist groß! Findest du, dass Insekten groß sind, Sandra? Was sind dann Hirsche oder Wildschweine für dich?«

Sie blies ihre Backen auf. »Du hast recht, daran hab ich nicht mehr gedacht. Aber da bleibt nur noch eine Tierart übrig!« Sie nickte triumphierend.

»Na dann raus damit! Was ist die Lösung?«, fragte Dieter. Genau wie Jürgen sah er die schwarzhaarige Frau gespannt an.

Sandra holte tief Luft, bevor sie sagte: »Vögel!«

Die Männer wirkten überrascht. »Vögel?«, fragten sie gleichzeitig. Dann brachen sie in schallendes Gelächter aus. Sie bekamen sich gar nicht mehr ein. Jürgen schlug mehrmals mit der Faust auf den Tisch. Dieters Gesicht lief rot an, so sehr lachte er. Sandra fühlte sich wie ein Kind, welches von seinen Spielkameraden ausgelacht wurde, weil es etwas nicht begriffen hatte.

»Mädchen, Mädchen«, sagte Jürgen, nachdem er sich wieder einigermaßen beruhigt hatte, »du bist echt schwer von Begriff! Sollen wir dir verraten, was wir«, damit zeigte er auf sich und Dieter, »heute essen werden?« Er lachte weiter.

»Ich finde es überhaupt nicht gut, dass ihr mich auslacht!«, meinte Sandra. »Bisher fand ich euch nett, aber jetzt weiß ich nicht, wie ich euch einschätzen soll. Das ist sehr unhöflich!«

»Wir sind alles andere als unhöflich, Kleines. Im Gegenteil, du bist unhöflich!«

Sandra konnte es kaum fassen. »Ich …? Aber weshalb denn?«

Dieter entgegnete: »Jürgen hat dir eben eine Frage gestellt, die du einfach ignoriert hast. Er wollte von dir wissen, was wir«, er zeigte, wie sein Freund vorhin, zuerst auf sich selbst und dann auf ihn, »nachher essen werden.« Er blickte Sandra wütend an. Die fühlte sich nun richtig unwohl in ihrer Haut und errötete. »Kennst du die Antwort, hm? Deine letzte Chance! Was werden wir gleich essen?«

Sandra senkte den Kopf und schwieg einen Moment. »Ich gebe auf. Ich habe wirklich keine Ahnung! Sagt es mir endlich. Was werdet ihr heute essen?«

Jürgen meinte: »Vielleicht sollten wir die Frage anders formulieren. Es geht nicht darum, *was* wir heute essen, sondern *wen*!«

Sandra schaute von einem zum anderen. »Na schön, *wen* werdet ihr heute verspeisen?«

Beide Männer antworteten synchron: »DICH!«

Erwartungsvoll sahen die beiden ihr Opfer an. Sandra blieb jedoch ziemlich gelassen.

»Aha, interessant«, meinte sie nur.

Damit hatte sie die Männer zweifellos aus dem Konzept gebracht. Die waren davon ausgegangen, dass Sandra schreien und in Tränen ausbrechen würde, aber damit hatten sie falschgelegen.

»Mehr sagst du nicht dazu?«, fragte Jürgen.

Sandra sah ihn an. »Was hast du denn erwartet, hm?«

»Jedenfalls nicht solche Gleichgültigkeit.«

»Tja, Pech gehabt.«

Dieter ergriff das Wort. »Hast du überhaupt verstanden, was dir bevorsteht?«, wollte er wissen.

»Du meinst, was mir *eurer Meinung nach* bevorsteht, nicht wahr?«

»Vielleicht hat sie einen Schock!«, meinte Jürgen.

»Ja, könnte sein. Man bekommt schließlich nicht oft mitgeteilt, dass man gegessen wird. Da schaltet das Hirn schon mal ab.«

Sandra richtete sich in ihrem Stuhl auf. »Wisst ihr, ihr seid echt blöd!«, sagte sie. »Ihr hättet mich zuerst überwältigen sollen, bevor ihr mir eröffnet, mich aufessen zu wollen. Jetzt ist es zu spät!«

»Zu spät für *was*?«, fragte Dieter. Er blickte der schwarzhaarigen Frau in die Augen.

»Mich zu überrumpeln. Ihr hättet mich zum Beispiel einfach niederschlagen und fesseln können. Aber nein, ihr wolltet euer Spiel durchziehen. Gelegenheit verpasst!«

»Ich glaube, du verkennst die Situation, Kleines«, bemerkte Jürgen. »Du bist in unserer Hand und uns somit auf Gedeih und Verderb ausgeliefert. Wir werden dich töten, kochen und essen! Was glaubst du, noch dagegen tun zu können, hä?«

»Töten, kochen und essen?«, fragte sie noch einmal nach.

Beide Männer nickten. »Vielleicht binden wir dich auch fest und essen dich bei lebendigem Leib! Wäre nicht das erste Mal!«, sagte Jürgen. »Ein Häppchen vom Oberschenkel, ein Stück aus der Brust beißen …«

»Genau!«, fuhr sein Kumpel fort. »Leckeres Fleisch von den Waden nagen, deine Finger abknabbern. Es gibt unzählige Möglichkeiten!«

»Und«, redete Jürgen weiter, »wir werden dich mit deinem eigenen Fleisch füttern, damit du nicht verhungerst! Aber gekochtes oder gebratenes Menschenfleisch schmeckt natürlich am besten! Was isst du immer so gerne, Dieter?«, wandte er sich an seinen Kumpan.

»Ich liebe Nieren. Schön mit Zwiebeln gebraten, etwas Würze dazu und rein damit! Aus deinen sechs Lippen machen wir Blätterteigrollen! Verstehst du?«, fragte er nach.

»Ich verstehe sehr gut, was du meinst, aber Jungs, ich muss euch enttäuschen.« Sie blickte die beiden mit großen Augen an und atmete tief ein. »Ihr werdet leider hungern müssen!«

Plötzlich sprang sie auf und stach dem ihr gegenübersitzenden Jürgen ihre Fingernägel in die Kehle! Sie hatte enorm viel Kraft eingesetzt und merkte, wie ein Teil in Jürgens Luftröhre nachgab und zur Seite gedrückt wurde. Er brüllte auf, fasste sich an den Hals und kippte röchelnd vom Stuhl. Hart schlug er auf dem hölzernen Boden auf. Als Dieter das sah, rannte er sofort auf Sandra zu. Er holte aus und wollte ihr seine Faust ins Gesicht donnern. Sie duckte sich weg und griff ihm zielsicher zwischen die Beine!

Er schrie.

»Bleib ganz ruhig, du Arsch, hörst du?«

Als er nicht antwortete, verstärkte sie den Druck, quetschte seine Hoden zusammen.

Dieter stöhnte auf und begann zu wimmern. »Bitte!«, jammerte er.

»Bitte, *was*?«, fragte sie scheinheilig nach und entlockte ihm ein Stöhnen, indem sie weiter zudrückte. »Nun?« Mit hartem Blick sah sie ihn an.

»Bitte loslassen!«, keuchte er zwischen zusammengebissenen Zähnen hervor.

»Warum sollte ich?« Sandra schien das »Spiel« zu genießen.

»Weil …, weil ich … diese Schmerzen nicht aushalte. Bitte …«, flehte er. »Ich tue auch alles, was du willst!«

»Na, das hört sich doch für den Anfang gar nicht mal so schlecht an!«

Sein Gesicht glänzte vor Schweiß. Der Atem ging in kurzen Stößen.

»Du wirst mir ein paar Fragen beantworten, klar?«

Er nickte. »Natürlich, wenn ich kann …«

Sie packte ihn am Kragen und zog ihn zu sich. Die andere Hand immer noch in seinem Schritt.

»Ihr seid also für die ganzen Todesfälle in der Umgebung hier verantwortlich?«

Er zögerte mit der Antwort, wollte kein Geständnis ablegen. Sandra gab noch etwas mehr Druck auf seine Testikel! Dieter erblasste; sog schmerzerfüllt die Luft durch seine Zähne ein.

»Nun, ich höre …«

»Ja!«, brachte er hervor.

»Ja, *was*?« Sandra verstärkte den Druck nicht weiter, verringerte ihn aber auch nicht.

»Ja, wir haben die ganzen Leute umgebracht!«, gab er zu.

»Na siehst du, das war doch gar nicht so schwer«, lobte sie ihn. Sie sah zu Jürgen hinunter, der sich nicht rührte, und fragte sich, ob er noch am Leben war. Sie konnte sich nicht vorstellen, dass er an der Attacke gestorben war. Höchstwahrscheinlich war er lediglich ohnmächtig. Um ihn würde sie sich später kümmern. Jetzt wollte sie erst einmal das Verhör fortführen.

»Erinnerst du dich an eine junge Frau mit einer kleinen Narbe an der linken Schläfe?«

Er blickte seine Peinigerin erschrocken an.

»Ich weiß nicht …«, versuchte er den Ahnungslosen zu mimen.

»Denk nach, bevor meine Hand einen Krampf bekommt und ich sie mit aller Kraft zur Faust ballen muss!«

Dieter zuckte vor Schreck zusammen. Mittlerweile liefen ihm Tränen aus den Augen, aber darauf konnte und wollte Sandra keine Rücksicht nehmen.

»Ich überlege ja schon, aber es ist ziemlich schwer, sich bei all den Opfern an ein bestimmtes zu erinnern.«

»Aller Wahrscheinlichkeit nach hatte sie eine Bluse mit Nixen hinten drauf getragen«, versuchte sie ihm auf die Sprünge zu helfen.

»Ich bin mir nicht ganz sicher …«, wich er aus.

»Ich kann ihn schon kommen fühlen!«

Er sah sie verständnislos an.

»Den Krampf!«, erinnerte sie ihn. »Ich fühle den Krampf kommen. Ich schlage vor, du beeilst dich mit dem Erinnern, sonst kann ich für nichts garantieren!«

»A-also gut«, stotterte er. »Ja, sie war hier!«

»Wann?«

»Ich würde sagen, vor etwa einem halben Jahr.«

»Was habt ihr mit ihr gemacht?«

Kann ich nicht sagen, wir merken uns keine Details. Wahrscheinlich das Übliche.«

»Und das wäre?«

»Na ja, wie wir vorhin erzählt haben, töten, kochen und verspeisen.«

»Wie sieht's denn mit sexuellen Spielchen aus, hm? So etwas macht ihr doch bestimmt auch, nicht wahr?«

»Nur ab und zu«, versicherte er.

Sandra sah ihn mit blitzenden Augen an. »Das glaube ich dir nicht, Dieter! Warum solltet ihr euch so eine Gelegenheit entgehen lassen? Wehrlose Opfer, mit denen ihr alles tun und lassen könnt, was eure kranken Fantasien hervorbringen.«

Er schwieg.

»Fällt dir nicht doch noch etwas ein?«

»N-nein, so ist das nicht. Diejenigen, mit denen wir uns vergnügen, müssen ganz bestimmte Kriterien erfüllen.«

»Die da wären?«

»Weiblich, großbusig, untenrum rasiert; und sie müssen Jungfrau sein! Und selbst dann geschieht es nur selten, wirklich«, versicherte er. »Außerdem …«, fügte er hinzu, unterbrach sich dann aber selbst.

»Was wolltest du gerade sagen, hm?« Sie blickte ihn starr an. Er presste die Lippen zusammen.

»Ich beginne nun einen Satz und du vervollständigst ihn, klar? Also, pass auf: *Außerdem …*«

»… spielt man nicht mit seinem Essen! Wir sind schließlich zivilisiert«, erklärte er.

Sandra war verblüfft, dann kochte ihre Wut hoch. Sie brüllte ihn an.

»Zivilisiert?! Ihr seid perverse Dreckschweine! Die junge Frau, von der ich sprach, war logischerweise weiblich, sie hatte große Brüste und war auch im Intimbereich rasiert. Und da sie erst fünfzehn Jahre alt war und einen scheuen, zurückhaltenden Charakter hatte, war sie mit Sicherheit auch noch Jungfrau! *Und …*«, fügte sie hinzu, »… sie war zudem meine kleine Schwester!«

Daraufhin quetschte sie Dieters Genitalien zusammen. Er beugte sich nach vorn und sie packte seinen Kopf und rammte ihn mehrere Male auf die Tischplatte. Dann schleuderte sie ihn zur Seite weg, sodass er über Jürgen stolperte und ebenfalls zu Boden ging.

Dieter lag auf seinen Ellbogen gestützt vor ihr auf den Holzdielen.

Sandra lief zur gegenüberliegenden Hüttenwand und nahm das Gewehr, welches einer der beiden vorhin dort abgestellt hatte. Sie spannte den Hahn und setzte den Lauf mitten auf Dieters Stirn.

»Wo sind sie?«, brüllte sie ihn an.

»Wer?«

»Die Überreste meiner Schwester!«

»Keine Ahnung. Wir haben die Knochen und alles, was wir nicht verwertet haben, entsorgt.«

»Wo entsorgt?«

»Na einfach irgendwo im Wald verstreut. Oder im See versenkt!«

»Dann gibt es also keine Gräber?«, hakte Sandra nach.

»Nein!«

»Na dann …«, sagte sie und drückte ab! Dieters Schädeldecke klatschte an die Wand!

Sandra ging zu seinem Kumpan und stieß ihn mit der Schuhspitze an. Er öffnete den Mund, wollte offenbar etwas sagen, aber Sandra schob den noch warmen Gewehrlauf zwischen seine Lippen.

»Hey, Arschloch!«, rief sie. Er erfasste augenblicklich die Lage, in der er sich befand, griff nach dem Lauf, aber Sandra schob ihn noch tiefer in seinen Mund, sodass er würgen musste.

»Pfoten weg!« Er gehorchte. Sie lächelte auf ihn hinab.

»Dein Kumpel hat gerade ein Geständnis abgelegt!«, klärte sie ihn auf.

»Und er hat seine Strafe bekommen! Genau wie du jetzt!«, fügte sie hinzu und drückte zum zweiten Mal ab! Auch Jürgens Kopf explodierte und verteilte sich in unzähligen Stückchen im Raum! Sandra legte die Waffe auf den Tisch und ging hinüber zur Pinnwand. Sie nahm den goldenen Meerjungfrauenanhänger ab und sah ihn sich genau an. Ja, diesen Kettenanhänger hatte sie ihrer Schwester letztes Weihnachten geschenkt. Sie steckte ihn in ihre Hosentasche.

Anschließend lief sie zum abgetrennten Bereich der Blockhütte, zog den Vorhang zur Seite und erblickte einen Kohleofen, in dem ein Feuer brannte. Darauf stand ein riesiger, mit Wasser gefüllter Kochtopf, in dem Gemüse vor sich hin blubberte. Daneben lagen auf einer Arbeitsplatte mehrere Tranchiermesser parat.

Hier hätten sie mich also zum Essen zubereitet, dachte sie. Sandra durchsuchte die komplette Hütte, fand jedoch kaum etwas, was ihr Interesse geweckt hätte. Lediglich einen Kanister mit Petroleum holte sie aus dem Schrank im Hauptraum. Sie verteilte die Flüssigkeit in der gesamten Hütte. Dann lief sie um das Gebäude herum, griff durch eine Fensteröffnung und entnahm dem Kohleofen ein paar brennende Holzscheite, die sie in die Petroleumpfützen warf.

Im Nu ging die gesamte Hütte in Flammen auf. Sie besah sich einen Moment lang das Schauspiel, bevor sie sich umdrehte und sich auf den Weg nach Hause machte.

ENDE

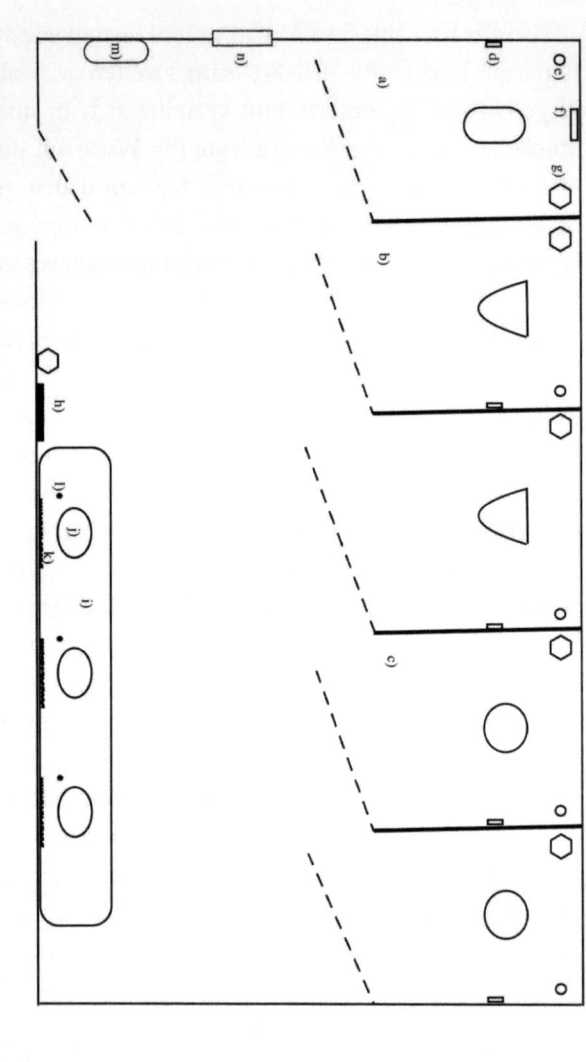

a) Hocktoilette
b) Bidet
c) Toilette
d) Toilettenpapierhalter
e) Toilettenbürste
f) Haltegriff
g) Mülleimer

h) Papierhandtuchspender
i) Waschtisch
j) Waschbecken
k) Spiegel
l) Seifenspender
m) Hygieneautomat
n) Fenster

Yuki

Yuki Takamoto war verzweifelt. Seit knapp drei Stunden war sie hier in der Mädchentoilette der Senior Highschool für Mädchen in Osaka gefangen; eingesperrt von Mitschülerinnen, die sie mobbten, seit sie vor zwei Jahren auf diese Schule gewechselt war.

Es war eine Gang aus ihrer Klasse, deren Anführerin, die sich Kami nannte, in Yuki ein willkommenes Opfer für ihren Terror gefunden zu haben glaubte. Dabei hatte Yuki keinen Anlass dazu gegeben, ausgegrenzt zu werden. Sie war ruhig und eher einzelgängerisch veranlagt und hielt sich zumeist von den anderen fern. Sie war zurückhaltend, fast ein wenig schüchtern und diese Eigenschaft wurde von denen als Schwäche angesehen. Das war vermutlich mit ein Grund, weshalb sie es auf sie abgesehen hatten. Anfangs wurde sie lediglich beschimpft und beleidigt, manchmal auch herumgestoßen. Mit der Zeit jedoch wurde es immer schlimmer.

Sie wurde körperlich angegriffen, zumeist in Form von Ohrfeigen. Sie stahlen ihr Taschengeld und einmal sogar eine silberne Halskette, die sie vor zweieinhalb Jahren von ihrer Großmutter zum vierzehnten Geburtstag geschenkt bekommen hatte. Kami, die Anführerin, riss sie ihr einfach ab und steckte sie ein. Als Yuki darauf in Tränen ausbrach, wurde sie von den Gangmitgliedern ausgelacht und verspottet. Sie wurde zu Boden geschubst, wobei sie sich ihr Handgelenk verstauchte. Manchmal warteten sie nach dem Unterricht auf sie und bewarfen sie mit Essensresten und anderem Müll. Eine von ihnen, O-kashi, zog sie so brutal an den Haaren, dass sie auf den Gehweg stürzte, wodurch sie sich Schürfwunden an den Knien zuzog. Sie entwendeten ihre mühevoll recherchierten Hausaufgaben und verbrannten sie. Yuki bekam daraufhin vom Klassenlehrer eine Sechs wegen nicht gemachter Hausaufgaben. Als sie nach dem Unterricht zu ihm ging und ihm erzählte, was passiert war, und der Lehrer Kami zur Rede stellte, stritt diese natürlich alles ab und Yuki kassierte zusätzlich noch einen Eintrag ins Klassenbuch wegen Verleumdung. Seit dem Tag hatte es die Mädchenbande endgültig auf sie abgesehen!

Neben Kami gab es noch fünf weitere Mitglieder: Oishii, Kawaii, O-kashi, Koneko und Kirei. Alle taten, was Kami ihnen befahl. Sie war die unumstrittene Anführerin!

Heute war Freitag und der letzte Schultag vor den Ferien. Noch vor Unterrichtsbeginn hatten sie Yuki in der Toilette abgepasst und sie wieder gepeinigt. Sie wurde aufs Übelste beleidigt, geohrfeigt und angespuckt. Dann wurde sie in eine Toilettenkabine geschubst. Die Tür wurde von außen zugehalten und über die Trennwände der beiden Nachbarkabinen hinweg versuchten sie, Yuki anzuspucken. Zwar konnten sie nicht zielen, da es keine Möglichkeit gab, sich oben über die Wände zu beugen, aber sie spuckten eben einfach drauflos und Yuki wurde zwangsläufig getroffen. Ihre Schuluniform war stellenweise richtig durchnässt. Anschließend holten sie sie aus der Toilette heraus und zerrten sie eine Kabine weiter, wo es eine Bidet-Toilette gab. Kawaii und Koneko drückten sie nach unten und bogen ihre Arme zurück. Oishii drückte Yukis Kopf nach unten und Kami betätigte die Spülung. Der Wasserstrahl traf genau in ihr Gesicht. Irgendjemand trat ihr in die Seite, und als sie aufschrie, drang Spülwasser in ihren Mund, worauf sie einen Hustenanfall bekam. Die anderen lachten sie aus und ließen erst von ihr ab, als die Schulglocke ertönte.

Yuki trocknete sich notdürftig ab und kam zu spät zur ersten Unterrichtsstunde, was ihr einen Klassenbucheintrag einbrachte. Mit nassem Haar und speichelverschmierter Uniform nahm sie auf ihrem Stuhl Platz.

Nach der Stunde ging sie wieder in die Toilette, um sich weiter zu säubern. Aber auch dieses Mal wurde sie wieder von der Bande erwischt. Dasselbe Spiel begann von vorn, nur viel, viel schlimmer!

Wieder waren es Kawaii und Koneko, die Sie packten und ihre Arme auf den Rücken drehten. Kami stellte sich vor ihr hin und zog Yukis Kopf an den Haaren nach hinten.

»Du bist ein Stück Scheiße, Yuki Takamoto!«, brüllte sie. »Du stinkst und atmest unsere Luft weg, du Mistkröte! Jetzt bekommst du, was du verdienst!«

Dann spuckte sie ihr mitten ins Gesicht! Die anderen jubelten ihrer Anführerin zu, die sich sichtlich wohlfühlte, wieder mal im Mittelpunkt zu stehen. Sie drückte ihren Rücken durch und lächelte in die Runde. Dann schlug sie der Wehrlosen mit der flachen Hand ins Gesicht, sodass ihr Kopf zur Seite flog. Sogleich traf Yuki der nächste Schlag auf die andere Wange. Insgesamt kassierte sie vier Doppeltreffer.

Sie konnte nicht verhindern, dass ihr Tränen in die Augen traten. »Oh, muss das arme Mädchen weinen?«, höhnte Kami. Dann blickte sie zu O-kashi und gab ihr ein Zeichen, dazuzukommen.

»Mach du weiter!«, befahl sie.

Auch O-kashi spuckte ihr ins Gesicht. Danach umfasste sie den Ausschnitt des Matrosenhemds von Yukis Schuluniform. Mit einem Ruck riss sie ihre Hände zur Seite. Ein reißendes Geräusch war zu hören und das Hemd war kaputt, hing zerrissen an ihrem Körper.

O-kashi schlug die Hälften zurück, sodass Yukis weißer BH zu sehen war.

»Wo hast du denn deine Brüste versteckt, hä?«, fragte sie. »Du bist wohl ein Junge, was?«

»Lasst mich in Ruhe, ihr Ziegen!«, schrie Yuki.

»Wie hast du uns genannt, du Aas?!«

Wieder begann Kami, auf sie einzuprügeln, zusammen mit O-kashi. Dieses Mal jedoch ziellos. Auf den Kopf und auf ihre ohnehin schon geröteten Wangen.

Kirei kam nun auch noch dazu und half dabei, Yukis kaputtes Uniformhemd auszuziehen.

Auch Oishii ging zu ihnen hinüber und hatte plötzlich eine Schere in der Hand, mit der sie sowohl den Steg als auch die Träger des BHs durchtrennte. Sie warf das zerschnittene Kleidungsstück in die Ecke.

»Wofür brauchst du überhaupt so ein Teil? Du hast doch gar keine Titten. Du bist wohl tatsächlich ein Junge. Gib's zu, Yuki, du bist ein Kerl!«

Die Angesprochene schüttelte den Kopf. »Nein, ich bin ein Mädchen, genau wie ihr. Lasst mich gehen, bitte!«

Kirei positionierte sich vor ihr.

»Wollen wir doch mal sehen, ob du die Wahrheit sagst«, meinte sie und zog Yukis Faltenrock bis zu den Knien runter.

Oishii stellte sich neben ihre Kumpanin und durchschnitt mit der Schere auch die Seiten des Schlüpfers. Yuki presste ihre Beine zusammen, hielt das Stück Stoff an Ort und Stelle. Aber sie hatte keine Chance. Gemeinsam rissen sie den Slip weg und warfen ihn achtlos zu dem Hemd in die Ecke des Raums. Der Rock folgte.

»Was ist *das* denn?!«, rief Kami. »Du bist nicht rasiert? Wie eklig! Bah!«

»Pfui Teufel!«, stimmte auch Koneko ein, die es jedoch nicht sehen konnte, da sie immer noch mit Kawaii seitlich hinter Yuki stand, deren Arme sie festhielten. Die hatte den Kopf gesenkt und blickte zu Boden, während sie lautlos weinte.

»Du bist das abartigste Miststück, das ich je getroffen habe!«, sagte Kirei.

Dann spuckte auch sie, wie ihre beiden Vorgängerinnen, ins Gesicht der Gefangenen.

»Ich auch, ich auch!«, rief daraufhin Oishii. Sie räusperte sich und spuckte einen grünlichen Schleimklumpen gegen Yukis Stirn, von wo er, eine feuchte Spur hinterlassend, an der Nase vorbei, in Richtung Mundwinkel glitt.

»Und was ist mit uns?«, fragte Kawaii und deutete mit dem Kopf auf sich und Koneko.

»Wir wollen ebenfalls unsere Spucke loswerden! Nicht wahr, Koneko?«

Die nickte. »Na klar!«

Kami hob beschwichtigend die Hände.

»In Ordnung, ihr habt recht! Niemand soll benachteiligt werden. Auf die Knie mit ihr!«, befahl sie. Kawaii und Koneko drückten Yuki runter und als sie sich wehrte, trat ihr Letztere in die Kniekehle, worauf sie mit den Knien auf den gefliesten Boden prallte. Dann tauschten Kawaii und Koneko die Plätze mit O-kashi und Kirei. Oishii stellte sich hinter Yuki und zog deren Kopf am Pferdeschwanz zurück. Mit der anderen Hand umfasste sie den Kiefer und zwang sie so, den Mund zu öffnen. Koneko kam näher, beugte sich vor und ließ eine große Menge Speichel direkt in Yukis Mund laufen. Kawaii schloss sich ihr an. Oishii drückte ihr den Mund wieder zu.

»Schluck es, du hässliches Stück Scheiße! Los!«

Kami drückte ihr mit den Fingern die Nase zu.

Es blieb Yuki nichts anderes übrig, als den Speichel hinunterzuschlucken!

»Na, sieh mal an, da hast du ja mal etwas Vernünftiges zu dir genommen!«, meinte Kami. »Was sagt man da …?«

Yuki reagierte nicht. Auf keinen Fall würde sie sich auch noch dafür bedanken.

»Hey, Miststück, ich habe dich was gefragt!«

Yuki schwieg weiterhin.

Oishii stand ihrer Anführerin bei: »Hörst du nicht, die Göttin hat dich was gefragt; antworte gefälligst!«

Doch die Angesprochene blieb stumm und kniff demonstrativ die Lippen zusammen.

»Bestrafe sie!«, forderte Kami von Kirei. Die holte aus und gab der Knienden eine Salve Ohrfeigen. Nach der Achten streckte ihre Chefin die Hand aus und Kirei trat zur Seite.

»Das reicht!«

Oishii beugte sich von hinten über Yuki drückte sich ein Nasenloch zu und rotzte einen Klumpen in ihr Gesicht. Der Auswurf landete auf ihrer Wange. Der Inhalt des zweiten Nasenlochs folgte und traf den Mundwinkel.

»Leck es weg!«

Yukis Zunge fischte den Schleimklumpen auf!

»Schluck es runter, du Hure! Na los!«, forderte Oishii.

Yuki tat es …

»So ist es brav!«, lobte Oishii.

Kami stand mit verschränkten Armen breitbeinig vor ihnen.

»Auf den Boden mit ihr!«, befahl sie. »Gesicht nach unten!«

O-kashi stieß Yuki in den Rücken und sie landete auf den Fliesen.

»Haltet die Schlampe fest!«

Zu viert packten sie ihre Arme und Beine und drückten die Gliedmaßen auf den Fliesenboden. Nur O-kashi lehnte mit verschränkten Armen an der Wand. Kami ging zu den Überresten von Yukis Faltenrock und zog den Gürtel aus den Schlaufen. Boshaft grinsend sah sie auf ihr wehrloses Opfer, holte aus und schlug mit dem Gürtel auf Yukis Gesäß! Die schrie auf, wollte sich wehren, sich befreien, aber gegen acht Hände konnte sie nichts ausrichten. Die Hiebe prasselten gnadenlos auf Yuki ein! Blutige Striemen zeichneten sich auf ihrem Hintern ab, aber davon ließ Kami sich nicht abhalten. Erst nach etwa einem Dutzend Schlägen stoppte sie die Auspeitschung. Yuki rührte sich kaum noch. Sie war sogar zu schwach, zu schreien.

Oishii meldete sich zu Wort: »Schade, dass wir kein Salz haben, das wir ihr auf den Arsch streuen können.«

»Ja, du hast recht, das ist wirklich bedauerlich«, stimmte ihre Anführerin zu. Dann befahl sie: »Dreht sie auf den Rücken!«

Sie taten es, ohne den geringsten Widerstand Yukis. Die war halb bewusstlos vor lauter Pein. Nur ein leises Stöhnen drang aus ihrem Mund.

»Schön wach bleiben!«, sagte Kawaii und gab ihr noch zwei kräftige Schellen.

Yuki kam wieder einigermaßen zu sich. Sie musste blinzeln, da ihr Blick getrübt war. Sechs Augenpaare starrten sie an.

Koneko fragte: »Soll ich mal nachsehen, ob sie noch Jungfrau ist?«

»Gute Idee! Tu es!«, stimmte Kami lächelnd zu. »Und ihr, öffnet ihre unförmigen Beine!«

Yuki merkte, wie ihre Knöchel ergriffen und auseinandergezerrt wurden.

Koneko hockte sich dazwischen und spreizte Yukis Schamlippen.

»Ich fasse es nicht!«, meinte sie. »Die ist tatsächlich noch nicht gevögelt worden!«

»Kein Wunder, so hässlich wie die ist!«, sagte O-kashi. »Die will doch keiner anfassen! Die wird auf ewig ungefickt bleiben!«

Ihre Kameraden johlten und stimmten lachend zu.

»Das glaube ich nicht!«, widersprach Kami und verschwand in einer Toilettenkabine.

Als sie zurückkam, hielt sie die Arme hinter ihrem Rücken verborgen.

»Haltet sie gut fest!«

Yuki versuchte noch einmal, sich aufzubäumen, war jedoch nach wie vor zu schwach dazu. Kami kauerte sich zwischen ihre auseinander gezogenen Schenkel und präsentierte den anderen eine Klobürste! Sie hielt den Gegenstand oberhalb der Borsten fest und führte das Ende des Griffs vor Yukis Scheideneingang. Boshaft grinsend sah sie zu ihren Kameradinnen hoch.

»Drei! Zwei! Eins! Uuund ... – Attackeee!«

Dann stieß sie zu, rammte den Klobürstenstiel in Yukis Vagina! Sie schrie, wie noch nie zuvor in ihrem beinahe siebzehnjährigen Leben. Und sogar Oishii und Kawaii konnten einen Aufschrei nicht unterdrücken! Kami zog unterdessen den Stiel vor und zurück, vor und zurück; eine makabre Imitation des Geschlechtsakts.

»Na, wie gefällt dir das, Schlampe? Ein Dreckstück wird von einer dreckigen Klobürste gefickt! Was könnte passender sein?«, rief sie.

Dann zog sie den blutigen Stiel aus Yuki heraus, und erhob sich.

»Ich habe eine Idee!«, rief Kawaii und kniete sich vor Yuki hin.

»Was soll das werden?«, wollte O-kashi wissen.

»Wart's ab!«, erwiderte die Angesprochene und beugte sich vor.

Mit den Fingern fummelte sie eine Weile zwischen Yukis Beinen herum. Als sie schließlich fand, wonach sie gesucht hatte, jubelte sie freudig auf. In der Hand hielt sie ein blutiges Etwas, das sie ihren Kumpaninnen präsentierte.

»Da haben wir es ja!«, sagte sie und ein strahlendes Lächeln zeigte sich auf ihrem Gesicht.

»Was ist das?«, fragten Kirei und Oishii fast gleichzeitig.

»Das ist ihr zerrissenes Hymen!«, erklärte Kawaii.

»Ihr was?« Koneko blickte verwirrt zu ihr.

»Na das Jungfernhäutchen!«, erläuterte sie.

»Ach so, ja, ich verstehe.«

Koneko errötete; sie hatte sich blamiert und es war ihr peinlich. Um es zu überspielen, fragte sie schnell: »Und was willst du jetzt damit machen?«

Anstatt zu antworten, krabbelte Kawaii neben Yukis Kopf und befahl: »Mach den Mund auf, ich habe was für dich! Wird's bald!«

Yuki öffnete den Mund und Kawaii steckte das blutige Hautstück hinein.

»Iss es!«, forderte sie.

Ohne Widerstand gehorchte sie und schluckte ihr eigenes Jungfernhäutchen!

»Jetzt bist du eine Kannibalin!«, rief Oishii.

»Hervorragende Idee!«, lobte Kami und zog ihren Slip aus.

»Was machst du?«, fragten Kirei und Koneko fast zeitgleich.

»Wartet's ab«, war die Antwort.

Sie platzierte beide Beine neben Yukis Kopf und ging langsam in die Hocke.

»Willst du dich von ihr lecken lassen, oder was?«, wagte Oishii zu fragen.

»Viel besser.«

Kami raffte ihren Rock zusammen und entblößte ihren nackten Unterleib. Ihre haarlose Vagina befand sich genau über Yukis Kopf.

»Eben hat unsere kleine Menschenfresserin gegessen, da sollte sie nachspülen, damit es besser rutscht!«

Im nächsten Moment stöhnte sie auf und urinierte auf die Hilflose. Dabei bewegte sie ihren Unterleib hin und her, sodass der goldgelbe Strahl Yukis ganzes Gesicht erwischte.

Als die Quelle schließlich versiegt war, erhob Kami sich wieder und trat zurück.

»Hoch mit ihr! Auf die Knie!«, befahl sie.

Yuki wurde hochgerissen. Die Führerin stellte sich vor sie hin. Dann drehte sie sich um und beugte sich vor. Sie hob ihren Rock über die Hüften und zog mit den Fingern ihre Hinterbacken auseinander.

»Leck mir den Arsch!«, schrie sie die Gefangene an. »Na los, du Kröte!«

Kawaii griff brutal in Yukis Haar und drückte ihren Kopf in Richtung von Kamis entblößtem Hinterteil. Egal, was Yuki auch versuchte, es gelang ihr nicht, dagegenzuhalten. Schließlich presste Kawaii ihr Gesicht zwischen die Backen.

»Streck die Zunge raus und fang an, zu lecken!«, forderte sie.

Das tat Yuki nicht. Oishii Formte ihre Finger zu Krallen und zerkratzte Yukis Rücken von den Schulterblättern bis runter zur Hüfte, wobei die Haut an vielen Stellen aufgerissen wurde und Blut austrat.

»Wirst du wohl gehorchen und ihr den Arsch lecken?!«, brüllte sie.

Widerwillig öffnete Yuki ihren Mund und streckte die Zungenspitze heraus.

Koneko ergriff nun das Wort: »Die ganze Zunge natürlich! Du blöde Kuh!«

Yuki gehorchte auch dieses Mal.

»Und jetzt mach die Zunge steif und schieb sie so tief wie möglich in Kamis Arschloch!«

Kami kam noch ein kleines Stück näher heran. Nach wie vor hielt sie die Öffnung ihres Rektums auseinander. Dann war es so weit; Yukis Zunge drang in den Anus ein!

»Tiefer!«, verlangte O-kashi. »Und schön lecken! Ja, so ist es gut!«

Auch die Chefin forderte: »Leck meine ganze Ritze von oben bis unten ab! Los, du kannibalistisches Miststück!«

Yuki führte den Befehl aus. Sie weinte. Sie war nie zuvor so gedemütigt und erniedrigt worden.

Nach ungefähr einer Minute richtete sich Kami wieder auf.

»Ah … das hat gutgetan! Das machst du ab Montag jeden Tag. Und zwar bei uns allen!«, rief sie und reckte ihre Faust hoch. Zustimmendes Gejubel und sogar Applaus brandeten auf.

»Und nun werft sie dort hinein!«, befahl die Anführerin und deutete auf eine Kabine mit einem normalen Porzellanbecken. Zwei davon gab es in diesem Raum, dazu zwei Bidet-Toiletten und hinten links war noch eine Hocktoilette. Yuki wurde in die gezeigte Kabine geschleift und einfach liegen gelassen.

»Ich habe eine Idee!«, rief O-kashi.

Sie nahm den Mülleimer, der links neben der Toilette stand, warf dessen Deckel in den Vorraum und kippte den Inhalt über Yuki aus! Toilettenpapier sowie blutige Binden und Tampons und benutzte Taschentücher bedeckten ihren nackten geschundenen Körper.

»Cool!«

»Geil!«

»Super Idee!«

Dergleichen riefen die Mädels vollauf begeistert. Auch alle anderen Mülleimer wurden auf sie geleert!

»Okay, Leute«, meinte Kami dann. »Unsere Freistunden sind gleich vorbei. Wir sollten zurück in die Klasse!«

Daraufhin schlossen sie die Tür zu Yukis Toilettenkabine und klemmten einen Besen unter die Klinke, der in der hintersten Ecke des Vorraums gestanden hatte.

»Wir kommen nach der letzten Stunde wieder!«, rief Kami. »Wir sagen Herrn Kumura, dass du dich nicht wohlgefühlt hast und nach Hause gegangen bist! Die Schultasche und deine Jacke werfen wir natürlich in den Müll!«

Lachend verließen die sechs Gangmitglieder den Toilettenraum …

Das war nun etwa drei Stunden her.

Yuki hatte keine Chance, sich zu befreien. An der Außenseite der Toilettentür, die zum Flur führte, hatten sie noch ein Schild mit der Aufschrift *Toilette defekt!* aufgehängt, wie sie ihr mitteilten, bevor sie gegangen waren.

Yuki saß nackt, nur mit Schuhen und Kniestrümpfen bekleidet, auf dem heruntergeklappten Deckel der Porzellanschüssel, den sie mit Toilettenpapier gepolstert hatte, weil die Striemen und offenen Wunden brannten, und fragte sich, wie es weitergehen sollte. Wollten die sie hier eingesperrt lassen?

Sie wusste, dass die Putzkolonne erst am Montag früh kommen würde. Schlimmstenfalls würden ihre Eltern zur

137

Polizei gehen und sie als vermisst melden. Aber das konnte dauern. Ihre Mutter hatte einen Halbtagsjob in einer Bibliothek und war anschließend mit einer Freundin verabredet; und ihr Vater befand sich in Yokohama auf Montage. Frühestens am späten Abend würde ihre Mutter bemerken, dass ihre Tochter nicht zu Hause war. Allerdings könnte es auch sein, dass sie etwas getrunken hat, dann würde sie wahrscheinlich direkt zu Bett gehen und morgen ausschlafen. Das bedeutete, dass ihr Verschwinden im ungünstigsten Fall erst am späten Vormittag bemerkt werden würde! Puh … Kein schöner Gedanke. Rufen brachte auch nichts, weil niemand hierherkam. Alle glaubten dem *Defekt*-Schild an der Tür. Wahrscheinlich haben Kami und ihre Kumpane zusätzlich noch überall herumerzählt, dass das Klo außer Betrieb ist und deswegen gingen alle zur Toilette im anderen Gebäudetrakt. Abgesehen davon, hatten sie ja angekündigt, nach dem Unterricht wiederkommen zu wollen. Und dass sie das taten, daran zweifelte Yuki nicht einen Moment.

Sie blickte sich in ihrem Gefängnis um. An der linken Wand war der Toilettenrollenhalter, an dem nur noch die leere Papprolle hing, weil Yuki das Papier als Polster für ihren gepeitschten Po verwendet hatte. In der Ecke befand sich eine Klobürste in ihrer Halterung.

Auf der anderen Seite stand sonst immer ein Mülleimer, aber den hatten ihre Peinigerinnen in den Vorraum geworfen, nachdem sie ihn über Yuki ausgekippt hatten. An der Innenseite der Tür waren zwei Metallhaken angebracht, an denen man Taschen oder Jacken aufhängen konnte. Sie blickte an den Wänden hoch. Zwischen dem oberen Rand und der Raumdecke war zwar ein Zwischenraum, aber dort konnte sie nicht hinaufgelangen. Die Toilettenschüssel hatte zu beiden Seitenwänden einen zu großen Abstand, als dass sie hinaufklettern konnte. Abgesehen davon war die Lücke viel zu schmal, um sich hindurch zu winden. Zwischen dem unteren Ende von Tür und Wände und dem Boden waren zirka zehn Zentimeter Freiraum. Da passte ebenfalls niemand durch.

Sie überlegte. Versuchte, sich den Vorraum in groben Zügen vor ihrem geistigen Auge vorzustellen. Wenn man vom Flur aus die Toilette betrat, war rechts neben der Tür der Waschtisch mit insgesamt drei Waschbecken. Über jedem war ein Spiegel an der Wand angebracht. Links, direkt neben dem Eingang, war eine freie Fläche. An der sich daran anschließenden Querwand hing ein Automat mit Damenbinden, Tampons und sogar Menstruationstassen. In der Mitte, knapp unterhalb der Decke, befand sich ein Fenster mit Milchglasscheibe. Und die Wand gegenüber dem Eingang war mit fünf Toilettenkabinen ausgestattet. Yuki war in der vierten gefangen.

Yuki grübelte darüber nach, was sie mit diesen Informationen anfangen konnte. Sie sah hinunter auf den Boden, der immer noch mit blutigen Binden und Tampons sowie Taschentüchern übersät war.

Ihr musste unbedingt etwas einfallen! Wer weiß, was die Bande ihr noch alles antun würde. Der Unterricht war bald vorbei und sie würden kommen; o ja, das würden sie … Es blieb ihr nichts anderes übrig, als sich zu wehren; ihre Gegnerinnen zu überrumpeln! Die waren sich ihrer Sache sicher und würden niemals damit rechnen, dass Yuki plötzlich zur Attacke übergehen würde. Der Überraschungsmoment war ihr größter Pluspunkt. Davon hing alles ab. Kein Zögern, keine Rücksicht. Einfach einen Gegenangriff starten, sobald sich die Gelegenheit dazu bot. Der passendste Augenblick war der, wenn die anderen die Kabinentür wieder öffneten.

Zu diesem Entschluss war Yuki nach längerer Überlegung gekommen. Sie nickte. Sie war bereit …

Sie – Yuki – würde sich rächen! Eiskalt und gnadenlos …

Alle Grenzen waren überschritten worden und dafür gab es aus ihrer Sicht nur *eine* angemessene Reaktion: die Höchststrafe!

Irgendwann war es so weit. Yuki hörte Stimmen vor der Tür. Sie glaubte, die von Koneko zu erkennen.

»Scheiße, das Schild ist weg! Hoffentlich hat niemand das Miststück herausgelassen!«

Die Tür ging auf. Ein Aufatmen.

»Alles klar, sie ist noch da drin.«

Es war tatsächlich Koneko, die da sprach. Jemand hämmerte an ihre Klotür.

»Hey, Schlampe, schläfst du, oder was?«

Das war Oishii.

»Vielleicht reibt sie sich gerade die Muschi! Ist auf den Geschmack gekommen, als sie vorhin von der Klobürste defloriert worden ist!«, fügte Kirei hinzu.

Gelächter erscholl.

Yuki fragte sich, wo Kami, die Anführerin, abgeblieben war. Das passte nicht. Sie war immer an vorderster Front dabei, gab Befehle und behielt stets die Kontrolle. Seltsam …

»Koneko«, sprach Oishii, »du gehst raus und hältst Wache. Pass auf, dass uns niemand stört.«

»Ja, gut, das mach ich!«

»Bring dich am besten an der Flurecke in Position. Da hast du den perfekten Überblick.«

»Alles klar. Gebt mir Bescheid, wenn ihr Hilfe braucht!«

»Das werden wir«, erwiderte Oishii.

Die Tür zum Flur fiel ins Schloss.

»So eine Scheiße, dass die anderen nachsitzen müssen! Ausgerechnet heute!«, sprach sie weiter.

»Da hast du recht. Aber jetzt können wir uns schon vorab mit dem Flittchen beschäftigen. Sonst macht Kami immer das meiste!«

»So kann man's auch sehen.«

»Okay, ich würde sagen, wir holen sie jetzt raus. Meine Füße freuen sich schon den ganzen Vormittag darauf, von ihr abgeleckt zu werden! Wenn du so weit bist, Kirei, tritt den Besen unter der Klinke weg.«

»Bin bereit.«

»Dann los!«

Yuki hörte, wie der Besen auf die Fliesen schepperte, und wartete darauf, dass die Tür aufgezogen wurde. Damit wäre dann der Startschuss für ihre Rache gegeben.

Jemand packte von außen den Türgriff. Yuki stand, einen Fuß an die Rückwand der Toilette gedrückt, um sich Schwung zu geben, bereit. Sie war angespannt und höchst konzentriert, wartete auf den richtigen Moment.

Als die Klinke heruntergedrückt wurde, stieß sie sich von der Wand ab und explodierte in Richtung Tür.

Die Toilettentür hatte sich erst einen winzigen Spalt geöffnet, als Yuki mit ihrem gesamten Gewicht dagegen prallte. Sie erkannte in dem schmalen Ausschnitt das Gesicht von

Kirei, was bedeutete, dass es Oishii war, die unmittelbar vor der Tür stand. Die wurde voll vom Türblatt erwischt, verlor das Gleichgewicht und stolperte mit einem leisen Aufschrei zurück.

Kirei stand einfach nur da, unfähig sich zu bewegen, so überrascht war sie von Yukis Aktion.

Im Hinausstürmen schlug ihr Yuki mit der Handkante gegen den Kehlkopf.

Kirei riss ihre Arme hoch und fasste sich an die getroffene Stelle. Sie röchelte, war erst einmal keine Gefahr für Yuki.

So hatte sie es sich gewünscht. Sie ging auf Oishii zu, die auf den Bodenfliesen kauerte und sich die gebrochene, blutende Nase hielt und tatsächlich Tränen vergoss. Sie war die Nummer zwei in der Hierarchie der Mädchengang, hatte aber im Grunde kaum etwas zu melden.

Wenn Kami dabei war, war sie nur ein einfaches Mitglied. Umso mehr spielte sie sich auf, wenn die Anführerin mal nicht anwesend war. Jetzt sah sie, wie die nackte Yuki auf sie zu stürmte. Mit vor Wut verzerrtem Gesicht holte sie mit dem Fuß aus und trat ihr ans Kinn. Oishiis Kopf flog nach hinten und sie blieb bewusstlos liegen. Yuki drehte sich zu Kirei um, sah sie vornübergebeugt und keuchend neben dem Waschtisch stehen.

»Das war's für dich!«, sagte Yuki, griff Kirei ins Haar und schmetterte ihren Kopf auf den Rand des Waschbeckens! Einmal, zweimal, dreimal …

Unschöne Knackgeräusche waren zu hören, als ihr Schädel barst! Blutüberströmt knallte sie auf den Boden. Ihre offenen Augen starrten leer an die Decke. Sie war tot! Yuki spuckte auf die Tote und zog sie in die Kabine der

Hocktoilette. Dort warf sie sie kopfüber in die im Boden eingelassene Kloschüssel. Sie streckte sich, alles tat ihr weh. Der zerkratzte Rücken, der gepeitschte Hintern und natürlich auch ihre geschwollenen Wangen. Sie atmete mehrmals tief durch. Dann lief sie zum Waschtisch und trank Wasser direkt aus dem Hahn. Das war so erfrischend. Köstlich!

Danach ging Yuki in die Kabinen und sammelte mehrere Papierrollen ein, die sie dann abrollte und in das Toilettenbecken warf, auf dem sie die vergangenen Stunden gesessen hatte.

Mit der Klobürste stopfte sie nach. Sie durchsuchte noch die Schultaschen, die die beiden gleich links neben der Tür abgestellt hatten, fand aber nichts, was sich gebrauchen ließ.

Dann ging sie zu Oishii, die noch immer bewusstlos war. Sie kniete sich neben sie und schlug auf sie ein. Zuerst mit den flachen Händen, so wie Oishii es vorhin bei ihr gemacht hatte, danach mit den Fäusten. Die ohnehin schon gebrochene Nase wurde richtiggehend zermalmt. Oishiis Abwehr war nicht als solche zu bezeichnen; nur schwache Armbewegungen brachte sie zustande. Ihr Gesicht war total zerschlagen. Zwei Zähne lagen neben ihr und Blut, vermischt mit Sabber, rann aus ihrem Mund.

Yuki schleifte sie an den Haaren zur präparierten Toilettenkabine. Sie drückte Oishiis Kopf in die Schüssel und betätigte die Spülung. Aufgrund des vielen Klopapiers, welches den Abfluss verstopfte, konnte das Wasser nicht abfließen, was Yuki beabsichtigt hatte. Ein Rückstau bildete sich; das Spülwasser stieg immer höher. Als etwa dreiviertel des Beckens gefüllt waren, drückte Yuki Oishiis Kopf in die Schüssel. Wobei sie noch einmal die Spülung betätigte.

»Ersauf, du blödes Stück!«, sagte sie mit leiser Stimme, denn sie hatte nicht vergessen, dass Koneko draußen Wache stand. Hätte eine von beiden geschrien, dann wäre es ungleich schwieriger geworden, sie auszuschalten. Deshalb hatte sie mit der Handkante auf Kireis Hals gezielt.

Oishii wehrte sich, aber gegen Yukis Griff kam sie nicht an. Yuki war vollgepumpt mit Adrenalin und aktivierte Kräfte, von deren Existenz sie selbst nichts geahnt hatte!

Die Bewegungen wurden immer schwächer und erstarben schließlich ganz. Auch Oishii lebte nicht mehr. Ihr Leichnam kniete vor der Toilette, mit dem Kopf in der fast randvollen Schüssel. In dieser Position ließ Yuki die Tote zurück.

Als Nächstes musste sie sich unbedingt um Koneko kümmern. Sie musste eine Entscheidung treffen, ob sie warten sollte, bis Koneko kam, um nachzusehen, weshalb es so lange dauerte, oder ob sie sie herlocken sollte. Yuki erinnerte sich, dass Oishii vorhin plötzlich eine Schere in der Hand hielt. In ihrer Schultasche war keine gewesen. Möglicherweise trug sie das Werkzeug am Körper.

Sie ging zurück in die Kabine und tastete Oishiis Leib ab. Sie wurde fündig. Im BH befand sich genau zwischen den Brüsten eine Art Scheide, in der die Schere steckte. Eine Lasche mit Druckknopf verhinderte ein Herausrutschen. Yuki nahm die Schere an sich und verließ die Kabine wieder. Sie lief noch einmal zu Kirei hinüber und nahm sich deren Rock, den sie sofort anzog. Hinten in den Bund steckte sie die Waffe. Die Hemden der Toten waren zu sehr verschmutzt, weswegen sie oben ohne blieb. Aber sie war neugierig und zerschnitt Kireis Hemd und den BH. Sie schüttelte den Kopf. Vorhin wurde Yuki von der Toten wegen ihrer geringen Oberweite verspottet, jetzt sah sie, dass die selber kaum Brüste hatte. So eine Heuchlerin!

Währenddessen hatte sie auch eine Lösung bezüglich Koneko gefunden. Sie würde versuchen, sie hierher zu lotsen. Sie ging zum Eingang, drückte vorsichtig die Klinke runter und öffnete die Tür. Dann blickte sie um den Rahmen herum und sah Koneko ein paar Meter weiter an der Abzweigung des Flurs an die Wand gelehnt sitzen. Yuki zog sich wieder in die Toilette zurück, wobei sie die Tür ein klein wenig offen hielt und durch den Spalt Konekos Namen rief.

Zweimal … Augenblicklich erklangen Schritte auf dem Schulflur. Yuki positionierte sich hinter der Tür im toten Winkel. Konekos Stimme ertönte von draußen: »Was ist, habt ihr sie endlich vorbereitet?«

Die Tür ging auf.

»Wo seid ihr? Oishii? Kirei? Macht keinen Scheiß, das mag ich nicht!«

Koneko betrat vollends den Vorraum. Yuki stürmte um die Tür herum und rammte gegen die Eingetretene. Die schrie überrascht auf, als sie gegen den Papierhandtuchspender krachte und über den Mülleimer stolperte. Yuki sprang auf sie, riss sie zu Boden. Koneko konnte nicht glauben, dass das eigentliche Opfer zur Angreiferin mutiert war! Die barbusige Yuki saß auf ihr und prügelte auf sie ein. Koneko versuchte, ihr Gesicht zu schützen, was ihr nur unzureichend gelang. Sie kassierte mehrere harte Treffer, zog ihre Knie an und wollte sie in Yukis Rücken stoßen, aber es ging nicht. Beim Sturz musste sie sich das rechte Knie verdreht haben. Schmerz schoss ihr Bein hoch. Unterdessen packte

Yuki Konekos Ohren und hämmerte deren Kopf mehrere Male auf den gefliesten Boden. Koneko erschlaffte.

Doch Yuki war noch nicht fertig mit ihr! Sie schmetterte ihren Schädel mit voller Wucht seitlich gegen die Wand. Wie schon vorhin bei Kirei erklang auch hier ein hässliches Knacken. Ein weiteres Mal ergriff sie die Ohren und wieder rammte sie den Kopf auf den Boden. Ein Blutsee breitete sich auf dem Boden aus und eine gräuliche Masse quoll aus dem geplatzten Schädel.

Erstaunlicherweise war ihr Oberteil kaum beschmutzt. Yuki riss der Toten das Hemd kurzerhand vom Leib, um damit ihre Blöße zu bedecken, wobei die Knöpfe absprangen und über den Boden kullerten. Um mehr Bewegungsfreiheit zu haben, trennte sie die Ärmel ab, und die Ecken des Saums verknotete Yuki unterhalb ihrer Brust. Den Leichnam ließ sie dieses Mal einfach liegen.

Vielleicht könnte sie die anderen mit diesem unerwarteten Anblick schocken.

Drei von ihnen waren noch übrig. Mit Sicherheit rechnete keine von ihnen damit, Yuki munter und kampfbereit vorzufinden. Wahrscheinlich dachten sie, dass sie halb tot sein würde, und freuten sich darauf, ihr den Rest zu geben. Tja, Pech gehabt!

Jetzt hieß es erneut warten … Sie ging zum Hygieneautomat und zog mehrere Tampons, die sie aus der Zellophanhülle auswickelte, und legte sie auf dem Waschtisch ab. Als sie sich umdrehte, hörte sie näher kommende Stimmen.

Teil zwei des Showdowns stand unmittelbar bevor …

Yuki versteckte sich in der hintersten Toilettenkabine auf der rechten Seite. Die Flurtür ging auf und Stille füllte den Raum. Dann O-kashis Stimme: »Was ist denn hier passiert? Oh mein Gott. Koneko!« Sie stockte. Dann rief sie: »Sie ist tot!« Schritte waren zu hören. Dann erklang ihre Stimme ein weiteres Mal: »Scheiße! Hier liegt Kirei! Sie lebt auch nicht mehr!«

Diesmal sprach Kawaii. »Aber wie … wer …?«

»Seht auch in den anderen Klos nach. Oishii fehlt noch!«, befahl Kami.

Nach einem Moment Pause ein Aufschrei von Kawaii: »Oishii, nein! Sie hat sie in der Kloschüssel ersäuft!«

»Wer?«, fragte O-kashi ihre Kumpanin.

Kami antwortete an ihrer Stelle. »Das war Yuki, dieses Dreckstück! Wir hätten sie vorhin fertig machen sollen, dann wären alle noch am Leben. Ich werde diese Schlampe eigenhändig aufschlitzen, vom Hals bis zu ihrer Möse! Und zwar ganz, ganz langsam, damit sie auch was davon hat.«

»Was machen wir jetzt?«, wollte O-kashi wissen.

Kami überlegte. »O-kashi, geh in unseren Klassenraum und bring mir die kleine Holzkiste, die sich in meinem Fach befindet. Warte aber, bis Frau Ishikura weg ist. Sie wollte noch etwas ins Klassenbuch eintragen.

»In Ordnung.«

Yuki hörte wieder das Klappen der Tür.

Na wunderbar!, dachte sie. Sie dezimieren und schwächen sich somit selbst!

Sie lächelte. Nun musste alles schnell gehen. Sie freute sich darüber, dass die Mädels nicht auch noch in ihrer Kabine nachgesehen hatten. Sie hatten ganz selbstverständlich

147

angenommen, dass sie – Yuki – geflohen war. Sie streckte ihren Kopf vor und linste vorsichtig um die Ecke. Kami stand relativ dicht bei ihr, sodass Yuki sie mit einem Sprung erreichen konnte.

Kawaii stand am anderen Ende des Vorraums und blickte auf die tote Kirei. Eigentlich eine gute Ausgangsposition für einen Angriff. In dem Moment, als Yuki sich anschickte, die Kabine zu verlassen, nahm Kami eine Bewegung in einem der Spiegel über den Waschbecken wahr. Sie erschrak, drehte sich aber nichtsdestotrotz um. Yuki prallte gegen sie und beide kamen zu Fall. Kami prellte sich den linken Ellbogen, aber Yuki, die auf ihr landete, tat sich nichts. Kawaii sah überrascht zu den beiden hinüber, dann rannte sie los, um ihrer Führerin beizustehen.

Yuki donnerte Kami die Faust gegen die Kinnspitze. Zweimal! Die Gangführerin sackte ohnmächtig zusammen. Yuki erhob sich. Sofort war Kawaii da. Sie versuchte, Yuki in den Unterleib zu treten, verfehlte sie jedoch! Yuki packte ihr Bein und hob es hoch. Kawaii kippte um und Yuki sprang auf sie drauf. Mit den Knien voran in den Bauch. Irgendetwas in Kawaii brach. Wahrscheinlich die eine oder andere Rippe. Kawaii wälzte sich vor Schmerzen hin und her, bekam kaum noch Luft.

Yuki rannte zum Waschtisch, gleich danach in ihre ehemalige Zelle. Dann kehrte sie gemächlichen Schrittes zu Kawaii zurück. Die lag in Embryonalhaltung und konnte nur kurz ein- und ausatmen. Möglicherweise war ein Lungenflügel von einer geborstenen Rippe perforiert worden.

Yuki drehte Kawaii auf den Rücken, legte deren Arme eng an den Körper und setzte sich auf ihren Brustkorb. Dann sammelte sie eine große Menge Speichel und ließ ihn in Kawaiis Gesicht rinnen. »Damit du auch mal weißt, wie es sich anfühlt!«, sagte sie.

Da ihre oberen Extremitäten eingeklemmt waren, konnte sich Kawaii kaum bewegen. Zudem hatte Yuki ihre Schuhspitzen an den Innenseiten von Kawaiis Oberschenkel gehakt, sodass auch kein Kniestoß möglich war.

Sie nahm zwei von den Tampons aus dem Hygieneautomat und schob sie in die Nasenlöcher, der unter ihr Liegenden. Kawaii war gezwungen, durch den Mund Luft zu holen. Drei, vier Atemzüge gestattete Yuki ihr, bevor sie die vom Boden eingesammelten blutigen Monatsbinden und Tampons in ihren Rachen stopfte! Dann drückte sie beide Hände auf ihren Mund und sah zu, wie sie langsam erstickte.

Yuki fühlte sich befriedigt. Ja, endlich konnte sie ihren Peinigerinnen alles zurückzahlen!

Ein Stöhnen war zu hören. Kami!, dachte Yuki. Sie ging zu ihr und *trat* ihr dieses Mal gegen das Kinn. Dann zog sie ihr das Uniformhemd, den Faltenrock und die Unterwäsche aus. Mit ihrer eigenen Bluse wurden Kami die Hände hinter dem Rücken gefesselt. Auch die Knöchel wurden zusammengebunden. Yuki mühte sich, die Bandenchefin vornüber gebeugt auf die Knie zu hieven. Diese Aktion kostete sie viel Kraft, aber das war es ihr wert.

Sie sah aus, als wollte sie beten, wenn man von den fixierten Händen absah. Ihr Hinterteil ragte nach oben. Diese Position war für Yukis Vorhaben äußerst passend.

Plötzlich wurde sie von hinten gepackt! Yuki bekam einen Schreck und keuchte überrascht auf …

O-kashi war misstrauisch geworden, als sie vom Klassenraum zurückgekehrt war und von draußen keine Geräusche aus dem Toilettenraum vernommen hatte. Weder Schreie oder Gelächter noch das Klatschen von Haut auf Haut, wie es entsteht, wenn jemand geschlagen wurde. Lautlos hatte sie den Raum betreten und gesehen, dass Yuki ihre Chefin überwältigt hatte. Nun schlich sie sich an Yuki heran und umklammerte sie von hinten.

»Hab ich dich!«

Sie zog Yuki hoch und schleuderte sie zur Seite.

Die stieß sich den Kopf am Heißlufttrockner. Es tat zwar weh, setzte sie aber nicht außer Gefecht.

Erst jetzt sah O-kashi sich im Toilettenraum um. Überall war Blut. Müll in jeglicher Form war am Boden verstreut worden. Und ihre Gangmitglieder lagen tot mittendrin!

Von dort, wo sie stand, konnte sie zwar nicht jede von ihnen sehen, aber die für sie sichtbaren Leichen, die zudem noch ihre Freundinnen waren, reichten aus, ihre Wut hochkochen zu lassen. Ihre Augen verengten sich zu Schlitzen, sie fletschte die Zähne und ballte die Fäuste.

In äußerster Rage und mit einem Wutschrei stürmte sie auf Yuki los. Mit der Faust wollte sie ihr gegen den Kopf hauen, aber die Angegriffene sprang zur Seite, sodass der Schlag sie verfehlte. Gleichzeitig rammte Yuki der Furie die Schere in die Körpermitte.

O-kashi stoppte, taumelte gegen einen Türpfosten und rutschte daran herunter. Auf Knien robbte sie auf das Toilettenbecken zu. Blut lief ihr aus dem Mund. Ihr war schlecht und sie musste sich übergeben. Trotz ihrer Lage wollte sie nicht einfach auf den Boden kotzen.

Erstaunlich!, dachte Yuki, die ihr Opfer verfolgte. Als O-kashi die Schüssel erreicht hatte, hob Yuki den Deckel und auch die Brille hoch. O-kashi nickte, als wollte sie sich bei ihr dafür bedanken. Dann beugte sie sich, immer noch den Bauch umklammernd, vor, um sich zu übergeben. Doch dazu kam es nicht mehr. Yuki ließ mit aller Kraft Klodeckel und -brille auf O-kashis Schädel krachen.

Schon beim vierten Treffer war ihr Kopf förmlich explodiert. Das gesamte Porzellan war rot von Blut. Sogar an den Kabinenwänden klebte das Blut und rann, rote Streifen hinterlassend, daran nach unten. Genau wie Oishii in der Nebenkabine blieb auch O-kashi mit dem Kopf in der Schüssel vor der Toilette knien. Nur das bei ihr Deckel und Brille heruntergeklappt waren.

Wow!, dachte Yuki. Was ist das für ein Tag!

Sie war außer Puste und atmete einige Male tief durch.

Noch war ihre Rache nicht komplett, Kami musste noch bestraft werden! Die Anführerin, die für alles, was ihr angetan worden war, die Verantwortung trug. Es würde ihr ein großes Vergnügen bereiten …

Kami hatte immer noch dieselbe Haltung wie eben. Von dem Kampf hatte sie nichts mitbekommen. Der Tritt hatte sie völlig ausgeknockt. Yuki entkleidete sich und weckte Kami, indem sie ihr auf den Hinterkopf urinierte. Kami erwachte. Sofort wusste sie, wo sie sich befand und in welcher Lage.

»Hast du mich etwa gerade angepinkelt?«, fragte sie benommen.

Yuki nickte. »So wie du mich vorhin.«

In der Hand hielt sie einen Gürtel, mit dem sie im nächsten Moment auf Rücken und Hinterteil der Gefesselten einprügelte. Jedoch stoppte Yuki nicht nach einem Dutzend Hieben wie Kami zuvor bei ihr, nein, sie schlug weit mehr als zwanzigmal zu. Erst dann begann ihr der Arm zu erlahmen. Kami schrie wie an Spieß. Mit der Zeit wurde daraus ein Wimmern. Yuki warf den Gürtel weg und holte aus einer Toilettenkabine eine Klobürste.

»Kannst du dir denken, was jetzt gleich geschehen wird, hm?«, fragte sie.

Kamis Augen weiteten sich entsetzt. Sie schüttelte flehend den Kopf. Yuki grinste und fletschte dabei die Zähne. Sie setzte sich rittlings auf Kamis Rücken, brachte den Kunststoffgriff der Toilettenbürste in die richtige Position und rammte ihn dann in Kamis Hintern! Es gab einen kurzen Widerstand, der aber sofort durchbrochen wurde und der Stiel verschwand zu mehr als zwei Dritteln in der Analöffnung. Es war ein seltsamer Anblick, der sich Yuki bot! In Kamis unterer Körperregion musste einiges kaputtgegangen sein!

Yuki zog den Bürstenstiel wieder heraus. Er war mit Blut und Kot verschmiert.

»Und nun eine Etage tiefer!«, rief Yuki und schob den besudelten Gegenstand in Kamis Vagina. Wie nicht anders erwartet, zeigte sich, dass sie keine Jungfrau mehr war.

»*Du* bist elendiges Ungeziefer, Kami!«, brüllte sie ihr ins Ohr. »Und was macht man mit Ungeziefer, hm? Ich verrate es dir: Man vernichtet es! Rottet es aus! Und genau das werde ich jetzt tun. Dich ausrotten! Du bist eine Eiterbeule am Arsch einer stinkenden Kanalratte, Kami! Nichts weiter!«

152

Sie überlegte kurz, dann legte sie den Kopf schief und fügte hinzu: »Man sollte dich kopfüber in einer Jauchegrube ersäufen!«

Dann erhob sie sich und stieß die malträtierte mit dem Fuß um. Blutströme ergossen sich aus Kamis Scheide und After.

»Und jetzt mach dein Maul auf, du dumme Rotzkuh!«

Als sie nicht reagierte, schob Yuki den mit Blut und Kot verjauchten Stiel zwischen ihre Lippen.

»Na, wie schmeckt das, hm? Da wurdest du heute doch tatsächlich von einer Scheißhausbürste in alle drei Löcher gefickt!«

Yuki drehte den Stiel zwischen Kamis Lippen hin und her. Als sie ihn letztlich wieder herauszog, wischte sie die Körpersäfte durch ihr Gesicht.

»Jetzt hast du eine angemessene Kriegsbemalung.«

Kami lag still da, aber ihr Brustkorb hob und senkte sich noch. Wenn auch lediglich sehr schwach. Yuki legte den Kopf in den Nacken, schloss die Augenlider und atmete langsam ein und aus. Dann gab sie der Halbtoten eine Salve Ohrfeigen.

Kami bekam immer noch alles mit. Tränen rollten aus ihren Augenwinkeln. Yuki sah ihr ein letztes Mal in die Augen. Dann rotzte sie ihren Naseninhalt in Kamis Gesicht und Mund.

»Gleiches mit Gleichem!«, sagte sie. »Und nun stirb!«

Mit diesen Worten drückte sie die Klobürste mit den Borsten voran in Kamis Rachen. Die würgte, konnte jedoch nichts dagegen unternehmen. Yuki lehnte sich vor und stützte sich auf den Klobürstenstiel, der tief in Kamis Hals eindrang. Der Erstickungsvorgang dauerte überraschenderweise gar nicht so lange.

Yuki stand auf und ließ das Utensil im Rachen der Toten stecken. Sie hatte es geschafft! Die gesamte Mädchenbande existierte nicht mehr.

Sie säuberte sich so gut sie konnte, dann holte sie eine Jacke aus einem der Rucksäcke, zog sie an und verließ ungesehen die Highschool.

Sie war gespannt, wie die Leute Montag früh reagieren würden bei dem Anblick, der sich ihnen in der Mädchentoilette bot …

Unwillkürlich musste Yuki lächeln. Sie fühlte sich von all dem Schmerz und den ständigen Demütigungen befreit. Und das Beste war: Als Kami und ihre Bande Herrn Kumura gesagt haben, dass Sie, Yuki, nach Hause gegangen ist, weil sie sich unwohl fühlte, haben sie ihr ungewollt ein Alibi verschafft. Von nun an würde es in der Schule keinen Terror mehr geben. Und falls doch: Sie würde wissen, was zu tun ist …

ENDE

Namenserläuterung
Yuki = Schnee
Kami = Göttin
Oishii = lecker
Koneko = Kätzchen
Kawaii = niedlich
O-kashi = Süßigkeiten
Kirei = schön

Die rätselhafte Kiste

Als Jochen Kawe die schmale Treppe zu seiner Mansardenwohnung hinaufstieg, sah er bereits vor Erreichen der letzten Stufe, dass vor seiner Zimmertür ein Päckchen lag.

Überrascht runzelte er die Stirn. Wer sollte ihm etwas schicken? Er hatte nichts bestellt. Er lebte allein, hatte weder Verwandte noch Freunde und auch sonst so gut wie keinerlei Kontakt zu anderen Leuten.

Und genau so wollte er es. Er brauchte niemanden.

Die einzige Ausnahme bildete seine Großmutter, bei der er aufgewachsen war. Sie war der einzige Mensch, den er je geliebt hat. Für sie hatte er alles getan, was nötig war, um ihr das Leben zu erleichtern. Als sie schließlich verstarb, durchlebte er eine intensive Trauerphase.

Seitdem hatte er zu kaum einem anderen Menschen positive Gefühle entwickeln können. Er war ein Misanthrop und verachtete die Menschheit. Deshalb hatte er sich unter anderem vor einigen Jahren dazu entschlossen, einen kleinen Beitrag zu deren Reduzierung beizutragen. Zuerst reiste er quer durchs Land und tötete Menschen, die es seiner Meinung nach verdient hatten. Personen, die andere attackierten, nur um der Gewalt willen. Auch Leute, die zum Beispiel der Natur schadeten, indem sie illegal Müll im Wald entsorgten, Gewässer verunreinigten oder Tiere quälten.

Solche Typen fanden sich zuhauf, wenn man – wie Jochen – mit offenen Augen herumlief.

Meistens dauerte es dann auch gar nicht lange, bis sich eine passende Gelegenheit ergab, die jeweilige Person zu exekutieren. Er empfand Freude an dieser *Arbeit*, und irgendwann dachte er sich, dass man daraus auch Kapital schlagen könnte.

Schließlich fällte er den Entschluss, sich bei einem ehemaligen Klassenkameraden zu melden, von dem er aus der Zeitung wusste, dass er bei allen möglichen illegalen Geschäften seine Finger im Spiel hatte. Er kontaktierte ihn und schon beim zweiten Treffen war man sich einig. Er würde Tötungsaufträge ausführen und dafür reichlich entlohnt werden. So konnte er gleich zwei Fliegen mit einer Klappe schlagen: Zum einen Menschen eliminieren und zum anderen auch noch Geld dafür erhalten. Etwas Besseres konnte es kaum geben!

In unregelmäßigen Abständen fand Jochen einen Briefumschlag im Postkasten mit einem Foto der Zielperson, deren Daten sowie einer Anzahlung. Den Rest erhielt er nach Erfüllung des Auftrags. Finanziell konnte er sich nicht beschweren. Er war zufrieden und hatte auch keine teuren Hobbys. Auch einen Computer brauchte er nicht. Falls er mal etwas recherchieren musste, ging er runter zu seiner Vermieterin Frau Waller.

Sie war Ende sechzig, noch immer rüstig und lud ihn öfter zum Essen oder zu Kaffee und Kuchen ein. Sie war die einzige Person, die er wirklich mochte. Er hatte ihr erzählt, er sei Schriftsteller.

Ein wenig erinnerte sie ihn an seine Oma. Ihr gehörte dieses kleine Haus, in dem Jochen das Zimmer unter dem Dach bewohnte. Zurzeit war sie jedoch bei ihrem Sohn, der im Nachbarort wohnte. Umso mehr verwunderte es ihn, dass dieses kleine Paket vor seiner Tür lag. Außer ihm und Frau Waller hatte, soviel er wusste, niemand einen Schlüssel für das Haus.

Er bückte sich und konnte weder eine Briefmarke noch einen Poststempel erkennen. Er drehte den Gegenstand hin und her und hob ihn vom Boden hoch. Kein Absender. Kein Empfänger.

Als er genauer hinsah, entdeckte er seine Initialen: J. K., die mit schwarzem Kugelschreiber oben auf das braune Packpapier geschrieben waren. Seltsam …

Jochen holte den Wohnungsschlüssel aus seiner Hosentasche und betrat sein Domizil. Links des Eingangs befand sich ein winziges Bad mit einer Toilette und einer Duschkabine, in der man sich kaum drehen konnte, so schmal war sie. Einen Flur oder Vorraum gab es nicht. Wenn man die Mansarde betrat, stand man sofort im Wohn- und Schlafraum. Eine kleine Kochecke, ein Tisch, ein Stuhl, ein Bett und ein Schrank vervollständigten seine Unterkunft. Alles war in dunklen Tönen gehalten. Einerseits wirkte das Zimmer düster, andererseits aber auch gemütlich. Heimelig. Es hatte nur zwanzig Quadratmeter, aber ihm reichte es aus. Er war genügsam und anspruchslos. Die Einnahmen von den *Kills* verstaute er in einem Bankschließfach. Wenn er sich eines Tages zur Ruhe setzte, würde er nach Kanada auswandern und sich dort eine Blockhütte weitab von der Zivilisation bauen. Einmal im Monat käme ein Versorgungsflugzeug mit Lebensmitteln, sodass er nicht einmal ins nächste Dorf zu gehen bräuchte. Bis dahin würde aber noch einige Zeit vergehen.

Er legte das Päckchen auf den Tisch und zog Schuhe und Jacke aus. Dann kochte er sich einen Kaffee und setzte sich. Neugierig betrachtete er das Geschenk.

Es war würfelförmig und hatte eine Kantenlänge von etwa sechzehn Zentimetern und wog vielleicht etwas mehr als ein Kilo. Eingepackt war es in handelsübliches, braunes Packpapier. Zusammengehalten wurde es von einer faserigen Strippe, die genau in der Mitte der Oberseite ein Kreuz bildete. Jedoch war sie nicht verknotet, sondern zu einer Schleife gebunden. Die Laschen des Papiers waren an den Seiten mit einfachem Klebeband befestigt. Alles wirkte völlig normal, wenn man davon absah, dass weder Absender noch Anschrift und auch keine Briefmarke vorhanden waren.

Behutsam hob er das Päckchen hoch und schüttelte es ganz vorsichtig. Ein leises Geräusch erklang, das er aber nicht zuordnen konnte. Aufgrund seines *Berufs* dachte er natürlich auch an eine Bombe. Aber diesen Gedanken verwarf er augenblicklich wieder. Niemand hatte einen Grund, ihn umbringen zu wollen. Er hatte seine *Kills* immer sauber und korrekt ausgeführt. Niemals gab es Zeugen, keiner war ihm je entkommen. Es war immer alles perfekt abgelaufen.

Nachdenklich nahm er einen Schluck von seinem Kaffee und besah sich den Kubus.

Schließlich erhob er sich und holte ein Klappmesser sowie eine Schere aus dem Schrank. Er zerschnitt die Kordel mit der Schere, anstatt einfach die Schleife zu öffnen, weil genau das, unter Umständen *der* Fehler sein könnte, der eine mögliche Explosion auslösen und somit sein Leben beenden würde.

Er entfernte die Strippe, dann klappte er die Messerklinge auf und setzte sie an der linken Lasche an. Ganz vorsichtig zerschnitt er das dortige Klebeband. Die rechte Seite folgte. Die gefalteten Ohren des Papiers standen nun etwas ab. Noch einmal besah sich Jochen den Quader von allen Seiten. Er fand nichts Ungewöhnliches.

Er trank den Rest Kaffee aus und stellte dann die Tasse in die Spüle. Draußen war es inzwischen dämmrig geworden. Leichter Schneefall hatte eingesetzt und die Flocken blieben auf den Zweigen und Ästen der Bäume vor seinem Fenster haften. Immerhin war in dreizehn Tagen Heiligabend. Zudem hatte er morgen auch noch Geburtstag. Das gefiel ihm gar nicht. Er mochte keine Feierlichkeiten. Stets versuchte er, so gut es ging, die Feiertage zu ignorieren. Zumeist mit Erfolg. Seine letzte Geburtstagsfeier war viele Jahre her. Sie war ihm quasi von seiner Großmutter aufgezwungen worden. Nichtsdestotrotz hatte er eine fröhliche Miene aufgesetzt, weil er seine Oma nicht enttäuschen wollte. Heiligabend und sein Geburtstag hatten für ihn keinerlei Bedeutung. Für ihn waren es lediglich normale Wochentage wie jeder andere Dienstag oder Mittwoch auch.

Er zog die dunkelgrünen Vorhänge vor das Fenster und schaltete seine kleine Tischlampe an. Sie verbreitete ein angenehmes warmes Licht. Der Schirm war hellbeige und transparent, der gleichfarbige Lampenfuß hatte die Form eines Pferdehufs.

Jochen schnitt die Ohren des Packpapiers ab. Sie fielen auf die Tischplatte, wo er sie liegen ließ. Da die Oberseite des

Papiers nicht durch einen Klebestreifen fixiert war, schob es sich etwas zur Seite und öffnete sich ein klein wenig. Mit spitzen Fingern vergrößerte er die Öffnung. Er linste hinein, konnte aber nichts erkennen. Er holte eine Taschenlampe und leuchtete in den Zwischenraum. Keine Drähte. Vorsichtig, Millimeter für Millimeter, vergrößerte er den Spalt. Als er noch immer nichts Verdächtiges entdeckte, schlug er die beiden Hälften des Papiers zurück.

Eine hölzerne Kiste wurde sichtbar. Das Holz war dunkel und musste sehr alt sein. Es war über und über mit eisernen Ornamenten verziert, die ein Relief bildeten.

Entlang der vier Kanten zogen sich Metallstreifen, die an den Rändern abknickten und somit jeweils einen rechten Winkel bildeten.

Genau in der Mitte des Deckels war, leicht erhöht, eine Art rechteckige Klappe angebracht. Darauf befanden sich wieder die Buchstaben J. K. An der Frontseite des Quaders befand sich ein Schloss. Ebenfalls alt.

Jochen betrachtete das Objekt aus allen Richtungen. Abgesehen von den Verzierungen wies es keinerlei Besonderheiten auf. Der Boden des Kubus war vollkommen glatt. Alles in allem schien es eine relativ normale Holzkiste zu sein.

Er wandte sich der Klappe auf dem Deckel zu. Sie musste nachträglich angebaut worden sein, denn ihr Holz war deutlich jünger als der Rest. Sie ragte ein wenig über den unteren Rand hinaus.

Jochen vermutete, dass es sich um einen einfachen Druckverschluss handelte. Er zuckte mit den Schultern und fasste behutsam nach dem überstehenden Ende. Er übte nur sanften Druck aus und mit einem leisen *Klick!* löste es sich und er hob es schließlich hoch. Die Klappe war mit einem Scharnier befestigt, das ins Holz eingelassen war. Er konnte das Teil um hundertachtzig Grad zurückklappen, sodass es flach auf der Oberfläche lag. Er runzelte die Stirn. Das freigelegte Rechteck verbarg in seinem Inneren vier Knöpfe: einen schwarzen, einen weißen, einen grauen und einen goldenen. Auch sie waren aus Metall.

Es wurde immer mysteriöser. In der Mitte wiesen die Knöpfe leichte Vertiefungen auf, die förmlich zum Draufdrücken einluden. Aber was würde dann passieren? Gäbe es eine Bombenexplosion, die ihn zerfetzen würde? Letztlich gab es nur eine Möglichkeit das herauszufinden.

Ihm war warm und Jochen zog seinen Pullover und die Stoffhose aus. Er ging ins Bad, urinierte und bespritzte sein Gesicht mit kaltem Wasser. Als er ins Zimmer zurückkehrte, holte er sich ein Glas stilles Mineralwasser. Dann ging er wieder zum Tisch hinüber. Nur in Unterwäsche und Socken saß er da und befasste sich weiter mit dem rätselhaften Quader.

Inzwischen machte ihm das Ganze sogar Spaß. Wobei er natürlich immer im Hinterkopf behielt, dass es auch eine tödliche Falle sein konnte.

Er musste nun erst einmal entscheiden, welchen Knopf er drücken sollte. Es gab vier Alternativen, von denen jede einzelne den Tod bedeuten konnte. Alles in allem war es eine Bauchentscheidung. Jochen Kawe beschloss, den grauen Knopf zu drücken.

Für einen Augenblick schwebte sein Zeigefinger über dem runden Element, bevor er ihn langsam so weit absenkte, bis er das kühle Metall berührte. Er atmete noch einmal tief durch, bevor er den Knopf nach unten drückte.

Ein kurzer Widerstand war zu spüren, dann rastete das Teil ein. Er musste einen verborgenen Kontakt ausgelöst haben, denn urplötzlich schnellte aus der unteren rechten Ecke eine Schublade heraus.

Es handelte sich um ein schmales Fach, welches ungefähr die Hälfte der Box einnahm. Darin lag ein zusammengerollter Zettel.

Jochen nahm ihn auf und entrollte ihn. In Großbuchstaben war ein Satz darauf geschrieben worden: NUR NICHT AUFGEBEN!

Was sollte das? Wollte ihn etwa jemand zum Narren halten?

Er wischte sich mit dem Handrücken den Schweiß von der Stirn und ließ sich gegen die Rückenlehne seines Stuhls sinken. Ungläubig schüttelte er den Kopf. Dennoch musste er auch schmunzeln. Er rutschte auf seinem Sitzmöbel nach vorn und entschied, nun den weißen Knopf zu drücken. Was er auch tat.

Jochen vernahm ein Klacken und danach fiel etwas auf die Tischplatte. Er stand auf und fand die Stelle. An der Rückwand der Box hatte sich ein Stück der Verzierung gelöst und lag nun auf dem Tisch.

Er nahm das Teil in die Hand und betrachtete es. Es war ein Plättchen in Form eines Kreuzes, dessen Enden alle die gleiche Länge aufwiesen. Es war flach und eher schmucklos.

Was sollte er damit anfangen? Er wusste es nicht.

Er beschloss, dem ein Ende zu machen. Aber er hatte nicht vor, den Würfel zu zerstören, indem er ihn auf den Boden schmetterte. Nein, er wollte das Rätsel lösen. Und zwar auf dem normalen Weg. Ohne zu zögern, presste er seinen

Finger auf den schwarzen Knopf. Augenblicklich vernahm er aus dem Inneren der Kiste ein Geräusch. Es klang entfernt metallisch, als wäre wieder etwas eingerastet. Eine Sprungfeder zum Beispiel. War das womöglich eine Spieluhr? Aber wieso? Er glaubte nicht recht daran. Der Kubus kam ihm mittlerweile vor, wie ein riesiger Glückskeks.

Bisher war nichts Spektakuläres passiert. Die Reihenfolge, in der die Metallknöpfe gedrückt wurden, schien irrelevant zu sein. Es gab kein Muster. Blieb noch der goldene Knopf. Gespannt betätigte er ihn. Dieses Mal erfolgte die Reaktion sofort. An der linken Seitenwand schob sich eine weitere Lade heraus. Wieder direkt über dem Kistenboden. Sie hatte das gleiche Format wie die Erste. Wieder befand sich ein zusammengefalteter Zettel darin. Jochen nahm ihn an sich, entfaltete ihn und las noch eine Botschaft: WER WAGT, GEWINNT!

Nichtssagende Weisheiten waren das. Damit konnte er überhaupt nichts anfangen. Im Grunde war er genauso schlau wie zu Beginn. Er hatte alle Knöpfe betätigt und damit nichts erreicht.

Im Zimmer war es inzwischen, abgesehen von der Tischlampe, dunkel. Vor dem Haus gab es weder eine Laterne noch eine andere Lichtquelle. Auf der gegenüberliegenden Straßenseite befand sich die mehr als mannshohe Mauer eines Friedhofs, der ebenfalls unbeleuchtet war.

Der Mann griff nach der Taschenlampe und leuchtete die Kiste ab. An der Vorderseite wurde er fündig. Ziemlich genau in der Mitte zwischen dem Schloss und dem rechten Rand entdeckte er einen Schlitz. Er war in etwa so breit wie das kleine Kreuz. Zufall? Er wollte es herausfinden, nahm das Kruzifix und versuchte, es in den Spalt einzuführen. Es ging nicht. Er drehte den Gegenstand um fünfundvierzig Grad und schob ihn als X hinein. Und hatte Glück! Es passte! Aber es passierte nichts.

Er hatte auch nicht gehört, dass das Kreuz auf der Innenseite heruntergefallen war.

Jochen hob den Quader vom Tisch und schüttelte ihn ganz vorsichtig. Er konnte spüren, wie sich etwas darin bewegte. Nicht viel, nur ein bisschen, so als würde der Gegenstand nur wenig Spielraum zur Verfügung haben. Aber auch diese Erkenntnis brachte ihn nicht weiter. Ratlosigkeit machte sich breit.

Er brauchte eine Pause. Er ging ein weiteres Mal auf die Toilette. Danach kochte er sich noch eine Tasse Kaffee und nahm sich eine Scheibe Brot, die er mit Butter und zwei Stücken Hähnchenbrust belegte. Er liebte Geflügel. Danach trat er ans Fenster und lupfte den Vorhang. Draußen herrschte dichtes Schneetreiben. Auf den Zweigen und Ästen der Bäume im Vorgarten lag bereits eine mehrere Zentimeter dicke Schicht des weißen Niederschlags. Er lehnte sich gegen die Spüle im Küchenbereich und beendete seine Mahlzeit. Dann kehrte er zum rätselhaften Quader zurück.

Wieder leuchtete er mit der Taschenlampe den hölzernen Gegenstand ab, betastete die Ornamente, drückte sie, in der Hoffnung, einen verborgenen Mechanismus auszulösen, aber es tat sich nichts.

Jochen sah sich das Schloss an der Frontseite genauer an. Als er dort hineinleuchtete, entdeckte er eine Art Hebel. Er ragte von oben herab, war nur zirka einen halben Zentimeter lang.

164

Jochens Finger waren zu groß, als dass sie ihn erreichen konnten. Er überlegte einen kurzen Moment, dann nahm er das Klappmesser, welches zusammen mit der Schere neben der Lampe lag, öffnete es und führte die Klingenspitze vertikal in die Öffnung ein. Er probierte, den Stift nach hinten zu drücken, aber er rührte sich keinen Millimeter.

Dann versuchte er mit der Rückseite der Klinge, ihn nach oben zu drücken. Diese Variante brachte den gewünschten Erfolg. Der Stift rastete an der Oberseite ein und mit einem Klicken hob sich der Deckel. Nicht viel, nur einen halben Zentimeter weit. Jochen war gespannt, aber er überstürzte auch nichts. Sicherheit ging vor.

Er richtete den Strahl der Taschenlampe, die er noch immer in der Hand hielt, auf den entstandenen Zwischenraum. Auch dieses Mal fand er keine verdächtigen Drähte. Millimeterweise vergrößerte er den Spalt, bis er problemlos hineinleuchten konnte. Sofort nahm er eine entspanntere Haltung ein.

Er klappte den Deckel ganz hoch und sah, was sich in der Holzkiste befand: noch eine Holzkiste!

Er musste an die Matroschka-Puppen denken, die immer kleiner werdend ineinandergesteckt wurden. War das hier das gleiche Prinzip? In jeder Kiste steckte eine weitere, bis die allerletzte schließlich das Geheimnis lüftete? Er holte den kleineren Würfel heraus und legte ihn auf den Tisch. Den anderen stellte er auf den Boden, um mehr Platz zu haben.

Die neue Box war etwa fünf Zentimeter kleiner.

Im Gegensatz zu ihrer großen Schwester war sie jedoch rot. Auch hier waren seine Initialen mit einem schwarzen

Kugelschreiber mittig auf den Holzdeckel geschrieben worden. Wieder in Großbuchstaben. Beidseits der Initialen befanden sich schwarze, dieses Mal quadratische, Tasten. Auf der linken war ein weißer Blitz abgebildet und auf der rechten eine ebenfalls weiße Krone mit fünf Zacken. Merkwürdig …

Jochen inspizierte den Kubus ganz penibel, um nichts zu übersehen.

Es gab keine Verzierungen, keine Muster. Weder an den Seiten noch auf der Standfläche. Lediglich das rote Holz. Und natürlich die zwei Tasten. Da er nicht den ganzen Abend damit zubringen wollte, das Mysterium zu lüften, presste er seinen Daumen auf die Blitz-Taste.

Es rührte sich nichts. Genauso verhielt es sich bei der Kronen-Taste.

Er pustete die Luft aus seinen Lungen, nahm die Kiste, hielt sie an sein Ohr und schüttelte sie ein weiteres Mal. Erneut hörte er das nicht identifizierbare Geräusch, konnte es aber nach wie vor nicht zuordnen. Es klang gedämpft und irgendwie … melodiös! So als wäre etwas innerhalb des Quaders an ein metallisches Objekt geprallt und hätte es so zum Klingen gebracht.

Er hatte keine andere Option, als es weiter mit den beiden Tasten zu versuchen. Aber er hatte weder bei der einen noch bei der anderen eine Reaktion hervorgerufen, als er sie heruntergedrückt hatte. Sie waren auch nicht eingerastet, sondern schoben sich direkt wieder in ihre Ausgangsposition zurück.

Jochen erhob sich und schenkte sich noch ein Glas stilles Mineralwasser ein. Er leerte es in einem Zug, goss nach und starrte auf den Boden. Er war ratlos. Welche Alternative hatte er noch, abgesehen von der Zerstörung des Würfels? Er überlegte hin und her. In so einer Situation hatte er sich noch nie befunden.

Wenn er in seinem Job eine Zielperson ausspähte, war das ebenfalls sehr zeitaufwendig, aber er wusste, was dann folgen würde.

Hier jedoch kam er nicht weiter. Gut, er hatte die erste Kiste öffnen können, aber war das wirklich ein Erfolg? Jetzt stand das nächste Objekt auf dem Tisch. Er war fest davon überzeugt, dass sich in der roten noch eine weitere Kiste befinden würde, in der wiederum noch eine wäre …

Was ihn am Ball hielt, war sein Ehrgeiz, das Geheimnis entschlüsseln zu wollen. Jochen wollte unbedingt wissen, was sich in der allerletzten Kiste befand! Inzwischen glaubte er nicht mehr daran, dass es sich um einen Sprengkörper handelte. Ihm kam noch eine Möglichkeit in den Sinn, wie er diesen Quader eventuell öffnen konnte.

Er trank sein Glas aus und nahm wieder seinen Platz am Tisch ein. Er zog den Kubus zu sich heran und probierte die letzte Möglichkeit aus, dieses Teil doch noch zu öffnen, indem er beide Tasten gleichzeitig drückte! Die Reaktion erfolgte umgehend!

Die beiden Seitenwände der Kiste kippten nach außen und landeten auf der Tischoberfläche. Der Deckel blieb an seinem Platz; er lag auf den übrig gebliebenen Elementen. Der Mann drehte den Quader so, dass er in die entstandenen Öffnungen hineinsehen konnte. Das tat er von beiden Seiten. Er erkannte jeweils einen kleinen hölzernen Knauf. Er griff zu und zog daran. Wie bereits vermutet, förderte er noch einen

Würfel zutage. Er war mittels Vorsprüngen in einer Schiene befestigt gewesen, sodass er nicht verrutschen konnte.

Auch dieses Mal waren die Buchstaben J. K. darauf zu sehen, allerdings in rosa. Logischerweise war diese Kiste noch kleinformatiger als die vorherigen. Sie war pechschwarz und wies an den Seitenflächen eine rundherum verlaufende Naht auf, was die Vermutung aufkommen ließ, dass der Kubus aus zwei ineinandergesteckten Teilen bestand.

Die Naht war etwa zwei oder drei Millimeter breit. Jochen versuchte, den Würfel auseinanderzuziehen, aber es ging nicht. Er führte die Messerspitze horizontal in die Ritze, kam aber nur ein winziges Stück hinein. Er fuhr darin entlang, bis er an einer Stelle auf eine Vertiefung traf.

Langsam schob er die Klinge tiefer. Dann bemerkte er einen Widerstand. Er verstärkte den Druck und vernahm zum wiederholten Mal ein Klicken, bevor sich der Deckel bewegte und um eine Winzigkeit anhob.

Jochen stellte den Kubus wieder auf die Tischplatte und hob das Oberteil ab. Wie nicht anders zu erwarten gewesen war, befand sich darin ein weiterer Quader.

Er war in glänzendem Silber gehalten und nur etwa halb so groß, wie derjenige, in dem er verborgen gewesen war, etwa drei Zentimeter. J. K war auch hier wieder in schwarzer Schrift zu lesen, allerdings dieses Mal mit einem dünnen Edding geschrieben.

Jochen nahm die Box in die Hand und stellte fest, dass sie, im Gegensatz zu den anderen, nicht aus Holz gefertigt war. Anhand der Farbe und des Gewichts vermutete er, dass das Objekt tatsächlich aus Silber war! Bei dessen genauerer Betrachtung entdeckte Jochen, genau in der Mitte zwischen seinen Initialen, ein winziges Loch. Das musste etwas zu bedeuten haben.

Er erhob sich von seinem Stuhl und ging zum Schrank hinüber, zog die Schublade auf, und wühlte darin herum, bis er ein kleines Näh-Set fand. Er klaubte eine Nadel heraus und kehrte zum Tisch zurück. Er verzichtete darauf, sich zu setzen, blieb stattdessen vor dem Möbel stehen und ergriff den Silberwürfel. Er steckte die Nähnadel in das Loch und wartete.

Er hörte ein Geräusch, als würde jemand einen alten Wecker aufziehen. Jochen stellte den Kubus zurück auf den Tisch und ging zwei Schritte auf Abstand. Er wusste, dass es Behältnisse gab, die beim Öffnen Säure oder andere schädliche Substanzen verspritzten. Er wollte auf keinen Fall davon getroffen werden. Solche Fallen waren perfide und hinterhältig! Auch bei seinen Zielpersonen hatte er nie etwas Ähnliches eingesetzt. Er bevorzugte schallgedämpfte Schusswaffen; je nach Situation auch manchmal ein Messer …

Hoch konzentriert beobachtete er, was weiter geschah. Mit einem Surren fuhr ein halber Zentimeter des Quaders nach oben, stoppte für einen Augenblick und rastete dann ein. Das war's.

Jochen Kawe setzte sich wieder und fasste nach dem Deckel. Fast in Zeitlupe hob er ihn an. Als er den dünnen roten Faden bemerkte, war es bereits zu spät. Er zerriss und der Deckel des Behältnisses flog katapultartig hoch! Jochen sprang zurück und warf sich auf den Boden. Er verschränkte die Hände über seinen Kopf, um ihn zu schützen, und hielt die Luft an. Etwas landete dicht neben ihm auf dem Teppich.

Mehrere Atemzüge lang wartete er, dass etwas passierte. Als sich nichts tat hob er den Kopf an und sah, was ihn eben beinahe getroffen hätte. Es war das silberne Oberteil des kleinen Quaders.

Langsam richtete er sich auf und stemmte sich auf die Knie. Sein Blick ging zum Tisch hinüber. Die untere Hälfte des Würfels stand noch dort, aber etwas hatte sich daraus emporgeschoben. Jochen erhob sich und schlich fast auf Zehenspitzen dorthin.

Aus der Öffnung ragte eine metallene Spirale. Eine Sprungfeder, deren oberes Ende in einer giftgrünen Edelstahlhand endete. Die Finger waren leicht gekrümmt und der Daumen nach unten gebogen. Dazwischen klemmte schon wieder ein zusammengefaltetes Stück Papier.

Diese Apparatur erinnerte ihn an einen Kastenteufel, wie man ihn zu Halloween einsetzte, um andere Leute zu erschrecken. Meistens schoss ein Clownskopf daraus hervor oder ein anderer hässlicher Monsterschädel. Jochen entnahm der Hand den Zettel und faltete ihn auseinander. Er las:

Lieber Jochen,
da morgen Ihr ?-ter Geburtstag ist, möchte ich Sie auf diesem – zugegeben ungewöhnlichen Weg – an Ihrem Ehrentag ganz herzlich zum Mittagessen einladen. Am Nachmittag habe ich für uns einen Besuch im hiesigen Kriminalmuseum organisiert! Anschließend gibt es Kaffee und Kuchen Ihrer Wahl ... Ich war so frei und habe bereits einen Tisch für uns reserviert.
Ich hoffe, Ihnen damit eine kleine Freude bereiten zu können?
Ihre Margott Waller
PS. Bitte nehmen Sie mir diese ungewöhnliche Art der Einladung nicht übel.

ENDE

Das (Un)Glücksrad

»Hallo und herzlich willkommen zu einer neuen Ausgabe von (Un)Glücksrad! Danke, dass Sie auch dieses Mal wieder eingeschaltet haben. Wie an jedem ersten Sonntag im Monat präsentieren wir Ihnen auch heute wieder zwölf zum Tode verurteilte Kandidaten, die gegeneinander antreten werden, um am Ende der Sendung möglicherweise eine Begnadigung zu erhalten. Diejenigen von Ihnen, die bereits die letzte Folge gesehen haben, oder vielleicht sogar alle acht, wissen, dass jedoch nur sechs von ihnen das Finale erreichen werden!

Unsere Live-Show erfreut sich steigender Beliebtheit. Mittlerweile bewegen sich die Zuschauerzahlen im hohen zweistelligen Millionenbereich. Dafür möchten mein Team und ich uns ganz herzlich bei Ihnen bedanken. Und ich kann Ihnen versichern, dass die Obergrenze noch lange nicht erreicht ist! So, genug geredet.«

Der blonde Moderator, glattrasiert und bekleidet mit einem blauen Anzug, streckte den linken Arm zur Seite aus.

»Ich bitte nun die Teilnehmer, auf die Bühne zu kommen!«

Eine Fanfare ertönte und die Todgeweihten betraten hintereinander das Podium.

In einer langen Reihe standen sie nebeneinander: acht Männer und vier Frauen. Jeder von ihnen trug einen schwarzen Overall.

»Meine Damen und Herren, zu Hause an den Bildschirmen ... Sie sehen hier zwölf zum Tode verurteilte Schwerverbrecher: Bankräuber, Serienkiller, Vergewaltiger und Massenmörder, um nur einiges zu erwähnen. Bitte haben Sie Verständnis dafür, dass ich Ihnen nicht jeden einzelnen Kandidaten vorstellen werde. Zum einen würde das den zeitlichen Rahmen sprengen und zum anderen wird sich in Kürze die Teilnehmerzahl sowieso halbieren. Sie werden mir sicher zustimmen, dass es besser ist, sich diesbezüglich auf die sechs Finalteilnehmer zu konzentrieren. Selbstverständlich werden auch die anderen kurz vorgestellt, aber erst unmittelbar vor ihrer jeweiligen Exekution.

Wie Sie sehen, ist bei jedem der Verurteilten ein metallener Ring um den Kopf befestigt worden. Sollte einer von ihnen durchdrehen, dann wird augenblicklich per Funksignal ein Stromstoß über diesen Ring verabreicht, der den sofortigen Tod zur Folge hätte. Damit wäre dann logischerweise die Chance, hier vielleicht doch lebend herauszukommen, leichtfertig vertan worden.«

Der Ansager rieb sich voller Vorfreude die Hände.

»So und nun ist es Zeit für die erste Runde!«

Hinter dem Moderator wurde nun der dunkle Vorhang zur Seite gezogen und zwei Tische mit Stühlen wurden sichtbar.

»Darf ich die Kandidaten nun bitten, an den beiden Tischen Platz zu nehmen? Bitte jeweils vier Männer und zwei Frauen.«

Langsam setzten sich die Teilnehmer in Bewegung. Die meisten hatten ernste Mienen aufgesetzt; nur wenige präsentierten ein Lächeln. Stühle wurden geräuschvoll über den Boden geschoben und man konnte das Scharren von Schuhsohlen vernehmen.

»Na, das hat ja wunderbar geklappt«, lobte der Moderator, bevor er fortfuhr. »Meine beiden Assistentinnen werden nun die Requisiten hereinbringen.«

Aus dem Hintergrund schälten sich zwei Frauen in knielangen weißen Kleidern und Pumps in der gleichen Farbe. In den Händen hielten sie je ein Tablett, welches mit einem Tuch abgedeckt war.

Dazu erschienen vier Männer vom Sicherheitsdienst, die sich, jeweils zu zweit und einander zugewandt, neben die Tische stellten. Auch sie blickten ernst und sie waren bewaffnet. Falls nötig würden sie, ohne zu zögern, das Feuer auf mögliche Angreifer eröffnen …

»Kommen wir nun zu unserem ersten Spiel, dem russischen Roulette!«

Nach diesen Worten zogen die Assistentinnen die Tücher von den Tabletts und präsentierten zwei Trommelrevolver der Marke *Smith & Wesson*.

»Das Spiel ist ganz einfach und ich bin sicher, dass jeder der Kandidaten es kennt. Der eine oder andere hat es vielleicht sogar schon mal gespielt.«

Mehrere nickten.

»Die Trommel weist sechs Kammern auf, aber nur eine einzige Patrone befindet sich darin!«, erklärte der Moderator. »Nachdem ausgelost wurde, wer mit dem Spiel beginnt, wird die Waffe im Uhrzeigersinn weitergegeben. Natürlich nur, wenn Spieler Nummer eins überlebt hat!«, fügte er hinzu und präsentierte ein breites Grinsen, das seine unnatürlich weißen Zähne aufblitzen ließ.

»Meine bezaubernde Assistentin Deborah wird nun zum ersten Tisch gehen und jeden der dort Sitzenden eine Spielkarte ziehen lassen. Wer die Karte mit dem Totenschädel zieht, wird die Runde beginnen. Bitte, Deborah ...«

Mit diesen Worten drehte er sich zu ihr um. Lächelnd, aber auch mit einem gewissen Grad Nervosität, was man ihr auch ansah, stellte sie sich neben den ersten Verurteilten. Ohne zu zögern, zog er eine Karte heraus und hielt sie in die Kamera. Es war ein Daumen-hoch-Motiv. Die nächsten beiden, ein Mann und eine Frau, zogen jeweils das gleiche Symbol. Nummer vier hatte letztlich das Totenschädelbild, was bedeutete, dass er das russische Roulette eröffnen musste.

»Die Entscheidung ist gefallen, meine Damen und Herren! Gleich wird dieser Mann den Revolver an seine Schläfe halten und abdrücken. Gibt es ein Klick oder ein Peng? Das ist die große Frage, die wir uns alle stellen.«

Er wandte sich dem Sträfling zu und sagte: »Sie haben die große Ehre, das erste Spiel des Tages beginnen zu dürfen. Legen Sie los beziehungsweise an«, scherzte er.

Der Angesprochene sah irritiert zum Spielleiter auf und tat es.

»Drei ... zwei ... eins ... Feuer!«, rief der Moderator und ein Klicken ertönte, als der Verurteilte abdrückte!

»Glückwunsch! Sie haben die nächste Runde erreicht!«

Das Gesicht des Mannes blieb emotionslos. Keine Spur von Erleichterung. Gar nichts. Er reichte den Revolver an seinen Nebenmann weiter.

»Spieler Nummer zwei, bitte!«

Der Moderator zählte wieder den Countdown herunter

und erneut war nur ein Klicken zu hören. Ebenso bei Nummer drei, einer Frau und Nummer vier.

»Jetzt wird es eine Entscheidung geben, meine lieben Zuschauer. Entweder stirbt gleich die Kandidatin Nummer fünf oder der letzte Spieler wird sich wissentlich exekutieren. Mein Gott, ist das spannend! Was für ein Glück, dass es bei uns keine Werbeunterbrechungen gibt.«

Er lächelte in die Kamera. Spielerin Nummer fünf hielt sich bereits den Revolverlauf an die Schläfe. Wieder zählte er laut mit:

»Drei … zwei … eins … FEUER!«, brüllte er und – PENG! – der Kopf der Kandidatin explodierte.

Blut, Knochensplitter und Gehirnstücke flogen umher und bespritzten die anderen Mitspieler, die mit ihr am Tisch gesessen hatten. Auch der Moderator selbst bekam einiges ab.

»Tja, Freunde, den Anzug kann ich dann wohl entsorgen, was?«

Er lachte, wischte sich Blutspritzer von der Wange und drehte sich der Kamera zu.

»Diese Kandidatin hieß Nina van Oltjen und kam aus den Niederlanden. Sie hatte ihre beiden Brüder, ihre Eltern und beide Onkel getötet. Dafür hat sie sich nun selbst gerichtet. Möge ihre Seele in Frieden ruhen, wie man immer so schön sagt.«

Kurz senkte er den Kopf, aber schon im nächsten Moment moderierte er weiter, als wäre nichts geschehen.

»Weiter geht es mit dem zweiten Tisch. Wer scheidet aus, wer kommt eine Runde weiter? Das wird sich gleich zeigen. Wie ich sehe, steht die Reihenfolge schon fest. Dieser Herr hier wird beginnen.« Der Moderator zeigte auf ihn und begann dann wieder rückwärtszuzählen.

»Drei … zwei … eins … Feuer!«

PENG! Ein Schuss ertönte.

»Wow, das ging wirklich schnell!«

Es bot sich dasselbe Bild wie eben am anderen Tisch. Blut und Gewebe flogen im Studio umher und der Tote saß trotzdem noch auf seinem Stuhl.

»Das nenne ich mal Sitzfleisch!«, kommentierte der Ansager.

Mehrere der Überlebenden lachten. Teils vor Erleichterung, einige bestimmt auch, weil ihnen der Gag gefallen hatte.

»Wir mussten uns soeben von Dean Blacker aus Wyoming verabschieden. Er hatte vor ein paar Jahren das Feuer in einer Postfiliale eröffnet und dabei acht Menschen erschossen!« Er nickte mit hochgezogenen Augenbrauen. »Bevor es mit der nächsten Runde weitergeht, müssen wir ein wenig sauber machen. Ich hoffe, Sie verstehen das und sind in etwa zehn Minuten wieder dabei, wenn zwei weitere Straftäter die physische Welt verlassen werden. Bleiben Sie dran!«

*

»Bevor wir nun weiter machen, möchte ich noch auf eine immer wiederkehrende Zuschauerfrage eingehen. Einige von Ihnen wollten wissen, warum die Kandidaten unserer Sendung so schweigsam sind. Diese Frage kann ich Ihnen beantworten.« Der Moderator machte eine kurze Pause.

»Nun, den Teilnehmern wurde strengstens untersagt, während der ersten Hälfte unserer Show zu kommunizieren. Zudem wurde jedem von ihnen unmittelbar vor Beginn der Sendung ein leichtes Sedativum verabreicht.«

Er zwinkerte in die Kamera, schnalzte einmal mit der Zunge und klatschte in die Hände.

»Kommen wir nun zur Runde zwei. Hier wird ums Überleben gewürfelt. Alle Teilnehmer bekommen zwei Würfel, die sie auf das Tablett vor ihnen rollen werden. Die beiden mit der niedrigsten Zahl werden ihr Leben verlieren. So einfach ist das. Sie sehen, es wird eine sehr schnelle Runde werden. Aber …« Mit erhobenem Zeigefinger schwieg er für einen Moment, dann redete er weiter: »… Sie, liebe Zuschauer, dürfen gespannt sein, auf welche Weise das geschehen wird. Nur so viel sei verraten: Niemand wird erschossen!«

Er sah sich um und eine der Assistentinnen nickte ihm zu.

»Ich bekomme soeben das Zeichen, dass alles vorbereitet ist. Dann will ich sie nicht länger warten lassen. Vorhang auf, bitte.«

Der schwere Stoff wurde zur Seite gezogen und gab den Blick auf einen langen Tisch frei, dessen Platte mit grünem Filz überzogen war und ansonsten völlig leer.

»Meine bezaubernden Assistentinnen Deborah und Audrey werden jetzt die Würfel verteilen.«

Auf dieses Stichwort hin erschienen die beiden Frauen. Jede hielt eine Art kleine Schüssel in den Händen, welche mit Würfeln gefüllt waren. Sie gingen zu jedem Mitspieler und diese bedienten sich. Alle Würfel sahen gleich aus; es gab keine unterschiedlichen Farben oder dergleichen.

»Kommen wir nun zu den Regeln. Wie ich eben schon

erwähnt habe, werden die beiden Spieler mit der niedrigsten Zahl von uns gehen. Jetzt fragen sich bestimmt einige von Ihnen, was passiert, wenn mehr als zwei Kandidaten die kleinste Zahl würfeln. Auch diese Ungewissheit kann ich Ihnen nehmen, meine Damen und Herren. Sollten tatsächlich mehr als zwei von ihnen gleich sein, dann werden diejenigen noch einmal würfeln. Es geht dann sozusagen in eine Verlängerung. Dieses Prozedere wiederholt sich so lange, bis die endgültige Entscheidung gefallen ist.«

Nachdem er die Regeln erklärt hatte, ging der Moderator zum Spieltisch, vor dem sich die Beteiligten in einer Reihe aufgestellt hatten.

»Seid ihr alle bereit?«

Zwei, vielleicht drei nickten, der Rest zeigte keine Reaktion.

»Na dann, lasst die Würfel rollen!«

Der erste Kandidat trat an den Tisch und würfelte.

»Eine Acht!«, rief der Moderator. »Das ist im Mittelfeld. Ich vermute mal, dass das reichen wird, um am Leben zu bleiben …«

Die nächsten erreichten eine Sieben, zweimal Zehn, dann folgten drei Teilnehmer mit jeweils einer Vier, gefolgt von einer weiteren Acht und einer Elf, bevor der letzte eine Zwei würfelte und somit sein Todesurteil.

»Oh, was für ein Pech!«, rief der Moderator. »Ausgerechnet der letzte Kandidat würfelt die niedrigste Zahl. Wie dramatisch! Damit steht sein Ableben schon jetzt fest.«

Der Betroffene wurde von den Leuten der Security nach hinten gebracht. Er ging, ohne Probleme zu machen, mit gesenktem Kopf mit ihnen mit.

»Um die Spannung ins Unermessliche zu steigern, haben wir nun ein Stechen mit drei Personen, von denen lediglich zwei in die nachfolgende Runde kommen werden. Für einen, oder eine, wird das hier auf jeden Fall die letzte Runde sein!«

Die vier Teilnehmer, die erfolgreich beim Würfeln gewesen waren, wurden ebenfalls nach hinten geleitet, jedoch in die andere Richtung als der Verlierer.

»So, das Reglement ist klar: Die drei Kandidaten werden noch einmal würfeln, nur dass dieses Mal jeder nur einen Würfel bekommt. Wer wird sein Leben verlieren, der Herr oder eine der beiden Damen? Ich würde sagen, wir fangen ohne weitere Umschweife an. Die Reihenfolge wurde, wie vorhin schon, mittels Spielkarten festgelegt. Also dann, treten Sie an den Spieltisch und geben Sie Ihr Bestes.«

Der Moderator ging ein paar Schritte zur Seite und verschränkte die Hände hinter seinem Rücken.

Eine Frau kam an den Tisch. Sie schwitzte und holte mehrmals tief Luft. Dann warf sie den Würfel auf die Tischplatte. Er blieb mit der Vier nach oben liegen.

»Eine Vier! Das ist wirklich nicht übel. Allerdings hätte es auch noch besser sein können …«

Als Zweiter trat der Mann an den Tisch heran. Sofort schleuderte er den Würfel, der sich einige Male um die eigene Achse drehte, bevor er die Zwei anzeigte. Der Spieler senkte den Kopf und schüttelte ihn. Er wurde von den Wächtern einige Schritte vom Tisch weggeführt.

Dann lief die zweite Frau in Richtung des Tisches. Sie trat aber nicht direkt an die Platte heran, sondern warf den Würfel aus etwa einem halben Meter Entfernung. Auch er blieb mit der Zwei nach oben liegen. Die Frau stemmte die Hände in die Hüften und zog einen Flunsch.

»Meine Damen und Herren, was für eine Dramatik! Die Verlängerung geht in die Verlängerung. Wer hätte das gedacht …«

In der Zwischenzeit wurde die erste Würflerin der Extrarunde zu den anderen sechs Kandidaten hinter die Bühne geführt, denn die Vier hatte tatsächlich ausgereicht, ihr Leben vorerst zu behalten.

»So, liebe Leute, jetzt wird es noch einmal spannend. Wer kommt als Letztes eine Runde weiter und wer wird hier gleich hingerichtet?«

Der männliche Kandidat fing an. Wie schon zuvor warf er den Würfel schwungvoll auf die Filzunterlage. Es wurde wieder eine Zwei. Ungläubig weiteten sich seine Pupillen. Er stand einfach nur da und rührte sich nicht. Zwei Wachmänner vom Sicherheitsdienst führten ihn schließlich vom Spieltisch weg.

»Das sieht nicht gut aus«, sagte der Moderator.

Die Frau ging nun langsam auf den Tisch zu. Es wirkte fast, als hätte sie Angst, sich ihm zu nähern. Sie nahm den Würfel in die zusammengelegten Hände und schüttelte ihn. Ihr Blick war starr, als wäre sie in Trance. Dann öffnete sie ihre Hände und der Kubus wirbelte herum, bevor er mit der Drei nach oben stoppte. Erleichtert beugte sie sich nach vorn und stützte sich mit den Händen auf den Knien ab. Der Unterlegene wurde nach hinten zu seinem Leidensgenossen geschafft.

»Liebe Zuschauer, die Entscheidung ist gefallen. Und es hätte nicht nervenaufreibender sein können. Was für eine Runde! Ich freue mich, Ihnen zu Hause an den Bildschirmen solche unvergesslichen Momente bieten zu können. Jeder von Ihnen hat sehr, sehr viel Geld dafür bezahlt, heute hier live dabei sein zu dürfen. Es hat sich jetzt schon gelohnt. Dabei haben wir noch nicht einmal das Endspiel erreicht!«

Er grinste wieder Zähne zeigend in die Kamera, bevor er fortfuhr.

»Natürlich haben wir auch nicht vergessen, dass nun zwei weitere Männer sterben werden. Und wie ich höre, sind die Exekutionen auch schon vorbereitet. Also dann … Vorhang auf!«

Erneut glitt der dunkle Stoff zur Seite und zeigte eine Szene wie im Mittelalter. Mitten auf der Bühne standen zwei Guillotinen, auf denen die beiden Verlierer schon festgeschnallt worden waren. Ihre Arme hatte man ihnen auf den Rücken gefesselt und ihre Hälse wurden in der Lünette fixiert.

Die Klingen der Fallbeile glänzten im Scheinwerferlicht. Die Holzgestelle waren dunkel und wirkten bedrohlich, was angesichts des bevorstehenden Ereignisses nicht verwunderte. Die Guillotinen waren schräg aufgestellt worden, sodass sie ein V bildeten, mit dem offenen Ende in Richtung der Kamera. Die Köpfe der Todeskandidaten waren nicht weit voneinander entfernt. Sie schauten zwangsläufig nach unten und sahen die hölzernen Eimer, in die ihre abgetrennten Köpfe jeden Augenblick fallen würden.

An den äußeren Seiten der Gestelle standen Audrey und Deborah, die Assistentinnen des Moderators. Sie umfassten beidhändig je einen Hebel, deren Bedienung die Arretierung der Klingen lösen würde. Der Moderator wandte sich wieder an sein unsichtbares Publikum:

»Hier haben wir Delinquent Nummer eins. Sein Name ist Dwight Koontz. Er ist ein Serienkiller aus Idaho und hat insgesamt vierzehn Frauen getötet, von deren Fleisch er auch gegessen hat. Delinquent Nummer zwei ist gebürtiger Pole und heißt Adam Schlabruzinski. Er hat in einer Kirche einen Sprengsatz gezündet, bei dem siebenundzwanzig Menschen ums Leben gekommen sind.«

Die acht übrigen Spieler wurden hereingebracht und stellten sich zu je vier an beiden Seiten des Geschehens auf.

»Seid ihr bereit? Deborah? Audrey?«

Beide nickten ihrem Boss zu.

»Also dann, ein weiterer Countdown. Drei … Zwei … Eins … Los!«

Synchron legten beide Frauen die Hebel um. Augenblicklich fuhren die Fallbeile nach unten und enthaupteten die Männer. Wie vorgesehen landeten die Schädel in den Eimern. Blutfontänen schossen aus den Halsstümpfen und versiegten nur allmählich. Nach einem Moment des Schweigens sprach der Ansager weiter.

»Da haben gleich zwei Männer im wahrsten Sinn des Wortes den Kopf verloren!«

Anscheinend mochte er solche Wortspielereien.

»Bevor es mit der dritten Runde weitergeht, machen wir eine kurze Reinigungspause. Nutzen Sie die Gelegenheit, um eine Kleinigkeit zu essen oder der Toilette einen Besuch abzustatten. In wenigen Minuten sind wir wieder zurück. Bis gleich …«

*

»Willkommen zurück zur dritten Runde beim (Un)Glücks-rad! Hier wird für zwei weitere Kandidaten Endstation sein. Diejenigen, die überleben, haben automatisch das Finale erreicht und werden am (Un)Glücksrad gegeneinander bis zum Tod antreten. Nur einer oder *eine* wird es schaffen. Aber bevor es so weit ist, spielen wir das Halbfinale!«

Eine andere Fanfare als vorhin ertönte.

»Hiermit möchte ich nun die restlichen acht Teilnehmer auffordern, zu mir auf die Bühne zu kommen!«

Er drehte sich nach rechts und beobachtete, wie die Kandidaten sich im Hintergrund aufreihten. Fünf Männer und drei Frauen waren noch vertreten.

Der Moderator wandte sich wieder der Kamera zu. »In der nun folgenden Spielrunde ist eine gute Hand-Augen-Koordination gefragt. Präzision ist in diesem Fall *überlebenswichtig*!« Er lachte über seinen Kommentar, dann erhob er die Stimme. »Meine Damen und Herren, seien Sie gespannt, denn wir spielen Dart!«

Mit dem ausgestreckten Arm deutete er in den hinteren Bereich der Bühne. Dieses Mal glitt kein Vorhang zurück, sondern es flammten Scheinwerfer auf, die auf eine Dartscheibe ausgerichtet waren, die auf einem Gestell mit Rollen montiert war, welche wiederum arretiert waren. Ansonsten war der Schauplatz leer. Es gab keine Requisiten und auch die beiden Helferinnen waren nicht zu sehen.

»Wir haben zwei kleine Änderungen bezüglich der üblichen Dart-Regeln vorgenommen. Nummer eins: Jeder Spieler bekommt nicht drei, sondern lediglich einen einzigen Pfeil. Dafür gibt es aber eine zweite Runde. Und Änderung Nummer zwei bezieht sich auf den Abstand zwischen der

Wurflinie und der Dartscheibe. Dieser beträgt nicht, wie es im Regelbuch verzeichnet ist, 2,37 Meter, sondern 3,10 Meter! Damit sind selbst geübte Darter mehr gefordert. Mal ganz abgesehen von der bereits angesprochenen Folgerunde. Jetzt, wo das Reglement feststeht, würde ich sagen, wir beginnen.«

Die Kandidaten stellten sich hintereinander auf und nahmen von Audrey, der Assistentin, die Pfeile entgegen. Dann trat der erste Werfer an die Abwurflinie heran. Man konnte erahnen, dass er kein Neuling in dieser Sportart war. Er zielte kurz und der Dartpfeil landete in der 12! Spieler Nummer zwei traf die doppelte 20! Danach waren die drei Frauen direkt nacheinander dran.

Getroffen wurden die 9, die 20 und die 1! Anschließend waren die letzten drei Männer an der Reihe.

Nummer eins traf die 5, der Pfeil von Spieler Nummer zwei verfehlte die Zielscheibe komplett und der abschließende Dart flog in die dreifache 18.

»So, meine Damen und Herren, damit ist die erste Dartrunde zu Ende. In der nun folgenden zweiten Runde fällt die endgültige Entscheidung. Bisher zeigen die erreichten Resultate eine ziemliche Bandbreite. Spannung pur!«

Er nickte jemand zu, der auf dem Bildschirm nicht zu sehen war, und sofort kamen Deborah und Audrey ins Sichtfeld. Zielstrebig marschierten sie zu dem Gestell mit der Dartscheibe, lösten die Arretierung und rollten sie hinaus.

Nur einen winzigen Moment später kamen die beiden wieder zurück und fuhren ein anderes Gestell auf die Bühne. Erneut erkannte man eine Dartscheibe, die jedoch anders befestigt worden war.

»Meine lieben Zuschauer, hier sehen Sie eine drehbare Dartscheibe. Wie Sie sicherlich schon ahnen, werden meine hübschen Assistentinnen diese Scheibe in Rotation versetzen, sodass ein genaues Zielen unmöglich sein wird. Die Kandidaten werfen die Pfeile quasi blind und müssen sich überraschen lassen, wo sie landen werden. Die erzielte Punktzahl wird selbstverständlich mit der vorherigen addiert und ergibt dann das jeweilige Endergebnis. Die Reihenfolge der Werfer ist übrigens dieselbe wie eben. Ich würde sagen: Lasset die Pfeile fliegen!«

Audrey versetzte die Scheibe per Fernbedienung in Rotation. Der erste Werfer schleuderte den Dart und als die Drehung sich verlangsamte, konnte man erkennen, dass er in der 16 steckte. Mit den 12 Punkten im ersten Durchgang kam er auf 28! Das war ein gutes Ergebnis. Spieler Nummer zwei bekam nur 8 Punkte zu seinen 20 dazu, womit er ebenfalls 28 hatte. Die erste Frau erzielte eine doppelte 10 und hatte 29 Punkte. Damit war sie bereits für das große Finale qualifiziert. Frau Nummer zwei traf die 3 kam auf 23. Die dritte Kandidatin erzielte auch eine 3. Allerdings kam sie damit nur auf insgesamt 4 Punkte. Ihr Schicksal schien besiegelt zu sein.

Gleichzeitig waren die ersten beiden Spieler, mit den 28 Punkten ebenfalls im Finale dabei! Das war absolut sicher. Nun folgte wieder das Männertrio. Der erste warf den Dartpfeil in die 9, womit er bei 14 stand. Für den Moment bedeutete das seinen Tod. Die zweite der Frauen hatte es dadurch geschafft. Des einen Freud, des anderen Leid. Als Nächstes trat der Kandidat an die Abwurflinie, der zuvor die Zielscheibe verfehlt hatte. Er fing sozusagen bei null an. Er blickte eine ganze Weile auf die sich drehende Dartscheibe.

Dann nahm er Maß und schleuderte den Pfeil. Mit einem dumpfen Laut prallte er auf. Mittels der Fernbedienung verlangsamte sich die Drehbewegung, stoppte schließlich. Der Dart steckte im Bull's eye! Das machte 50 Punkte auf einen Schlag! Mit diesem Resultat war der Mann vom letzten auf den ersten Platz gesprungen. Noch ein Kandidat war übrig. *Eigentlich!* Aber der Moderator betrat das Geschehen und gestikulierte mit den Armen.

»Meine Damen und Herren, das Halbfinale ist vorbei! Und – nein ich habe nichts durcheinandergebracht. Der letzte Spieler braucht nicht mehr zu werfen, weil er schon als Finalist feststeht! Jawohl … Unser letzter Werfer hat schon jetzt 18 Punkte aus der Runde davor und somit mehr als die beiden mit der 4 beziehungsweise der 14. Sie sehen also, dass ihm ein einziger Wurf für das Erreichen des Endspiels gereicht hat. Herzlichen Glückwunsch an alle sechs Finalisten!« Er applaudierte und sowohl Deborah als auch Audrey schlossen sich ihm an. Dann erloschen die Scheinwerfer. Der Dartbereich versank im Dunkeln. Lediglich die normale Beleuchtung spendete Helligkeit.

»Bevor wir mit dem (Un)Glücksrad weitermachen, haben wir jedoch noch eine notwendige Aufgabe zu erfüllen. Die beiden unterlegenen Darter müssen nämlich noch exekutiert werden!«

Er drehte sich kurz um und kommunizierte mit jemandem. Als er sich wieder dem Publikum an den Bildschirmen zuwandte, sagte er: »Erleben Sie nun das Ende der beiden Verlierer. Vorhang auf!«

Zwei Pfähle wurden sichtbar, an denen die Delinquenten mit auf den Rücken gefesselten Armen standen.

»Deborah, Audrey, waltet eures Amtes!«

Die beiden erschienen im Scheinwerferlicht und lächelten in die Kamera. Sie waren bewaffnet. Jede hielt eine Armbrust mit bereits eingelegtem Bolzen in den Händen. Sie stellten sich etwa drei Meter vor den Gefesselten hin.

»Wie üblich werden wir auch jetzt die beiden Todeskandidaten kurz vorstellen. Hier haben wir Clint Silverblood aus Neuseeland. Er ist ein Serienvergewaltiger, der sich an mindestens einunddreißig Mädchen und Frauen jedes Alters vergangen hat. Und diese Dame hier hört auf den klangvollen Namen Noriko Kaga und stammt aus Japan. Sie wachte eines Morgens auf und beschloss, mit einem Katana, also einem Samurai-Schwert, in einer Fußgängerzone wahllos Menschen zu töten. Am Ende kostete das sechzehn von ihnen das Leben!«

Er atmete tief durch und drehte sich zu seinen Helferinnen um. »Audrey, würden Sie bitte beginnen?«

Die Angesprochene nickte, legte die Armbrust an und feuerte, ohne zu zögern, den Bolzen in den Schädel des Vergewaltigers. Dessen Kopf wurde durch den Einschlag nach hinten gerissen, sodass er am Pfahl anschlug. Dann blieb er, mit dem Kinn auf der Brust, schlaff hängen. Das Geschoss steckte direkt über der Nasenwurzel in der Stirn.

»Vielen Dank, Audrey. Das war ein hochpräziser Schuss. Alle Achtung!«

Die Schützin nickte ihrem Boss lächelnd zu.

»Deborah, wärst du so weit?«, fragte er die zweite Henkerin.

Auch sie antwortete mit einem Nicken.

»Dann bitte …«

Sie ließ sich mehr Zeit als ihre Kollegin, zielte genau und als sie den Abzug betätigte, traf der Bolzen präzise ins Herz der Todgeweihten, die sofort erschlaffte.

»Auch das war ein hervorragender Treffer! Ich danke euch, meine Lieben, auch im Namen der Zuschauer, die zu Hause an den Bildschirmen sitzen.«

Er klatschte in die Hände, als beide Frauen die Bühne verließen.

»Puh, das war spannend und nervenaufreibend. Und höchst dramatisch! Wir machen jetzt eine etwas längere Pause. Mein Magen meldet sich und ich könnte mir vorstellen, dass auch sie zu Hause Appetit bekommen haben. In etwa einer Stunde sind wir wieder da, mit dem Höhepunkt des Tages: dem (Un)Glücksrad!«

*

»So, da sind wir wieder! Freuen Sie sich auf das große Finale, meine Damen und Herren. Die meisten von Ihnen waren schon mindestens einmal in den bisherigen Folgen dabei und sind mit den Regeln vertraut. Es wird Blut fließen und unschöne Dinge werden passieren. Ich verspreche Ihnen Hochspannung bis zum Ende! Unsere Sendung ist die einzige weltweit, in diesem Genre. Noch einmal zur Erinnerung: Zwei Frauen und vier Männer haben sich für die Endrunde qualifiziert. Fünf von ihnen werden, wie ihre sechs Kolleginnen und Kollegen in den Vorrunden, ebenfalls ihr Leben verlieren. Das (Un)Glücksrad ist gnadenlos. Das Schweigegebot ist ab jetzt aufgehoben. Aber genug geredet … Willkommen zum großen Finale!«

Der Moderator trat zur Seite und der Vorhang gab den Blick frei.

Das (Un)Glücksrad war horizontal auf einer drehbaren Scheibe montiert und bestand aus insgesamt zwanzig Feldern, die jeweils durch Metallstifte voneinander getrennt waren. Ein elastischer Dorn bremste das (Un)Glücksrad ab, bis es zum Stillstand kam. Die Felder zeigten Geldbeträge oder Symbole von Körperteilen an. Manche waren auch beschriftet.

Der Moderator stellte sich auf seinen Platz am Kopf des Rades. Rechts und links von ihm standen die sechs Kandidaten, in jeweils durch Plexiglasscheiben abgetrennten Bereichen.

Manchen merkte man deutlich die Nervosität an, andere wirkten locker oder emotionslos.

In einigem Abstand stand hinter jedem einzelnen Spieler ein Wachmann mit einer Waffe in der Hand, falls es Ärger geben sollte. Schießbefehl war ausgegeben worden. Der Moderator sah jeden Endspielteilnehmer an.

»Wenn ich in die Gesichter der hier Anwesenden schaue, können sie es wohl kaum erwarten, endlich loszulegen. Dann will ich niemanden mehr auf die Folter spannen. Liebe Zuschauer zu Hause, liebe Kandidaten hier im Studio. Die goldenen Regeln.«

Er zeigte mit einer Hand auf das *Spielgerät*.

»Das (Un)Glücksrad weist zwanzig Felder auf. Jedes Einzelne davon hat eine bestimmte Bedeutung. Sollte ein Mitspieler eines der Zahlenfelder erdrehen, angefangen bei 10 bis hin zu 100.000, so wird ihm diese Summe gutgeschrieben.«

Die Köpfe der Anwesenden drehten sich voller Überraschung zum Ansager hin.

»Aber …«, er hob den Zeigefinger, »… das heißt nicht, dass dieser Geldbetrag gewonnen wurde. Nein, ich sagte bereits, er wird lediglich gutgeschrieben. Die Details werden im Laufe des Spiels erklärt. Übrigens haben wir uns für den *Taler* als Währung entschieden. Die beschrifteten Felder erklären sich ja fast alle von selbst. Interessant und wichtig sind allerdings diejenigen, auf denen Symbole abgebildet sind. Sollte ein Kandidat auf eines davon drehen, dann wird er oder sie das angezeigte Körperteil verlieren!«

Einige der Spieler atmeten tief durch, bei anderen weiteten sich die Augen. Alle waren angespannt.

»Ich möchte hinzufügen«, fuhr der Moderator fort, »dass es die Möglichkeit gibt, sich sozusagen freizukaufen. Zu guter Letzt gibt es noch ein Feld, mit einem Totenschädel. Wer darauf landet, nun … Sie können es sich denken, der stirbt. Das verhindern weder die Taler noch ein Joker. Jeder Kandidat muss insgesamt dreimal drehen. Außer er hat ein entsprechendes Feld erdreht, was etwas anderes anzeigt. Wobei reihum jede Person mit zwei Drehungen beginnt. Umso spannender ist es dann, wenn der allerletzte Dreh ansteht.« Er klatschte einmal in die Hände. »So, ich würde sagen, wir fangen an. Der Spieler ganz rechts außen von mir ist der Erste. Danach seine Nachbarin und so weiter. Wie ich sehe, steht auf jeder Seite ein weiblicher Kandidat in der Mitte zwischen zwei männlichen. Das ist wunderbar symmetrisch; ich mag so etwas. Das wollte ich einfach nur mal erwähnen.

Kandidat eins wird gleich zu drehen beginnen. Es handelt sich bei ihm um Joe Whiteman aus Mississippi. Er ist

Mitglied des Ku-Klux-Klan und hat in dieser Funktion mit einigen Kameraden zusammen fünf Dunkelhäutige Personen gelyncht und schließlich in einem Gemeindehaus dreizehn weitere erschossen.«

»Da muss ich mich wohl in Acht nehmen, oder?«, sprach die Kandidatin auf der anderen Seite des Rades provozierend. Sie war dunkelhäutig.

Joe Whiteman, schlank, aber sehnig mit glatt nach hinten gekämmten Haaren, blickte zu ihr hinüber und antwortete: »Du solltest lieber dein Maul halten, du schwarzes Aas! Es ist schon schlimm genug, mit dir hier zu stehen und deine hässliche Fresse sehen zu müssen. Hätte ich vorher gewusst, dass hier auch Bimbos dabei sind, dann hätte ich meine Kandidatur zurückgezogen.«

»Tja, Pech gehabt!«, erwiderte die Frau trotzig. Sie war nicht allzu groß, aber kräftig gebaut und mit einer ansehnlichen Oberweite.

»Tut mir leid, dass ich mich noch einmal einmischen muss«, meinte nun der Moderator, »aber ich vergaß zu erwähnen, dass das Rad pro Dreh mindestens zwei Umdrehungen schaffen sollte.«

Keiner beachtete ihn.

»Schaffst du das überhaupt?«, fragte die Frau, um den Mann vom Ku-Klux-Klan abzulenken.

Der brüllte zurück: »Ich hab dir gerade gesagt, du sollst dein Maul halten, Blacky!«

»Von dir lass ich mir gar nichts sagen, kapiert? Außerdem heiße ich nicht Blacky, sondern Monique de la Croix!«

»Das interessiert mich einen Scheiß, wie du heißt, klar?«, giftete er zurück.

»Und nun halt's Maul, ich muss mich konzentrieren.«

»Das finde ich aber auch!«, mischte sich nun ein südamerikanisch aussehender Spieler ein. Er war unrasiert und hatte fettiges schwarzes Haar. »Wir sollten uns zurückhalten. Schließlich geht es hier für uns alle um Leben und Tod!«

»Wer hätte gedacht, dass ich mal verbale Unterstützung von einem Bohnenfresser bekomme?«, sagte Joe Whiteman.

»Aber, aber, liebe Kandidaten, halten Sie sich doch ein wenig zurück«, meinte der Ansager. »Auch wenn die Schweigepflicht aufgehoben ist. Wir wollen doch spielen, oder nicht? Die Zuschauer an den Bildschirmen haben sehr, sehr viel Geld bezahlt, um euch zu sehen und ihr habt noch kein einziges Mal am Rad gedreht. Es bleibt noch genug Zeit, euch zu beschimpfen, wenn ihr wollt, aber zuerst lasst uns spielen, okay?«

Er sah in die Runde und sah fast alle nicken.

»Gut, also nächster Versuch. Bitte!«

Erneut beugte sich der Mann vom Ku-Klux-Klan vor und ergriff einen der Metallstifte. Dann holte er Schwung und drehte das (Un)Glücksrad kraftvoll ab. Ratternd fuhren die Stifte am Kunststoff der elastischen Zunge entlang. Dann verlangsamte es sich, bis es letztlich zum Stillstand kam …

»Das sind Lippen, was bedeutet, dass unserem Kandidaten eine Lippe abgeschnitten wird. Aber … die endgültige Entscheidung fällt erst nach dem dritten Dreh. Und erst dann werden alle *Operationen* durchgeführt. So, dann erwarten wir jetzt den zweiten Dreh. Legen Sie los, Joe!«

Der Angesprochene beugte sich erneut über die Brüstung und gab dem Rad einen ordentlichen Schwung. Sieben

Augenpaare starrten auf das rotierende Element. Dann war es so weit.

»Sieh an, da hat unser Mann vom KKK sich 1.000 Taler erdreht. Wir wissen, was das heißt. Er kann sein Geld opfern und seine Lippe behalten. Natürlich könnte in der letzten Runde noch etwas viel Schlimmeres kommen und er muss dann zwischen zwei Übeln wählen …«

»Ich hoffe, dass er seine Lippen verliert, dann brauchen wir uns wenigstens nicht mehr sein blödes Gelaber anzuhören!«, sprach Monique de la Croix.

Joe Whitemans Kopf ruckte hoch.

»Du kannst einfach nicht deine Horrorfresse halten, was?! Du exkrementfarbenes Individuum. Man sollte dich teeren und federn!«

»Dazu wird es aber nicht kommen, denn ich werde hier als Gewinnerin rausgehen, während du und die anderen hier als lebloses Fleisch an die Würmer verfüttert werdet!«

»Nun wir werden sehen«, unterbrach der Moderator die Auseinandersetzung. »Als Nächstes wird Perla Aarunen aus Finnland fortfahren. Sie hat in ihrem Heimatdorf elf Männer erstochen. Und jetzt ist sie bei uns. Wenn Sie bereit sind, dann los.«

»Eine Männer hassende Eisfrau, die fehlte noch in unserer Runde!«, meinte ein Mann mit gescheiteltem Haar. Perla sah ihn an, sagte aber nichts. Stattdessen fasste sie nach einem Metallstift und drehte am Rad. Sie machte in der Tat einen leicht unterkühlten Eindruck. Ihr schwarzes schulterlanges Haar war zu einem pendelnden Pferdeschwanz gebunden.

»100 Taler!«, rief der Ansager. »Das ist ein guter Anfang! Nun der zweite Dreh!«

Die Finnin nickte nur kurz und drehte sofort weiter.

»Extra-Dreh!«, verkündete der Moderator. »Das bedeutet, dass Sie noch ein weiteres Mal drehen müssen! Also insgesamt viermal! Das kann gut sein oder auch nicht. Wir müssen abwarten. Sie sind noch einmal dran.«

Wieder sagte sie nichts und gab Schwung. Das Rad stoppte wieder auf einem beschrifteten Feld. »Ein Joker! Das bedeutet, dass Sie einen Dreh weniger haben als normal. Für Sie heißt das, dass der Joker den Extradreh aufhebt und alles beim Alten bleibt. Somit müssen Sie nur noch einen Dreh ausführen, Perla. Bitte sehr.«

Der Ansager zeigte auf das Rad und augenblicklich drehte die Finnin kräftig am Rad. »Verdopplung! Das ist gut. Damit kriegen Sie noch einmal 100 Taler gutgeschrieben. Und das wird gewertet als zweimal 100, nicht als zweihundert. Das ist ganz wichtig!«, erklärte er.

»Sie haben Ihre Aufgabe erfüllt, Perla!«

Sie trat einen Schritt zurück und blieb still stehen.

»Jetzt ist Shin Yen Wu dran. Er kommt, wie der Name schon sagt, aus China. Dort hat er als Profikiller gearbeitet und siebenunddreißig Menschen getötet!«

Er nickte dem Kandidaten zu. Der hatte ein Gesicht mit hohen Wangenknochen und am Hinterkopf trug er einen kleinen Zopf. Er drehte ab, hatte jedoch nicht so schwungvoll gedreht, wie die beiden vor ihm, aber doch ausreichend. Das Rad hielt an und die Kunststoffzunge zeigte auf einen Fuß.

»Na, da könnte der Spieler sich vielleicht auf eine Fußprothese einstellen«, sagte der Moderator.

Shin Yen Wu beachtete ihn nicht und drehte weiter. Dieses Mal deutete das Stück auf ein Ohr!

»Oh, da wird unser asiatischer Kandidat in jedem Fall ein Körperteil einbüßen.«

Der Killer verzog keine Miene, nahm es einfach hin.

Der Moderator wandte sich dem nachfolgenden Spieler zu.

»Weiter geht's mit Gonzo de la Tumba aus Mexiko. Er hat einundzwanzig Frauen vergewaltigt, ermordet und anschließend größtenteils verspeist. Wir haben es hier also mit einem waschechten Kannibalen zu tun.«

Der Vorgestellte grinste in die Runde.

Wie nicht anders zu erwarten gewesen war, ergriff Joe Whiteman das Wort: »Typisch Bohnenfresser! Pervers bis zum Gehtnichtmehr und dann debil in die Kamera grinsen. Ich hoffe, du bist einer der Ersten, die hier gleich krepieren, Mex!«

»Warum regst du dich so auf, hä? Du hast selber viele Menschen umgebracht. Bist du vielleicht neidisch, weil ich ein paar mehr umgelegt habe?«

Joe antwortete sofort: »Korrektur! Ich habe Schwarze umgelegt, keine Menschen!«

»Moment mal«, schaltete sich nun Monique de la Croix ein. »Das glaube ich ja jetzt nicht. Dann bin ich für dich also kein Mensch?«, fragte sie.

Joe schüttelte den Kopf. »Nein, bist du nicht! Du bist unwertes Leben! Wandelnder Biomüll, nichts weiter!«

Die Frau riss geschockt die Augen auf. »Du bist rassistisch hoch zehn!«, meinte sie.

»Und darauf bin ich stolz!«, verkündete er. »Ich bin ein Weißer und habe sogar einen entsprechenden Namen: *Whiteman*! Ihr Bimbos seid eklig und so hässlich, dagegen sind sogar schleimige Würmer putzig!«

Monique de la Croix hatte schon ihren Mund geöffnet, um darauf zu antworten, aber der links von ihr stehende Kandidat kam ihr zuvor.

»Da muss ich dem Ami zustimmen! Ihr Schwarzen seid überall und das ist unerträglich. Leute wie Herr Whiteman tun der Menschheit einen riesigen Gefallen, wenn sie euch dezimieren. Man kann nur hoffen, dass der KKK wieder aufblüht und euch ausrottet.«

Monique starrte ihn nur an. Sprachlos.

»Gonzo, Sie sind an der Reihe«, meinte der Moderator und deutete mit der Hand auf das Rad.

Immer noch leicht grinsend betätigte er das Spielgerät. Als es gestoppt hatte, sprang er jubelnd auf und ab und brüllte: »100.000 Taler! Jaaah!«

Der Ansager übernahm die Moderation. »In der Tat hat Gonzo de la Tumba 100.000 Taler erdreht. Aber das hat nicht unbedingt etwas zu bedeuten, wie wir ja wissen. Noch ist nichts entschieden. Fahren Sie fort.«

Und der Ansager sollte recht behalten. Das Rad hielt an und der Pfeil zeigte auf das Bein.

»Scheiße!«, brüllte der Mexikaner.

Der Moderator meinte: »Eben gerade habe ich es noch gesagt. Man weiß nie, was der nachfolgende Dreh bringt.«

Auch Joe Whiteman lachte laut auf. »Das habe ich mir gewünscht, verkündete er. Jetzt hast du gar nichts! So muss das sein.«

Gonzo konterte: »Weißt du was, Joe, ich werde mein Bein opfern und das Geld behalten! Ja, genau, das mache ich!«

Der Mann mit dem gescheitelten Haar schaltete sich ins Gespräch ein.

»Denk dran, es gibt nachher *noch* eine Runde. Da kannst du immer noch vollkommen abkacken!«

»Sehr bildlich gesprochen!«, meldete sich Perla Aarunen auch mal wieder zu Wort.

»Okay, Leute, dieses Gespräch breche ich jetzt ab und komme zum nächsten Kandidaten. Der hat sich schon mehrmals in den Dialog eingeklinkt und darf nun drehen. Sein Name ist Bruno Zimmermann und er kommt aus Deutschland. Dort hat er als Serienkiller nach *Jack the Ripper*-Art neunzehn Prostituierte aufgeschlitzt.«

»Mann, was ist das hier für eine Runde …«, meldete sich Joe Whiteman schon wieder zu Wort. Er blickte von einem Mitspieler zum anderen.

»Ein Bohnenfresser, eine Eisfrau, ein Chink, eine Schwarze und nun auch noch ein Kraut! Ist eine wirklich bunte Mischung. Auch bezüglich der Hautfarbe«, fügte er noch hinzu.

»So ein Kommentar kann auch nur von einem Schwanzträger kommen«, sagte die Finnin.

»Sieh an, die Eisfrau hat ihre Stimme wiedergefunden«, konterte der KKK-Mann.

Der Moderator übernahm daraufhin die Ansage. »Nachdem das geklärt ist – was auch immer –, wäre es schön, wenn Bruno nun das Spiel fortführen könnte.«

Der lehnte sich über die Balustrade und versetzte das Rad in Rotation. Nachdem es zum Stillstand gekommen war, wurde auf der Scheibe ein Bein angezeigt!

»Ein Bein! Das bisher größte Körperteil an diesem Tag. Machen Sie weiter!«, forderte er den Deutschen auf.

»Wieder ein Extradreh! Der zweite heute. Sie können fortfahren, Bruno.«

Beim dritten Dreh blieb die Zunge zum zweiten Mal auf dem Symbol des Beins stehen!

»Au, das kann eng werden. Nach aktuellem Stand würde Bruno Zimmermann beide Beine verlieren. Aber … Jetzt könnte der Extradreh die Wende bedeuten. Falls der Spieler nun einen Geldbetrag oder sogar zwei erdrehen würde, dann hätte er die Möglichkeit ein Bein, vielleicht auch beide, zu behalten. Jetzt setzen Sie Ihren ersten Extradreh ein, Bruno. Wir sind gespannt.«

Bruno schwitzte stark. Er hätte nicht gedacht, schon so früh in derartige Bedrängnis zu geraten. Er drehte ab. Das Klacken der Kunststoffzunge war das Einzige, was zu hören war. Das Rad stoppte.

»Das gibt es doch nicht!«, rief der Moderator. »Noch ein Extradreh! Somit muss unser Kandidat tatsächlich noch zwei weitere Male drehen, plus den finalen Dreh, der jedoch erst später erfolgt. Tja, Bruno, das ist eine ungewöhnliche Situation. Machen Sie einfach weiter.«

Das tat er. Und zum dritten Mal bekam er einen Extradreh! Der darauffolgende Dreh stellte alles auf den Kopf. Er endete auf dem Feld TOD.

»Das Feld des Todes, meine Damen und Herren. Damit sind selbstverständlich alle Extradrehs und auch alles andere hinfällig. Das bedeutet: Nach Abschluss dieser Vorrunde wird Herr Zimmermann hingerichtet. Lassen Sie sich überraschen, auf welche Weise dies geschehen wird.« Mehrere Wachmänner traten zu dem Delinquenten, legten ihm Handschellen an und führten ihn ab. »Was für eine Dramatik! Die Zuschauer an den Bildschirmen bekommen heute wirklich etwas geboten. Aber wir sind noch lange nicht am Ende angelangt!«

»Bruno schon!«, sagte Gonzo und lachte.

»Schnauze!«, rief Joe ihm zu.

»Wir machen weiter mit der letzten Kandidatin in dieser Runde. Ihr Name lautet Monique de la Croix aus Belgien. Sie schlich sich vor einigen Jahren in ein Nonnenkloster und hat dort in einer Nacht vierzehn Schwestern umgebracht. Auch sie hat vom Fleisch ihrer Opfer gegessen.«

»Das ist so nicht korrekt!«, warf sie ein. »Ich habe lediglich die eine oder andere Nonne angeknabbert. Von essen im eigentlichen Sinne kann also keine Rede sein«, versuchte sie klarzustellen.

»Ich habe nichts anderes erwartet!«, kommentierte Joe Whiteman. »Ihr Schwarze seid eben Menschenfresser! Wilde aus dem Dschungel, das zeigt sich wieder und wieder. Ihr könnt diesen Trieb einfach nicht unterdrücken.« Dann wandte er sich direkt an den Moderator: »Falls die hier heute Abend hingerichtet wird, darf ich dann der Henker sein?«

Der Angesprochene war sichtlich überrascht. »Ich glaube, das wird nicht möglich sein, Mister Whiteman. Nichtsdestotrotz ist es ein hochinteressanter Vorschlag, über den die Redaktion gerne diskutieren wird.«

»Darf ich anfangen?«, fragte Monique de la Croix ungeduldig.

»Aber natürlich, legen Sie los!«

Sie versetzte die Drehscheibe in Bewegung und alle warteten gespannt, auf das angezeigte Feld.

»Ein Arm! Kein guter Start für die Belgierin.«

Dreh Nummer zwei stoppte bei der Zunge.

»Auch hier sehen wir wieder, eine Kandidatin, die wahrscheinlich zwei Körperteile verlieren wird.«

Diesmal ergriff Gonzo das Wort. »Sie sollten ihr ihren eigenen Arm zum Fressen geben! Sie liebt doch Menschenfleisch. Quasi eine Art Autokannibalismus. Mal sehen, ob sie sich selbst schmeckt.«

Er brach in schallendes Gelächter aus.

»Sagt ein Kannibale zur anderen«, klinkte sich Perla Aarunen in den Dialog ein und konnte sich ein Schmunzeln nicht verkneifen.

Shin Yen Wu und sogar Joe Whiteman hielten sich zurück und schwiegen.

»Liebe Zuschauer, wir machen eine kleine Erholungspause, bevor wir mit dem dritten und letzten Dreh eines jeden Spielers weiter machen. Und nicht vergessen: Wir werden direkt im Anschluss daran noch mindestens eine Exekution erleben, bevor wir das (Un)Glücksrad teilweise neu bestücken. Und dann… ja und dann folgt fast eine Hinrichtung nach der anderen! Bleiben Sie dran. Bis gleich …«

*

»Herzlich willkommen zurück zum jeweils letzten Dreh der ersten Finalrunde! Das weitere Prozedere sieht folgendermaßen aus: Zuerst wird jeder der fünf Spieler seinen oder ihren letzten Dreh absolvieren. Dann erfolgt die Hinrichtung von Bruno Zimmermann und eventuell weiterer Kandidaten. Das wird sich gleich zeigen. Unmittelbar im Anschluss daran werden die diversen Amputationen vorgenommen. Und letztlich wird das (Un)Glücksrad so lange reihum gedreht, bis ein Sieger feststeht. Auch hier wird vorher die Reihenfolge ausgelost. Es sollen ja alle die gleichen

Chancen haben, nicht wahr?« Der Moderator blickte kurz nach hinten und schien zufrieden zu sein, mit dem, was er sah. »Ich würde sagen, wir beginnen!«

Es ertönte eine Art Fanfare, die sehr monumental klang. Der Dramatik angepasst. Die fünf Teilnehmer standen nebeneinander, aber mit einem gewissen Abstand. Aus den Runden zuvor wusste man, dass es hier extreme Spannungen zwischen einzelnen Spielern gab. Hinter jedem von ihnen waren wie schon zuvor Wächter positioniert, die Pistolen in den Händen hielten.

»Ich darf nun meine Assistentinnen Deborah und Audrey auf die Bühne bitten.«

Die beiden Frauen kamen schnellen Schrittes ins Bild. Beide trugen nun knielange Röcke im Camouflage-Look und ebensolche Blusen und Schirmmützen. Dazu knöchelhohe Stiefeletten. Sie lächelten.

Der Moderator übergab Audrey ein neues Kartendeck. Die Assistentin entfernte die Zellophanhülle und fing an, den Kartenstapel zu mischen. Dann reichte sie die Spielkarten an ihre Kollegin Deborah weiter.

»Jeder von Ihnen wird eine Karte ziehen. Derjenige mit der niedrigsten wird beginnen. Von der Sieben bis zum Ass ist jede Karte nur einmal dabei. Erst nachdem jeder seine Karte in der Hand hält, werden sie umgedreht. Bitte, Deborah …«

Die Angesprochene stellte sich seitlich neben Joe Whiteman. Der zog, ohne zu zögern, eine Karte. Es folgten Perla, Shin Yen, Monique und Gonzo.

»Vielen Dank euch beiden. Ihr seid die Besten!«

Er applaudierte in ihre Richtung und sie winkten zurück, bevor sie wieder hinter der Bühne verschwanden.

»Bitte drehen Sie nun Ihre Karten um!«

Die Spieler taten es. Der Ansager sah sich die gezogenen Spielkarten an. Dann verkündete er: »Damit steht die Reihenfolge fest. Gonzo de la Tumba hat eine Sieben und wird beginnen. Danach folgt Shin Yen Wu, der eine Acht gezogen hat. In der goldenen Mitte befindet sich Joe Whiteman, der eine Zehn in der Hand hält. Dann ist Perla Aarunen an der Reihe, die einen Buben zog. Und den Abschluss bildet Monique de la Croix mit einem Ass! Bitte nehmen Sie Ihre Plätze ein.«

Alle setzten sich in Bewegung. Als sich jeder an seinem Platz befand, erklärte der Moderator: »Ich muss Sie darauf hinweisen, dass, wie schon am Anfang der Sendung, auch in dieser Runde Schweigepflicht herrscht!«

Er blickte allen Kandidaten noch einmal direkt in die Augen. Jeder Einzelne erwiderte seinen Blick. »Es wird für einige von Ihnen möglicherweise der letzte Dreh ihres Lebens sein! Halten Sie sich bitte daran. Ich drücke den Zuschauern zu Hause die Daumen, dass die Show so spannend und spektakulär fortgesetzt wird, wie sie bisher verlief. Wir erinnern uns, der erste Mitspieler hat bisher sowohl 100.000 Taler erdreht als auch den Verlust eines Beins. Er hat angegeben, dass er das Geld behalten will und dafür sein Bein zu opfern bereit ist. Nun, wir werden sehen … Gonzo, Sie können anfangen.«

Der Mexikaner nickte und umfasste den Metallstift. Dann drehte er ab. Das (Un)Glücksrad hielt an und die Kunststoffzunge deutete auf ein Schriftfeld. Joe Whiteman brach sofort in lautes Gelächter aus und auch Perla, die Finnin lachte. Gonzo erbleichte.

»Wieder ein sensationeller Beginn, meine Damen und Herren! Der Pfeil zeigt auf Bankrott. Das bedeutet, dass alles erspielte Geld weg ist.«

»Und auch sein Bein!«, rief Joe Whiteman, der sofort ermahnt wurde, den Mund zu halten.

»In der Tat hat Mister Whiteman recht. Das ist eine unerwartete Wendung. Gonzo de la Tumba wird nicht nur sein Geld los, sondern ebenfalls ein Bein. Nehmen Sie es nicht so schwer, Gonzo. Immerhin bleiben Sie vorerst noch am Leben«, meinte der Ansager.

»Der nächste ist Shin Yen Wu. Nach aktuellem Stand würde er einen Fuß und ein Ohr einbüßen. Bitte, Sie dürfen.«

Der Mann aus China behielt nach wie vor seinen steinernen Gesichtsausdruck bei. Keine Regung war bisher von ihm ausgegangen. Er hatte sich bisher auch aus allen Streitereien und Auseinandersetzungen herausgehalten. Shin Yen Wu gab dem Rad den bisher kräftigsten Schwung. Der Pfeil stoppte bei der Zunge.

»Oh, da geht auch noch ein drittes Körperteil weg! Das ist übel. Da werden Audrey und Deborah einiges zu tun haben!«

Er lächelte in die Kamera, dann winkte er den nächsten Spieler an den Tisch.

»Okay, weiter geht's mit Joe Whiteman. Bisher lief es für den Ku-Klux-Klan-Mann gar nicht so schlecht. Im Moment müsste er sich zwar von einer Lippe trennen, aber für die erspielten 1.000 Taler könnte er sich von der Verstümmelung freikaufen.«

Der Kandidat atmete tief durch, dann drehte er ab und die Kunststoffzunge deutete auf ein Zahlenfeld.

»Wieder 1.000 Taler für Mister Whiteman! Was sagt man dazu …« Er nickte anerkennend. »Glück muss man haben, liebe Zuschauer. Kommen wir nun zu Perla Aarunen. Sie kann ganz locker an den Tisch treten. Sie hat zweimal 100 Taler und wird unbeschadet bleiben, es sei denn, sie dreht auf das Feld mit dem Totenkopf.«

Die Frau aus dem Norden versetzte das Rad kräftig in Rotation. Die Zunge ratterte an den Metallstiften entlang und stoppte dann bei 10 Taler.

»Noch einmal 10 Taler dazu. Dreimal Geld, das ist äußerst selten. Sehr gut gedreht, Perla! Mehr kann man nicht dazu sagen. Zum Schluss wird nun Monique de la Croix ihr Glück mit dem (Un)Glücksrad versuchen. Arm und Zunge wären zurzeit weg. Auf eines davon *muss* sie auf jeden Fall verzichten. Legen Sie los, Monique.«

Die dunkelhäutige Frau drehte und präsentierte einen sehr angespannten Gesichtsausdruck. Aber das war nur verständlich, bei dem, was ihr bevorstand. Die Kunststoffzunge zeigte auf das Symbol mit der Nase.

»Oh, oh, da ereilt unserer Wikingerfrau dasselbe Schicksal wie Herrn Wu. Beide verlieren je drei Körperteile. Das ist wirklich hart. Nun haben die Kandidaten eine kleine Pause, in der sie sich für die bevorstehenden Strapazen stärken können. Falls ihnen nicht der Appetit abhandengekommen ist. Jedenfalls wird den Zuschauern heute wirklich einiges geboten. Wir werden nun alle nötigen Vorbereitungen treffen und sind in etwa einer Dreiviertelstunde wieder für sie da. Erholen Sie sich, gehen Sie auf die Toilette und atmen Sie tief durch. Es wird aufregend bleiben, das garantiere ich Ihnen! Bis gleich.«

204

»Hallo, da sind wir wieder. Ich hoffe, Sie haben sich gestärkt für das große Finale. Überraschenderweise haben wir lediglich drei Kandidaten, die Amputationen über sich ergehen lassen müssen. Das war in den vergangenen Sendungen anders. Aber es ist, wie es ist. Vorhang auf!«, rief er und das schwere Stück Stoff wurde, wie so oft am heutigen Tag, zur Seite gezogen.

Die Sicht auf die rechte Hälfte der Bühne wurde freigegeben. Die linke blieb im Dunkeln verborgen. Eine hölzerne Plattform mit einem Galgen wurde sichtbar, zu der mehrere Stufen hinaufführten. Auf einer Luke, mit dem Henkersstrick bereits um den Hals, stand Bruno Zimmermann. Seine Hände waren ihm auf dem Rücken gefesselt worden, und er war geknebelt.

»Ich bitte nun Deborah und Audrey, die Exekution vorzunehmen.«

Immer noch im Militär-Look stiegen die beiden Frauen die Stufen des Schafotts empor. Neben dem aufragenden Pfeiler befand sich der Hebel, der den Mechanismus in Gang setzen würde. Vier Hände ergriffen den Hebel und warteten auf den Befehl, ihn umzulegen.

»Genießen Sie diesen Anblick, meine Damen und Herren. Zwei Frauen, wunderschön und doch tödlich. Seid ihr bereit?«, fragte er und die beiden nickten. »Dann waltet eures Amtes.«

Deborah und Audrey sahen sich an und es sah fast so aus, als würden sie einen kurzen Countdown runterzählen. Dann, ganz plötzlich rissen sie den Hebel nach hinten, die

Luke unter Bruno Zimmermann öffnete sich und er fiel in die entstandene Öffnung. Es gab einen Ruck und man hatte den Eindruck, das Brechen seines Genicks hören zu können. Der Delinquent baumelte reglos am Strick. Er war tot.

»Ich danke euch für diese schnelle und saubere Arbeit, meine Damen. Was würde ich nur ohne euch machen?«

Der Moderator verneigte sich leicht und die Frauen stiegen die Stufen wieder herab. Der Vorhang fuhr nun ein kleines Stück vor, nur so weit, dass die Hinrichtungsstätte verborgen wurde. Dann leuchteten mehrere Scheinwerfer auf und strahlten Shin Yen Wu, Gonzo de la Tumba, sowie Monique de la Croix an, die jeweils auf Gestellen aus Massivholz festgeschnallt worden waren. Auch sie waren geknebelt worden und ihre Köpfe fixiert.

»Da wir keine Zeit vertrödeln wollen, kommen wir nun zu den Amputationen. Wir beginnen mit Shin Yen Wu. Bitte, meine Damen.«

Audrey und Deborah stellten sich beidseits des Chinesen auf. Am Kopfende stand ein Rollwagen mit allerhand Werkzeug. Audrey nahm sich eine Zange und ihre Kollegin eine Schere. Sie zog mit der Zange das linke Ohr des Mannes lang und Deborah schnitt es ab! Shin Yen Wu atmete schwer durch die Nase.

Er sah, wie die Gegenstände, ebenso wie das abgetrennte Ohr auf den Rollwagen gelegt wurden.

Kurz darauf weiteten sich seine Augen vor Entsetzen, als er die Säge erblickte. Er war davon ausgegangen, dass sein Fuß mit einem Beil oder Richtschwert abgehackt werden würde; mit einem einzigen sauberen Hieb … aber der Anblick der Säge ließ erahnen, dass es viel schlimmer werden würde. Audrey krempelte sein Hosenbein hoch. Dann stellten sich die Assistentinnen in Position. Bei dem Amputationswerkzeug handelte es sich um eine sogenannte Zweimann-Schrotsäge, wie man sie gemeinhin zum Fällen von Bäumen benutzte. An jedem Ende befand sich ein Einsteckholz, was als Griff diente.

»Meine lieben Zuschauer, jetzt wird es mit Sicherheit etwas heftiger werden! Aber da Sie sich dazu entschlossen haben, diese Sendung zu verfolgen und sogar viel Geld dafür bezahlt haben, bin ich überzeugt davon, dass Sie die Prozedur ohne Probleme überstehen werden. Im Gegensatz zu Herrn Wu.« Er drehte sich zu den Frauen um, die ihn strahlend anlächelten. Sie schienen aufrichtig Spaß an ihrer Arbeit zu haben. »Bitte, fangt an!«

Deborah hatte ihre Schirmmütze abgelegt und ihr Haar zu einem Pferdeschwanz zusammengebunden. Sie setzten das Sägeblatt oberhalb des Knöchels an und fingen an zu sägen.

Mühelos drang das Metall ins Fleisch ein und zertrennte Muskeln und Sehnen. Shin Yen Wu versuchte sich aufzubäumen, aber Gurte hielten ihn an Ort und Stelle. Er war so gut wie bewegungsunfähig. Als die Frauen den Knochen erreichten, mussten sie zwangsläufig mehr Druck ausüben, um effektiv zu sein. Sie gaben ihr Bestes und irgendwann war der Widerstand weg und der Knochen durchtrennt. Der Fuß baumelte nur noch an ein paar Sehnen und am Fleisch. Kurzerhand legten die Frauen die Säge weg, packten den Fuß und rissen ihn einfach vom Bein ab. Auch er landete auf dem Rolltisch. Der Chinese war kaum noch bei Bewusstsein, stand kurz vor einer Ohnmacht. Audrey entfernte seinen Knebel und zog mithilfe der Zange seine Zunge zwischen den Zähnen heraus. Deborah steckte die Schere in seinen Mund und fing an zu schnippeln. Es war nicht so, dass die Zunge sauber abgeschnitten wurde, sie wurde zerfleischt und in Stückchen entfernt. Der so Bearbeitete wurde dann umgehend nach hinten gebracht, um die Wunden zu versorgen und ihn einigermaßen zu stabilisieren.

Der Ansager meldete sich zu Wort. »Das war doch eine angemessene Vorstellung für diese Sendung, nicht wahr?«, fragte er in die Kamera. »Das mit der Zunge müssen wir jedoch noch einmal üben. Das war eher die Arbeit eines Metzgers als die eines Chirurgen. Aber nichtsdestotrotz bin ich sehr, sehr stolz auf euch, Mädels!« Wieder verbeugte er sich vor den beiden. »Und jetzt«, fuhr er fort, »geht es weiter mit Madame de la Croix!«

Alle drei gingen zu ihr hinüber.

»Habt ihr euch schon entschieden, womit ihr anfangen werdet?«, fragte der Moderator seine Helferinnen.

Es war Deborah, die antwortete. »Ja, wir entfernen zuerst die Nase, dann den Arm und zuletzt die Zunge.«

»Gibt es einen bestimmten Grund, weshalb ihr euch für diese Reihenfolge entschlossen habt?«

»Oh, ja«, sprach dieses Mal Audrey. »Die Zunge kommt am Schluss dran. Weil dort die Gefahr am größten ist, an all dem Blut zu ersticken.«

»Ah, ja, verstehe. Sehr fürsorglich von euch. In Ordnung, dann steht dem Beginn nichts mehr im Weg. Viel Spaß!«, wünschte er und beide antworteten fast synchron: »Den werden wir haben!«

Deborah nahm eine Art Meißel mit breitem Frontteil, und ihre Kollegin entschied sich für einen kleinen Hammer.

Der Meißel wurde seitlich an Moniques Nase angesetzt und Audrey begann zu hämmern. Alles ging recht schnell. Die Knorpel der Nasenscheidewand brachen problemlos weg und leisteten keinen Widerstand. Das Gesicht der Belgierin war über und über mit Blut verschmiert. Deborah musste ihr den Knebel aus dem Mund ziehen, wegen Erstickungsgefahr. Irgendwie war es anders geplant gewesen. Kurz entschlossen zog Audrey mit der Zange Moniques Zunge heraus, so weit sie konnte, und Deborah schnitt sie ab. Dieses Mal genügte ein einziger Schnitt. Dann wurde die dunkelhäutige Monique losgebunden und auf dem Gestell umgedreht, sodass sie nun mit dem Gesicht nach unten lag. So war gewährleistet, dass das Blut abfließen konnte. Weil es jedoch in Strömen aus dem Mund und den Überresten der Nase rann, beschlossen die Helferinnen, auch den Arm auf schnellstem Weg zu amputieren. Deborah trat schließlich mit einer handlichen Motorsäge an ihr Opfer und vollführte einen perfekten, geraden Schnitt. Der Arm plumpste zu Boden und Audrey warf ihn zu den anderen menschlichen Teilen auf den Rollwagen. Auch die Belgierin wurde sofort hinter die Bühne geschafft.

»So und nun haben wir noch den Mann aus Mexiko«, meinte der Ansager. »Wir erinnern uns, er wollte lieber seine 100.000 Taler behalten und dafür ein Bein opfern und dann drehte er auf Bankrott. Das Geld war weg und gleich auch das Bein. Tja, so kann es gehen! Jetzt jedenfalls werden meine bezaubernden Assistentinnen erneut zur Tat schreiten müssen. Gebt alles, meine Schönen!«

Audrey und Deborah traten, jede mit einem kleinen Handbeil bewehrt, zum Delinquenten, um ihm das Bein abzuhacken. Der starrte die Frauen mit schreckgeweiteten Augen kopfschüttelnd an. Wie in Zeitlupe nahm er wahr, was nun geschah. Gleichzeitig hoben die beiden ihre Werkzeuge an und Audrey führte den ersten Hieb aus. Jedoch hatte sie nicht ausreichend Kraft eingesetzt, weshalb sie lediglich einen Spalt ins Fleisch schlug. Sie zog die Schneide wieder heraus und sofort ließ Deborah ihr Beil niedersausen. Im Gegensatz zu ihrer Kollegin hatte sie etwas mehr ausgeholt und die Klinge voll in den Knochen getrieben. Gonzo bäumte sich so weit wie möglich auf, aber er war quasi zur Bewegungslosigkeit verdammt. Deborah versuchte, die Klinge wieder aus dem Bein zu ziehen, konnte sie aber nicht freibekommen! Sie ruckelte am Griff des Beils und fluchte dabei. Erst als Audrey zu ihr kam und ihr half, schafften sie es, das Instrument herauszuziehen. Audreys nächster Hieb traf besser, da ja nun bereits eine Lücke vorhanden war. Auch Deborah schlug noch einmal in dieselbe Stelle, das Bein riss ab und fiel auf den Boden. Geschafft! Beide Frauen waren außer Atem. Audrey massierte sich die Schulter und Deborah drückte den Rücken durch. Beide hatten rote Gesichter und schwitzten.

Schon betrat der Moderator die Szenerie. »Meine Damen und Herren an den Bildschirmen, Sie werden bestimmt genauso begeistert sein von meinen Assistentinnen wie ich. Unglaublich, wie effizient die beiden agieren. Audrey und Deborah sind einfach phänomenal! Ein letztes Mal machen wir nun eine Pause. Die Behandelten müssen einigermaßen wiederhergestellt werden und das literweise vergossene Blut muss ebenfalls aufgewischt werden. Ich gehe davon aus, dass Sie dafür Verständnis haben werden. Gleich geht es ans Eingemachte, das verspreche ich Ihnen. Bleiben Sie dran …«

*

»Zum letzten Mal ein herzliches Willkommen! Es ist endlich so weit. Das große Finale beginnt! Wie Sie sehen, wurde die Balustrade um das (Un)Glücksrad entfernt. Es muss schließlich jeder heranreichen, nicht wahr? Und die Anzahl der Felder ist halbiert worden. Nur noch zehn von den ursprünglich zwanzig sind übrig. Das sind erst einmal die offensichtlichsten Änderungen am Spielgerät selbst. Jetzt bitte ich die verbliebenen Kandidaten herein.«

Überraschend viele Menschen enterten die Bühne. Joe und Perla gingen ganz normal bis zum Rad. Monique taumelte eher, als dass sie lief. Audrey stützte sie an ihrem verbliebenen Arm. Shin Yen Wu wurde von Deborah in einem Rollstuhl geschoben. Beide Versehrten hatten stark geschwollene Gesichter. Monique wirkte aufgrund der fehlenden Nase wie eine Mumie. Ein dicker Verband war um ihren Kopf gewickelt und verdeckte die Wunde. Wie auch bei Shin Yen Wu hatte sie zudem ein Pflaster auf den Lippen. Nur dass sie ein Röhrchen dazwischengeschoben bekommen hatte, da sie nicht mehr durch die Nase atmen konnte. Der Armstumpf war verbunden worden. Beim Chinesen sah man ebenfalls ein dickes Pflaster, welches an der Kopfseite klebte, dort, wo sich einst sein Ohr befunden hatte. Auch sein Stumpf war dick bandagiert worden. Wie auch der Beinstumpf von Gonzo de la Tumba, der von einem der Wachmänner zum (Un)Glücksrad geschoben wurde.

Alle drei machten einen müden Eindruck, was mit Sicherheit an den Schmerzmitteln lag. Trotzdem waren sie in der Lage, das Rad zu drehen. Der Moderator sah sich die Verletzten genau an, bevor er sprach.

»Wie Sie erkennen können, befinden sich auf den zehn Feldern des (Un)Glücksrads nur noch drei Geldbeträge. Sollten diese erdreht werden, dann kann man sich nicht mehr damit freikaufen, sondern der Sieger des heutigen Spiels bekommt das Geld ausgezahlt. Es wird dann in die jeweilige Währung umgerechnet. Freikaufen kann man sich dieses Mal mit dem Joker. Falls man einen hat und danach auf ein Todesfeld kommt, kann man ihn einsetzen und bleibt am Leben. *Und* man kann so viele Joker sammeln wie möglich! Symbole mit Körperteilen gibt es nicht mehr. Dafür sind jetzt aber sechs Todesfelder vorhanden. Die Exekutionen werden am Ende einer jeden Runde ausgeführt. Bleibt noch zu erwähnen, dass die bisher erspielten Geldbeträge erloschen sind. Alle fangen wieder bei null an.«

»Das finde ich jetzt aber nicht so gut!«, beschwerte sich Perla Aarunen, die drei Summen erzielt hatte. Joe Whiteman nickte zustimmend. Er hatte 1.000 Taler gehabt.

»Tut mir leid, so sind nun mal die Regeln«, sagte der Moderator und fügte hinzu: »Übrigens herrscht auch jetzt Schweigepflicht!« Somit konnte er einer Diskussion aus dem Weg gehen. »Audrey, wird nun wieder Spielkarten herumreichen, um die Reihenfolge festzulegen. Bitte, Audrey.«

Die Assistentin ging von einem zum anderen und jeder zog eine Karte.

»Drehen Sie nun die Spielkarten um. So, also beginnen wird Gonzo mit der Sieben, dann kommt Perla mit der Zehn; es folgen Joe mit einer Dame, Shin Yen mit einem König und als Letzte ist Monique dran, die wieder ein Ass gezogen hat. Ich darf Sie nun bitten, Ihre Plätze einzunehmen. Hat noch jemand eine Frage zu den Regeln?«

Niemand meldete sich zu Wort.

»Nicht? Also schön, dann lasst das große Finale beginnen!«

Musik setzte ein. Posaunen und Trommeln versetzten jeden in Kampfstimmung. Als die Musik endete, war es einen Augenblick still. Schon in den Runden zuvor herrschten enorme Anspannung und Konzentration. Diese wurden jetzt noch einmal weit überboten.

»Gonzo de la Tumba, Sie dürfen beginnen!«

Der unrasierte Mexikaner beugte sich in seinem Rollstuhl vor, umfasste einen Metallstift und drehte ab. Dann stoppte das Rad.

»Die Armbrust!«, rief der Moderator aus. »Wir erinnern uns an die Dart-Runde, da gab es schon einmal zwei Hinrichtungen mit dieser Waffe. Weiter geht es mit Perla Aarunen, der Frau aus Finnland. Bitte sehr.«

Die Angesprochene versetzte das (Un)Glücksrad in Rotation. Acht Augenpaare verfolgten die Umdrehungen. Auch die beiden Assistentinnen waren neben dem Rad stehen geblieben. Als die Scheibe schließlich zum Stillstand kam, deutete die Kunststoffzunge auf das Symbol eines Fisches.

»Ah, ich sehe in ratlose Gesichter«, sagte der Moderator. »Hier geht es nicht um eine Fischvergiftung, wie einige von Ihnen vielleicht annehmen, sondern um ein Becken voller Piranhas.«

Audrey und auch Deborah juchzten auf und klatschten mit glänzenden Augen in die Hände. Man sah ihnen die Vorfreude auf diese *Fütterung* an.

»Ja, meine Damen und Herren, wir haben keine Kosten gescheut und tatsächlich einen ziemlich großen Schwarm Piranhas besorgt.

Seien Sie gespannt auf dieses Spektakel. Aber erst einmal ist Joe Whiteman, dran.«

Der Amerikaner grinste in die Runde und versetzte dem (Un)Glücksrad einen ordentlichen Schwung. Ratternd fuhren die metallenen Stifte an der elastischen Zunge entlang, die das Rad langsam abbremste. Im selben Augenblick riss Joe Whiteman die Arme empor und schrie »Ja!«.

»Mister Whiteman hat 100.000 Taler erdreht, meine Damen und Herren! Herzlichen Glückwunsch an Sie, Joe.«

»Danke sehr. Ich werde bald hier rausspazieren und mir ein schönes Leben machen! Und ihr alle werdet TOT SEIN!«, brüllte er los.

»Bleiben Sie ruhig, Joe. Noch ist nichts entschieden. Shin Yen und Monique müssen auch noch drehen. Wenn nur einer der beiden die Todesfelder auslässt, dann geht es weiter!«, mahnte der Moderator an, bevor er sich zum Chinesen umwandte.

»Shin Yen Wu, sind Sie bereit?«

Der nickte, immer noch benommen von den Schmerzmitteln. Mühsam lehnte er sich vor und drehte am Rad. Der Dreh war zwar schwach ausgeführt worden, aber gerade noch akzeptabel. Der Pfeil zeigte auf die Pistole. Er nahm das Ergebnis regungslos hin. Möglicherweise bekam er es gar nicht richtig mit.

»Das ist das dritte Todesurteil nach dem vierten Dreh. Der folgende Dreh könnte tatsächlich der letzte des heutigen Tages sein. Das würde auch gleichzeitig bedeuten, dass

Joe Whiteman als Sieger des Monats hervorgehen würde. Aber noch ist es nicht so weit. Monique de la Croix wird jetzt ihren Dreh ausführen. Erst danach wird sich zeigen, wie es weitergeht. Monique, das Rad wartet auf Sie!«

Leicht schwankend beugte sie sich nach vorn und drehte ab. Dabei hätte sie fast das Gleichgewicht verloren, wurde jedoch gerade noch von Audrey gehalten. Das (Un)Glücksrad hielt an und das endgültige Resultat stand fest.

»Ein Messer!«, rief der Moderator. »Damit ist alles entschieden! Kürzer kann ein Finale nicht sein. Jeder Spieler hat nur ein einziges Mal gedreht und schon ist die endgültige Entscheidung gefallen. Joe Whiteman ist der Sieger des heutigen Abends!«

»Ja! Ich hab es euch gesagt! Ich werde als freier Mann hier rausmarschieren und ihr werdet alle sterben!«

»Setz dich in eine Ecke und stirb!«, rief Perla, die Frau aus dem Norden Europas.

Bevor ein weiteres Wortgefecht einsetzen konnte, ging der Ansager zum Sieger hinüber. »Herzlichen Glückwunsch, Joe!«

Er und seine Assistentinnen applaudierten ausgiebig. Der Gewinner nickte lächelnd zurück.

»Danke, danke!«

Dann fuhr der Moderator fort. »Mister Whiteman, möchten Sie etwas sagen? Ich bin sicher, unsere Zuschauer würden gerne ein Statement von Ihnen bekommen. Wären Sie so nett?«

»Aber selbstverständlich! Ich möchte mich bei all denen bedanken, die mir die Daumen gedrückt haben. Ihr habt euch für den Richtigen entschieden! Ich werde gleich mit

100.000 Talern vom Studio aus in die Freiheit zurückkehren. In den nächsten Monaten werde ich es mir sehr gut gehen lassen, das garantiere ich euch.«

»Was die Leute zu Hause brennend interessieren dürfte, ist die Frage, ob Sie, Mister Whiteman, wieder zum Ku-Klux-Klan zurückkehren werden. Oder ist dieses Kapitel für Sie abgeschlossen?«

»Selbstverständlich kehre ich zu meinen Kameraden zurück! Was für eine Frage. Solange es Bimbos gibt, wird der KKK nicht ruhen. Die sind Ungeziefer! Und was macht man mit Ungeziefer? Man rottet es aus! So einfach ist das!«

»Vielen Dank für das aufschlussreiche Interview, Mister Whiteman.«

Der Moderator sah kurz nach hinten. »Meine lieben Zuschauer, wir machen nun weiter mit den letzten Exekutionen des heutigen Abends. Die folgenden zwei Worte haben Sie heute schon mehrfach gehört, aber ich sage sie immer wieder gerne: *Vorhang auf!*«

Ein letztes Mal glitt der Stoff zur Seite und man sah Gonzo de la Tumba und Monique de la Croix an runden Holzstämmen gefesselt stehen, die an Marterpfähle erinnerten. Nicht zu Unrecht, wie sich zeigen sollte. Shin Yen Wu saß in seinem Rollstuhl, dessen Räder in Bodenrillen eingelassen worden waren, wodurch ein Wegfahren unmöglich war. Perla Aarunen war nirgends zu sehen.

Der Ansager wandte sich noch einmal seinem unsichtbaren Publikum zu. »Wie gewohnt werden Audrey und Deborah gleich wieder zur Tat schreiten. Doch zuvor freue ich mich darauf, Ihnen eine Premiere vorführen zu dürfen. Ich hatte es bereits erwähnt, dass wir uns gefräßige Helfer angeschafft haben. Jetzt werden wir sie in Aktion sehen. Seien Sie gespannt!«

Er ging ein paar Schritte zurück und ein Teil des Bühnenbodens schob sich zur Seite, sodass eine quadratische Öffnung entstand, aus der sich ein transparentes Behältnis emporschob, das mit Wasser gefüllt war. Fische schwammen darin herum. Ruhig zogen sie ihre Bahnen. Keine Spur von Hektik war zu erkennen. Plötzlich war ein summendes Geräusch zu hören, und von oben senkten sich langsam ein Paar zusammengebundener Beine herab. Ein menschlicher Körper folgte. Es war die geknebelte Perla Aarunen! Ihre Arme waren eng an ihren Leib gebunden. Sie erinnerte stark an eine Mumie.

»Meine Damen und Herren, unsere finnische Kandidatin Perla hat vorhin das Symbol des Piranha-Beckens erdreht. Jetzt wird sie darin ihr Ende finden!«

Die Seilwinde ließ die Frau weiter hinab. Etwa einen halben Meter über der Wasseroberfläche stoppte sie. Die beiden Helferinnen kamen wieder in Sicht. Sie schoben den schon bekannten Rollwagen bis an den Rand des Bassins. Darauf waren alle in der Sendung amputierten Körperteile abgelegt. Lächelnd wie immer warfen die Frauen eines nach dem anderen in das Wasserbecken. Sofort kam Bewegung ins bis dahin ruhige Wasser. Die Piranhas gerieten wie auf Knopfdruck in einen Blutrausch. Durch die Seitenwände des Behälters konnten alle Anwesenden sehen, wie die Fleischfresser rasend vor Gier das ihnen vorgesetzte Futter verschlangen. Im gleichen Moment senkte sich auch Perla weiter hinab. Sie versuchte, die Beine anzuziehen, aber sie waren so stark verschnürt, dass es unmöglich war.

Sie tauchten ins Wasser ein. Augenblicklich begann die Fressorgie! Innerhalb weniger Sekunden bestanden die Beine der Finnin bis hinauf zu den Knien nur noch aus Knochen. Sie wand sich vor Schmerzen, aber es half alles nichts. Sie wurde bis zur Hüfte abgesenkt. Wieder das gleiche Spiel. Mit einer unfassbaren Geschwindigkeit verschwanden sowohl das Fleisch als auch die inneren Organe der Frau in den Mägen der Killerfische. Perla wurde noch einmal ein kleines Stück hochgezogen und ihr skelettierter Unterleib wurde sichtbar. Eine einzelne Darmschlinge baumelte aus ihr heraus. Sie war immer noch am Leben! Nach wenigen Sekunden wurde sie von der Seilwinde ausgeklinkt und stürzte ins Becken. Ein letztes Mal herrschte Tumult im mittlerweile komplett roten Wasser. Kurz darauf war es vorbei. Am Boden des Bassins lagen die knöchernen Überreste der Frau aus Nordeuropa. Der Behälter versank wieder im Bühnenboden und die Lücke schloss sich. Das Spektakel war vorbei.

»Was für eine faszinierende Show!«, kommentierte der Ansager. »Ich bin beeindruckt! Trotzdem machen wir weiter mit Gonzo de la Tumba!«

Deborah kam mit der Armbrust auf die Bühne.

»Wie ich sehe, ist meine Assistentin schon bereit. Deshalb wollen wir sie nicht länger warten lassen. Deborah, Gonzo gehört dir!«

Die Frau stellte sich etwa vier Meter vor den an den Pfahl gebundenen, geknebelten Delinquenten und spannte die Sehne. Danach legte sie einen Bolzen in die dafür vorgesehene Schiene. Breitbeinig stand sie da und legte an. Sie betätigte den Abzug und der Bolzen jagte auf den Mexikaner zu. Er schlug in seine rechte Schulter ein. Der Mann zuckte zusammen. Deborah drehte sich mit vor Schreck weit geöffneten Augen der Kamera zu und legte eine Hand an den Mund, als wollte sie andeuten, aus Versehen verfehlt zu haben. Jedoch konnte sie ein leichtes Lächeln nicht unterdrücken. Alle wussten, dass sie die Schulter hatte treffen *wollen.* In aller Seelenruhe spannte sie den zweiten Bolzen ein, legte an und dieses Mal fuhr das Geschoss in Nabelhöhe in Gonzos Bauch.

Deborah zwinkerte lächelnd in die Kamera, mit dem Publikum an den Bildschirmen kokettierend. Dann legte sie den dritten Bolzen ein. Sie machte es spannend und wartete eine ganze Weile. Dann endlich zog ihr Zeigefinger den Abzug. Der Bolzen verließ die Schiene und drang mitten in die Stirn des Mexikaners ein. Ein Rinnsal aus Blut lief über sein Gesicht und tropfte von der Nasenspitze auf seine Brust.

»Aller guten Dinge sind drei!«, verkündete der Moderator. »Ich danke dir, Deborah, für diese hervorragende Arbeit!«

Die Henkerin verbeugte sich in Richtung Kamera und verließ dann den Ort des Geschehens.

»Nummer drei ist Shin Yen Wu. Audrey, zeig uns, was du kannst!«

Die Helferin kam mit einer Pistole in der Hand in Sicht und positionierte sich ebenfalls zirka vier Meter vor dem Mann im Rollstuhl. Sie ließ das Magazin aus der Waffe gleiten, um zu kontrollieren, ob es geladen war. Ihr Nicken bestätigte es. Sie schob es zurück, lud durch, entsicherte die Waffe und legte auf den Chinesen an.

Sie stand leicht in den Knien eingeknickt da, streckte beide Arme weit vor und machte den Eindruck, noch nie eine Schusswaffe in den Händen gehalten zu haben. Dann drückte sie ab. Shin Yen Wus Körper erbebte. Das Projektil war in sein unversehrtes Bein gedrungen. Schon folgte der nächste Schuss.

Dieses Mal wurde die Schulter getroffen. Blut trat aus der Wunde. Ein dritter Schuss ertönte und auch auf der anderen Schulter breitete sich ein immer größer werdender Blutfleck aus. Noch ein Knall war zu hören. Im selben Augenblick drang die Kugel in den Stumpf des zuvor abgetrennten Fußes. Shin Yen Wu wand sich. Audrey sah in die Kamera, weitete die Augen und hob den Zeigefinger an, als wollte sie andeuten, dass sich nun etwas Besonderes ereignen würde.

Sie drehte sich wieder zu dem Mann aus China um, nahm die Pistole in die rechte Hand und jagte Kugel um Kugel aus dem Lauf. Da es sich bei der Waffe um einen 10-Schüsser handelte, waren noch sechs Projektile übrig gewesen, die alle in den Oberkörper des Mannes eindrangen. Unterhalb seines Kopfes sah man nur noch rot. Der Moderator kam zu ihr. »Auch dir möchte ich herzlich danken für diese äußerst unterhaltsame Hinrichtung.«

Auch Audrey verbeugte sich in Richtung Kamera und begab sich nach hinten zu ihrer Kollegin.

»Das war Nummer drei, meine Damen und Herren. Bleibt noch eine übrig. Und jetzt kommen wir zu einer weiteren Premiere. In keiner der vorherigen Sendungen hat es das gegeben. Ich darf unseren heutigen Gewinner, Joe Whiteman, zu mir bitten.«

Der Amerikaner enterte die Bühne. Mit verschränkten Armen blieb er neben dem Moderator stehen. »Joe, Sie haben mir vorhin eine Frage gestellt, erinnern Sie sich daran?«

»Nein, eigentlich nicht«, antwortete er. »Hier war so viel los. Abgesehen davon, war ich abgelenkt, weil ich auch immer damit rechnen musste, selbst hingerichtet zu werden. Tut mir leid.«

»Kein Problem, Joe. Ich helfe Ihnen gerne auf die Sprünge. Sie haben mich vorhin, während einer der Spielrunden gefragt, ob Sie der Henker sein dürften, sollte Monique exekutiert werden.«

»Ja, ich erinnere mich.«

»Nun … die Antwort lautet JA!«

Joe Whiteman zog überrascht die Augenbrauen hoch. »Ist das Ihr Ernst?«

Der Angesprochene nickte bestätigend. »Ja, das ist es. Sie haben sich heute so großartig geschlagen, da dachten wir uns, dass ein kleiner Bonus für Sie herausspringen sollte.«

»Der Tag wird ja immer besser. Ich weiß gar nicht, was ich sagen soll! Damit bereiten Sie mir eine unglaubliche Freude! Vielen, vielen Dank!«

»Oh, gern geschehen. Wissen Sie, ich habe fast freie Hand, was den Ablauf der Show angeht. Ich möchte auch nicht unerwähnt lassen, dass meine beiden Assistentinnen ein Mitspracherecht haben. Eine Abstimmung war erforderlich, die in diesem Fall 3:0 endete.«

»Dann möchte ich hiermit meinen Dank an Deborah und Audrey zum Ausdruck bringen. Danke, Mädels, ihr seid fantastisch!«

»Tja, dann würde ich sagen, es ist Zeit zu handeln. Folgen Sie mir, Joe.« Der Moderator führte Joe Whiteman zu dem Rolltisch.

»Es muss ein Messer sein, richtig?«, vergewisserte der sich.

»So ist es. Suchen Sie sich eins aus, Joe.«

Der betrachtete die Auswahl. Nach eingehender Prüfung nahm er ein Messer mit einer ziemlich breiten Klinge, die dafür nicht allzu lang war. »Darf ich?«, fragte er an den Ansager gewandt.

Der erwiderte: »Wann immer Sie wollen.«

Mit einem Grinsen im Gesicht näherte sich der Mann vom Ku-Klux-Klan der an den Pfahl gefesselten Monique de la Croix. Provozierend langsam betrachtete er sie von oben bis unten.

»Ich muss schon sagen, durch die Gesichts-OP ist deine braune Fresse auch nicht hübscher geworden. Du bist nach wie vor hässlich wie die Nacht. Ich hätte dich gerne mit deinem eigenen abgetrennten Arm totgeprügelt, nachdem du ihn teilweise gegessen hättest, aber das ist leider nicht möglich.«

Er sah ihr in die Augen und sie starrte zurück. »Ich kapiere wirklich nicht, warum man euch frei herumlaufen lässt. Ihr verschandelt unsere Straßen, verkauft den Kindern Drogen und eure Kerle vergewaltigen unsere anständigen weißen Frauen. Ihr seid Abschaum! Dreck!«

Er drehte sich der Kamera zu.

»Ich hoffe, dass ich die Zuschauer zu Hause inspirieren kann, auch endlich etwas zu unternehmen gegen diese dreckige Bimbobrut! Wacht auf, Leute, und TÖTET SIE ALLE!«, schrie er.

Er drehte sich wieder zu seinem Opfer um.

»Dann wollen wir doch mal sehen, wie du von innen aussiehst. Bestimmt wimmelt es in deinem Leib von Würmern und Maden!«

Er stellte sich ganz dicht vor die Belgierin und stach ihr in den unteren Bauch. Dabei blickte er ihr direkt in die Augen. Dann drehte er die Klinge um neunzig Grad in beide Richtungen. Monique de la Croix holte zischend Luft durch ihr Röhrchen. Speichel rann daraus hervor und tropfte lange Fäden ziehend auf ihren Overall. Dann gab es einen Ruck, als Joe Whiteman die Messerklinge nach oben zog. Es war ein typischer Ausweideschnitt. Er steckte den Messergriff zwischen seine Zähne, legte die Handrücken aneinander und schob sie in die entstandene Körperöffnung.

»Du hässliches Aas!«, brüllte er und zog die Hände zu beiden Seiten auseinander. Ein reißendes Geräusch ertönte, als die Bauchdecke zerrissen wurde. Gräuliche Darmschlingen platschten aus der so entstandenen Lücke auf den Boden und auf die Schuhe der beiden. Monique stand eindeutig mit mehr als einem Bein im Grab. Joe griff in ihr Haar und zerrte ihren Kopf nach oben. Er riss ihr das Metallröhrchen, durch das sie atmete, zwischen den Lippen heraus und schob die Bandage auseinander. Ihr Mund lag nun frei. Dann rammte er ihr das Messer von unten durch den Mundboden, sodass man die Klinge zwischen ihren Lippen hindurch erkennen konnte, die bis in den Gaumen eingedrungen war. Der Mann vom KKK ging einige Schritte zurück und ließ das Messer im Schädel von Monique de la Croix stecken. Sofort erschien der Moderator an seiner Seite.

»Auch das war eine beeindruckende Vorstellung. Ich glaube, die Zuschauer werden mir ganz sicher beipflichten.«

Der Killer sah hinunter auf seine verschmierten Schuhe und zuckte nur mit den Schultern. Der Moderator registrierte den Blick.

»Ja, das war eine ziemliche Schweinerei. Aber Sie haben immerhin 100.000 Taler gewonnen, da können Sie sich so viele Schuhe kaufen, wie Sie wollen, Joe!«

Dieser nickte: »Das ist wahr!«

»Entschuldigen Sie mich, ich muss mich von unserem Publikum verabschieden.«

Der Moderator trat vor die Kamera und wurde von Audrey und Deborah flankiert. Alle drei lächelten und strahlten voller Zufriedenheit über die gelungene Sendung.

»Meine Damen und Herren, ich bedanke mich für Ihre Aufmerksamkeit und für Ihre Treue. Es hat, wie immer, unglaublichen Spaß gemacht! Und es hat auch alles wunderbar geklappt, was nicht selbstverständlich ist für eine Live-Show. Darauf sind wir zu Recht enorm stolz! Auch meine beiden Assistentinnen haben wieder vorzügliche Arbeit geleistet. Wir hoffen, Sie auch bei der nächsten Sendung wieder begrüßen zu dürfen. Bis dahin lassen Sie es sich gut gehen. Wir freuen uns auf Sie. In diesem Sinne, Ihr Angus Bollinger!«

»Tschü-hüüs!«, verabschiedeten sich die Assistentinnen, Handküsse in Richtung Kamera werfend.

EPILOG

»So Leute«, meinte der Moderator, der doch einen Namen hatte, zu seinen bislang im Hintergrund gebliebenen Mitarbeitern. »Ihr macht jetzt hier klar Schiff und ich gebe unserem Sieger, was er verdient hat!«

Mit dem Kopf bedeutete er Joe Whiteman, ihm zu folgen. Sie gingen durch einen kurzen Gang und betraten eine Art Abstellraum.

»So, Mister Whiteman, Zeit, Ihren Gewinn in Empfang zu nehmen.«

Mit diesen Worten schloss er eine Kommode aus Teakholz auf und entnahm einen Aktenkoffer. Er legte ihn auf einen Stuhl, der abgesehen von der Kommode, das einzige Möbelstück im Raum war und ließ die Verschlüsse aufschnappen.

»Bitte sehr, Ihr Geld!«

Der Amerikaner ging vor dem Stuhl in die Hocke und besah sich die Geldbündel. Er konnte es noch gar nicht glauben. Sein Leben hatte an einem seidenen Faden gehangen und jetzt war er im Besitz von sage und schreibe 100.000 Talern. Moment mal, er stockte. Er musste sich korrigieren, es waren 100.000 Dollar! Ja, der Geldbetrag wurde in der jeweiligen Landeswährung des Siegers ausgezahlt. Der Tag hatte für ihn doch noch ein wunderbares Ende genommen.

»Sie können nachzählen, wenn Sie wollen«, meinte Angus Bollinger, der Moderator.

»Ich glaube, das wird nicht nötig sein. Ich vertraue Ihnen, Angus.«

»Nun denn, ich wünsche Ihnen viel Spaß mit dem Gewinn.«

»Den werde ich haben, Sir.«

Die beiden nickten sich zu.

»Gut. Dann begleite ich Sie noch zum Fahrstuhl. Wenn Sie mir bitte folgen wollen.«

Die beiden Männer verließen den Raum und steuerten einen winzig kleinen Aufzug an. Der Moderator drückte auf den Knopf und im selben Moment öffneten sich die Fahrstuhltüren mit einem *Pling*.

»Drücken Sie auf die Zwei, dann erreichen Sie den Hinterhof. Gehen Sie durch das Tor und halten Sie sich links, dann erreichen Sie die Hauptstraße. Alles Gute, Joe«, wünschte der Moderator.

»Vielen Dank und noch viele erfolgreiche Sendungen!«, erwiderte der Mann vom KKK. »Die werde ich in Zukunft auch verfolgen.«

Dann schlossen sich die Türen des Lifts. Joe drückte, wie angegeben auf die Zwei. Der Fahrstuhl setzte sich nach oben in Bewegung. Die Kabine war wirklich extrem eng. Seine Schultern berührten fast die Seitenwände. Mit einem Ruck kam der Aufzug zum Stehen. Aber die Türen blieben geschlossen. Stattdessen ertönte über einen Lautsprecher die Stimme von Angus Bollinger.

»Es gibt noch eine weitere Überraschung für Sie, Joe! Haben Sie ernsthaft gedacht, dass Sie hier so einfach heraus spazieren können mit 100.000 Dollar im Gepäck, die übrigens nicht echt sind? Sind Sie wirklich so naiv?«

»Was soll das heißen, Angus? Haben Sie mich etwa beschissen?«, brüllte der Amerikaner und schlug eine Faust gegen die Kabinenwand.

Der Moderator sprach in ruhigem Tonfall weiter. »Wissen

Sie, Joe, aus meiner Sicht sind Sie ein Abfallprodukt der menschlichen Rasse. So, wie es die Dunkelhäutigen für Sie sind. Nie im Leben würde ich Sie wieder auf die Menschheit loslassen! Wenn sich gleich die Fahrstuhltüren öffnen, dann sehen Sie sich den Angehörigen der achtzehn Opfer gegenüber, die Sie als Ku-Klux-Klan-Anhänger gelyncht haben. Wie Sie sich sicher vorstellen können, sind diese Leute nicht besonders gut auf Sie zu sprechen. *Und nun, fahr zur Hölle, Joe Whiteman!*«

Wieder erklang das *Pling!* Langsam glitten die Aufzugtüren auf und der hasserfüllte Mob stürmte auf den KKK-Mann zu …

ENDE

Sharon

PROLOG

Der alte Mann saß in seinem Ohrensessel und klappte das Buch zu, in dem er in den vergangenen Stunden gelesen hatte. Nachdenklich blickte er sich in seiner Bibliothek um. Sämtliche Wände waren mit Regalen aus Eichenholz zugestellt, die bis unter die Decke mit Büchern vollgestopft waren. Er nahm seine Lesebrille ab und rieb sich die Augen. Dann beugte er sich zum kleinen Beistelltisch und nahm einen Schluck vom mittlerweile erkalteten Kaffee. Er schaute zum Fenster und betrachtete die dicken Schneeflocken, die vom Himmel fielen. Der Schein der Stehlampe spiegelte sich in der Scheibe wider. Er lächelte und freute sich darüber, bei diesem Wetter nicht hinauszumüssen.

Sein kleines Landhaus stand, fernab jeglicher Zivilisation, am Waldrand. Einmal im Monat wurden ihm Lebensmittel und alles, was er sonst noch benötigte, geliefert. Er seufzte und nahm noch einmal das Buch von seinem Schoß. Es war eine seltene, heutzutage kaum noch zu erhaltene Ausgabe über »Besonderheiten« und spezielle, nicht zu erklärende Phänomene aus dem gynäkologischen Bereich. Der Mann stopfte sich seine Pfeife, schaltete die Stehlampe aus und beobachtete das Schneetreiben draußen vor dem Fenster. Er lehnte sich zurück und erinnerte sich an das, was sich vor langer Zeit ereignet hatte …

Es ging um ein sechzehnjähriges Mädchen namens Sharon Perkins. Sie lebte mit ihrer Mutter zusammen in einem kleinen Ort in der kanadischen Provinz Ontario. An einem kalten Tag im Januar vor fast fünfzig Jahren erzählte Sharon ihrer Mutter, dass ihre Periode seit mehr als zwei Wochen überfällig sei.

Die Mutter, eine vierzigjährige Frau namens Mary, war von dieser Nachricht zunächst überrascht, was aber bald in Beunruhigung überging. Deshalb kam sie schnell auf den Punkt und fragte ihre Tochter, ob sie schon mal mit einem Jungen »zusammen gewesen« sei. Sharon verneinte das mit Nachdruck sofort. Sie erklärte ihrer Mutter, noch nie mit einem Jungen geschlafen zu haben. Sie sagte, sie nehme an, dass es sich lediglich um eine Verzögerung handele und dass ihre Periode bald einsetzen würde; womöglich schon am nächsten Tag. Dem war aber nicht so. Weder am nächsten noch am übernächsten und auch nicht am darauffolgenden Tag. Sie beschlossen daraufhin, falls sich die Lage nicht ändern sollte, am kommenden Montag, also in zwei Tagen, zum Frauenarzt zu gehen. Das Wochenende kam und ging vorbei, ohne dass Sharons Periode einsetzte. Wie besprochen fuhren Mutter und Tochter in die gynäkologische Praxis von Doktor Brian Murphy.

Mary war selbst Patientin bei ihm und er genoss ihr vollstes Vertrauen. Sie hatten Glück, dass noch keine anderen Patientinnen da waren, und kamen sofort ran. Sie erzählten ihm, weshalb sie zu ihm gekommen waren. Dr. Murphy hörte aufmerksam zu und machte sich Notizen. Daraufhin bat er Mary, draußen im Warteraum Platz zu nehmen, da er nun einige Untersuchungen vornehmen werde. Er fing mit der ganz normalen Routineuntersuchung an. Nahm Blut ab und bat um eine Urinprobe. Dr. Murphys Assistentin Kassandra brachte diese ins Labor. Dann musste Sharon ihren Unterleib entblößen und sich auf den Untersuchungsstuhl setzen. Das war ihr sehr peinlich, sie errötete und wäre am liebsten weggelaufen. Dr. Murphy bemerkte es und konnte sie beruhigen, indem er ihr mit seiner ruhigen Stimme gut zuredete. Er sah sich den Scheideneingang an und machte einen Abstrich. Dann verabschiedete er sich von seiner Patientin und vereinbarte einen Termin für den übernächsten Tag.

Als der Doktor gegen Nachmittag des folgenden Tages gerade vor dem Mikroskop saß und einige Tests durchführte, kam seine Assistentin mit den Resultaten. Alle Werte waren völlig normal, keine Abweichungen feststellbar. Das war merkwürdig, weil der Galli-Mainini-Test – auch Froschtest genannt –, den er durchführen ließ, positiv war. Umgehend veranlasste er eine Gegenprobe.

Als diese am nächsten Morgen eintraf, sah er sich das Ergebnis an und war verwirrt. Ganz eindeutig konnte in der Blutprobe ein Schwangerschaftshormon nachgewiesen werden. Somit bestand kein Zweifel mehr daran, dass Sharon schwanger war.

Am Nachmittag teilte er ihr das Resultat mit. Sharon schrie auf und ihre Augen weiteten sich vor Überraschung. Dr. Murphy erklärte ihr, dass der Froschtest eine sichere Methode sei, eine Gravidität festzustellen. Sharon verstand nicht, wovon er da redete. Daraufhin erklärte der Arzt ihr, dass man bei diesem speziellen Test einem Frosch den Urin einer Frau injiziert und wenn das Tier innerhalb von zwölf bis vierundzwanzig Stunden Laich absetzt, die Frau eindeutig schwanger sei.

Das Mädchen versicherte dem Doktor wie schon ihrer Mutter zuvor, dass das nicht sein könne, da sie noch keinen Geschlechtsverkehr gehabt habe. Außerdem sei sie noch Jungfrau.

Bei der anschließenden Untersuchung stellte er fest, dass seine Patientin die Wahrheit gesagt hatte. Es hatte tatsächlich noch keine Defloration stattgefunden. Das Hymen war unversehrt. Zwar etwas gedehnt, aber das war normal und auf den Gebrauch der Tampons zurückzuführen, die Sharon monatlich benutzte. Nichts Ungewöhnliches also. Daraufhin führte er ein kleines Spekulum in ihre Vagina ein, um das Jungfernhäutchen nicht zu verletzen. Alles sah vollkommen unauffällig aus.

Dr. Murphy erklärte ihr, dass eine Frau auch schwanger werden kann, ohne dass eine Penetration stattfindet. Sharon schwor Stein und Bein, keinerlei sexuelle Erfahrungen gemacht zu haben. Und Dr. Murphy glaubte ihr. Auch wenn er nun vor einem Rätsel stand.

Seine Patientin durfte sich wieder anziehen, dann bat er ihre Mutter, ins Praxiszimmer zu kommen. Nachdem sie auf dem Besucherstuhl Platz genommen hatte, wurde sie über alles in Kenntnis gesetzt. Abschließend teilte er mit, sich bei einigen Kollegen Rat holen zu wollen. In genau einer Woche sollte Sharon wieder in der Praxis erscheinen. Dann wäre auch das neue Ultraschallgerät eingetroffen.

Als der Termin heran war, erschien Sharon ohne ihre Mutter. Sie sagte, sie hätte darauf bestanden, allein zu ihm kommen zu wollen. Der Arzt wunderte sich zwar, nahm es jedoch erst mal hin.

Er berichtete ihr davon, dass auch seine Kollegen, mit denen er gesprochen hatte, nicht weiterwussten. Anschließend bat er Sharon, sich auf die Liege zu legen und ihren Bauch zu entblößen.

Er rieb ihn mit einem kühlen Gel ein und fuhr dann mit dem Schallkopf auf dem Unterbauch hin und her. Auf dem Bildschirm des Monitors war zwar etwas zu erkennen, jedoch konnte nicht verifiziert werden, worum es sich handelte.

Nur eines war zu einhundert Prozent gewiss: Da war etwas und das hieß, dass Sharon definitiv schwanger war!

Beim anschließenden Gespräch wies Dr. Murphy Sharon erneut darauf hin, dass eine Frau auch schwanger werden kann, ohne dass Geschlechtsverkehr stattgefunden hat. Zum Beispiel durch manuelle Manipulation. Ein Tropfen Sperma, der in die Vagina gelangt, reiche aus, um zu einer Schwangerschaft zu führen. Sharon senkte verlegen den Blick und errötete, dann erzählte sie dem Arzt, dass sie einen Freund hätte, von dem ihre Mutter jedoch nichts wüsste, und dass das auch so bleiben solle. Der Arzt versicherte ihr, dass er seine ärztliche Schweigepflicht einhalten werde und alles, was hier zur Sprache käme, zwischen ihnen bleiben werde. Erleichtert holte sie tief Luft. Dann gab sie sich einen innerlichen Ruck und berichtete ihm, dass sie tatsächlich noch keinen Geschlechtsverkehr gehabt habe, es jedoch öfter mal zur gegenseitigen Masturbation komme und manchmal auch Oralsex praktiziert werde. Beim letzten Besuch habe sie diese Tatsache verschwiegen, weil ihre Mutter anwesend war. Auf Nachfrage des Arztes sagte Sharon, dass sie den Samen immer herunterschlucke und, soweit sie sich erinnerte, noch nie etwas danebengegangen sei. Dabei blieb sie, was Dr. Murphy auch akzeptierte. Zu dem Zeitpunkt blieb ihnen nichts anderes übrig, als abzuwarten. Sie vereinbarten regelmäßige Besuche, und Sharon kehrte nach Hause zurück.

Vier Tage später hatte Dr. Murphy einen schweren Autounfall und verbrachte insgesamt zwölf Wochen in einer Klinik. Nach einer kurzen Erholungsreise nahm er seine Arbeit wieder auf.

Sharon war in der Zwischenzeit zu keinem anderen Gynäkologen gegangen; trotz eindringlicher Appelle ihrer Mutter. Der Doktor nahm sofort wieder Kontakt zu ihr auf und bestellte sie für weitere Untersuchungen in seine Praxis. Zu diesem Zeitpunkt war Sharon bereits im fünften Monat. Bei dieser Ultraschalluntersuchung gab es wieder eine Überraschung. Der Bildschirm zeigte kein intrauterines Bild, er blieb stattdessen schwarz; pechschwarz. Kein Fötus. Keine Konturen – nichts. Gar nichts. Dr. Murphy machte mit dem Gerät einen Selbstversuch; es war alles normal, der Apparat war intakt. Dieser Fall war mysteriös. Weil kurz darauf ein Notfall eintraf, wurde Sharon nach Hause geschickt. In einer Woche sollte sie wieder bei ihm erscheinen. Dieses Mal jedoch in der gynäkologischen Klinik, in der Dr. Murphy zusätzlich arbeitete. Er wollte dort eine Kardiotokografie vornehmen.

An jenem Tag wurde erneut eine Sonde auf Sharons eingegelten Unterleib platziert und anhand des Dopplereffekts sollten die Herzschläge des Fötus hörbar gemacht werden. Aber statt der normalen Herztöne war ein klickendes Geräusch zu hören, nicht das normale Bumm-bumm, Bumm-bumm. Ein weiterer Versuch unmittelbar danach ergab das gleiche Resultat.

Anschließend setzten sich Dr. Murphy, Sharon und ihre Mutter Mary erneut zusammen, um zu beratschlagen, wie nun weiter vorzugehen sei. Der Doktor erklärte ausführlich sämtliche Untersuchungsergebnisse, Laborwerte und deren Auswertungen. Er kam zu dem Schluss, dass ein Schwangerschaftsabbruch das Beste für Sharon sei. Mary war jedoch strikt dagegen; sie war streng katholisch erzogen worden, und ihrer Ansicht nach wäre eine Abtreibung schlichtweg Mord. Jeder weitere Versuch des Doktors, sie doch noch umzustimmen, wurde umgehend abgeblockt. Sie ließ sich auf keine Diskussion ein. Sharon hielt sich zuerst zurück, pflichtete dann aber widerwillig ihrer Mutter bei. Letztlich einigten sie sich darauf, die Schwangerschaft auf natürlichem Weg zu Ende zu bringen.

Im Juli, als Sharon ungefähr im siebten Monat war, setzte plötzlich ihre Monatsblutung wieder ein. Schmierblutungen können immer wieder mal auftreten, auch während einer Schwangerschaft, das kam häufiger vor. Das Problem war nur, Sharons Monatsblutung hörte nicht mehr auf.

Bis zuletzt setzte sie sich aus unerfindlichen Gründen fort. Auch dafür gab es keine rationale Erklärung. Ihr Bauch war mittlerweile beträchtlich angewachsen und auch ihre Brüste, die ohnehin schon ziemlich voluminös waren, hatten sich auf mehr als das Doppelte vergrößert. Der Monitor blieb nach wie vor leer, genauer gesagt schwarz, und auch die ungewöhnlichen Klicklaute waren geblieben. Ein Blubbern hatte sich inzwischen noch dazu gesellt.

Im August fingen Sharons Brüste an zu schmerzen, und sie begannen, bei den kleinsten Berührungen Milch abzusondern. Sie führte es Dr. Murphy und Schwester Kassandra vor: Sie lag mit nacktem Oberkörper auf der Untersuchungsliege, umfasste eine Brust und drückte sie nur leicht. Das genügte, um einen Milchstrahl hervorschießen zu lassen, der bis an die gegenüberliegende Wand spritzte. Ratlosigkeit und Fassungslosigkeit standen in Dr. Murphys Gesicht geschrieben. Sharon wurde daraufhin in eine Spezialklinik eingewiesen, in der auch Dr. Murphy seinen Dienst tat. Er wollte sich ausschließlich um Sharon kümmern, bis diese Angelegenheit irgendwann ein Ende finden würde. Er war rund um die Uhr für sie da, schlief auch in der Klinik.

Ende September begannen Sharons Schamhaare auszufallen. Kurz darauf verlor sie innerhalb einer Woche alle Zähne. In der ersten Oktoberwoche verstärkte sich ihre Monatsblutung drastisch.

Hatte sie anfangs nur etwa anderthalb Tassen Blut verloren, so waren es jetzt in etwa eineinhalb Liter. Anämie war die Folge, und ihr wurden Blutkonserven verabreicht. Sie trug extra saugfähige Spezialwindeln, die trotzdem mehrfach täglich gewechselt werden mussten. Die Haut am Bauch war enorm gespannt, der Nabel ragte weit heraus. Ihre Brüste hatten eine unglaubliche Größe angenommen. Sie sonderten nach wie vor Milch ab. Sharon machte sich einen Spaß daraus, einer Schwester namens Audrey, die sie nicht mochte, fast jedes Mal, wenn sie das Zimmer betrat, damit vollzuspritzen, am liebsten mitten ins Gesicht.

Auch »Zielspritzen« veranstaltete sie. Mehrere Becher und kleine Eimer waren in unterschiedlicher Entfernung zu ihrem Bett aufgestellt worden, und Sharon quetschte die Muttermilch aus ihren Brüsten, die in langen Strahlen überwiegend ins Ziel trafen.

Die meiste Zeit lag sie, abgesehen von der »Blutwindel«, nackt im Bett, nur mit einer dünnen Decke zugedeckt. Es ging ihr den Umständen entsprechend gut. Ihre Mutter hatte ihr ein kleines Radio mitgebracht und so vertrieb sie sich die Zeit damit, Musik zu hören.

Dann kam der November und ihre Zehennägel fielen ab, was sie aber nicht sonderlich störte. Kurz darauf verlor sie auch die Fingernägel. Zudem konnte sie jetzt auch ihr Wasser nicht mehr halten. Das Bett wurde mit saugstarken Unterlagen ausgepolstert und ihr wurde ein Katheter gelegt. Ende des Monats gab es dann einen ersten Erfolg! Bei einer weiteren Ultraschalluntersuchung war zum ersten Mal ein Umriss zu erkennen. Eine Art Kopf. Er sah nicht aus wie ein normaler Kopf, er war eher länglich oval. Auf dem Bildschirm hatte er eine dunkelgraue Farbe und war relativ gut zu erkennen, da der Hintergrund nach wie vor tiefschwarz war. Für einen Augenblick zuckte etwas Helles in diesem Gebilde auf, was an Augen erinnerte, die für einen winzigen Moment geöffnet worden waren. Aber nur dieses eine Mal.

Im Dezember verlor Sharon ihre restliche Körperbehaarung; und zwar wirklich alle. Inklusive Wimpern. Sie war jetzt im zwölften Monat! Und noch immer war kein Ende der Gravidität in Sicht. Bauch und Brüste waren so stark angeschwollen, als stünden sie kurz vor dem Platzen.

Gegen das Volumen ihrer Brüste war ihr Kopf nicht mehr als eine Pampelmuse neben einem Kürbis. Der Bauch übertraf es aber noch bei weitem! Wenn sie auf dem Rücken lag, dann konnte man lediglich drei enorme Wölbungen sehen. Immer häufiger lag Sharon nun auf der Seite, weil sie starke Atembeschwerden hatte. Kein Wunder bei dem großen Gewicht, das auf ihr lastete.

Das Klinikpersonal hatte nicht grundlos befürchtet, dass sie von ihrer Oberweite erdrückt werden könnte. Es war erstaunlich, wie das junge Mädchen alles verkraftete.

Um Heiligabend herum erblindete Sharon und am vorletzten Tag des Monats verlor sie ihr Gehör. Beides war unerklärbar, wie so vieles in diesem Fall, und nichts davon konnte reaktiviert werden. Die intrauterinen Geräusche waren geblieben, aber etwas leiser als zuvor. Zum Klicken, Knacken und Blubbern war nun auch noch ein Summen zu vernehmen.

Sharon lag fortan reglos in ihrem Bett und nahm nichts mehr wahr. Außerdem wurde sie mittels einer Sonde intravenös ernährt. Nur selten reagierte sie auf die sanften Berührungen ihrer Mutter, die sich ständig in ihrer Nähe aufhielt. Mary hatte ein eigenes Bett im Zimmer ihrer Tochter zur Verfügung gestellt bekommen.

Im Januar, fast genau ein Jahr nachdem Sharon und ihre Mutter zum ersten Mal bei Dr. Murphy erschienen waren, platzte ihre Fruchtblase. Unmengen von Fruchtwasser ergossen sich über das Bett und bildeten eine riesige Pfütze am Boden. Die Geburt, von was auch immer, stand unmittelbar bevor. Aufregung und Unruhe waren allgegenwärtig. Niemand wusste, was geschehen würde. Sharons Mutter verabschiedete sich von ihr, dann wurde die Patientin in den Kreißsaal geschoben. Er war grün gekachelt und auch das Personal trug grüne Kittel und Hauben.

Das Mädchen wurde an Armen und Beinen fixiert. Wegen der extremen Größe ihres Umfangs war ein Kaiserschnitt unvermeidlich. Sie bekam eine Vollnarkose. Jim, der Anästhesist, legte einen Zugang auf ihrem Handrücken. Er sprach beruhigend auf sie ein und überwachte ihre Atmung. Sowohl Schwester Kassandra als auch Schwester Audrey waren anwesend. Dazu ein Assistenzarzt mit Namen Victor und die Hebamme Tiffany. Insgesamt also sechs Personen plus Sharon.

Dr. Murphy, mit Mund- und Sichtschutz versehen, nahm ein Skalpell vom Instrumententisch und blickte noch einmal in die Runde. Er sah in angespannte, teils ängstliche Gesichter und auch er selbst fühlte sich alles andere als wohl. Natürlich hoffte er, dass alles gut gehen würde, aber er hatte ein seltsames Gefühl. Er atmete tief durch und setzte das Skalpell an der Bauchdecke an.

Die Klinge schnitt durch Haut, Fleisch und Muskelgewebe. Wegen der enormen Spannung schnellte die Bauchdecke praktisch zurück und legte die Gebärmutter frei. Seine Augen weiteten sich vor Ungläubigkeit, genau wie die aller anderen Anwesenden. Das rote Organ quoll aus dem geöffneten Unterleib, und die schiere Größe war unfassbar. Der Uterus hatte sich aufgrund des geschaffenen Freiraums noch weiter ausgedehnt. Es hatte den Anschein, als würde eine Mehrlingsgeburt bevorstehen. Sharons Atem- und Herzfrequenz war wider Erwarten normal. Gerade als Dr. Murphy seine Hand mit dem Skalpell senkte, um den Uterus aufzuschneiden, schrie Tiffany Graves, die Hebamme, auf. Ihr zitternder Finger zeigte zwischen die Beine der werdenden Mutter. Der Doktor ging sofort zu der ihm gezeigten Stelle und was er da sah, konnte er nicht fassen. Sharons Jungfernhäutchen war zerstört; sie war soeben defloriert worden. Und zwar von innen!

Etwas ragte aus ihrer Vagina heraus; etwas Schlauchartiges, weiß und glatt. Es war ein Tentakel! Ein Fangarm wie von einem Oktopus. Sogar Saugnäpfe waren zu erkennen. An der Spitze befand sich eine Art Kralle, etwa zehn Zentimeter lang, leicht gebogen, extrem spitz zulaufend und messerscharf. Das Teil schob sich immer weiter zwischen Sharons Schamlippen hervor, schaute nun bereits mehr als sechzig Zentimeter heraus. Auch innerhalb des Uterus waren nun Bewegungen zu erkennen. Jemand, oder etwas, drückte von der Innenseite dagegen, als würde ein Baby um sich treten und boxen, weil es endlich in die Freiheit entlassen werden will. Aber jeder im Kreißsaal wusste, dass, was immer sich dort drinnen befand, kein menschliches Baby war. Die Gebärmutter wölbte sich inzwischen wie eine gigantische rote Blase aus der offenen Bauchdecke. Es schien nur noch eine Frage von Sekunden zu sein, bis sie platzte. Und genau das geschah im nächsten Moment.

Mit einem nassen, matschigen Geräusch zerplatzte das Organ, und Blut, Schleim und Gewebe flogen durch den ganzen Raum und bespritzten Wände, Decke und natürlich alle Anwesenden. Es war wie in einem Horrorfilm. Ein übler, abartiger Gestank breitete sich im Kreißsaal aus.

Wegen des enormen Drucks war der Leib noch weiter aufgerissen worden und Sharons Därme hingen bis auf den Boden, wo sie ein Gewirr aus Schlingen bildeten. Sie war noch am Leben, wenngleich sämtliche Geräte ausgefallen waren. Schwester Audrey ging in eine Raumecke und erbrach sich, woraufhin auch Tiffany, die Hebamme, sich nicht mehr zurückhalten konnte und es ihr nachtat. Am schlimmsten war jedoch die Scheußlichkeit, die aus Sharons Leib aufragte.

Als die Gebärmutter explodiert war, war sie einfach aufgeploppt! Ähnlich einem Kastenteufel, der hervorschnellt, sobald man den Deckel öffnet. Es war ein Kopf, der nahtlos in einen Körper überging, er war von einer kranken, graubraunen Farbe, in der Tat einem Oktopus ähnlich.

Zwei handtellergroße, blassgraue Augen ohne Pupillen, die eine Art Schleim absonderten, befanden sich an der Vorderseite. Jedoch hatte es keinen Schnabel, wie ihn Kraken normalerweise haben, sondern ein Maul mit dreieckigen Zähnen, die an einen Hai erinnerten, spitz und irgendwie asymmetrisch. Das Wesen ragte etwas mehr als anderthalb Meter aus Sharon heraus. Es fauchte und sein ganzer Körper sonderte beständig gelbgrünen Schleim ab, der ebenfalls erbärmlich stank.

Dort, wo sich bei einem Menschen der Hals befindet, war bei dem Ungeheuer eine Art Schlauch, bestehend aus nässender, glibberiger Haut. Er war zirka einen halben Meter lang und mündete schließlich in acht Tentakeln, von denen einer aus Sharons Scheide ragte. Ein anderer hatte sich offensichtlich durch ihren Magen gebohrt, sich die Speiseröhre hinauf geschoben und zuckte nun aus ihrem Mund heraus. Zwei weitere hatte das Monstrum aus dem Bauch erhoben, und diese schwebten direkt über den Brüsten des Mädchens. Die vier übrigen Arme befanden sich nach wie vor in Sharons Körper. Jeder einzelne davon hatte diese knapp zehn Zentimeter lange Kralle.

Jim Kross, der Anästhesist, versuchte zur Tür zu flüchten, wobei er nahe an dem Wesen vorbeimusste, was ihm zum Verhängnis wurde. Ein Tentakel schnellte vor, wickelte sich zielsicher um seinen Hals und zog sich augenblicklich zusammen, wie eine Würgeschlange sich um ihr Opfer zusammenzieht. Mit dem Unterschied, dass eine Schlange ihre Beute nicht enthauptet. Aber genau das tat der Krake. Der Kopf des Anästhesisten rollte blutsprudelnd über den Boden und blieb unmittelbar vor der Tür liegen. Auch aus dem Torso jagte eine Blutfontäne bis hoch zur Decke.

Daraufhin übergab sich nun auch Schwester Kassandra. Im selben Moment stach ein Tentakel seinen Stachel in Sharons rechte Brust, die augenblicklich explodierte. Wieder spritzten Blut und Schleim umher, dieses Mal vermischt mit mehreren Litern Muttermilch. Das Wesen fauchte wie schon zuvor und fing an, die zerfetzte Brust zu fressen. Sharons Brustkorb hob und senkte sich immer noch, wenn auch kaum wahrnehmbar. Anschließend detonierte auch die linke Brust, nachdem sie durchstochen wurde, um ebenfalls verspeist zu werden. Die Belegschaft schaute zu und konnte sich nicht rühren. Nach der Mahlzeit schlug der

Krake seine blutigen Zähne aufeinander, was das Geräusch erklärte, welches Dr. Murphy beim Ultraschall vernommen hatte. Dieser bemerkte mitten auf der Rundung des Kopfes des Wesens eine pulsierende Stelle. Er überlegte, aber gerade als er der Lösung nahe gekommen zu sein glaubte, wurde er abgelenkt, weil Schwester Audrey, die sich mit einer Schere bewaffnet hatte, auf den Krake zu rannte und die Schere in einen Tentakel rammte. Sie stach drei-, viermal zu, geriet jedoch ins Straucheln, als sie auf einer Darmschlinge ausrutschte. Sie schrie überrascht auf und fiel hin. Das Wesen kreischte vor Schmerz und gleich zwei Tentakelspitzen bohrten sich in Schwester Audreys Rücken. Eine dritte drang in ihren Nacken ein. Sie starb auf der Stelle.

Sharon muss zu diesem Zeitpunkt schon tot gewesen sein. Das blieb jedenfalls zu hoffen. Der Krake schnitt nun Sharons Leib vom Kopf bis zum Schambein auf und fraß weiter. Wieder bemerkte Dr. Murphy die pulsierende Stelle auf dem Schädel des Ungeheuers. Ein Pochen, welches an einen Herz- oder Pulsschlag erinnerte. Bei einem menschlichen Baby befand sich dort die Fontanelle. Sollte das die Schwachstelle des Wesens sein? Er teilte seine Vermutung dem Assistenzarzt, Victor Stone, mit. Auch Schwester Kassandra bekam das Gespräch mit. Beide teilten die Vermutung des Doktors. Auf sein Nicken stürmten beide Männer gleichzeitig zum Instrumententisch und bewaffneten sich quasi im Vorbeirennen mit Operationsbesteck.

Stone prallte gegen das Ungetüm und verletzte es mit einem Wundhaken zwischen den Augen und dem Maul, wo eigentlich die Nase hätte sein sollen, aber nur eine glatte mattgraue Fläche war. Im selben Augenblick wurde er von einem Fangarmstachel an der Schulter verwundet. Er schrie, aber er gab nicht auf, stattdessen stach er noch mehrmals wild zu, wobei es ihm tatsächlich gelang, gleich zwei Tentakel abzutrennen. Zwei andere töteten ihn auf der Stelle, als sie sowohl seine Hauptschlagader als auch sein Herz perforierten. Ein tödlicher Doppeltreffer. Für Dr. Murphy ergab sich dadurch eine einmalige Gelegenheit. So schnell er konnte, jagte er zu dem Monstrum und rammte mit aller ihm zur Verfügung stehenden Kraft sein Skalpell in dessen Schädel.

Ein ohrenbetäubendes Jaulen erklang für einen Moment, dann sackte der Krake in sich zusammen wie eine Marionette, deren Fäden durchtrennt worden waren. Zusammen mit Sharons Leichnam rutschte das Ding von dem OP-Tisch und klatschte auf den mit allerhand Körperflüssigkeiten und menschlichen Überresten übersäten Boden des Kreißsaals. Es war geschafft. Der Krake, oder was immer es war, war tot!

Vier Menschenleben wurden an jenem Tag beendet. Schwester Audrey, Jim Kross, der Anästhesist, Assistenzarzt Victor Stone sowie Sharon Perkins starben durch ein Wesen, welches gar nicht hätte existieren dürfen. Wenige Tage nach den Ereignissen sprang auch noch die Hebamme, Tiffany Graves, aus dem neunzehnten Stock ihres Wohnhauses. Schwester Kassandra kündigte ihren Job und arbeitete fortan in einer Bibliothek.

Der Kreißsaal wurde von Experten gründlich untersucht. Er sah schlimmer aus als ein Schlachthaus in einem Splatterfilm. Neben den teils zerfetzten Leichen waren überall Blut, Gewebe, Muttermilch und Schleim verteilt. Es gab keine Stelle, die davon verschont geblieben war; sogar die Decke des Operationssaals war voll damit. Die Überreste des Kraken wurden weggeschafft und allen möglichen Tests unterzogen. Da sich die Kreatur aber innerhalb weniger Stunden aufzulösen begann, kam man zu keinem zufriedenstellenden Resultat. Natürlich gab es unzählige Spekulationen, von denen eine absurder war als die andere, aber der Fall blieb offiziell ungelöst. Die Akte wurde geschlossen und, im hintersten Winkel eines Kellerraums der Staatspolizei verstaut.

Es kam jedoch heraus, dass Sharon und ihre Mutter etwa ein halbes Jahr vor den Ereignissen mehrere Wochen am Amazonas Urlaub gemacht haben. In einer Region, wo der sogenannte Kuckucksfisch heimisch war. Dieser nur wenige Zentimeter kleine Fisch ernährt sich hauptsächlich von Samenkapseln, wie sie Kraken und deren Verwandte in Flussläufen freisetzen.

Sharons Mutter Mary erzählte Dr. Murphy in einem Gespräch, dass ihre Tochter eines Tages zu ihr kam und meinte, sie habe das Gefühl, »Etwas« sei in sie eingedrungen. Sie klagte zwei Tage lang über Unwohlsein, dann gesundete sie und beide vergaßen das Geschehen. Es bestand die Möglichkeit, dass so ein Kuckucksfisch (lat. *cuculus piscis*), nachdem er gefressen hatte, in Sharons Vagina eingedrungen war, und dort eine oder mehrere dieser Kapseln abgegeben oder verloren hatte. Diese nisteten sich im Uterus des Mädchens ein und somit nahm das Schicksal seinen Lauf.

Ein angesehener Biologe bestätigte, dass so etwas durchaus möglich war. Eine bessere Erklärung wurde nie präsentiert. Somit machte sich jeder sein eigenes Bild davon. Das Mysterium bleibt …

EPILOG

Der alte Mann öffnete die Augen und seufzte. Er nahm einen Schluck von seinem kalten Kaffee und stemmte sich aus dem Ohrensessel. Er ging zu einer kleinen Kommode, die in einer Ecke der Bibliothek stand, und entnahm der obersten Schublade ein längliches Holzkästchen. Dann kehrte er zu seinem Sessel zurück. Er streichelte sanft über den Deckel der Schatulle und lächelte, bevor er ihn öffnete. Darin befand sich ein etwa zehn Zentimeter langes, metallenes Teil, das er damals an sich genommen hatte. Es war leicht gebogen, spitz zulaufend und sehr scharf. Es war eine Kralle des Oktopus. Ziemlich genau in der Mitte des Gegenstands hatte der alte Mann vor vielen Jahren seine Initialen eingravieren lassen: B.M. – Brian Murphy ...

ENDE

246

Das Kribbeln

Ich sitze hier an meinem Schreibtisch, lediglich mit Unterwäsche und Schuhen bekleidet, um Ihnen - quasi live - mitzuteilen, was mit mir geschieht.

Alles begann vor ungefähr acht Wochen. Überall auf der Welt berichteten Menschen davon, von einem undefinierbaren Kribbeln befallen worden zu sein. Zuerst wurde dieses Phänomen kaum beachtet, doch als sämtliche betroffenen Personen innerhalb von rund vierundzwanzig Stunden auf schreckliche Art starben, wurde der Begriff »Pandemie« verwendet.

Jedoch war es unmöglich, auch nur ansatzweise eine Erklärung dafür zu finden. Es konnte nicht verifiziert werden, wo und wie diese - nennen wir es einfachheitshalber »Krankheit« - entstanden war. Demzufolge gab es auch keine Angaben bezüglich der Inkubationszeit. Insofern eine solche überhaupt existierte. Natürlich gab es Spekulationen, die teilweise ins Lächerliche abdrifteten, aber rein wissenschaftlich dominierten Ratlosigkeit und Hilflosigkeit.

Im Nu berichteten sämtliche Fernsehsender von den Vorfällen. Aber Lösungen wurden (und werden) keine präsentiert. Betroffene im Anfangsstadium berichteten im TV von ihren Erfahrungen mit dem Kribbeln. Sie erzählten, wie sie von einem Moment auf den anderen von diesem Gefühl befallen wurden und schilderten dann in allen Details, was dann nach und nach mit ihnen geschah. Die Einschaltquoten dieser Sendungen stiegen ins Unermessliche. Nachdem sich der Zustand vieler Menschen während der Übertragungen verschlimmerte, mussten die Sendungen abgebrochen werden. Es war grauenhaft und unglaublich!

Auch ich verfolgte diese Shows gespannt und fragte mich, was all die Betroffenen getan hatten, um davon erwischt zu werden. Wo war der gemeinsame Nenner? Wäre nur eine Stadt, oder eine Nation betroffen, okay, aber es war ein weltweites Problem.

Ich habe unzählige Berichte verfolgt und irgendwann damit begonnen, Notizen zu machen und zu vergleichen. Die Übereinstimmungen der anfänglichen Symptome waren nahezu identisch. Anschließend gab es dann jedoch teils drastische Abweichungen. Vieles wurde als Fantastereien oder Effekthascherei abgetan … Ich wusste anfänglich nicht so genau, was ich davon halten sollte. Bis … ja, bis es mich selbst erwischte!

Es begann tatsächlich, wie beschrieben, mit einem leichten Kribbeln. In meinem Fall betraf es den rechten Fuß. Es fing ganz langsam an, als wäre der Fuß eingeschlafen. Dann steigerte sich das Gefühl und wurde zunehmend unangenehmer. Es kam mir vor, als würde mein Fuß unterhalb des Knöchels in einem Ameisenhaufen stecken. Das ging so über mehrere Minuten, dann war auf einmal nichts mehr zu spüren. Ich sah hinunter und stellte fest, dass sich der Fuß von meinem Bein gelöst hatte!

Ich traute meinen Augen nicht, konnte nicht begreifen, was ich da sah. Aber ich hatte mich nicht geirrt. Leider! Mein Fuß stand, wie ein Schuh, den man vorhatte, gleich anzuziehen, vor meinem Stuhl. Er lag nicht etwa auf der Seite, nein, er stand im Pantoffel da. Der Wundrand war auch nicht ausgefranst oder zerfetzt, sondern relativ glatt, als wäre er mit einer Motorsäge abgetrennt worden. Und als ich genauer hinsah, bemerkte ich, dass sich darin etwas bewegte.

Ich fokussierte meinen Blick und erkannte, worum es sich handelte: Maden! Fahlweiße Maden, die sich wanden und in der Wunde umherglitschten. Glücklicherweise bin ich kein Mensch, der sich schnell ekelt. Ich beobachtete, wie diese Tiere das Fleisch von meinem ehemaligen Körperteil verschlangen, und fragte mich gleichzeitig, woher sie kamen und ob sich in meinem Leib noch mehr befanden. Keine angenehme Vorstellung!

Erstaunlicherweise hatte ich keine Schmerzen. Auch da hatten die Leute im Fernsehen recht gehabt. Nur ungefähr zehn Minuten später setzte das Kribbeln im linken Bein ein. Und zwar im gesamten Bein, nicht nur im Fuß. Dieses Mal war es noch viel unangenehmer und fühlte sich an, als ob permanent Strom durch die Adern und Venen fließen würde. Ich hatte den Eindruck, als würde mein Bein immer schwerer werden. Nach wenigen Minuten gab es einen Ruck und ich konnte zusehen, wie es sich langsam von meinem Leib löste und auf den Teppichboden fiel. Ungefähr in der Oberschenkelmitte war es abgefallen. Natürlich schaute ich sofort nach, konnte aber keine Maden oder Ähnliches entdecken. Und wieder verlief alles völlig schmerzfrei.

Ich inspizierte den Stumpf, sah den Knochen und die durchtrennten Blutgefäße, aus denen überraschenderweise kein Blut austrat. Ungläubig schüttelte ich den Kopf. Ich konnte es nicht fassen. Das widersprach jeder Logik! So etwas durfte es nicht geben!

Aber ich sah es mit eigenen Augen. Plötzlich nahm ich wahr, dass sich bei der am Boden liegenden Extremität etwas tat: Die Haut begann sich zu verfärben, nahm einen grünlichen Farbton an, der immer dunkler wurde. Dann entstanden erste Risse. Kreuz und quer bildeten sich kleine Spalten, die sich immer mehr weiteten. Die Haut rollte sich zur Seite auf, so wie wenn jemand ein Stück Pergament oder ein Poster zusammenrollte. Das Fleisch wurde sichtbar. Zuerst war ich mir nicht sicher, doch dann sah ich, wie es anfing, zu blubbern. Es erweckte den Eindruck, als würde es kochen; es warf Blasen, die zerplatzten und einen ekligen Gestank absonderten. Kurz darauf rutschte es an den Knochen herunter und schrumpfte immer mehr zusammen, bis nichts mehr davon übrigblieb. Danach zerfielen auch die Beinknochen.

Was geschah hier? Wie war so etwas möglich?

Kaum hatte ich mich von diesem Ereignis einigermaßen erholt, fingen meine Ohren an zu kribbeln! Dass es bis zu meinem Tod so weitergehen würde, war von Anfang an klar gewesen. Trotzdem war es etwas anderes, wenn es dann tatsächlich eintrat.

Im Durchschnitt konnte man sagen, dass nach dem Einsetzen des Kribbelns bis zum Verlust des jeweiligen Körperteils zirka vier bis sechs Minuten vergingen. Nach ungefähr der Hälfte der Zeit umfasste ich meine Ohren und zog ganz leicht daran. Plötzlich hielt ich sie in den Händen. Ich konnte sie problemlos vom Schädel lösen, ohne an ihnen zerren zu müssen, so als würde man einen Fingerring abnehmen oder seine Brille absetzen. Ich legte sie in einen Aschenbecher, der eigentlich als Briefbeschwerer fungierte. Nach kurzer Zeit begannen sie, sich zu verändern. Zuerst wurden sie irgendwie schmierig, kurz danach verflüssigten sie sich schließlich, sodass lediglich eine Pfütze übrig blieb. Es war erstaunlich, dass bis zu diesem Zeitpunkt jeder Körperteil auf andere Weise zerstört worden war.

Draußen herrschte mittlerweile Chaos! Anfänglich wurden die Betroffenen, die in der Öffentlichkeit zusammenbrachen, noch von Rettungswagen eingesammelt, aber aufgrund der unglaublich hohen Anzahl war das schon bald nicht mehr möglich. Wenn man aus dem Fenster schaute, kam es einem vor, wie bei einer Zombieapokalypse. Überall lagen mehr oder weniger schlimm verstümmelte Leichen herum. Manche grässlich entstellt. Aber die Toten blieben tot und wandelten nicht herum, auf der Suche nach Menschenfleisch, wie sie es in den entsprechenden Filmen taten. Polizei und Bundeswehr patrouillierten in den Straßen und sorgten, so gut es ging, für Ordnung.

Ich sitze hier an meinem Schreibtisch und tippe diesen Bericht. Ans Fenster komme ich nicht mehr, was wahrscheinlich gar nicht so verkehrt ist, denn ich glaube, dass es da unten inzwischen zu extremen Exzessen kommt. Pausenlos sind Schreie zu hören und Schüsse! Ab und zu explodiert auch etwas …

Aber ich will nicht abschweifen. Nachdem sich also meine Ohren aufgelöst hatten, begann das Kribbeln in meinem Unterbauch. Blähungen setzten ein, und das in einer unfassbaren Lautstärke. Sie stanken, wie man es sich nicht vorstellen konnte. Das miefige Aroma verzog sich auch nicht. Es stand wie eine Wand im Zimmer. Und es wurde immer mehr.

So viel Methan, wie ich in kürzester Zeit abgelassen hatte, konnte eigentlich keinen Platz in meinem Körper haben. Ich wünschte mir eine Gasmaske oder wenigstens einen Mund-Nasenschutz. Aber ich besitze keines von beiden.

So bleibt mir nichts anderes übrig, als bis zu meinem Tod, in den von mir abgesonderten Pestwolken sitzen zu bleiben.

Das Kribbeln im Bauch hatte an Intensität zugenommen. Zudem sickerte jetzt auch Blut aus meinen Augen und den Öffnungen, wo einst meine Ohren gewesen waren. Ich tupfte die Flüssigkeit von den Wangen, aber der Blutfluss ging weiter. Dann spürte ich einen Druck im Unterbauch.

Ich krümmte mich zusammen. Dieses Mal hatte ich Schmerzen! Es fühlte sich an, als ob etwas aus mir hinaus wollte. Etwas Lebendiges! Ich musste unaufhörlich abgasen …

Schließlich entstand ein Riss, der sich quer über den Leib zog. Angstvoll beobachtete ich, was passierte. Der Spalt wurde größer und ich konnte meine Eingeweide sehen. Instinktiv presste ich eine Hand auf die Wunde, aber das hätte ich mir sparen können. Die Innereien drängten sich heraus und platschten auf den Boden und den immer noch stehenden rechten Fuß, der nun umkippte und im Gewirr der grau-beigen Darmschlingen verschwand. Leichter Dampf stieg von dem schleimigen Haufen auf und verpestete die ohnehin schon miese Luft noch mehr.

Das Gedärm war vollständig aus meinem Körper herausgefallen. Nicht mal ein kleines Stück hing noch irgendwo fest. Ein Zischen erklang, als die restlichen Gase, die sich noch im Schlauch befanden, herausströmten. Nicht mal in der Hölle konnte es bestialischer stinken!

Ich kämpfte erfolgreich gegen die aufsteigende Übelkeit an. Gerade wollte ich, von Neugier gepackt, in meinen nun leeren, ausgehöhlten Unterleib schauen, da fing meine linke Schulter an zu kribbeln. Und nicht nur das, auch mein Geschlechtsteil schloss sich an! Die Haut an der Schulter wurde rundherum rissig und schälte sich von oben nach unten ab. Muskeln, Bindegewebe und Blutgefäße folgten. Am Ende ragten aus dem Schultergelenk nur noch die Knochen. Es war ein furchtbarer, aber gleichermaßen interessanter Anblick.

Ich versuchte, den Arm zu bewegen, aber das war leider nicht machbar. Er hing einfach nutzlos aus mir heraus. Glücklicherweise bin ich Rechtshänder.

Ich zog meine Unterhose zur Seite und sah, wie sich Penis und Skrotum immer mehr schwärzten. Urplötzlich fing nun auch noch meine Zunge an, zu kribbeln, gefolgt von meinen Körperseiten. Es kann nicht mehr lange dauern, bis ich sterbe. Nichtsdestotrotz werde ich versuchen, so lange wie irgend möglich weiterzuschreiben, um Sie, liebe Leser, darüber zu informieren, was mit mir geschieht.

Was als Nächstes passierte, ging sehr schnell hintereinander. Zuerst fiel mein Genitalgehänge ab. Aus dem so entstandenen Hohlraum sickert fortan unaufhörlich gelblicher Schleim. Dann rissen meine Flanken auf und beide Nieren und die Milz plumpsten auf den Boden. Meine Zunge folgte unverzüglich. Sie löste sich aus meinem Rachen und ich spuckte sie aus. Ich fühlte seitdem eine gewisse Schwäche, die ich so gut wie möglich zu ignorieren versuchte. Weiterhin lief Blut aus meinen Augen. Mittlerweile verlor ich auch die Nase.

Danach rutschte meine Kopfhaut einfach über den Schädel nach vorn und wäre fast auf meiner Tastatur gelandet. Ich schreibe quasi als Skalpierter weiter!

Nach wie vor habe ich kaum Schmerzen, was ich als positiv bewerte, obwohl es eigentlich unmöglich sein sollte. Vor wenigen Minuten hat sich unterhalb des Halses zuerst meine Haut gelöst, im Anschluss folgte das Fleisch, mit allem was dazu gehört. Ich kann, durch die freigelegten Rippen mein schlagendes Herz sehen! Und als … das Kribbeln … hat … nun meinen Kopf … erreicht und … wie Ameisen … juckt … kann … nicht … verd---

ENDE

... ...
... ...
... ...
... ...

Kleine Helfer

Dieser Samstagmorgen im finnischen Tampere war trüb und grau. Feiner Sprühregen fiel vom Himmel und es wehte ein unangenehmer kalter Wind. Die sechzehnjährige Piina störte das Wetter nicht im Geringsten. Voller Vorfreude saß sie im Bus und lächelte vor sich hin. Ein Rucksack und eine mittelgroße Tasche standen auf dem Sitz neben ihr. Nur noch fünf Stationen, und dann hatte sie ihr Ziel erreicht. Endlich! Außer ihr befanden sich lediglich zwei weitere Menschen verstreut im Bus. Ein Mann im Rentenalter und ein weiterer um die dreißig.

Piina war auf dem Weg zur Schule. Zwar war heute kein Unterricht, aber das Lehrerkollegium beriet über die anstehenden Zeugnisse. Piina wusste, dass ihre Schulnoten alles andere als gut waren, und auch, dass sie nicht versetzt werden würde. Das lag jedoch nicht daran, dass sie keine Lust hatte zu lernen.

Sie war in ihrer Klasse nicht beliebt, war eine Außenseiterin und wurde ausgegrenzt. Keiner wollte mit ihr etwas zu tun haben. Dabei war sie stets freundlich und höflich; trotzdem konnte sie niemand leiden. Zwar wurde sie nur selten verprügelt oder anderweitig misshandelt, aber die psychische Belastung machte ihr zu schaffen. Tag für Tag verbrachte sie allein. In den Pausen blieb sie am liebsten im verwaisten Klassenraum – was eigentlich verboten war – und las Bücher über Schwarze Magie, Dämonenbeschwörung und dergleichen.

Wenn jemand vom Lehrpersonal sie erwischte, wurde sie auf den Schulhof gescheucht und kassierte dazu häufig noch einen Eintrag ins Klassenbuch. Diese Einträge hatten sich in letzter Zeit gehäuft, was zu manchem Blauen Brief führte. Diese wiederum führten zu Ärger mit ihrer Mutter, die alleinerziehend war, seit Piinas Vater, ein Berufssoldat, im Manöver von einem Panzer überrollt worden war.

Ihre Beschwerden bei den Lehrern bezüglich der Schikanen ihrer Mitschüler wurden entweder einfach ignoriert oder als *nicht so schlimm* abgetan. Es gab auch unter den Lehrern viele, die sie nicht mochten. Selbst als Piina beim Direktor persönlich erschien, um sich zu beschweren, schickte er sie mit der Bemerkung, für solche Lappalien keine Zeit zu haben, hinaus. Jahrelang hatte Piina das ertragen, aber nun war Schluss! Lediglich die Sekretärin, Frau Rapponen, hatte ihr zugehört und versucht, sie zu trösten, aber helfen konnte sie auch nicht.

Heute wurde ihre Nicht-Versetzung beschlossen, das wurde ihr bereits mitgeteilt. In mehreren Fächern stand sie zwischen zwei Noten und in jedem davon bekam sie die jeweils schlechtere Zensur.

Deshalb wurde sie nicht versetzt. Und das in der Abschlussklasse, was bedeutete, noch ein Jahr missachtet zu werden. Das war ungerecht! Dagegen musste sie etwas unternehmen. Deshalb war Piina auf dem Weg zur Schule …

Der Bus hielt an und sie stieg aus. Der Sprühregen hatte sich verstärkt, ebenso der Wind, und in der Ferne zuckten Blitze über den Himmel.

Den Rucksack geschultert und die Tasche in der Hand ging sie in Richtung Schule. Als sie dort ankam, war niemand zu sehen. Lediglich die abgestellten Autos auf dem Parkplatz verrieten die Anwesenheit von Menschen. Sie ging um das relativ kleine Schulgebäude herum zur Rückseite und stoppte vor einem Unterrichtsraum. Sie drückte sacht von außen gegen die Fensterscheibe, die sie am Vortag nur angelehnt hatte. Der Plan gelang: Der Flügel schwang auf. Sie hatte schon befürchtet, dass der Hausmeister das nicht ganz geschlossene Fenster entdeckt und verschlossen haben könnte.

Sie stützte sich auf der Fensterbank ab und kletterte hinein. Dann schloss sie das Fenster von innen und zog die Vorhänge zu. Geschafft! Sie setzte sich auf einen Stuhl und holte eine Kanne Tee aus der Tasche. Nachdem sie mehrere Schlucke getrunken hatte, bereitete sie alles vor. Sie öffnete die Tasche und holte mehrere Puppen heraus, auch im Rucksack hatten sich noch einige befunden.

Insgesamt lagen acht Puppen vor ihr am Boden. Aber es waren keine normalen Puppen mit niedlichen Gesichtern und Pausbäckchen und Schnullern, nein, diese waren spezieller Natur. Es waren hauptsächlich düstere Gruselfiguren mit wutverzerrten Fratzen, gefletschten Zähnen und spitzen Krallen. Die meisten waren bewaffnet und trugen skurrile Kleidung.

Piina kniete auf dem Boden und gab jeder Puppe einen Kuss auf die Stirn.

»Es ist so weit, meine kleinen Freunde! Wir sind am Ziel

angekommen. Eine letzte Vorbereitung noch, dann könnt ihr euer Werk verrichten!«

Sie packte die Figuren wieder ein, stand auf und ging zur Tür. Sie öffnete sie einen kleinen Spalt und blickte nach draußen. Es war niemand zu sehen. Gut so. Sie ging hinaus, schloss die Tür wieder hinter sich und lief den Flur entlang. Sie wollte zur Loge des Wachmanns.

Das Lehrerzimmer lag noch ein Stück weiter am Ende des Gangs, der sich links um die Ecke wand. Sie blieb stehen. Aus ihrer Hosentasche kramte Piina den gestohlenen Schlüssel, schloss auf und ging hinein. Dieses Zimmer hatte nur ein einziges Fenster zum Flur hinaus, das von einer Jalousie abgedeckt war. Sie ging zum Kontrollpult, auf dem sich mehrere Hebel und Knöpfe befanden, aber sie fand relativ schnell, wonach sie suchte. Zuerst deaktivierte sie die zentrale Alarmanlage, dann schaltete sie den Störsender ein, der jeden Handyempfang unmöglich machte. Anschließend drückte sie auf die entsprechende Taste, die sämtliche Außentüren verriegelte, und legte den Hebel um, der vor alle vorhandenen Fenster eiserne Gitterstäbe hinabfahren und einrasten ließ. Somit war ein Verlassen des Gebäudes unmöglich! Natürlich wusste jetzt jeder, dass sich noch jemand im Schulgebäude befand, aber das war irrelevant. Die Sicherheitseinrichtungen wurden in unregelmäßigen Abständen, auch während des Unterrichts, getestet; das war also nichts Ungewöhnliches. Außerdem wohnte der Hausmeister auf dem Gelände.

Piina steckte den Schlüssel in einen seitlichen Schlitz des Pults, drehte ihn herum und schaltete es auf diese Weise ab. Nur der Hausmeister selbst konnte es wieder in Betrieb nehmen. Allerdings würde nach etwa sechsunddreißig

Stunden jedes Element automatisch wieder an seinen Ausgangspunkt zurückfahren. Aber bis dahin würde längst alles erledigt sein. Ihre Rache wäre erfüllt …

Leider gab es in dieser Schule keine Kameraüberwachung, aber das u-förmige Gebäude war glücklicherweise recht klein, hatte weder ein Obergeschoss noch einen Kellerbereich. Es gab kaum Möglichkeiten, längere Zeit unentdeckt zu bleiben. Die Aktion sollte ohne große Probleme vonstattengehen … Piina schloss die Tür zum Kontrollraum ab und holte die Puppen wieder heraus. Dazu ein Messer mit schmaler Klinge sowie Pflaster.

Piina legte die etwas mehr als dreißig Zentimeter großen Figuren nebeneinander hin und griff nach dem Messer. Sie ritzte sich in den Unterarm und verzog leicht das Gesicht, als die Schneide ihre Haut verletzte. Das Blut lief ihren Arm hinunter. Sie hielt ihn so, dass der erste Tropfen in den leicht geöffneten Mund der ersten Puppe fiel. Das wiederholte sie noch sieben weitere Male.

Piina sprach: »Ihr seid hier, um mich bei meiner Rache zu unterstützen. Dafür danke ich euch! Keiner dieser *Menschen*«, sie betonte das Wort, als würde sie sich ekeln, »darf am Leben bleiben. Die Zeit der Vergeltung ist da. Nun erhebt euch, meine Freunde! Erhebt euch und tötet sie alle. Rücksichtslos und ohne Gnade!«

Sie sah gespannt auf die Puppen. Erst dachte sie, einen Fehler gemacht zu haben, weil nichts geschah, aber dann begannen die ersten Figuren, sich zu regen …

Monatelang hatte sie in ihrem Zimmer gelegen und gegrübelt, wie sie am besten vorgehen sollte. Einfach mit einer Schusswaffe reingehen und losballern, wäre zwar auch gegangen, aber es wäre zu banal gewesen! Nein, es sollte etwas Besonderes sein!

Vor einem Monat war ihr die Idee gekommen, sich *nichtmenschliche* Unterstützung für ihre Rache zu holen. Da Piina unzählige Bücher über Geisterbeschwörung, Voodoo und dergleichen gelesen hatte, lag dieser Entschluss nahe. Natürlich war ihr bewusst, dass es durchaus gefährlich für sie werden konnte. Mit den Mächten des Bösen war schließlich nicht zu spaßen. Dennoch entschied sie sich dafür. Mithilfe eines Ouija-Bretts, das schon seit mehreren Jahren in ihrem Schrank lag, führte sie die Beschwörung eines Dämons durch, um ihn um Unterstützung für ihr Vorhaben zu bitten. Es hatte auf Anhieb funktioniert! Eine Wesenheit materialisierte sich, der sie ihre Bitte vortrug. Auch den Wunsch, Puppen verwenden zu wollen, erwähnte sie. Sie wusste von Anfang an, dass sie einen Preis dafür würde zahlen müssen, aber den nahm sie in Kauf. Die Wesenheit wollte ein Menschenopfer, abgesehen von denen in der Schule. Eine Woche nach der Beschwörung klingelte Piina bei Frau Kortanen, die eine Straße weiter wohnte, und als diese sie einließ, erstach Piina sie unvermittelt mit einer Schere. Somit war der Grundstein gelegt.

Jetzt, hier im Schulgebäude, saß sie vor ihren kleinen Helfern am Boden und betrachtete sie. Eine Nonne, ein Wikinger, zwei Puppen in Uniform und vier weitere … Piina war fasziniert. Die Puppen bewegten sich ganz normal; nicht marionettenhaft oder abgehackt, sondern flüssig.

Sie lächelte die Figuren an, streichelte jeder von ihnen über den Kopf, bat sie dann, in die Tasche zu klettern und verließ mit ihnen den Raum. Vorsichtig ging sie zum

264

Lehrerzimmer und stellte die Tasche davor ab. Sie machte den Reißverschluss auf und holte eine Puppe mit Trenchcoat und Hut heraus, die anderen ließ sie drinnen. Sie stand auf und lauschte einen Augenblick an der Tür. Leise Stimmen und das Rascheln von Papier waren zu hören. Sie hasste die gesamte Lehrerschaft so sehr, dass sie die einzelnen Personen nicht mit Namen ansprach, sondern sie alle auf ihr Unterrichtsfach reduzierte, um sie abzuwerten. Sie lächelte böse. Dann klopfte sie an die Tür und rannte hinter die Flurecke zurück, um dort zu warten. Kaum war sie dort angekommen, sah sie, wie die Tür von Physik geöffnet wurde. Er war überrascht, niemanden zu sehen, sah sich um und bemerkte die Tasche, die vor ihm am Boden stand. Er nahm sie hoch und ging zurück in den Konferenzraum …

Der lange Tisch war mit unzähligen Akten und Papieren beladen. Kaffeetassen, Kannen sowie Knabbereien und Gebäck verkleinerten die Arbeitsfläche zusätzlich. Außerdem befanden sich noch zwei Mini-Kommoden im Raum, auf denen noch mehr Unterlagen und sogar eine Dartscheibe abgelegt worden waren. Sieben Augenpaare sahen ihn verwundert an.

»Seht mal, was ich gefunden habe.«

»Wo hast du die denn her?«, fragte Mathe.

»Die Tasche stand einfach vor der Tür. Keine Ahnung, wer sie dort platziert hat.«

»Sei vorsichtig …«, meinte Geografie, »… vielleicht ist da ein Sprengsatz drin!«

»Unsinn!«, mischte sich der Direktor ein. »Solche Kommentare verbitte ich mir. Sprengsatz … Wir sind doch nicht in Amerika!«

»Stell sie hier auf den Tisch, dann schauen wir nach, was sich darin befindet«, sagte Sport und schob einige Unterlagen beiseite.

Physik stellte die Tasche dort ab und blickte in die Runde. »Und jetzt?«

»Mach auf!«, forderte Kunst.

»Ich würde das nicht tun!«, warnte Geografie. »Selbst wenn sich keine Bombe in der Tasche befindet, könnte es trotzdem etwas Gefährliches sein.«

Physik zögerte und sah unschlüssig in die Runde.

»Öffnen *Sie* das Teil!«, ordnete der Direktor an und deutete auf Finnisch.

»Ich weiß nicht … etwas komisch ist mir schon dabei …«

»Herrgott noch mal, dann mach ich es eben selbst!« Der Direktor schüttelte den Kopf, stand auf und ging zur Tasche.

»Lauschen Sie doch mal, ob ein Ticken zu hören ist«, schlug Chemie vor.

»Jetzt reicht's aber! Ich will nichts mehr davon hören! Das ist ja nicht auszuhalten.«

»Wenn Sie der Meinung sind, dass es eine ganz harmlose Tasche ist, warum zögern Sie dann?«, fragte Sport provozierend.

»Also gut.« Der Direktor holte tief Luft und fasste nach dem Reißverschluss.

»Bitte, tun Sie es nicht, Herr Direktor!«, rief Finnisch. »Vielleicht sollten wir lieber die Polizei rufen.«

»So ein Schwachsinn!«, brüllte Kunst. »Was sollen wir denen sagen? Dass wir möglicherweise eine Bombe in der Schule gefunden haben? Mensch, wir sind hier nicht auf dem Flughafen.«

»Stimmen wir doch einfach ab!«, schlug Physik vor und bekam spontan Unterstützung von Sport, der applaudierte.

»Ja«, stimmte auch Mathe zu, der sonst kaum den Mund aufmachte. Erwartungsvolles Schweigen breitete sich aus.

Der Direktor blickte jeden kurz an. Manche senkten den Blick, einige nickten und somit akzeptierte er den Wunsch von Physik.

»In Ordnung, stimmen wir ab.« Der Direktor trat zwei Schritte vom Tisch zurück. »Wer dafür ist, die Tasche zu öffnen, hebt die Hand.« Sofort reckten sowohl Sport als auch Kunst ihre Hände empor. Er selbst schloss sich den beiden an. Mehr passierte nicht.

»Na also, nur drei sind dafür, somit ist der Antrag abgelehnt!«, meinte Geografie.

»Moment, nicht so schnell. Noch ist gar nichts entschieden!«, regte sich Sport auf. »Es steht lediglich 3:0! Jetzt muss noch die Gegenprobe erfolgen«, sagte er in die Runde.

»Also gut. Wer die Polizei alarmieren will, hebt die Hand«, forderte der Direktor. Wie nicht anders zu erwarten gewesen war, hoben Chemie und Geografie synchron die Hände. Kurz darauf folgte Finnisch. Und auch Mathe ging konform.

»Das gibt's ja wohl nicht!«, rief Kunst. »Ich gehe gleich nach Hause!«

»Jetzt liegt es an dir«, sagte Sport und sah Physik an.

»Puh …«, machte Physik und blickte auf seine Hände.

»Ich bitte um eine schnelle Entscheidung«, drängte der Direktor. »Schließlich haben wir noch zu arbeiten.«

Physik hob den Blick und verkündete sein *Urteil*: »Ich bin der Meinung, dass es übertrieben wäre, die Behörden zu kontaktieren. Deswegen bin ich dagegen!«

»Bravo!«, rief Kunst und trommelte erleichtert auf der Tischplatte.

»Und nun?« Physik sah den Direktor an. »Es steht 4:4 unentschieden. Wir sind genauso schlau, wie vorher.«

»Das hätten wir uns sparen können!«, stimmte Chemie zu.

Sport hatte genug. »Lassen Sie mich mal vorbei«, sagte er und schob seinen Vorgesetzten ein Stück zur Seite. »Ich mach diese Scheißtasche jetzt auf, egal wer wie abgestimmt hat!« Ohne zu zögern, zog er den Reißverschluss auf.

»Volle Deckung!«, schrie Geografie und warf sich mit über den Kopf verschränkten Armen auf den Boden. Nichts passierte. Keine Explosion, keine Schreie brandeten auf. Alles blieb still. Jeder der Anwesenden hatte seine Aufmerksamkeit dem Behältnis auf dem Tisch gewidmet.

»Weiter!«, forderte Kunst seinen Kollegen auf. Der nickte und griff nach den Rändern. Ganz langsam zog er sie zur Seite und schaute hinein. Sein Gesicht bekam einen verwirrten Ausdruck.

»Was soll der Scheiß?!«, fragte er.

»Was ist? Nun mach es nicht so spannend. Was siehst du?«, wollte Mathe wissen.

»Ihr werdet es kaum glauben, aber da sind … Puppen drin.«

»Wie bitte?« Finnisch glaubte, sich verhört zu haben.

»Ja, wirklich. Das Ding ist voll mit Puppen. Kein Scherz!«

Er fasste in die Öffnung und holte tatsächlich eine Puppe heraus. Sprachlosigkeit breitete sich aus.

»Will uns da jemand verarschen?«, fragte Kunst.

»Die sieht ja richtig bösartig aus! Soll das ein Wikinger sein?«, meinte Chemie.

Die Figur trug einen Hörnerhelm, eine Hose und Schuhe und sie war mit einem Sax, also einem Kurzschwert, bewaffnet. In einer Scheide am Gürtel steckte ein Dolch. In ihrer linken Hand hielt sie einen Holzschild. Das Gesicht hatte einen Vollbart, war vor Wut verzerrt und wirkte wie zum Angriff bereit. »Na wunderbar!«, sagte der Direktor. »Jetzt sollen wir mit Püppchen spielen, oder was?«

»Mich würde viel mehr interessieren, wer uns dieses *Geschenk* gemacht hat und weshalb?!«, erwiderte Physik. »Als ich die Tasche reingeholt habe, war niemand zu sehen gewesen.«

»Was für Figuren sind noch in der Tasche?«, fragte Finnisch.

Sport zuckte mit den Schultern und holte eine Puppe nach der anderen heraus. Insgesamt sieben Stück. Den Lehrern verschlug es die Sprache. Alle Puppen waren zweifellos hervorragend modelliert, aber jede wirkte unheimlich, ja geradezu gruselig.

Neben dem Wikinger stand eine Braut mit langem weißem Kleid und Schleier. Sie war stark geschminkt: Schwarzer Lidstrich und Lippenstift in der gleichen Farbe waren dick aufgetragen. Sie trug schwere Motorradstiefel mit dicker Sohle und hielt ein Messer in der Faust.

Sport drehte sie in den Händen und bemerkte, dass unter dem Schuh der Braut ein Name stand. »Xenia!«, las er vor. Geografie nahm den Wikinger und fand auf dessen Sohle ebenfalls einen Namen: »Ragnar Olafsson!«

Die dritte Figur war als Nonne mit einem Kreuz um ihren Hals gekleidet. Allerdings hing dieses verkehrt herum. Ihr Name lautete Schwester Elisabeth.

Puppe Nummer vier steckte in einer SS-Uniform, inklusive Hakenkreuz-Armbinde und SS-Abzeichen am Kragen. In einem Holster am Gürtel steckte eine Pistole. An seiner Mütze prangte ein Totenschädel mit gekreuzten Knochen. Er hieß Heinrich Hartmann.

Nummer fünf war eine Katzenfrau mit schräg stehenden Augen. Sie trug einen hautengen, tief ausgeschnittenen schwarzen Body, Nahtstrumpfhosen und Pumps in derselben Farbe. An den Fingern hatte sie gefährlich aussehende Krallen und aus ihrem Ober- und Unterkiefer ragten je zwei Reißzähne hervor. Ihr Name war passenderweise Kyra von Katz.

Nummer sechs war eine Lederfrau. Lederweste, Lederhose und Lederstiefel, alles in Schwarz. Sie hatte sogar Lederhandschuhe an, an deren Fingerspitzen sich lange, sehr spitze *Fingernägel* aus Chrom befanden. Aus ihrer Stirn ragten zwei spitze Hörner. Sie schien eine Art Teufelin darzustellen. Unter der Sohle ihres Stiefels konnte man den Namen Blood Claw lesen.

Die siebte und zugleich letzte der Figuren war wie ein Mitglied des Ku-Klux-Klans gekleidet. Eine spitze, weiße Kapuze verdeckte das Gesicht; eine lange, ebenfalls weiße Kutte mit aufgenähtem Kreuz, in dessen Mitte ein Blutstropfen zu sehen war, und schwarze Schuhe vervollständigten das Kostüm. Er hielt ein Beil in der Hand.

»Und wie ist dein Name?«, fragte Kunst beiläufig und erschrak, als die Puppe antwortete!

»Ich heiße Steve Crane und ich werde dich töten!«

Die Figur holte aus und schlug dem Lehrer mit kraftvoller Präzision das Beil in den Schädel, der bis hinunter zur Nasenwurzel gespalten wurde. Kunst ließ die Killerpuppe los und kippte leblos zu Boden. Augenblicklich brach Chaos aus …

Schreie ertönten, Stühle wurden umgeworfen, alle riefen durcheinander. Auch in die restlichen Puppen war Bewegung gekommen. Einige sprangen vom Tisch, andere blieben darauf und warfen Kaffeetassen und Wasserflaschen um, deren Flüssigkeiten sich über die Akten und Unterlagen ergossen. Die Katzenfrau, Kyra von Katz, sprang Chemie an, zerkratzte ihr das Gesicht und biss ihr ins Kinn! Der Wikinger stach dem Direktor mit seinem Kurzschwert in den Arm. Heinrich, der Mann von der SS, hatte seine Pistole aus dem Holster gezogen und feuerte auf Finnisch. Eine Kugel erwischte sie in der Schulter, zwei weitere drangen in ihren Kopf ein und ließen sie geräuschvoll nach hinten fallen.

»Sieg!«, rief Heinrich und reckte seine geballte Faust in die Höhe.

Xenia, die Braut, war zu Boden gesprungen und hatte Mathe erreicht. Sie nahm ihr Messer und schlitzte sein linkes Bein vom Knie bis zum Knöchel mit einer einzigen flüssigen Bewegung auf.

Schreiend fiel er nach hinten und landete genau auf einem Stuhl. Instinktiv gab er trotz der enormen Schmerzen dem Sitzmöbel Schwung und rollte nach hinten. Xenia folgte ihm nicht, sondern suchte nach einem anderen Opfer.

An der gegenüberliegenden Wand wurde ebenfalls erbittert gekämpft. Sport hatte seine Aktentasche ergriffen und den Wikinger von der Tischplatte gefegt. Auch der Teufelin in Leder hatte er eins verpasst! Danach hatte er sich in eine Zimmerecke zurückgezogen und hielt sich auf diese Weise den Rücken frei. Aber er bemerkte, dass der Mann vom Ku-Klux-Klan auf ihn zusteuerte …

Der Direktor hielt sich den verletzten Arm und sah sich panisch um. Er konnte und wollte seinen Augen nicht trauen. Es war einfach absurd. Er sah, wie sein Lehrpersonal gegen lebendig gewordene Puppen ums Überleben kämpfte! Überall gab es Bewegung und Gewusel. Alles war mit Blut bespritzt. Er sah, dass Geografie sich unter dem Tisch verkrochen hatte. Das war natürlich kein adäquates Versteck. Gerade, als er den Blick abwenden wollte, bemerkte er, wie die Nonne von der Seite auf seine Kollegin zu lief. In der Hand hielt sie das Kreuz, aus dem urplötzlich wie bei einem Springmesser eine Klinge aus dem langen Balken des Kruzifixes herausschnellte. Die Nonne rammte die Klinge sofort in den Nacken von Geografie. Doch kein Schmerzensschrei war zu hören. Die Lehrerin kippte stumm zur Seite und rührte sich nicht mehr. Auch sie war tot.

Der Direktor blickte nach rechts und musste feststellen, dass Chemie ebenfalls nicht mehr lebte. Die Katzenfrau hatte ihr komplettes Gesicht mit den spitzen Krallen zerfetzt und biss mit ihren Reißzähnen gerade Fleischstücke aus der Toten! Mathe hatte es irgendwie geschafft, nicht angegriffen zu werden. Er schob sich Zentimeter für Zentimeter an der Wand entlang zur Tür …

Ein gewaltiger Donnerschlag ertönte und Regen prasselte gegen die Fensterscheiben und auf das Dach des Gebäudes. Das Gewitter war in vollem Gang …

Draußen, auf dem Flur, hatte sich Piina wieder dem Lehrerzimmer genähert. Sie hörte die Schmerzens- und Todesschreie der Lehrer. Sie lächelte und genoss es in vollen Zügen.

272

Die achte Figur hatte sie bei sich behalten, quasi als Leibwächter, sollte sie in Gefahr geraten.

Piina zuckte zusammen, als die Tür zum Lehrerzimmer aufging. Sie sah, wie sich Mathe aus dem Raum schlich. Er lehnte sich mit dem Rücken an die Tür und rutschte daran bis auf den Boden herunter. Blut lief aus einer langen Schnittwunde an seinem Bein. Sie verschränkte die Arme, stellte sich breitbeinig vor ihn und legte den Kopf schief.

»Wo wollen Sie denn hin?«

Erschrocken drehte der Lehrer sich zu ihr um. »Sie? Was machen Sie denn hier?«, fragte er. »Gehen Sie, schnell, hier wird gerade ein Massaker begangen!«

»Ich weiß« gab Piina gelassen zurück. »Das da drinnen sind meine Freunde, müssen Sie wissen.« Mathe zog verständnislos die Augenbrauen zusammen. »Ihre … Freunde? Aber wie …?«

»Da verschlägt es Ihnen glatt die Sprache, nicht wahr?«

Er sah sie irritiert an. »Was meinen Sie? Was soll das heißen?«

»Die Puppen. Sie sind meine Freunde und helfen mir, die Welt von Abschaum wie Ihnen und Ihren Kollegen zu befreien. Die Welt braucht Sie nicht. Deshalb werden Sie alle heute sterben. Und so, wie es sich anhört, hat es wohl auch schon einige erwischt, nicht wahr?« Piina ging einen Schritt zur Seite und machte Platz für die Puppe, die hinter ihr gestanden hatte. Sie trug einen Hut mit Krempe und einen langen Trenchcoat, dazu schwarze, lederne Straßenschuhe. Diese Figur erinnerte Mathe an einen Privatdetektiv, wie er früher in Kriminalfilmen zu sehen war. Die Puppe hatte beide Hände in den Manteltaschen verborgen und ging gemächlich auf den Lehrer zu. Mathe fixierte die Puppe, die das Wort ergriff: »Mein Name lautet Fornit von Hoffmann!«

Mathe sah hoch zu Piina. »Was soll das? Was wollen Sie von mir? Können wir uns irgendwie einigen?«

»Nein!« Piina schüttelte den Kopf.

Der Fornit hatte mittlerweile gestoppt. Er zog die rechte Hand aus der Manteltasche und hielt darin einen Trommelrevolver. Augenblicklich legte er auf den Lehrer an.

»Nein, bitte nicht ich wi–«

»Stirb!«, unterbrach ihn der Fornit und entleerte seine Waffe in den Mann. Fünf Treffer in die Brust beendeten dessen Leben.

»Das hast du gut gemacht!«, lobte Piina ihren kleinen Leibwächter, der jedoch nicht reagierte. »Wollen doch mal sehen, wie effektiv deine Kameraden sind.«

Sie überlegte kurz und beschloss, doch noch ein wenig zu warten …

Nachdem sich Mathe aus dem Lehrerzimmer hinausgeschlichen hatte, war die Situation drinnen weiter eskaliert. Der Wikinger hatte sein Messer in Richtung Sport geschleudert, aber daneben geworfen. Er knurrte, packte sein Kurzschwert fester und marschierte auf Sport zu.

Die Nonne und die Braut standen beieinander und sahen erst einmal nur zu, wie sich ihre Kampfgefährten schlugen.

Kyra von Katz hatte ihren Kopf in den mittlerweile geöffneten Bauch von Chemie getaucht und fraß sich durch den Leib. SS-Heinrich stand neben einem Tischbein und lud relativ entspannt seine Waffe nach. Steve Crane vom Ku-Klux-Klan schloss sich Ragnar Olafsson an, um Sport auszuschalten. Die Lederfrau, Blood Claw, ging derweil hüftschwingend auf Physik zu, der nach wie vor in einer Ecke des Raumes stand. Sie blickten sich in die Augen.

»Verschwinde!«, brüllte er. »Hau ab!«

»Tz, tz, tz«, machte sie und schüttelte den Kopf. »Warum bist du nur so unfreundlich? Hab ich dir vielleicht etwas getan, hm?« Sie leckte sich mit der Zunge über die Lippen, wobei erkennbar wurde, dass sie schwarz und gespalten war wie bei einer Schlange. Die Hörner auf ihrer Stirn sahen gefährlich aus. Sie hob die Arme an und verschränkte die Finger. Dann ließ sie deren Knöchel knacken. Sie knöpfte ihre Lederweste auf und stellte sich breitbeinig mit in die Hüften gestemmten Fäusten in Position.

Sie fauchte Physik an. »Pfchch! Zeit zu sterben!«, sagte sie, hob die linke Hand und feuerte alle fünf Chrom-Fingernägel auf ihn ab. Der Lehrer duckte sich zur Seite, konnte jedoch nicht verhindern, dass ihn zwei Nägel in die Schulter und einer in die Hüfte trafen. Er schrie auf.

Blood Claw lachte. »Tut's weh?«, höhnte sie. »Hat der Onkel großes Aua?«

All das registrierte der Direktor. Weil er gerade nicht beachtet wurde, schlich er zu seinem Schreibtisch, zog die unterste Schublade auf und holte eine Pistole heraus. Die Waffe befand sich schon seit Jahren dort. Bisher war sie noch nie benutzt worden. Lediglich ein paar Probeschüsse hatte er kurz nach deren Erwerb abgegeben. Jetzt würde sie ihm möglicherweise das Leben retten. Er ließ das Magazin herausgleiten und vergewisserte sich, dass es geladen war. Zwölf Patronen befanden sich darin. Er entsicherte die Pistole, zog den Schlitten zurück und lud durch. Sie war einsatzbereit!

Nun würde sich das Blatt wenden! Er sah sich genau um und entschied sich dafür, Sport zu helfen.

Er zielte auf den Wikinger, drückte ab und der Schädel von Ragnar Olafsson explodierte. Mehr geschah nicht. Weder Blut noch Fleischfetzen oder Knochensplitter flogen umher. Die Figur kippte um und blieb kopflos liegen. Das geht ja einfacher als vermutet, dachte der Direktor und legte nun auf SS-Heinrich an. Der hatte überrascht mitbekommen, was mit seinem Kameraden geschehen war und sich hinter einem umgekippten Stuhl in Deckung gebracht.

Kyra von Katz hatte von ihrem ausgeweideten Opfer abgelassen und sich zu Xenia und Schwester Elisabeth gesellt. Die drei Mädels rannten zu einer Wandnische, die sich hinter dem Aktenschrank befand, um sich dort erst einmal in Sicherheit zu begeben und abzuwarten. Der Mann vom Ku-Klux-Klan stand völlig deckungslos neben dem Tisch.

»Gibt es hier keinen einzigen Schwarzen?!«, brüllte er enttäuscht, dann wirbelte er voller Wut herum und schleuderte sein Beil, an dem noch das Blut von Kunst haftete, auf Sport, der immer noch in der Zimmerecke kauerte. Die breite Schneide drang in die Brust des Lehrers ein. Der verdrehte die Augen. Blut lief aus seinem Mund und er sackte zusammen. Tot.

Der Direktor schoss auf die drei weiblichen Puppen in der Zimmerecke. Aber er verfehlte sie. Seine Armverletzung tat höllisch weh.

SS-Heinrich winkte Steve Crane zu sich. Der Klansmann wandte sich zu ihm um, aber er kam nie bei seinem Kumpan an. Zwei Kugeln des Direktors brachten ihn zu Fall. Eine war seitlich in seinen Oberkörper gedrungen, die andere hatte seinen Hals zerfetzt. Blood Claw stand nicht allzu weit vom Direktor entfernt. Vorsichtig schlich sie auf ihn zu, wobei sie Physik den Rücken zu drehte. Er rappelte sich auf und nahm einen Aschenbecher von einem kleinen Beistelltisch. Langsam näherte er sich der ledernen Teufelin. Er holte aus, als auf einmal Kyra von Katz aus der Ecke stürmte, um sich laut »Miauuu!« schreiend auf den Direktor zu stürzen. Zeitgleich erhob sich SS-Heinrich hinter seinem Stuhl und schoss auf ihn.

Der Direktor wurde ins Bein getroffen und knickte ein. Trotzdem feuerte er noch auf die Katzenfrau. Physik wurde von dieser Aktion überrascht und aus dem Konzept gebracht. Sein Fuß stieß gegen eine Kaffeetasse, die bis gegen die Wand schlitterte, wo sie zerschellte. Darum sprang Blood Claw zur Seite, drehte sich um und bemerkte, was Physik vorgehabt hatte. Sie knurrte und schoss vier ihrer Chrom-Nägel auf ihn ab. Sie erwischte beide Schultern, schaffte es aber nicht, ihn zu töten!

Er zuckte zusammen, rannte aber weiter auf sie zu. Den Aschenbecher immer noch festhaltend. Er warf sich nach vorn, wobei er gleichzeitig mit seiner improvisierten Waffe zuschlug. Volltreffer! Der Schädel von Blood Claw wurde zertrümmert!

Schwester Elisabeth und auch Xenia, die Braut hatten alles beobachtet. Ohne zu zögern, hetzten sie auf den am Boden liegenden Physik zu, um ihn zu bestrafen!

In der Zwischenzeit hatte sich auch das andere Drama zugespitzt. Nachdem der Direktor von SS-Heinrich ins Bein geschossen worden war, hatte der einen Schuss auf die Katzenfrau abgefeuert und tatsächlich getroffen. Mitten ins

Herz! Ein Glückstreffer! SS-Heinrich ging langsam auf den Direktor zu.

»Untermensch!«, sagte er und hob den Revolver. Er betätigte den Abzug, aber es ertönte lediglich ein Klicken! »Scheiße!«, rief er und wollte nachladen, da traf ihn eine Kugel des Direktors in den Bauch. Augenblicklich krümmte er sich zusammen. Weitere Klicklaute erklangen, als auch die Waffe des Schulleiters leer geschossen war.

»Oh, nein!«, war alles, was er herausbrachte.

Währenddessen hatten Schwester Elisabeth und Xenia den Verletzten Physik erreicht und stachen wie von Sinnen mit Messer und mit Kruzifix auf ihn ein. Als sie schließlich mit dem Gemetzel fertig waren, wandten sich die beiden zum Direktor um. Der kroch rückwärts, ohne ein bestimmtes Ziel. Hauptsache weg! Dann stieß er gegen eine Kommode und erschrak. Er sah kurz hoch und ein leichtes, aber hoffnungsvolles Lächeln breitete sich auf seinem Gesicht aus. Er hatte erkannt, dass er glücklicherweise die Kommode gerammt hatte, auf der seine Dartscheibe lag. Er richtete sich auf und schnappte sich die Pfeile.

Jetzt war die Lage nicht mehr so aussichtslos! Als er sich umblickte, bemerkte er die beiden Mädels auf sich zu kommen. Ein Stück weiter sah er den SS-Mann auf Knien und mit den Händen am Bauch, nach vorn gebeugt kauern. Er bewegte sich nicht mehr. Der Bauchschuss hatte ihn tatsächlich ausgeschaltet. Somit blieben lediglich noch die Nonne und die Braut. Er hielt drei Dartpfeile in den Händen. Das sollte reichen, trotz seiner Verletzung.

Er war ein hervorragender Spieler, hatte mehrere Meisterschaften gewonnen, auch wenn diese Erfolge schon viele

Jahre zurücklagen. In seiner Freizeit war er immer noch aktiv. Und nach wie vor in guter Form! Die beiden sollen nur kommen!, dachte er.

Kurz darauf war es dann so weit. Xenia und Elisabeth kamen in sein Sichtfeld. Der Direktor hielt einen Pfeil wurfbereit in seiner Hand. Die Puppen nahmen davon keine Notiz. Unbeirrt setzten sie ihren Weg fort, um ihn, wie zuvor Physik, abzuschlachten. Beide grinsten boshaft und erfüllt von Vorfreude bezüglich des unmittelbar bevorstehenden Massakers.

Der Direktor wollte sie so nah wie möglich herankommen lassen, um seine Chance auf einen tödlichen Treffer zu erhöhen. Glücklicherweise war sein Wurfarm unverletzt! Er atmete ruhig ein und aus… dann riss er den rechten Arm hoch und warf den Dartpfeil, mit aller Kraft, die er aufbringen konnte! Wie in Zeitlupe verfolgte er, wie der Pfeil in die Stirn der Braut eindrang und dort steckenblieb. Sie blieb abrupt stehen, dann fiel sie gegen die Nonne, die dadurch stolperte und nicht sofort zum Angriff übergehen konnte.

Der Direktor nahm den zweiten Pfeil, holte aus und war bereit, für einen weiteren tödlichen Wurf, als plötzlich die Tür des Lehrerzimmers aufging …

Der Direktor verriss den Wurf, wegen der plötzlichen Ablenkung. Der Dartpfeil blieb im Aktenschrank stecken. Schwester Elisabeth wollte auf ihn zu stürmen, aber als sich die Tür bewegte, stoppte sie ihren Lauf. Als sie Piina und Fornit von Hoffmann erblickte, strahlte sie.

»Jetzt geht es dir an den Kragen, du Exkrement!«, rief sie dem Direktor zu.

»Hallo, Schwester Elisabeth …« grüßte Piina. Der Fornit nickte ihr nur zu und sie winkte ihm zurück.

»Piina, Sie?« Der Schulleiter verstand nicht. »Aber wieso …?« Er sackte kraftlos gegen die Kommode. Immer noch hielt er den letzten Pfeil fest.

»Das müssen Sie noch fragen? Sie und ihre Dreckskollegen haben mich fertig gemacht! Was fast noch schlimmer war als das, was meine Klassen*kameraden* mir antaten. Ich bat um Hilfe, um Unterstützung; und was taten Sie? Sie schickten mich weg! Haben mich nicht ernst genommen und meine Qualen als Lappalie abgetan. Jetzt soll ich auch noch die Klasse wiederholen und ein weiteres Jahr hier verbringen … Niemals!«, schrie sie ihn an.

Jetzt erst schaute sie sich im Raum um und erblickte die Leichen des Lehrpersonals und die ihrer kleinen Helfer. Überall war Blut. An den Einrichtungsgegenständen, den Wänden, sogar an der Zimmerdecke; am Boden sowieso. Sie richtete den Lauf ihrer Pistole auf den Mann vor ihr. Fornit tat es ihr nach. Der Direktor versuchte noch, den letzten Pfeil zu werfen, aber die Nonne schleuderte ihr Kreuz bereits in seine Richtung. Die Klinge bohrte sich in seinen Oberschenkel. Zeitgleich schossen Piina und der Fornit ihre Waffen leer. Rumpf und Kopf des Direktors wurden regelrecht durchlöchert.

Es war vollbracht! Der Plan war aufgegangen. Piina war glücklich und auch stolz!

Die Schülerin sammelte die kaputten Puppen mit sämtlichem Zubehör ein und stopfte alles in die Tasche. Der Fornit und Schwester Elisabeth kletterten in den Rucksack. Dann lief Piina in die Kabine des Wachmanns zurück und fuhr alle Systeme wieder hoch. Den gestohlenen Schlüssel legte sie neben das Kontrollpult. Danach ging sie zum Ausgang.

Als sie an der Bushaltestelle ankam, bemerkte sie das Auto von Biologie! Der hatte sich enorm verspätet. Was ihm das Leben gerettet hatte! Wäre er nur ein paar Minuten früher eingetroffen, dann hätte es ihn auch erwischt.

Umkehren, um ihn doch noch zu töten, wollte Piina nicht. Sie war ja kein Unmensch …

Zu Hause angekommen, entzündete sie in einer Tonne im Garten ein Feuer, um sämtliche Kleidung zu verbrennen, inklusive ihrer Schuhe. Anschließend ging sie in den Keller und nahm vor dem Ouija-Brett Platz.

Schwester Elisabeth und der Fornit standen am Kopfende des Bretts. Problemlos nahm Piina Kontakt zu den dunklen Mächten auf. Sie berichtete von der Effektivität der Puppen und bedankte sich für die ihr gewährte Unterstützung.

»Auch euch beiden danke ich!«, sagte sie und verbeugte sich leicht. »Ohne euch hätte ich es nicht geschafft!«

Beide Puppen nickten. Dann entmaterialisierten sie und Piina war wieder allein in ihrem Zimmer.

Sie nahm ein langes Bad und fragte sich, ob sie nun vielleicht doch noch ihren Schulabschluss bekommen würde …

ENDE

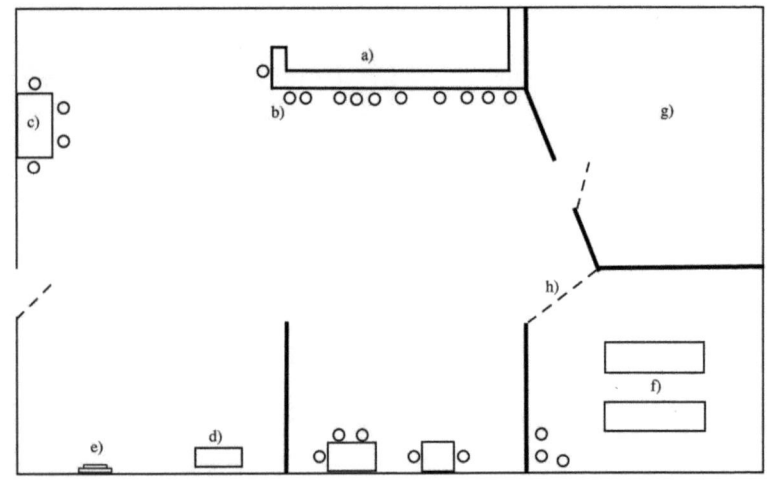

a) Bar   d) Musikbox   g) Gäste-WC
b) Stühle   e) Dartboard   h) Vorhang
c) Tische   f) Billardtische

Im Strullum

Die ehemalige Lkw-Raststätte lag abseits der belebten Straßen und wurde hauptsächlich von Leuten aus der Umgebung konsultiert. Fremde kamen so gut wie nie hierher. Auf den ersten Blick könnte man vermuten, sich irgendwo in den USA zu befinden und nicht in Niedersachsen. Das »Strullum« stand auf einem freien Schotterplatz, der in der Hitze der Sonne flirrte. Kaum ein Luftzug regte sich.

Etwa ein halbes Dutzend Fahrzeuge parkten kreuz und quer neben dem Gebäude. Zumeist Pkw. Ein Sprinter von einem Kammerjäger und ein Motorrad standen ebenfalls dort. Von drinnen schallte Heavy-Metal-Musik heraus.

Eine ungefähr zweiundzwanzigjährige Frau bog auf den Rastplatz ein und stieg aus ihrem giftgrünen Auto. Sie blieb mit in die Hüften gestemmten Händen stehen und blickte sich um. Sie runzelte die Stirn und schüttelte den Kopf. Sie war 1,72 Meter groß und weder dick, noch dünn. Alles war an den richtigen Stellen. Ihr schwarzes Haar war im Kleopatra-Stil geschnitten und bedeckte ihren Nacken. Auf Schminke oder Schmuck jedweder Art hatte sie verzichtet. Sie trug eine hellblaue Bluse und eine Jeansweste darüber, auf deren Rückseite sich ein Aufnäher befand, der eine geöffnete Revolvertrommel zeigte, in der sich nur eine einzige Patrone befand. Darüber stand: *Russisches Roulette, ich bin dabei!* Wenn man genau hinsah, konnte man einen kleinen Dolch erkennen, der in einer Scheide zwischen ihren Brüsten versteckt war. Ein Jeansrock vervollständigte ihre Kleidung. An den Füßen trug sie weiße Turnschuhe.

Zwischen ihren Lippen schaute ein Zahnstocher hervor, auf dem sie herumkaute. Sie schulterte ihren Rucksack und steuerte auf den Eingang des Gebäudes zu. Zwei Stufen führten zu einer winzigen Veranda hoch.

Sie atmete noch einmal tief durch, dann öffnete sie die Tür und ging hinein …

Das Erste, was sie registrierte, war die harte Musik, die sie jedoch nicht störte. Sie hatte von klein auf Heavy Metal konsumiert; ihre beiden älteren Brüder haben nie etwas anderes gehört, sodass sie selbst auch in diese Richtung geschwenkt war. Sie erkannte das Lied »*Bad Boy Boogie*« von AC/DC und schloss die Tür. Links des Eingangs befand sich ein Tisch, der aber leer war. Rechts hing eine Dartscheibe an der Wand, direkt daneben stand die Musikbox. Ein Stück voraus war die Bar. An der Schmalseite lehnte ein Typ in Ledermontur am Tresen. Ihm gehörte wohl das Motorrad draußen. Ein Stück weiter saßen noch zwei Männer auf Barhockern.

In einer Nische befanden sich noch zwei weitere Tische, die durch eine Wand von der Musikbox getrennt waren. An einem davon saßen ein Mann und eine Frau. Beide waren in ein Gespräch vertieft, wobei die Frau auf ihr Gegenüber einzureden schien. Aus einem Durchgang, hinter der Bar trat nun der Wirt ein. Er sah die junge Frau und nickte ihr zu. Sie nickte zurück, ging in seine Richtung und setzte sich auf einen der Hocker.

»Willkommen im Strullum«, sagte er und betrachtete sie intensiv. Seine Augen glitten von oben nach unten über ihren Körper, was sie sehr wohl bemerkte, aber nicht zu stören schien.

»Hallo«, antwortete sie, »dürfte ich wohl einen Kaffee bekommen?«

»Aber sicher doch, junge Dame. Was immer Sie wollen.« Er wischte sich mit einem Tuch Schweiß von der Stirn. Sein ehemals weißes Hemd war durchgeschwitzt, dennoch trug er eine Lederweste darüber, was ihn noch mehr schwitzen ließ.

»Neu in der Gegend?«, fragte er.

»Ich bin auf der Durchreise. Wollte lediglich eine Pause einlegen. Wo sind denn hier die Toiletten?«, wollte sie wissen. Der Wirt, dessen Namensschild ihn als Karl auswies, deutete auf eine Tür am anderen Ende des Tresens.

»Da drüben können Sie sich erleichtern.«

»Vielen Dank.« Sie stieg vom Hocker und ging in die angegebene Richtung. Dabei kam sie an den beiden Männern vorbei, die ebenfalls am Tresen saßen und sie taxierten. Sie trugen Overalls mit dem Bild einer überdimensionalen Kakerlake auf der Rückseite, die in ihrem Blut lag. *Wir kriegen sie alle!* stand darunter geschrieben. Aha, dachte sie, das sind dann wohl die Kammerjäger. Sie lächelte ihnen zu und stand gleich darauf vor der Toilettentür. Es gab offenbar nur ein Klo, das von allen Gästen benutzt wurde.

Da die Musik mittlerweile aufgehört hatte, konnte sie aus einem separaten Raum, rechts von ihr, der durch einen Vorhang abgetrennt worden war, das Klacken von aufeinanderprallenden Billardkugeln und leise Stimmen vernehmen.

Gerade als sie die Klinke der Toilettentür betätigen wollte, wurde diese von innen aufgezogen. Erschrocken sog sie Luft zwischen ihre Zähne ein und blickte in ein unrasiertes Gesicht. Es gehörte einem Typ mit einem schwarzen Stirnband, das mit Totenschädeln verziert war.

»Na, wen haben wir denn da? Was für eine hübsche Überraschung!«, meinte er und grinste.

»Hallo«, erwiderte sie, ignorierte ihn ansonsten und schob sich an dem Kerl vorbei.

In der Toilette war es überraschend sauber. Sie wunderte sich nur, dass es kein Fenster gab.

Als sie fertig uriniert und ihre Hände gewaschen hatte, ging sie in den Hauptraum zurück.

Als sie sich setzte, stellte Karl, der Wirt ihren Kaffee vor sie hin. »Einen Keks dazu?«, fragte er.

»Nein danke.«

Erneut sah sie sich um. Das Paar unterhielt sich noch immer; die Kammerjäger tuschelten miteinander und der Kerl in den Lederklamotten fütterte gerade die Musikbox mit Münzen. Denjenigen, mit dem sie vor dem Klo beinahe zusammengeprallt war, konnte sie nirgends entdecken. Entweder war er gegangen, oder er befand sich bei den Billardspielern.

Ein Schrei ertönte aus der Musikanlage und im nächsten Moment setzte das Lied *Ram It Down* von Judas Priest ein. Der Rocker links von ihr sprach sie an.

»Wohin sind Sie denn unterwegs, wenn ich fragen darf?«

Sie wandte sich ihm zu. »Ach«, meinte sie und schob mit der Zunge ihren Zahnstocher in den anderen Mundwinkel, »ich habe eigentlich kein bestimmtes Ziel. Ich fahre einfach nur so rum, lasse mich quasi treiben. Quer durch Deutschland.«

Er hob die Augenbrauen. »Ganz alleine?«

Sie nickte. »Ganz alleine.« Dann nahm sie einen Schluck Kaffee und genoss das Aroma. Er schmeckte ausgezeichnet.

»Ist das denn nicht viel zu gefährlich für eine junge hübsche Frau, ohne Begleitung zu reisen?«, nahm er das Gespräch wieder auf. Er hatte sich mit beiden Ellbogen auf den Tresen aufgestützt und sich vorgebeugt. Neugierig sah er sie an.

»Keineswegs.« Sie winkte ab. »Ich kann auf mich aufpassen. Nur weil ich eine Frau bin, heißt das nicht, dass ich ein wehrloses Opfer bin.«

»Das habe ich damit auch gar nicht sagen wollen«, versuchte er zu beschwichtigen. »Ich finde es einfach sehr riskant, das ist alles.«

»Lassen Sie das mal meine Sorge sein. Ich komm schon klar«, erwiderte sie. Sie hatte keine Lust, sich mit ihm über ihre Sicherheit zu unterhalten. Aber er redete weiter.

»Sie scheinen noch ziemlich jung zu sein, Fräulein. Wie alt sind Sie denn, wenn ich fragen darf?«

Sie sah ihn mit blitzenden Augen an. »Nein, das dürfen Sie nicht fragen! Und nennen Sie mich nicht Fräulein! Lassen Sie mich einfach in Ruhe meinen Kaffee trinken. Ich habe kein Verlangen, mit Ihnen eine Konversation zu führen.«

»Ist ja schon gut.« Er hob die Hände. »Ich wollte nicht aufdringlich sein. Konnte ja nicht ahnen, dass Sie Ihre Tage haben.«

Das war zu viel! Sie schüttete ihre halbvolle Tasse Kaffee in sein Gesicht. Er hatte Glück, dass der Kaffee schon abgekühlt war.

»Hey, was soll denn das?!«, brüllte er. »Bist du bescheuert?« Er erhob sich und wischte über sein Gesicht. »Das gibt's ja wohl nicht!«

»Reg dich ab, Werner!«, mischte sich nun der Wirt ein. »Du bist selber schuld.«

»Wieso?«

»Wenn du noch fragen musst, tust du mir leid.«

»Aber …«

»Kein Aber. Du gehst jetzt besser.« Der Wirt sah ihn streng an.

»Du wirfst mich raus, Karl? Ist das dein Ernst?«

»Du hast dich danebenbenommen, sowas dulde ich hier nicht. Das weißt du. Komm in ein paar Tagen wieder.«

»Ich komme gar nicht mehr wieder«, erwiderte der Lederne. »Ich kann mein Geld auch woanders loswerden. Warum stehst du dieser Püppi bei, hä? Weil sie hübsche Titten hat und du dir etwas von ihr versprichst? Willst sie wohl flachlegen, wie? Hast es mal wieder nötig, was Karl?«

»Es reicht! Raus aus meinem Laden! Freiwillig oder ich werfe dich eigenhändig raus! Entscheide dich, Werner.«

Jeder im Raum sah den Rocker gespannt an, der schließlich einlenkte.

»In Ordnung, ich gehe. Wollte sowieso los.«

»Sehr vernünftig.« Der Wirt wirkte zufrieden. Er hätte seinen Gast ohne zu zögern hinausgeschmissen, da kannte er nichts. Aber er zog immer die gewaltfreie Lösung vor.

»So schnell siehst du mich hier nicht wieder!«, rief der Rocker.

»Soll mir recht sein«, erwiderte der Wirt.

Werner nahm seinen Motorradhelm, legte einen Geldschein auf den Tresen und lief leicht taumelnd zur Ausgangstür, wobei er vor sich hin schimpfte. Noch auf der Türschwelle stehend rief er: »Man sollte euch alle umlegen!« Aber bevor noch irgendjemand darauf eingehen konnte, war er auch schon draußen.

Der Wirt wandte sich an die übrigen Gäste: »Tut mir leid, dass Sie das miterleben mussten!« Dann drehte er sich zu der jungen Frau um. »Eigentlich ist Werner gar nicht so. Ich weiß nicht, was heute sein Problem ist.«

Sie lächelte. »Er ist weg und es ist auch nicht wirklich etwas passiert. Vergessen wir es.«

Der Wirt atmete auf. »Ich bringe Ihnen einen frischen Kaffee, den anderen haben Sie ja anderweitig verwendet.« Beide mussten lachen. »Übrigens, ich bin Karl«, stellte er sich vor.

»Ich weiß«, sagte die Frau und deutete auf sein Namensschild. Er lächelte. »Und ich heiße Susanne.« Sie reichte ihm die Hand.

»Freut mich«, meinte Karl und ging zur Kaffeemaschine.

»Wir möchten auch noch zwei Kaffees!«, meldete sich der Mann des Pärchens, das nach wie vor am Tisch in der Nische saß.

»Kommt sofort.« Draußen startete ein Motorrad und brauste davon.

Auch die beiden Kammerjäger zahlten kurz darauf und verabschiedeten sich. Stille breitete sich aus, wenn man vom Klacken der Billardkugeln absah, das von hinter dem Vorhang zu hören war. Darum ging Susanne zur anderen Seite, steckte eine Münze in den Schlitz und machte Musik an. Sie entschied sich für *Symphony Of Death* von Grave Digger.

Dann ging sie zum Dartboard und warf ein paar Pfeile. Mit dem erzielten Ergebnis war sie zufrieden und kehrte zur Bar zurück. »Sagen Sie mal, Karl, es scheint hier nicht allzu viel los zu sein. Lohnt es sich überhaupt, den Laden zu halten?«

»Wissen Sie, Susanne, ich habe das Strullum seit mehr als achtundzwanzig Jahren. Als die Umleitung gebaut wurde, brach mein Umsatz rapide ein. Ich verdiene im Grunde nicht mal genug, um meine Miete zu bezahlen, aber ich wüsste nicht, was ich sonst machen sollte.«

»Haben Sie keine Familie?«

Er schüttelte den Kopf. »Nein, ich bin ganz allein auf der großen weiten Welt!«

»Das tut mir leid, Karl.«

»Das muss es nicht. Die Leute, die hierherkommen, sind zwar meistens dieselben, aber ich mag das. Wir sind zum Teil Freunde, zum Teil Bekannte. Fast jeder kennt jeden. Ich habe vor vier Jahren eine kleine Erbschaft gemacht. Ich bin zwar nicht reich, aber es reicht, um ein Leben ohne Sorgen – in finanzieller Hinsicht – zu führen. Hätte ich das Strullum nicht, würde ich wahrscheinlich zu Hause auf dem Sofa liegen und mir irgendwelchen Mist im TV ansehen.«

Nachdenklich nahm sie einen Schluck Kaffee. »Ich kann Sie sehr gut verstehen, Karl. Und ich finde, Sie machen das Richtige!«

»Danke«, antwortete er und passierte den Durchgang hinter sich, um in den Keller zu gehen.

Susanne drehte ihren Zahnstocher zwischen Daumen und Zeigefinger hin und her. Zeit, sich ihrer Hauptaufgabe zu widmen, dachte sie und steuerte in Richtung Vorhang. Dabei kam sie natürlich auch an dem Tisch mit dem Pärchen vorbei. Beide waren ungefähr Mitte vierzig, schätzte sie. Der Mann hatte kurzes dunkles Haar und trug einen leichten, beigefarbenen Sommeranzug, dazu Sandalen; die Frau ein gelbes, tief ausgeschnittenes Kleid, was erkennen ließ, dass sie eine enorme Oberweite hatte; auch sie trug Sandalen. Als sie auf gleicher Höhe mit den beiden war, lächelten sie Susanne zu und die Frau sprach sie an.

»Das war ja vorhin ein unangenehmer Kerl gewesen. Widerlich!«

»Es ist ja nichts passiert«, entgegnete sie und wollte weitergehen, weil sie sich mental schon auf ihre Aufgabe vorbereitete. Aber die Frau hatte offenbar vor, sie in ein Gespräch zu verwickeln.

»Ich hätte dem so eine runtergehauen, dass ihm sein hässlicher Kopf von den Schultern gekullert wäre! Solche Mistkerle sterben wohl nie aus.«

Widerwillig blieb Susanne stehen. Aber sie stand schließlich nicht unter Zeitdruck.

»Das glaube ich Ihnen gerne«, sagte sie. »Bei mir hat auch nicht mehr viel gefehlt. Zwar versuche ich, solche Situationen zu vermeiden, aber leider geht das nicht immer. Im Gegensatz zu Ihnen habe ich keinen Begleiter, der mich beschützt.«

Die Frau blickte zu ihrem Partner hinüber und verzog ihr Gesicht. »Nun ja, als einen Beschützer würde ich meinen Gustav nicht gerade bezeichnen. Er ist eher der ängstliche Typ, müssen Sie wissen. Erst neulich im Hausflur, als ich von einem Schwarzen angerempelt wurde, hat er nichts gesagt, geschweige denn unternommen. Ich selbst habe dem einen Tritt in die Eier verpassen müssen! Stellen Sie sich das mal vor, Frau …?« Sie sah Susanne fragend an.

»Ich heiße Susanne«, entfuhr es ihr spontan. Scheiße, dachte sie, ich will doch gar nicht mit der Frau quatschen. Auf deren Gesicht breitete sich ein strahlendes Lächeln aus und sie reichte ihr die Hand. »Oh, das freut mich sehr. Ich bin Maximiliane und das da«, sie deutete auf ihren Partner, »ist Gustav.«

»Ihr Ehemann?«, fragte Susanne.

»Um Himmels willen, nein! Gott bewahre. Er ist nur mein Freund, nicht mehr.« Sie winkte ab. »Außerdem hat er mir doch nichts zu bieten!« Sie drehte ihm das Gesicht zu. »Nicht wahr, mein Schatz?« Er senkte den Blick. »Ja, Maximiliane.« Sie nickte zufrieden.

Susanne verdrehte die Augen. Was für ein Paar!

»Wissen Sie, ich möchte immer mit meinem ganzen Vornamen angesprochen werden. Nicht Maxi oder Milli, oder noch schlimmer Max. Ich bin doch kein Kerl!«

Susanne nickte. »Ja«, ging sie darauf ein, »wenn man einen so schönen Namen hat, dann sollte man auch dementsprechend angeredet werden.«

»Genau, Sie sagen es! Bis mein Gustav das jedoch begriffen hat, hat's ziemlich lange gedauert. Das hat ihm viele Ohrfeigen eingebracht! Nicht wahr, Gustav?«

»Ja Liebes.«

Sie beugte sich nach vorne und Susanne dachte für einen Moment, dass Maximiliane ihm eine runterhauen wollte. Stattdessen tätschelte sie seine Wange. »Aber letztendlich hat er es doch noch hinbekommen. Nur ganz selten rutscht ihm ein Milli heraus und dann muss ich ihn eben bestrafen. So eine Ohrfeige kann sehr hilfreich sein.«

Susanne blickte auf Gustav und bemerkte, dass er doch

tatsächlich rot wurde. Sie fragte sich, was ihn bei dieser Person hielt. War es Geld? Guter Sex? Oder liebte er sie etwa wirklich? Letztendlich war es ihr scheißegal. Sie würde keinen der beiden jemals wiedersehen. Zum Glück!

Maximiliane beugte sich noch weiter vor und dabei lag ihr Busen quasi auf dem Tisch. Es fehlte nicht mehr viel und er würde sich aus dem Dekolleté befreien. Das wäre bestimmt ein unvergesslicher Anblick.

»Susanne, setzen Sie sich doch für einen Moment zu uns an den Tisch.«

»Danke, aber nein danke, ich wollte rüber zu –«

»Aber da können Sie doch auch später noch hin«, wurde sie unterbrochen. »Tun Sie mir bitte den Gefallen und leisten Sie uns Gesellschaft.« Sie legte den Kopf schief, schmollte fast. Dann klimperte sie doch tatsächlich mit den Wimpern.

»Na gut, was soll's«, lenkte Susanne ein.

»Au, fein!«, jubelte Maximiliane, es hatte nicht viel gefehlt und sie hätte vor Freude in die Hände geklatscht.

»Schnell, Gustav, hole unserem Gast einen Stuhl!«, befahl sie.

»Ja, sofort, Liebes.« Er wollte sich gerade erheben, da winkte Susanne ab.

»Bleiben Sie sitzen, Gustav, das schaffe ich schon selber.«

Sie holte sich einen Stuhl vom Nebentisch. Kaum hatte sie Platz genommen, da begann die Fragestunde. »Nun erzählen Sie mal, woher kommen Sie und wohin wollen Sie? Was machen Sie beruflich?«

Susanne atmete tief durch. »Puh … Ich glaube nicht, dass ich darüber mit Ihnen reden möchte.«

»Aber warum denn nicht, Kindchen? Nur keine falsche

Scheu. Ich sag's auch nicht weiter. Versprochen!« Sie zwinkerte Susanne zu, die sich zurücklehnte.

»Nein, wirklich nicht. Das ist mir zu privat. Wir kennen uns nicht, sind uns noch nie begegnet, deshalb sehe ich keine Veranlassung, über solche persönlichen Dinge mit Ihnen zu reden.« Sie schüttelte den Kopf und biss so fest auf ihren Zahnstocher, dass er fast zerbrochen wäre.

Maximiliane war etwas konsterniert, das sah man ihr an. Sie blickte zu ihrem Freund hinüber. »Nun sag doch auch mal was, Gustav!«, forderte sie ihn auf. Der schaute von seiner Partnerin zu Susanne und wieder zurück.

»Vielleicht hat die junge Dame recht«, traute er sich zu antworten.

»Waaas…?«, kreischte Maximiliane mit hochrotem Gesicht. »Wie kannst du es wagen, mir in den Rücken zu fallen, du Verräter?! Ich habe hier das Sagen und du meuterst gegen mich? Gegen deine Versorgerin und Herrin?«

Noch bevor Susanne überhaupt reagieren konnte, landete Maximilianes geballte Faust in Gustavs Gesicht. Er wurde mit solcher Wucht getroffen, dass er vom Stuhl kippte! Ein Knacken war zu hören, als er unglücklich auf seinem Handgelenk landete. Er schrie schmerzerfüllt auf.

»Was soll denn das?!«, rief Susanne. »Sind Sie überhaupt noch normal?«

Maximiliane lief um den Tisch herum auf ihren Partner zu. Im Vorbeigehen stach sie drohend mit dem Zeigefinger in Richtung von Susannes Gesicht und brüllte sie an: »Halt dich da raus, Kleines! Was ich mit meinem Gustav mache, geht dich einen Scheißdreck an, kapiert?!«

Gustav hatte sich mittlerweile auf die Knie hochgerappelt

und suchte in seinen Hosentaschen nach einem Taschentuch, um die Blutung seiner Nase zu stoppen. Als Maximiliane ihn erreicht hatte, schlug sie ihm, ohne ein weiteres Wort, erneut ins Gesicht! Diesmal mit der flachen Hand. »Du Weichei! Was bist du bloß für ein Schlappschwanz? Du wirst die nächsten zwei Wochen unten im Keller verbringen, hast du gehört?!«

»Aber Schatz …«

Sie stemmte ihre Fäuste in die Hüften, beugte sich vor und schrie mit voller Lautstärke: »Schweeeig!« Susanne packte die Frau an der Schulter und wollte sie von Gustav wegziehen, aber ihre Hand rutschte ab. Sie taumelte überrascht nach hinten, wobei sie reflexartig versuchte, sich am Sommerkleid von Maximiliane festzuhalten. Der dünne Stoff riss jedoch und Susanne prallte mit einem Stück des zerfetzten Kleids in der Hand auf den Boden. Maximiliane stand mit entblößten Brüsten da und schnappte nach Luft. Es waren riesige Brüste, wie sie Susanne noch nie gesehen hatte. Aufgrund der Masse und der Schwere hingen sie zwar, hatten aber dennoch eine ziemlich gute Form, stellte Susanne fest.

»Dafür wirst du bezahlen, du Miststück!«

Susanne krabbelte rückwärts von der Furie weg. Die kam mit baumelnden Brüsten und geballten Fäusten hinter ihr her. Sie spuckte sogar nach Susanne, verfehlte sie jedoch.

»Bitte, Maximiliane, lass sie in Ruhe«, versuchte Gustav seine Partnerin zu besänftigen, aber vergebens.

»Halt dein Maul!«, brüllte sie ihn an, drehte sich zu ihm um und stampfte wieder auf ihn zu. Als sie Gustav erreicht hatte, ließ sie sich auf die Knie fallen und prügelte sofort wieder auf ihn ein.

Er hatte sich in Embryonalhaltung zusammengerollt und die Arme schützend über den Kopf gelegt. Susanne stand auf und wollte dem Malträtierten zu Hilfe kommen, aber plötzlich erschien Karl, der Wirt. Er schlang einen Arm um Maximilianes Hals und zog sie von ihrem Opfer weg. Sie schrie und versuchte, sich zu befreien, aber sie schaffte es nicht.

»Reißen Sie sich zusammen!«, brüllte er. »Sie sind ja vollkommen wahnsinnig! Verlassen Sie auf der Stelle meinen Laden oder ich werfe Sie eigenhändig vor die Tür. Sowas habe ich ja noch nie erlebt; und ich habe schon die unmöglichsten Dinge gesehen!«

Karl ließ die Frau los. Die holte japsend Luft und rappelte sich, immer noch barbusig, auf. Sie beugte sich nach vorn und stützte die Hände auf ihre Knie. Ihre großen Brüste pendelten wie Echolote aus Fleisch dem Boden entgegen.

»Verschwinden Sie, Sie krankes Weibsbild!« Der Wirt deutete mit ausgestrecktem Arm auf die Ausgangstür.

»Das wird ein Nachspiel haben, Sie Grobian! Ich werde Sie anzeigen und mein Anwalt wird Sie zur Verantwortung ziehen! Ich beantrage Schmerzensgeld, jawohl!«

Dann wandte sie sich Susanne zu, die in der Zwischenzeit ebenfalls aufgestanden war.

»Und Sie, Miststück, verklage ich auf Schadensersatz, darauf können Sie sich verlassen!«

Keiner der beiden reagierte auf ihre Androhungen. Jetzt erst versuchte sie ihre nackten Brüste in die Überreste ihres Kleids zu stopfen. »Komm, Gustav, wir gehen!«, befahl sie.

»Ja, Maximiliane, ich komme.«

Er setzte sich in Bewegung und als er sie erreicht hatte,

hakte sie sich bei ihm unter. »Wir werden nie wieder einen Fuß in diesen Laden setzen!«, brüllte sie.

»Ich bitte darum«, rief Karl ihr hinterher, als die Tür zufiel.

»Der ist doch tatsächlich wie ein Hündchen mit ihr gegangen! Ich glaub's nicht!«, sagte er zu Susanne.

Die nickte, auf ihrem Zahnstocher kauend und meinte: »Ich glaube, Gustav will es so.«

Der Wirt blickte verwirrt drein. »Was meinen Sie?«

»Na ja, er könnte doch jederzeit diese Matrone verlassen. Ihr vorher noch mit Anlauf einen kräftigen Tritt in den Arsch verpassen und in die Freiheit gehen. Stattdessen bleibt er bei ihr und lässt sich erniedrigen und demütigen. Wenn Sie mich fragen, hat das eindeutig masochistische Züge. Etwas Anderes kann ich mir nicht vorstellen.«

»Das hört sich fast so an, als hätten Sie einen psychologischen Hintergrund?«

Susanne schüttelte ihren Kopf. »Nein, das sagt mir mein gesunder Menschenverstand.«

Karl nickte nur. »Wollen Sie noch einen Kaffee?«

»Nein, ich denke, ich nehme etwas Stärkeres. Ein Whisky würde mir jetzt guttun.«

»Den sollen Sie bekommen.«

Während der Wirt sich um ihre Bestellung kümmerte, ging Susanne zur Musikbox und legte das Lied *Fight Fire With Fire* von Metallica auf.

»Hier, bitte, Ihr Whisky. Der geht aufs Haus!«

»Oh, vielen Dank!« Sie nippte an der goldgelben Flüssigkeit und genoss das Brennen im Mund. »Mmh, das tut sooo gut!« Sie schloss die Augen, konzentrierte sich auf die schnelle Musik. Irgendwie schien sie heute ständig Ärger anzuziehen. Sie wusste selbst nicht, weshalb.

Es gab solche Tage, wo nichts glattlief und immer wieder Probleme auftraten, aber heute war zweifellos ein *spezieller* Tag!

Die Eingangstür öffnete sich und ein weiblicher Teenager betrat das *Strullum*. Trotz der draußen herrschenden Hitze trug sie schwere Lederstiefel. Ein knielanger Rock und eine Weste, beides aus Jeansstoff, vervollständigten ihren Look. Die Jacke wurde auf Brusthöhe von einer Gliederkette aus Edelstahl zusammengehalten. Man konnte deutlich erkennen, dass sie nichts darunter anhatte. Sie steuerte auf den Tresen zu. »Ich würde gerne ein Glas Whisky bekommen«, bestellte sie.

»Ich glaube, daraus wird nichts«, antwortete Karl.

Überrascht starrte das Mädchen ihn an. »Und warum nicht? Alle kann er nicht sein, denn die da«, sie deutete auf Susanne, »hat auch einen im Glas.«

»Ganz recht, aber *die da*«, er malte mit den Fingern Gänsefüßchen in die Luft, »ist auch schon volljährig.«

»Was soll das denn heißen, ich bin schon vierundzwanzig!«

»Na, dann zeig mir mal deinen Ausweis.«

»Den habe ich nicht dabei.«

»Was für ein Zufall! Tja, dann wird das nichts mit einem Whisky. Tut mir leid. Ich bringe dir gerne etwas Anderes, wenn du möchtest.«

Sie dachte einen Augenblick nach. »Dann bring mir bitte einen Wodka, ohne Eis«, entschied sie schließlich.

»Geht auch nicht!«

Sie warf den Kopf in den Nacken und stöhnte. »Warum denn nicht?«

»Aus demselben Grund: Du bist nicht volljährig!«

»Scheiße! Wie sieht es aus mit Gin?«

Karl schüttelte den Kopf.

»Scotch?«

»Scotch ist ebenfalls Whisky.«

»Ach, verdammt! Bekomme ich wenigstens einen einfachen Korn?«

»Du kennst die Antwort: Nein!«

Er musste sich ein Schmunzeln verkneifen. Er wusste nicht warum, aber er mochte dieses Spielchen. Susanne offensichtlich nicht. Sie hatte die Augen zu kleinen Schlitzen verengt und stand, wie es aussah, kurz vor einer Explosion.

Ihre Blicke trafen sich und er gab ihr mit den Augen zu verstehen, dass kein Grund zum Ausrasten bestand. Sie deutete mit einem Nicken an, dass sie ihn verstanden hatte. Da die Musik geendet hatte, erhob sie sich, um noch ein Lied einzuprogrammieren.

Als sie vor dem Automaten stand, rief der Teenie: »Guck mal nach, ob da auch etwas von Kreator angeboten wird!«

»Pfft!« Susanne pustete. »Das musst du schon selber tun.«

»Also schön.« Sie stöhnte wieder und kam zu ihr herüber. Sie sah sich das Angebot an und nickte anerkennend. »Gute Auswahl. Darf ich?«

Susanne trat beiseite und betrachtete sie. Die Kleine war allerhöchstens siebzehn, höchstwahrscheinlich jünger. Weiterhin studierte sie konzentriert die Liederliste. Offenbar wusste sie nicht, welches sie hören wollte. Letztlich entschied sie sich tatsächlich für ein Lied von Kreator. Nämlich

299

Extreme Aggression. »Ich stehe total auf Thrash Metal«, meinte sie und fing an mit Headbanging, nachdem das Lied eingesetzt hatte.

»Hast du dich schon entschieden, was du trinken willst?!«, rief der Wirt rüber.

»Eine Cola!«, rief sie. »Mit Whisky!«, fügte sie hinzu. Und als Karl sich umdrehte, sah er, wie sie grinste. Er grinste ebenfalls und sogar Susanne schmunzelte.

Die Kleine holte sich die Cola an der Theke ab und ging zum Dartboard hinüber. Sie spielte eine Weile, orderte noch eine Dose Fanta zum Mitnehmen und machte sich wieder auf den Weg; wohin auch immer. »Wie heißt du eigentlich?«, wollte sie von Susanne wissen.

»Susanne. Und du?«

»Diamantina!« Sie lachte und ging hinaus.

Susanne und Karl sahen sich kopfschüttelnd an. »Kommen hier auch mal normale Leute rein?«, fragte sie.

Karl zuckte mit den Schultern. »Normalerweise schon. Heute scheint jedoch der Wurm drin zu sein.« Er nahm einen Lappen und wischte die Theke ab.

»Ich gehe dann mal nach nebenan zum Billardabteil. Oder ist das eine geschlossene Gesellschaft?«

»Nein. Wieso fragen Sie?«

»Weil sich noch keiner von denen hier blicken ließ, seit ich hier hereinkam. Lediglich ein Typ mit einem Stirnband hat mich vorhin vor dem Klo fast über den Haufen gerannt.«

»Die sind schon den ganzen Tag hier und spielen Billard. Haben zwei Kästen Bier mit nach drüben genommen und das war's. Die sind hier zum ersten Mal.«

Susanne nickte. »Na dann, bis später«, sagte sie.

»Ja, bis nachher.«

Jetzt – endlich! – kann ich mit meiner *Arbeit* beginnen, dachte sie. Aber zuerst noch mal pinkeln!

Nachdem das erledigt war, stellte sich Susanne an den Rand des Vorhangs, um hindurchzulinsen. Sie sah zwei Billardtische sowie einige Stühle und konnte nur zwei Männer erkennen. Mindestens eine weitere Person musste jedoch noch anwesend sein, denn als der Typ mit dem Stirnband aus der Toilette kam, hatte sie Stimmen hinter dem Vorhang gehört. Sie zog den dicken Stoff zur Seite und hatte nun freies Blickfeld.

Drei Köpfe fuhren zu ihr herum. Es handelte sich tatsächlich um ein Trio. Die dritte Person war allerdings eine Frau.

»Störe ich?«, fragte Susanne.

»Überhaupt nicht«, antwortete ein ziemlich voluminöser Glatzkopf.

»Komm rein!«, fügte die Frau hinzu.

»Danke.«

»Setz dich, oder willst du mitspielen?«, fragte der Dicke.

»Äh, nein, ich kann das nicht«, gab sie an.

»Du spielst kein Billard?«, hakte die Frau nach. »Gefällt es dir nicht?«

»Ich habe bisher nur zweimal gespielt und dabei kläglich versagt«, meinte sie.

»Das macht doch nichts!«, meldete sich nun auch der Stirnbandträger zu Wort. »Wir sind alle keine Profis. Wir spielen nur aus Spaß an der Sache. Keiner erwartet von dir Spitzenleistungen.«

Susanne senkte den Kopf und spielte die Schüchterne. »Ich weiß nicht«, sagte sie, »ich gucke lieber erstmal zu.«

»Wie du willst. Nimm dir ein Bier, wenn du möchtest.«

»Ja, danke.« Sie stand auf und blieb erst einmal stehen. Ihr Blick ging hin zum Spieltisch.

»Die Billardkugeln sehen aber komisch aus!«, meinte sie mit gerunzelter Stirn. »Müssten die nicht bunt sein?«

Der Dicke beantwortete ihre Frage: »Das stimmt, normalerweise sind die Kugeln – die heißen eigentlich Bälle – verschiedenfarbig. Aber hier gibt es eben nur eine rote und fünfzehn weiße. Deshalb müssen wir uns damit arrangieren.«

Susanne nickte. »Und wie sind die Regeln?«

Dieses Mal antwortete die Frau. »Es ist eigentlich ganz simpel. Wir versuchen, mit dem roten Ball die weißen zu versenken.«

»Das ist alles?«

»Das ist alles!«, bestätigte sie.

»Egal in welches Loch?«

Stirnband sagte: »Das sind keine Löcher, sondern Taschen! Und ja, welcher Ball in welche Tasche eingelocht wird, ist egal! Für jeden gefallenen Ball bekommt man einen Punkt. Wer am Ende die meisten Punkte hat, ist der Gewinner!«

»Oder die Gewinnerin!«, rief die Frau. Stirnband winkte in ihre Richtung ab.

»Ich verstehe«, meinte Susanne. »Klingt nicht so schwer, aber ich kann leider nicht gut zielen. Ich werde mich erst einmal aufs Zusehen beschränken, falls ihr nichts dagegen habt.«

»Ganz wie du willst. Solltest du deine Meinung ändern, gib Bescheid«, fügte er hinzu.

»Das mach ich.«

»Wie heißt du?«, fragte die Frau.

»Ich bin Susanne. Und ihr?«

»Der unrasierte mit dem Stirnband ist Hondo, der Dicke schimpft sich Glocke und mich nennt man Mandarine.«

»Freut mich«, sagte Susanne grinsend.

Sie holte sich ein Bier und lehnte sich an die Wand. Glocke platzierte die weißen Bälle mittels eines Kunststoffdreiecks auf ihren Plätzen. Der rote Spielball wurde in der anderen Spielfeldhälfte auf den dafür vorgesehenen Punkt gesetzt.

»Alle bereit?«, fragte Glocke und Hondo trat an den Tisch; seinen Queue in der Hand.

Susanne sah ihn nun zum ersten Mal genauer. Abgesehen von seinem schwarzen Stirnband mit den weißen Totenschädeln trug er ein Jeanshemd, eine Armeehose und schwarze Stiefel. »Attacke!«, rief er und eröffnete das Match.

Die tief hängende Lampe strahlte ein warmes Licht aus und wirkte beruhigend. Der rote Spielball rammte in den Pulk der weißen und diese drifteten auseinander. Gleich zwei von ihnen rollten in die Taschen. Die anderen verteilten sich auf dem Tisch. Manche blieben an der Bande liegen, andere stoppten mitten auf der Spielfläche.

»Du hast sogar zwei Kugeln, ich meine natürlich Bälle, in die Taschen getroffen. Wie zählt das?«, fragte Susanne.

»Zwei Bälle gleich zwei Punkte!«, erklärte Mandarine.

»Ach so, verstehe.« Sie beobachtete, wie Hondo weiter einen Ball nach dem anderen versenkte. Über Bande, oder direkt, manchmal sogar mit einer Kombination. Er schaffte insgesamt zwölf, dann blieb ein Ball an einer abgerundeten Ecke der Mitteltasche hängen. Aber sein Spiel war vorbei.

Glocke kam an den Spieltisch. Wie schon zuvor platzierte er die Bälle auf die markierten Stellen und spielte den roten Ball eher vorsichtig gegen die weißen. Keiner ging auf Anhieb in eine der Taschen. Nach dem Eröffnungsstoß wartete er einen Moment und besah sich die Spielfläche sehr intensiv. »Hmm …«, machte er. Hondo holte tief Luft; er mochte solche Verzögerungen überhaupt nicht. Natürlich wussten die anderen das und provozierten ihn manchmal damit, dass sie sich extra Zeit ließen.

Glocke war vollkommen haarlos. Susanne sah, dass er weder Augenbrauen noch behaarte Arme hatte. Selbst Wimpern konnte sie keine erkennen. Er hatte ein dunkelblaues Hemd mit Schulterklappen und eine normale Jeanshose an, dazu schwarze Lederschuhe.

Er beugte sich konzentriert vor und versenkte mehrere Bälle nacheinander. Dann wurde es schwieriger. Der Spielball lag direkt an der Bande und kein Weißer war lochbar. Er tippte mit dem Queue den roten Ball nur ganz kurz an und somit war für ihn die Runde beendet. Er hatte lediglich sieben Punkte geholt.

Jetzt war Mandarine dran. Sie besah sich den Tisch und durchdachte die Optionen. Dann entschied sie sich dafür, den roten Spielball in eine Dreiergruppe zu jagen. Und tatsächlich eierte ein weißer in eine Ecktasche! »Jaaa!«, jubelte sie.

Die Männer blieben still. Susanne ihrerseits applaudierte.

Mandarine verbeugte sich spielerisch vor ihr. »Vielen Dank«, sagte sie.

Die nächsten vier weißen Bälle landeten ohne Probleme in den Taschen. Wieder lag der Spielball nah an der Bande, jedoch ohne sie zu berühren. Sie nahm genau Maß und schickte ihn auf die Reise. Er traf einen Weißen, der wiederum gegen einen anderen prallte, der dann letztendlich fiel. Nur noch zwei Bälle lagen auf dem Tisch. Hondo führte gegen sie mit 7:6. Der Spielball befand sich fast mittig auf dem Tisch.

Ein weißer war durchaus lochbar, wenn man ihn im richtigen Winkel erwischte; der andere lag nach wie vor an der Bande; jedoch auch nicht so weit von einer der Mitteltaschen entfernt.

Mandarine entschied sich für den ersten Ball. Sie kreidete die Spitze ihres Queues ein und nahm dann Maß. Sie atmete langsam ein und aus, wirkte gelassen. Ob dem wirklich so war, wusste keiner der Anwesenden. Ziemlich vorsichtig wurde der Spielball getroffen; er rollte ganz langsam der weißen Kugel entgegen … Dann traf er sie und sie kullerte in ziemlich spitzem Winkel auf die Tasche zu, in der sie schließlich auch verschwand! Diesmal jubelten alle. Der Spielball war sehr günstig liegen geblieben. Zwar war es so gut wie unmöglich den letzten weißen Ball ins Loch zu befördern, aber Mandarine wollte den Sieg. Es stand 6:6 und den entscheidenden Punkt wollte sie unbedingt holen.

Sie legte den Queue an und zielte nicht direkt auf den weißen Ball. Für Susanne sah es so aus, als ob Mandarine ihn weit verfehlen würde. Dann rammte diese den Queue gegen den Spielball, der dann von der gegenüberliegenden Bande abprallte, von dort zurück an die untere Bande stieß, von wo er nochmal abprallte und den weißen Ball traf, der seinerseits ebenfalls von der gegenüberliegenden Bande abprallte, um schließlich in der unteren Ecktasche zu landen.

Was für ein Spielzug! Alle sprangen auf und gratulierten der Spielerin zu dieser grandiosen Aktion. Auch Hondo. Die drei bildeten ein Trio, welches zusammen durch dick und dünn ging. Kein Neid, kein Ärger. Susanne war beeindruckt.

»Darauf müssen wir einen trinken!«, rief Glocke und reichte jedem ein Bier.

»Auf ex!«, sagte Hondo und alle tranken ihre Dosen aus. Bis auf Susanne. Die nahm nur einen kleinen Schluck, was anscheinend niemand zu bemerken schien.

»Na, Kleines«, sprach Mandarine sie an, »hast du nicht doch Lust, mitzuspielen?«

Susanne zierte sich und verzog unschlüssig das Gesicht. »Ich weiß nicht. Eigentlich schon, aber was ich gerade gesehen habe, war so beeindruckend, dass es mich eher abschreckt.«

»Ach was«, meinte Glocke, »das war nur Zufall!« Er winkte ab.

»Solche Spielzüge kommen nur extrem selten vor. Es sah toll aus, keine Frage, aber das ist nicht die Regel bei uns. Wirklich nicht.«

Susanne holte tief Luft, konnte – oder wollte – sich nicht entscheiden.

Da übernahm Hondo das Reden. »Pass auf, Susanne, wir machen das so, wenn du damit einverstanden bist: Wenn du eine Runde gewinnst, zahlt dir jeder von uns zehn Euro. Was sagst du dazu, hm?«

Sie sah ihn an. Endlich kommt Bewegung ins Geschehen, dachte sie. »Seid ihr denn alle damit einverstanden?«, fragte sie in die Runde.

»Na klar!«, sagte Mandarine, Glocke nickte zustimmend.

»Puuh …« Sie tat, als müsste sie noch überlegen. »Dann werde ich einfach mal eine Partie mitspielen.«

»Jawoll!«, rief Mandarine. Glocke war schon dabei, die Bälle auf ihre jeweiligen Positionen zu legen. »Du darfst anfangen.«, sagte er zu Susanne.

»Na gut, ich versuche mein Bestes.«

»Das ist die richtige Einstellung!«, meinte Hondo. »Da drüben befindet sich ein Ständer mit einer Auswahl an Queues. Such dir einen aus.«

»In Ordnung.« Sie ging hinüber in die Ecke und besah sich die Spielstöcke. Sie machte einen relativ verlorenen Eindruck und es sah so aus, dass für sie ein Queue wie der andere aussah. Sie nahm sich scheinbar einfach irgendeinen und kehrte zu den anderen zurück.

»Bereit?«, fragte Mandarine.

»Eigentlich nicht, aber ich fange trotzdem an.«

»Genau so muss es sein!«, meinte Hondo.

Susanne ging zum Tisch und schob ihren Zahnstocher in den anderen Mundwinkel. Sie zielte und ihr Queue streifte den roten Spielball nur. Der rollte lediglich wenige Zentimeter weit und blieb mitten auf dem Feld liegen. »Scheiße, ich hab's gewusst!«, rief sie.

»Das wird schon noch«, meinte Hondo, der nun seinerseits an den Billardtisch trat. Diesmal lief es gut für ihn; er räumte elf Bälle am Stück ab, bevor er eine Tasche verfehlte, damit war er der Sieger! »Du darfst nochmal den Eröffnungsstoß durchführen, Susanne«, sagte Mandarine.

»Ich weiß nicht … Ihr habt doch gesehen, dass ich schlecht spiele. Nicht mal den Pulk habe ich getroffen. Das ist so peinlich.« Sie hielt sich die Hände vors Gesicht.

»Ach was«, redete Mandarine weiter, »das kann jedem mal passieren. Erst letzten Monat rammte Glocke die Queue-Spitze in den Filz und machte ihn kaputt!«

»Im Ernst?«

Mandarine nickte.

»Pass auf, Susanne«, sprach nun Hondo weiter, »was hältst du davon, wenn wir das Preisgeld erhöhen?«

Sie sah zu ihm hoch. »Erhöhen?«

»Ja. Natürlich nur, wenn du gewinnst, versteht sich. Sagen wir …« er überlegte, »… jeder von uns zahlt dir fünfundzwanzig Euro. Wie hört sich das an, hm?«

»Einfach so?«

»Einfach so«, bestätigte er nickend.

»Und was ist, wenn verliere? Was muss ich dann zahlen? Ich habe kaum Geld und brauche jeden Cent!«

Mandarine schaltete sich ein. »Solltest du verlieren, dann musst du gar nichts zahlen, Kleines!«

»Wirklich nicht?«

»Nein!«

»Ich muss auch nichts machen?«

Mandarine runzelte die Stirn. »Machen? Was meinst du damit?«, fragte sie.

»Na ja, man hört manchmal so einiges …« Susanne druckste herum.

»Wovon sprichst du?«, wollte jetzt auch Glocke wissen. Selbst Hondo sah sie neugierig gespannt an.

Susanne setzte sich gerade hin und erzählte. »Es gab vor Kurzem eine Sendung im TV, in der von einer Frau berichtet wurde, die etwa in meinem Alter war. Die wurde von ein Paar Typen zum Pokern *überredet*«, Susanne malte mit den

Fingern Gänsefüßchen in die Luft. »Auch ihr wurde viel Geld angeboten, wenn sie gewonnen hätte. Aber immer wenn sie verlor – was in jeder Partie der Fall war –, musste sie Sex mit einem von ihnen haben! Das ging so über Stunden!«

»Na hör mal«, sagte Mandarine, »denkst du etwa, dass wir auch solche Arschlöcher sind?«

»Eigentlich nicht. Ich möchte euch auch nichts unterstellen! Trotzdem kenne ich euch nicht.«

»Du kannst ganz beruhigt sein, Susanne. Weder ich noch diese beiden Kerle werden dir etwas tun. Und dich auch zu nichts zwingen. Wenn du willst, kannst du gehen, dann spielen wir eben zu dritt weiter. Du allein entscheidest.«

Für einen längeren Moment war es still in dem Raum, dann stand Susanne von ihrem Stuhl auf und sagte: »Also gut, ich spiele weiter!«

»Dann fängst du am besten gleich an«, meinte Glocke und reichte ihr den Queue. »Und weißt du was, jeder zahlt dir einen Fuffi, wenn du gewinnst! Was sagst du dazu? Das sind immerhin hundertfünfzig Euro! Und du brauchst schließlich nur acht Bälle einzulochen, um zu gewinnen.«

Es wird immer besser, dachte Susanne. Sie verdoppeln schon den Einsatz!

»In Ordnung!«, stimmte sie zu. Sie entledigte sich der Jacke und packte sie auf ihren Rucksack. Dann stellte sie sich in Position. Der Eröffnungsstoß wurde wuchtig ausgeführt und der weiße Pulk driftete auseinander. Ein Ball fiel in die Ecktasche. Der Anfang war gemacht. Zwei weitere Bälle lagen jeweils direkt vor einer Tasche, sodass Susanne keine Schwierigkeiten hatte, die beiden Punkte zu holen. Als Nächstes stieß sie den Spielball in eine Dreiergruppe weißer

Bälle, in der Hoffnung, dass wenigstens einer davon ins Ziel ging. Aber dem war nicht so. »Oh Mann!«, rief sie und machte Platz für Glocke. Der versenkte aber nur vier Bälle. Mandarine, die nach ihm dran war, schaffte es, teils mit Glück, die restlichen acht in die Taschen zu spielen.

Die nächsten beiden Runden liefen für Susanne zwar ein wenig besser, aber sie erreichte höchstens fünf Punkte. Die beiden Männer gewannen je eine Runde.

»Kassensturz!«, rief Hondo auf einmal. Und alle drei leerten ihre Geldbörsen auf den Billardtisch aus.

»Nur Scheine!«, sagte Glocke. Er selbst hatte zweihundertdreißig Euro, Hondo sogar dreihundertzehn und Mandarine steuerte immerhin noch neunzig Euro bei.

»Letzte Runde für heute!«, meinte Hondo. »Hat jemand Einwände?«, fragte er die anderen. Kopfschütteln war die Antwort. »So sei es. Susanne, gib dein Bestes; hier warten insgesamt sechshundertdreißig Euronen auf dich!«

Susanne nickte. »Habt ihr etwas dagegen, wenn ich eine Münze in die Musikbox werfe?«, fragte sie. Dem war nicht so, also betrat sie den Hauptraum, in dem sich inzwischen weitere Gäste eingefunden hatten.

Karl lief gerade mit einem Teller voller Sandwiches an ihr vorbei. »Alles klar bei Ihnen?«, fragte er.

Sie lächelte ihn an. »Alles bestens!« Er nickte und ging weiter. Susanne suchte eine Weile, bis sie den perfekten Soundtrack für ihr Match fand. Sie hatte gehofft, dass dieses Lied dabei war und wurde nicht enttäuscht. Nachdem sie das Geldstück eingeworfen hatte, kehrte sie schnurstracks in den Billardraum zurück. Sie stand vor dem Tisch und wartete darauf, dass ihr Lied begann. Als die Glocke von AC/DCs

Hells Bells anschlug, beugte sie sich über die Bande, nahm Maß und schmetterte den Spielball mit voller Wucht in die Formation der Weißen. Gleich drei von ihnen verließen das Spielfeld. Einer lag so nah vor der Mitteltasche, dass seine Rundung bereits über dem Abgrund hing. Susanne kreidete ihren Queue ein und stieß das Holz ganz behutsam an. Der Spielball traf den weißen nur ganz sanft, genau wie sie es geplant hatte. Er fiel in den Abgrund. Susanne ging um den Spieltisch herum und nahm einen weiteren Ball ins Visier, der auf der gegenüberliegenden Seite lag. Dieser wurde in einem solchen Winkel getroffen, dass nicht nur er versenkt wurde, sondern der von ihm abprallende Spielball gegen einen weiteren weißen Ball klackte, der auch noch fiel! Somit hatte Susanne schon sechs Punkte. Das war ihr in den vorherigen Spielen noch nicht geglückt. Nur zwei Punkte fehlten ihr noch zum Gewinn. Als Nächstes spielte sie eine Kombination, wobei ein weißer einen anderen in die Tasche beförderte. Der *Hilfsball* stoppte wie beabsichtigt vor derselben Bandenöffnung. Kein Problem für Susanne. Damit hatte sie bereits sowohl das Match als auch das Geld gewonnen, aber sie wollte noch mehr! Der nächste Ball wurde über Bande und der daran Anschließende sogar über Doppelbande vom Spieltisch verbannt. Nur noch ein Drittel war übrig.

Der folgende Ball wurde mit voller Kraft in die Tasche geschossen, weil die geringste Abweichung beim langsamen Rollen den Lauf des Spielballs beeinflusst hätte. Noch eine Kombination schickte den Ball Nummer zwölf in die Seitentasche. Wie vorhin schon blieb auch dieser vor einer Öffnung liegen. Ein Stoß und er war weg. Noch zwei. Es war bisher ein relativ flüssiges Spiel gewesen.

Jetzt allerdings brauchte Susanne etwas mehr Zeit zum Überlegen. Sie stellte sich ans Kopfende des Tisches und entschloss sich für eine Dreierbande. Sie schickte den Spielball mit einem kräftigen Stoß auf die Reise. Rechte Bande, linke Bande, rechte Bande, dann verschwand der weiße Ball im Abgrund. Die drei Zuschauer waren sprachlos. Mit vor Verblüffung weit offenen Augen und Mündern sahen sie zu, wie Susanne den Spieltisch abräumte. Alles ging enorm schnell; das Lied war noch nicht einmal zu Ende. Aber die letzten Takte waren angelaufen. Wie zu Beginn des Matches, als Susanne beim ersten Glockenschlag loslegte, wartete sie auch jetzt wieder. Zeitgleich mit dem letzten Ton traf ihr Queue den roten Ball, der die übriggebliebene Weiße ins Eck beförderte.

15:0 gewonnen!

Sie reckte ihre rechte Faust nach oben und rief: »SIEG!«

Drei Augenpaare starrten sie an. Niemand sagte ein Wort. Susanne registrierte sofort, dass die Stimmung gekippt war. »Was ist los, was habt ihr?«, fragte sie ihre Mitspieler.

»Das war Betrug!«, sagte Hondo und die anderen nickten bestätigend.

»Allerdings«, fügte Mandarine hinzu.

»Was? Wieso?« Susanne tat, als würde sie nicht verstehen, was die anderen meinten.

»Tu nicht so!«, meinte Hondo. »Das war ein ganz linkes Ding! Du hast das alles so geplant, gib's zu!«

Susanne tat, als wüsste sie noch immer nicht, worauf er anspielte. Zwar hatte Hondo mit seinem Vorwurf genau ins Schwarze getroffen, aber das würde sie natürlich nicht zugeben. Sie spielte weiter die Unwissende. »Könntet ihr mir mal sagen, worauf ihr hinauswollt?«, forderte sie.

»Nicht zu fassen«, sagte Mandarine kopfschüttelnd, »die verarscht uns weiterhin. Mädchen, wir haben dich durchschaut! Deine Taktik ist nicht aufgegangen. Was denkst du dir eigentlich dabei? Schäm dich, du Dreckstück!«

Die Situation wurde nun eindeutig brenzlig. Susanne ging zum zweiten Billardtisch, wo das gewonnene Geld lag, um es einzustecken, aber Glocke war schneller. Gerade, als sie zugreifen wollte, schlug seine Hand auf den Geldstapel. »Das würde dir so passen, nicht wahr?«

»Hey!«, protestierte Susanne. »Das ist mein Geld, ich habe es rechtmäßig gewonnen!«

»Rechtmäßig?«, fragte Mandarine, die inzwischen direkt hinter ihr stand. »Du hast uns beschissen, du Schlampe! Dafür werden wir nicht auch noch bezahlen. Im Gegenteil, du wirst bezahlen!« Mandarine packte zu. Sie umklammerte Susannes Oberarme. Als Hondo sich näherte, ging Glocke zur Seite und versperrte den Ausgang.

»Wollen wir doch mal sehen, was du unter deiner Bluse hast«, sagte er und streckte seine Hände vor, um Susannes Oberteil zu öffnen.

»Nein, nicht!«, rief sie.

»Das hättest du dir vorher überlegen sollen, Kleine«, meinte Mandarine. »Wir hätten dich mit dem Gewinn ziehen lassen. Aber wenn jemand versucht, uns zu bescheißen, nehmen wir keine Rücksicht!«

Hondo stand jetzt direkt vor ihr und fummelte an den Knöpfen der Bluse herum. Dann eben auf die harte Tour, dachte sie und ging zum Angriff über.

Sie spuckte ihm ihren Zahnstocher ins Gesicht, der im oberen Augenlid stecken blieb. Hondo schrie auf und taumelte zur Seite, wobei er mit beiden Händen die verletzte Stelle abdeckte. Mandarine hatte vor Überraschung den Griff um Susannes Arme gelockert, was diese sofort ausnutzte. Sie riss sich los und ging erst einmal auf Abstand. »Dazu hätte es nicht kommen müssen!«, sagte sie.

»Los, macht sie fertig!«, rief Hondo. Sowohl Glocke als auch Mandarine kamen bedrohlich auf sie zu.

Susanne nahm einen Queue vom Spieltisch und hielt ihn schützend vor sich. Sie hörte Glocke hinter sich schnaufen. Er war ihr bereits sehr nahe gekommen. Sie wirbelte den Queue zwischen den Händen und stach dann mit dem spitzen Ende durch die Armbeuge nach hinten in den Bauch von Glocke. Er klappte nach vorn und Susanne wirbelte herum. Dann schlug sie ein weiteres Mal zu, diesmal auf seinen Schädel. Er ging zu Boden und rührte sich nicht mehr.

»Du Sau!«, schrie Mandarine und stürmte auf sie zu. Susanne wartete geduldig, bis ihre Gegnerin genau den richtigen Abstand zu ihr hatte. Dann riss sie urplötzlich ein Bein hoch und ihre Schuhspitze donnerte zielgenau gegen Mandarines Kinn! Ein lautes Knacken war zu hören, bevor sie die Augen verdrehte und ebenfalls umkippte.

»Jetzt reicht's!«, brüllte Hondo. Er hielt ein Messer mit ziemlich breiter Klinge in der Hand, welches zuvor in einer Scheide in seinem Stiefelschaft gesteckt hatte. Den Zahnstocher hatte er aus seinem Augenlid entfernt; etwas Blut lief entlang seiner Nase zum Mundwinkel. Sein Gesicht war wutverzerrt. »Ich werde dich aufschlitzen und nachsehen, wie du von innen aussiehst!«, meinte er.

Susanne reagierte nicht darauf. Sie konzentrierte sich voll auf seine Bewegungen.

Er stach in ihre Richtung, doch Susanne machte zwei Schritte nach hinten. »Das war wohl nichts, was?«, verhöhnte sie ihn. Ein Grollen drang aus seiner Kehle. Gut so, dachte Susanne, ich muss ihn nur weiter provozieren, dann macht er Fehler!

»Bist kein geübter Kämpfer, hm? Hast 'ne große Fresse, nichts weiter. Da ist ja meine fünfjährige Schwester sicherer mit dem Messer als du, Hondo! Was ist das überhaupt für ein bescheuerter Name? Hondo? Du solltest dich *Honk* nennen. Das würde besser zu dir passen!«

Mit dieser Bemerkung hatte Susanne ihre gewünschte Reaktion erzielt. Hondo rannte auf sie zu, doch er kam nicht weit. Susanne öffnete mit einem Ruck die Druckknöpfe ihrer Bluse, fasste in ihr Dekolleté und zog den Dolch aus der Brustscheide. In einer fließenden Bewegung holte sie aus und schleuderte die Waffe auf ihren Angreifer. Die Klinge blieb mitten in seiner Brust stecken! Sein Lauf wurde gestoppt und er fiel auf die Knie, bevor er nach vorn kippte, wodurch der Dolch bis zum Heft in ihn eindrang. Mit offenen Augen lag er da. Trotzdem fühlte Susanne nach seinem Puls. Es gab keinen. Hondo war tot! Selbst schuld, dachte sie. Dann drehte sie ihn um und zog den Dolch aus der Leiche, wobei sie die Klinge an der Kleidung des Toten abwischte. Sie platzierte ihn wieder zwischen ihren Brüsten und ging zu Mandarine. Ihr Verdacht bestätigte sich. Auch Mandarine lebte nicht mehr. Susanne hatte mit solcher Wucht gegen ihr Kinn getreten, dass der Treffer ihr das Genick gebrochen hatte. Blieb noch Glocke. Der Schlag mit dem Queue hatte ihm den Schädel eingedellt. »Hmm …«, machte sie. Dann zuckte sie mit den Schultern und fing an, die Taschen und Rucksäcke der drei zu durchsuchen. Bei den Männern fand sie lediglich Kleingeld, aber Mandarine hatte noch achtzig Euro in einer Seitentasche. Da hatte sie doch wirklich ihre Kumpane betrogen. »Miststück!«, raunte Susanne.

Sie packte Hondos Messer ein und entdeckte in Glockes Rucksack noch einen einschüssigen Revolver. Sie kannte diese Waffen. Auch wenn nur eine Patrone in den Lauf passte, war sie sehr durchschlagskräftig. Und extrem laut!

Sie ging zum Vorhang und sah in den Hauptraum. Alles ruhig, wie es schien. Umso besser!

Sie verließ den Billardbereich. Und erstarrte. Sie konnte nicht glauben, was sie sah! Auf einem der Barhocker lag der abgeschnittene Kopf von Karl dem Wirt! Eine Pfütze aus Blut hatte sich unter dem Sitzmöbel am Boden gebildet.

Zwei Plätze weiter entdeckte sie noch einen Kopf eines fremden Mannes. Wohl ein Gast, der in das *Strullum* gekommen war, nachdem sie den Billardraum betreten hatte. Was war hier passiert?

Vorsichtig ging sie weiter. Als sie nach links blickte, erkannte sie auf einem der Tische etwas Blutiges! Sie ging darauf zu und erkannte, worum es sich handelte: Zwei Brüste. Große Brüste! Das mussten die Brüste von Maximiliane sein, der gewalttätigen Matrone, die vorhin ihren *Partner* verprügelt hatte.

Gustav hieß er. War er hier auch irgendwo? Susanne sah sich um. Sie entdeckte ein paar Beine, die hinter der Trennwand zur Musikbox hervorragten. Noch eine Leiche? Da war ja jemand noch gründlicher als sie gewesen! Sachen gibt's, dachte sie.

Vorsichtig setzte sie einen Schritt nach dem anderen. Schließlich stand sie neben der Trennwand und lief einen Bogen, falls dort der Killer lauerte. Aber in der Nische war niemand. Zumindest kein Lebendiger. Die Beine, die sie gesehen hatte, gehörten wohl Gustav. Genau konnte Susanne es jedoch nicht sagen, denn der Rest von ihm fehlte. Sie glaubte aber, sich an seine Sandalen zu erinnern. Sie schwenkte nach rechts, um hinter den Tresen zu schauen. Blut bedeckte den gesamten Boden.

Die Tür zum Lagerraum stand offen. Auf Zehenspitzen schlich Susanne darauf zu. Sie war zu neugierig, als dass sie den Laden einfach so verlassen hätte. Langsam sah sie um die Ecke in den Raum hinein und betätigte den Lichtschalter. Eine nackte staubige Glühbirne flammte auf.

Rot! Mehr nahm sie nicht wahr. Kreuz und quer lagen die verstümmelten Körper am Boden.

Die enthaupteten Leichen vom Wirt und dem unbekannten Gast; der beinlose Gustav, dem auch noch die Ohren fehlten; die entbrustete Maximiliane und noch eine Frau, der man den Unterleib aufgeschlitzt und sämtliches Gedärm entfernt hatte. Der matschige Haufen lag in der hintersten Ecke des Lagers hinter einem Stapel Bierkästen.

Wer war dafür verantwortlich? Und wie konnte der Killer unbemerkt all diese Taten in der kurzen Zeit vollbracht haben? Gab es mehr als einen Mörder? Anders konnte es gar nicht sein! Und weshalb sind sie und die anderen Billardspieler nicht auch getötet worden? Sie kehrte zurück in den Gästebereich.

Das Klo, erinnerte sie sich und blickte zur entsprechenden Tür. Sie nickte sich selbst zu und wollte gerade darauf zu gehen, als sie aus dem Augenwinkel etwas bemerkte. Es waren Gustavs Ohren, die mit zwei Pfeilen an eine Dartscheibe gepinnt waren. Was waren das für Typen? Sie wandte den Blick ab und lief weiter in Richtung Toilette, legte ihr Ohr ans Türblatt und lauschte, konnte jedoch nichts Verdächtiges vernehmen. Sie betätigte die Klinke und öffnete die Tür, betrat das Gästeklo und sah sich um. Kein Blut, keine Leichen und auch keine Körperteile! Der Toilettenbereich war sauber.

Susanne kehrte in den Hauptraum zurück und durchsuchte sämtliche Toten und erbeutete so mehr als eintausend Euro! Plus noch mal etwas über vierhundert Euro aus der Kasse.

Das hat sich ja heute doch noch gelohnt, freute sie sich. Dann schlenderte sie zur Musikbox und wählte das Lied *Exhibition Bout* von Sodom.

So viel Zeit muss sein, dachte sie. Nachdem das Lied zu Ende war, schritt sie zur Ausgangstür und wäre beinahe über die tote Diamantina gestolpert, die von außen an der Tür gelehnt hatte und ihr nun entgegenfiel! Ein Schraubendreher ragte seitlich aus ihrem Kopf. Zusätzlich waren alle Finger der rechten Hand abgeschnitten und ihr in den Mund gestopft worden! So tief, dass nur noch die Fingerspitzen herausragten.

Susanne blickte sich um. Die Dämmerung hatte mittlerweile eingesetzt und es würde nicht mehr lange dauern, bis es dunkel wurde. Sie lief zum Parkplatz und bemerkte, dass dort nach wie vor sämtliche Fahrzeuge standen, wie bei ihrer Ankunft. Nein, korrigierte sie sich in Gedanken. Der Hyundai war später dazu gekommen. Er musste den unbekannten Toten gehören. Allerdings fragte sie sich, wieso das Fahrzeug der Kammerjäger immer noch hier stand; die waren doch gegangen, kurz nachdem Susanne selbst das *Strullum* betreten hatte.

Sie ging auf das Fahrzeug zu und bemerkte schon von Weitem, dass Blut, aus der Fahrerkabine tropfte. Sie zog die Tür auf und der Beifahrer fiel ihr halb entgegen, nur der Sicherheitsgurt hielt ihn. Er hatte ein Einschussloch mitten auf der Stirn! Sie schaute an ihm vorbei zu seinem Kollegen auf dem Fahrersitz und stellte fest, dass ihn das gleiche Schicksal ereilt hatte.

Susanne rechnete nach. Acht Tote hatte sie bisher gefunden. Plus die drei, die sie selbst ins Jenseits befördert hatte. Ist ja fast ein richtiges Massaker, dachte sie. Obwohl man *fast* eigentlich streichen kann.

Sie holte den Einschüsser, den sie Glocke abgenommen hatte, aus ihrem Rucksack und spannte den Hahn. In der anderen Hand hielt sie das Messer von Hondo. Sie ging zur Rückseite des Gebäudes.

Dort gab es nur Buschwerk. Aber als sie ein von der untergehenden Sonne verursachtes Aufblitzen wahrnahm, ging sie neugierig darauf zu. Zwischen den Sträuchern fand sie ein Motorrad. Normal aufgebockt. Gut gepflegt. Sie erinnerte sich, dass sich eine solche Maschine zuvor auf dem Parkplatz, zwischen den Pkw befunden hatte. War das etwa …? Sie dachte nach. Den ersten Streit hatte sie mit dem Rocker in der Lederkluft gehabt. Wie war noch gleich sein Name? Werner! Lag er hier auch irgendwo als verstümmelter Leichnam herum, oder …, sie stockte, … oder steckte er womöglich dahinter?

Susanne erinnerte sich, ihn wegfahren gehört zu haben. Er muss dann umgekehrt und zurückgekommen sein, hat sein Motorrad versteckt und seine Killer-Tour begonnen. Aber warum? Hatte ihn der Rauswurf so sehr in Rage versetzt? Heutzutage rasteten die Leute schon wegen der kleinsten Kleinigkeiten aus. Ein harmloser Rempler auf dem Gehweg, ein kurzer Blick oder ein zu dünner Kaffee – schon startete ein Amoklauf.

Sie drehte sich um und ging zurück auf den Parkplatz. Sie vernahm ein Geräusch, als würde jemand mit einem Schuh über den Schotter schleifen. Erneut sah sie sich um. Niemand zu sehen. »Wer ist da?«, fragte sie. »Werner, bist du das? Komm raus. Zeig dich!«

Keine Reaktion.

»Bist auch noch feige, hm? Bringst lieber nichtsahnende Leute aus dem Hinterhalt um, was? Sogar Teenager. Was für ein armseliges Würstchen du bist!«

Schritte erklangen. Eine Person kam hinter dem Fahrzeug der Schädlingsbekämpfer hervor. Es war tatsächlich Werner! Er war von oben bis unten mit Blut bedeckt. Genau wie Susanne hielt er eine Waffe in der Hand.

»Wird Zeit, dass dir jemand dein freches Maul stopft, Miststück!«, sagte er. »Du bist heute der Hauptkill.«

»Soll ich mich etwa darüber freuen oder weshalb erzählst du mir das?«

»Damit du dich auf deinen Tod vorbereiten kannst. Ich bin ja kein Unmensch.«

Susanne grinste ihn herausfordernd an. »Wer hier stirbt, ist längst nicht entschieden«, meinte sie. Dann hob sie ihre Hand mit dem einschüssigen Revolver und zielte auf Werner.

»Oh, Madame hat sich eine Schusswaffe zugelegt. Kannst du überhaupt damit umgehen?«

»Selbstverständlich. Sogar sehr gut!«

Ihr Gegenüber sah sie ernst an. »Hast du schon mal jemanden verletzt? Oder sogar getötet?«

»Natürlich.« Sie nickte. »Geh mal da rein«, meinte sie und deutete mit dem Daumen über ihre Schulter zum *Strullum*.

»Meinst du etwa deine Freunde im Billard-Raum?«, fragte er ungläubig.

»Sie *waren* nicht meine Freunde«, betonte sie.

Werner ging nicht darauf ein. »Und nun?«, fragte er.

Susanne schürzte die Lippen. »Wir können es gleich hier austragen, wenn du willst. Wir schießen es aus.«

Werner verstand sofort, worauf Susanne hinauswollte. »Ein Duell?«

»Warum nicht?«

»Und wie genau stellst du dir das vor?«

»Es ist ganz simpel. Wir halten beide bereits eine Schusswaffe in den Händen. Wir senken die Arme und warten, bis einer die Geduld verliert und die Knarre hochreißt. Dann wird geballert, bis du tot im Dreck liegst, wo du hingehörst!«

Werner verengte die Augen zu Schlitzen. »Du hast so eine große Schnauze, Püppi.«

»Oh wie süß, ich gefalle dir wohl, was?«

»Zugegeben, du bist nicht hässlich, aber trotzdem bist du ein Miststück!«

»Na dann, versuch dein Glück, Opa!«

Werner grinste. »Dir ist schon klar, dass du lediglich eine Kugel abfeuern kannst? Ich dagegen habe zehn Patronen im Magazin, plus eine im Lauf.«

Susanne nickte lächelnd. »Für dich reicht eine Kugel vollkommen aus!«, sagte sie.

»Das werden wir ja sehen«, meinte er. »Keine Sorge, ich töte dich nicht gleich. Ich werde dich nach und nach ganz langsam zerschießen, während ich dich vögele! Ich werde es genießen. Und in dem Moment, wenn ich komme, wirst du sterben!«

»Nun ja, das wird sich zeigen. Bist du bereit, Werner?«

Er nickte. »Das bin ich. Die Frage ist, ob *du* bereit bist, deinen Weg in die Hölle anzutreten?«

Darauf erwiderte sie nichts. Beide senkten die Waffenhände. Dann begann das Warten. Die Duellanten blickten sich in die Augen, warteten auf ein verräterisches Zucken, in den Augen des anderen. Werner hatte sich breitbeinig hingestellt wie die Cowboys in den Westernfilmen. Susanne wirkte beinahe entspannt. Sie hatte ein Bein etwas vorgestellt. Während Werner einen höchst angespannten Gesichtsausdruck hatte, schien es, als würde Susanne leicht Lächeln.

Der Himmel wurde immer dunkler, aber die Laternen spendeten genug Licht. Leichter Wind sorgte für etwas Abkühlung. Werners Oberlippe zuckte, ein Zeichen seiner Nervosität. Susanne hatte die Nerven, mit dem vorgestellten Fuß zu wippen. Sie konnte Werner ansehen, dass ihm das gar nicht gefiel. Susanne versuchte, ihn aus der Reserve zu locken, ihn weiter zu provozieren, wie schon anfangs in der Gaststätte. Da war es ziemlich einfach gewesen. Jetzt stand jedoch ihrer beider Leben auf dem Spiel. Eine Krähe flog krächzend über ihren Köpfen vorbei. Niemand beachtete sie und ungebetene Gäste waren nicht mehr zu erwarten, da offiziell schon Ladenschluss war.

Susanne wusste natürlich, dass sie ihn treffen musste, denn eine zweite Chance hatte sie nicht. In ihrer Linken hielt sie nach wie vor Hondos Messer. Werner hatte es entweder nicht bemerkt, oder es war ihm egal. Er war ohnehin davon überzeugt, als Sieger aus dem Duell hervorzugehen.

Sie traute ihm auch ohne Weiteres zu, seine Drohung wahrzumachen und sie nur zu verletzen, zu vergewaltigen und dann seine sadistischen Fantasien an ihr auszuleben. Das würde zu ihm passen, wenn man bedachte, was er den anderen Opfern angetan hatte.

Da sie selbst nur einen Schuss abfeuern konnte, musste er sitzen. Ihr Vorteil dabei war, dass sie nicht unbedingt eine bestimmte Stelle treffen musste. Aufgrund des großen Kalibers brauchte sie lediglich auf die Körpermitte zu zielen. Egal, wo sie traf, die Kugel würde in jedem Fall einen enormen Schaden anrichten. Ein Fehlschuss hingegen wäre fatal.

Sie war zwar sehr geduldig, wollte ihn aber weiter reizen. Sie legte den Kopf schief und zwinkerte ihm zu.

Er blinzelte überrascht. Sie warf ihm einen Luftkuss zu.

»Was soll das?«, motzte er. »Hör auf damit!«

Susanne zeigte ein strahlendes Lächeln. »Mache ich dich nervös?«

»Halt die Klappe und schieß endl–«

Susanne riss ihre Waffe hoch und jagte die Kugel aus dem Lauf in Werners Richtung. Doch er hatte schnell reagiert und schaffte es, ebenfalls eine Kugel auf die Reise zu schicken. Beide trafen. Beide gingen zu Boden.

Susanne war in den Oberkörper getroffen worden und krümmte sich im Staub. Werner hatte einen Volltreffer kassiert. Sein Kopf war explodiert. Eine Fontäne aus Knochen-splittern, Gehirnstücken und jeder Menge Blut hatte sich um ihn herum verteilt.

Susanne tastete ihre Brust ab und besah sich die Hände. Kein Blut! Aber wie konnte das sein? Sie war getroffen wor-den, der Schmerz war fast unerträglich und dennoch lebte sie. Mit Mühe setzte sie sich auf.

Ihre Jacke wies eindeutig ein Einschussloch auf! Sie klappte die Seiten auseinander und fing, trotz der Schmer-zen an, zu lachen. Dann griff sie in ihr Dekolleté. Ihr Brust-dolch hatte ihr das Leben gerettet! Die Kugel war vom Griff abgeprallt und hatte eine Delle hinterlassen.

Was für ein Tag!, dachte sie. Mühsam rappelte sie sich auf und ließ es sich nicht nehmen, auch Werners Taschen zu filzen. Das brachte ihr weitere zweihundertsechzig Euro ein. Sie ging wie in Zeitlupe zu ihrem Wagen und glitt hinters Steuer. Erstmal weg hier. In einem Ort, zirka zweieinhalb Stunden von hier, würde sie sich ein Pensionszimmer neh-men, um sich von den Strapazen zu erholen.

Ihr nächstes Ziel war Wismar. Da würde sie weitere Bil-lard-Opfer finden.

Hoffentlich würde es dort einfacher sein, abzukassieren als hier …

ENDE

Hinter der Mauer

Der Totengräber Erwin Zwackmüller führte den selbsternannten Dämonenbekämpfer Adolf Groll einen schmalen, teils zugewucherten Waldweg entlang zu dessen Einsatzort. »Wie weit ist es denn noch?«, wollte der Angeheuerte wissen.

Sein Führer winkte ab. »Eine Weile dauert es noch, bis wir da sind. Das Areal ist ziemlich versteckt, und das ist auch gut so. Zu gefährlich! Nur ganz selten verirrt sich jemand hierher.«

Es war ein sonniger Frühlingstag, auch wenn das Sonnenlicht von den dicht belaubten Kronen der sie umgebenden Bäume gedämmt wurde. Die Männer liefen gemächlichen Schrittes durch das Unterholz.

»Wie hat das Ganze eigentlich angefangen? Und wann?«

»Oh, da muss ich mal überlegen …« Erwin Zwackmüller blieb stehen und wischte über sein verschwitztes Gesicht. Er machte einen leicht ungepflegten Eindruck. Sein Haar klebte strähnig am Kopf und er hatte sich offensichtlich seit geraumer Zeit nicht mehr rasiert. Seine graue Jacke wies, genau wie die Hose, Flecken auf und die Schuhe waren rundherum mit Lehm verkrustet. »Ich glaube, es begann ungefähr Anfang der Fünfziger. Damals trafen sich sieben Jugendliche und wollten eine schwarze Messe abhalten oder so. Sie beschworen einen Dämon und wollten ihn zwingen, ihnen zu Diensten zu sein.« Er machte eine Pause.

»Scheint ja nicht so richtig geklappt zu haben, vermute ich mal. Wie ging es weiter?«

»Die Beschwörung war wohl erfolgreich, aber es lief nicht so, wie sie es sich erhofft haben. Der Dämon – es war ein weiblicher – dachte gar nicht daran, sich den Teenies zu unterwerfen. Sie lachte sie aus und tötete sechs von ihnen. Nur einer entkam. Sein Name war Klemens Krumm. Er flüchtete ins Dorf und berichtete dort, was er erlebt hatte. Sofort versammelten sich die Bewohner, um zu beratschlagen, was zu tun sei. Es gab zwei Lager. Die einen wollten das, was passiert war, einfach ignorieren, die anderen wollten den Dämon töten. Letztere hatten schließlich die Mehrheit auf ihrer Seite. Geschlossen marschierten sie, angeführt vom Überlebenden, zum Ort des Geschehens, um die Dämonin zu vernichten.«

Der Totengräber stoppte, weil der Weg von einem umgekippten Baum blockiert wurde. Die beiden mussten außen herumgehen und wären beinahe den Abhang heruntergerutscht, der sich neben ihnen auftat. Als sie sich wieder auf dem Pfad befanden, fragte Adolf Groll: »Haben die Dorfbewohner die Dämonin töten können?«

»Zuerst haben sie sie gar nicht gefunden. Erst nach einer Stunde, als sie aus einer Erdhöhle hinter einem Busch herausstieg, entdeckten sie die Teufelin. Sie war splitternackt und ihr ganzer Leib war von Reptilienschuppen bedeckt. Außerdem hatte sie zwei Hörner auf der Stirn!«

Adolf Groll musste innerlich grinsen. Was für einen Schwachsinn die Leute glaubten. Eine gehörnte, nackte Dämonin? Also wirklich! Aber ihm war es letztendlich egal. Es war leicht verdientes Geld. Sowas ließ er sich natürlich nicht entgehen. Als er die Anzeige in der Zeitung gesehen hatte, zögerte er keinen Moment und rief die angegebene Telefonnummer an.

Und jetzt lief er hinter dem Totengräber her, um *eine Dämonin* zu vernichten!

Sein Plan war simpel: Er würde in diese Höhle hinein gehen, falls sie überhaupt existierte, ein wenig Rabatz machen und dann erklären, das Wesen besiegt zu haben. So einfach war das.

»Wie ging es weiter?«

»Als die Dorfbewohner der Dämonin gegenüberstanden, waren sie natürlich zuerst schockiert. Sie versuchten, sie zu ergreifen, sie schossen sogar auf sie, aber die Projektile konnten ihr nichts anhaben.«

»Hat dieses Wesen einen Namen?«, wollte Adolf Groll wissen.

Der Totengräber nickte. »Sie nennt sich Quaqzonda.«

»Aha, gut zu wissen.« Der Dämonenjäger nickte. »Und was geschah dann?«

»Man wollte sie auf den Scheiterhaufen stellen, aber sie war nicht zu packen. Sie stand nur da und amüsierte sich köstlich über die jämmerlichen Versuche, die die Dörfler unternahmen, um sie zu überwältigen. Als es ihr dann irgendwann reichte, schlug sie zurück.« Erwin Zwackmüller blieb stehen und schnäuzte laut seine Nase, ehe er weiter ging und fortfuhr. »Sie griff an und tötete ein halbes Dutzend ihrer

Gegner. Die anderen unterwarf sie einem Bann und zwang sie, sie als Herrin anzuerkennen und ihr, wann immer sie es verlangte, Menschen zu bringen, die sie dann verspeisen wollte. Lebend!«

»Sie ist also eine Kannibalin«, stellte Groll fest.

»So ist es!«, bestätigte Zwackmüller.

»Gingen die Leute aus dem Dorf auf ihren Wunsch ein?«

»Selbstverständlich. Es blieb ihnen gar nichts anderes übrig. Jeder ihrer Befehle – nicht Wünsche! –musste umgehend ausgeführt werden, sonst wurde einer von ihnen vor den Augen der gesamten Dorfgemeinschaft von ihr bei lebendigem Leib gefressen!«

»Kam das oft vor?«, wollte der Mann nun wissen, den die Geschichte langsam zu faszinieren begann, ob er wollte oder nicht. Natürlich hielt er sie noch immer für Unsinn, aber sie war unterhaltsam und der Weg zog sich in die Länge, sodass er eine Ablenkung wie diese gerne annahm.

Der Totengräber nickte. »Zweimal ist es passiert. Danach gab es keine Meuterei mehr.«

»Können Sie sagen, wie viele Menschen ihr im Laufe der Jahre geopfert wurden?«

Dieses Mal schüttelte er den Kopf. »Nicht genau, nein. Meistens werden Wanderer verschleppt, um sie Quaqzonda zu übergeben, aber auch Fremde, die ins Dorf kommen, um einen Zwischenstopp einzulegen. Teilweise wurden sogar mehrere Leute auf Vorrat eingesperrt.«

»Und es hat niemand die Polizei geholt?«

»Die Polizei?«

»Ja! Es muss doch wenigstens einer dabei gewesen sein, der dem ganzen ein Ende bereiten wollte. Das wäre nur logisch.«

Erwin Zwackmüller atmete tief ein. »Mit Logik kommt man hier nicht weit. Außerdem vergessen Sie, dass die Dörfler unter Quaqzondas Bann stehen. Sie würde sofort mitbekommen, wenn jemand etwas gegen sie unternehmen will.«

»Verstehe. Aber was ist mit Ihnen?«

»Mit mir?« Er runzelte die Stirn. »Was meinen Sie?«

»Na ganz einfach …« Erwin Groll verlangsamte seinen Schritt. »Sie erzählten mir gerade, dass jeglicher Widerstand mit dem Tod bestraft wird. Das heißt für mich, dass Sie ebenfalls getötet werden, weil Sie mich engagiert haben, um Quaqzonda zu vernichten. Oder bringe ich da etwas durcheinander?«

Die Männer blickten sich an. Erst nach einigen Augenblicken erklärte Zwackmüller: »Da haben Sie nicht ganz Unrecht, doch mir ist es egal. Ich werde eh bald sterben. Aber wenn ich das Dorf vorher noch von dieser Dämonenfrau befreien kann, ist es das doch wert, oder nicht?«

Die beiden marschierten weiter.

Eine Viertelstunde später deutete der Totengräber nach vorn. »Hinter dieser Baumgruppe da ist unser Ziel.«

Kurz darauf standen sie vor einer gut fünf Meter hohen Ziegelsteinmauer. Sie musste sehr alt sein. Der Mörtel in den Fugen war teilweise großflächig abgebröckelt und Moos hatte sich dort festgesetzt. Die Mauerkrone war erstaunlicherweise abgerundet. Der Boden um die Steinwand war bis zu einem Abstand von etwa zwei Metern tot. Nichts wuchs dort. Kein Gras, kein Unkraut, gar nichts. Dort gab es lediglich Sand. Mehr nicht.

»Wie lang ist diese Mauer?«, fragte Adolf Groll.

»Das kann ich nicht genau sagen, nicht einmal nach-messen.«

»Weshalb nicht? Es sollte doch kein Problem sein, das herauszufinden.«

»Das sagen Sie. Keiner konnte bisher ein Ergebnis dies-bezüglich vorlegen. Es ist auch vollkommen irrelevant. Sie führt ein langes Stück geradeaus, dann knickt sie von hier aus nach links ab und das geschieht dann noch zwei wei-tere Male. Irgendwann steht man schließlich wieder am Ausgangspunkt.«

»Und wo befindet sich der Eingang?«

»Es gibt keinen.«

»Aber … wieso denn nicht?« Der Dämonenjäger war verwirrt.

»Weil beim Bau bewusst darauf verzichtet wurde. Quaq-zonda wollte es so. Sie hat sich hinter der Mauer ihr eigenes Reich *aufgebaut*.« Er malte mit den Fingern Gänsefüßchen in die Luft.

»Ihr eigenes Reich? Haben Sie eine Ahnung, wie es aussieht?«

Zwackmüller schüttelte den Kopf. »Das weiß niemand«, erklärte er. »Quaqzonda hat verboten, einen Blick über den Steinwall zu werfen. Wer sich dem widersetzt, ist des Todes.«

Adolf Groll hakte nach. »Gibt es nicht wenigstens ein Hintertürchen oder einen unterirdischen Weg? quasi einen Geheimgang?«

»M-mh …« Der Angesprochene schüttelte erneut den Kopf. »Wir, beziehungsweise *Sie*, werden auf die klassische Art hinübergelangen: mit einer Leiter.«

»Na schön.«

330

»Ein paar Meter müssen wir aber noch zurücklegen, bis es so weit ist.«

Schweigend liefen die beiden Männer den sandigen Pfad entlang. Dann bog Erwin Zwackmüller nach rechts ab und zog aus einem Gebüsch die zuvor erwähnte Leiter.

»Helfen Sie mir mal!«, forderte er seinen Begleiter auf. Zusammen arretierten sie die einzelnen Elemente der Leiter und lehnten sie an die Mauer.

»So, das war's«, meinte der Totengräber. »Jetzt ist es an der Zeit, Ihre Aufgabe zu erfüllen.«

»Das werde ich.« Der Dämonenjäger nickte und erklomm die ersten beiden Sprossen des hölzernen Gestells.

»Wie komme ich denn auf der anderen Seite wieder herunter?«, fragte er.

»Da bleibt Ihnen keine andere Wahl, als zu springen!« Zwackmüller grinste zu ihm hinauf. »Aber keine Angst«, fügte er hinzu, »der Boden ist weich.« Groll nickte. Ein bisschen unwohl war ihm schon. Aber das würde er niemals zugeben.

»Wie komme ich nach getaner Arbeit wieder auf diese Seite zurück?«

»Keine Sorge, Herr Groll, ich werde hier auf Sie warten. Rufen Sie einfach nach mir, wenn Sie Quaqzonda vernichtet haben. Ich werfe Ihnen dann ein Seil herüber.«

»In Ordnung. Wünschen Sie mir Glück«, sagte er.

»Das werden Sie brauchen!«

Langsam, Sprosse für Sprosse, stieg er die Leiter hoch. Als er oben angekommen war, warf er einen vorsichtigen Blick über die Mauerkrone.

»Komisch …«, meinte er.

»Was gibt's denn da zu sehen?«, fragte Zwackmüller.

»Nichts Besonderes eigentlich. Sieht alles ganz normal aus. Ich hätte gedacht, dass es hier sumpfig oder neblig wäre, mit abgestorbenen Bäumen und herumliegenden Menschenknochen oder sowas in der Art …«

»Na, wenn alles normal zu sein scheint, werden Sie Ihren Job ja möglicherweise schnell erledigen können, nicht wahr?«

»Das hoffe ich!«, antwortete Adolf Groll, dann schwang er ein Bein über die Mauer, drehte sich zur Seite und ließ sich hinab. Nur mit den Händen hielt er sich fest. Aufgrund der Rundung fiel es ihm schwer, sich zu halten. Er atmete tief durch, dann öffnete er die Finger und fiel. Er kam auf dem Boden auf, der tatsächlich weich war, sodass er sich nicht einmal abrollen musste.

Als er die Stimme des Totengräbers vernahm, blickte Adolf Groll zur Mauer zurück.

»Alles in Ordnung?«

»Alles bestens, bin gut gelandet. Ich mache mich jetzt auf die Suche nach Quaqzonda!«, rief er, bekam jedoch keine Antwort mehr. Stattdessen sah er sich um. Die Vegetation war vergleichbar mit der auf der anderen Seite der Steinwand. Bäume und Büsche bildeten eine Art Gürtel, der ziemlich breit zu sein schien. Dazwischen wuchsen einige bunte Blumen, die er aber nicht identifizieren konnte. Im Gegensatz zu drüben reichte das Gras hier bis zur Mauer. Es war beinahe kniehoch.

Ein süßlicher Duft lag in der Luft, der wahrscheinlich von den Blumen stammte. Tiere waren weder zu hören noch zu sehen; nicht mal Insekten. Er steuerte auf die Buschreihe zu.

Umsehen schadet nichts, dachte er. Er würde vielleicht zwei Stunden hier verbringen, einige Schüsse abfeuern und sich dann auf den Rückweg machen. Und natürlich seinen Lohn kassieren.

Er ging auf die Büsche zu. Erst aus der Nähe stellte er fest, dass die ihn überragten. Mit einer Hand schob er Zweige zur Seite und bahnte sich seinen Weg hindurch. Mit der anderen schützte er sein Gesicht. Als er drüben ankam, traute er seinen Augen nicht. Dort sah es völlig anders aus! Es kam ihm fast so vor, als hätte er eine Zeitreise gemacht. Drüben auf der anderen Seite der Steinmauer herrschte Frühling, es schien die Sonne und es war angenehm warm, aber hier war tiefster Herbst!

Kahle Bäume umgaben ihn, es war kalt und der Boden war von abgefallenem Laub übersät. Es roch nach Erde und auch nach Moder. Wie konnte das sein? Das war nicht normal. Diese Umgebung passte jedoch genau zu den beschriebenen Ereignissen, die hier stattfanden. Für einen winzigen Augenblick schob er seine Zweifel beiseite, dann fing er sich wieder und setzte ein misslungenes Grinsen auf. Diese Umgebung war unheimlich, das konnte er nicht abstreiten, aber Dämonen gab es hier trotzdem nicht.

Adolf Groll setzte sich wieder in Bewegung. Immer wieder musste er tief hängenden Zweigen ausweichen, dennoch streifte ein kleiner Ableger seine Wange und hinterließ eine blutige Schramme. Nach ungefähr zwanzig Minuten kam er an einer weiteren Mauer an. Sie war nur kniehoch und stellte kein ernstzunehmendes Hindernis dar. Trotzdem blieb der selbsternannte Dämonenjäger stehen. Er erblickte einen uralten Friedhof. Grabsteine und Kreuze standen krumm und schief im Erdreich und drohten, umzufallen. Nebel waberte zwischen ihnen und schuf eine bedrückende Atmosphäre. Ein kalter Schauer lief seinen Rücken herunter. Was war das für ein Friedhof und wer lag hier begraben? Die Gräber und die schmalen Fußwege dazwischen waren von einer dicken Schicht brauner Blätter bedeckt. Es gab keine Blumen, alles war trist und grau. Deprimierend … Er stieg über das Mäuerchen und steuerte auf den Totenacker zu.

Als er vor dem ersten Grab stand, versuchte er, die verwitterte Inschrift zu entziffern, aber der Zustand des Steins war zu schlecht, als dass er etwas erkennen konnte. Ebenso verhielt es sich mit den nächsten Grabstätten. Hier wäre der perfekte Ort für eine Dämonin, dachte er. Er passierte einen uralten Brunnen. Adolf sah hinein und erkannte, dass er längst ausgetrocknet war. Am Boden des Schachts lag ein Tierskelett, das möglicherweise mal ein Fuchs gewesen war. Wo auch immer er hergekommen sein mochte.

Mehrere Reihen nordwärts befand sich ein Familiengrab mit einer lebensgroßen Statue, die auf einem Sockel stand. Die Grabplatte war zwar gesprungen, aber die Figur war in tadellosem Zustand. Sie stellte den Schnitter oder Sensenmann dar und trug einen langen Mantel, dessen Kapuze seinen Totenschädel bedeckte. In den Händen hielt er die obligatorische Sense. Nur war die Sense nicht aus Stein gehauen worden, sondern echt. Sie bestand eindeutig aus Metall. Was ging hier vor?, fragte er sich zum wiederholten Mal. Das Instrument sah aus wie neu, was es höchstwahrscheinlich auch war. Aber wer hatte es hier drapiert?

Erwin Zwackmüller, der Totengräber? Er würde zweifelsohne in diese Szenerie passen. Machte er vielleicht sogar gemeinsame Sache mit Quaqzonda? Hmm … Schritt für Schritt lief er den Pfad zwischen den Gräbern entlang. Plötzlich hörte er ein Geräusch! Er stoppte und hielt den Atem an, in der Hoffnung, der Laut würde sich wiederholen. Aber nichts geschah. Er ging weiter.

Angespannt und auf der Hut holte er seinen Revolver aus dem Holster unter seiner Jacke heraus und spannte den Hahn. Hier stimmte etwas ganz und gar nicht, so viel war ihm klar. Wollte sich jemand einen Scherz mit ihm erlauben? Was, wenn es kein Seil gäbe, an dem er auf die *normale* Seite der Mauer zurückgelangen konnte? Er holte tief Luft. Langsam wurde er nervös, was ihm überhaupt nicht passte. Er war stets die Ruhe in Person. Wenn er in Schwierigkeiten geriet, verstand er es, sich immer wieder geschickt herauszureden. Hier und jetzt fing er doch tatsächlich an, sich zu fürchten! Ein solches Gefühl war für ihn neu. Auf einmal entdeckte er einen verdorrten Hügel mit einem Eingang. War das vielleicht die Höhle, die Erwin Zwackmüller erwähnt hat? Er sah nochmal zu der Öffnung, die ihn an den Zugang zu einem unterirdischen Stollen erinnerte.

Vorsichtig setzte er einen Fuß vor den anderen. Dann ging Adolf Groll in die Hocke und sah sich um. Es gab keine Veränderung. Gerade, als er sich erhob, hörte er wieder das Geräusch! Ein Rascheln oder Schaben; er konnte es nicht zuordnen.

»Suchst du mich?« Die Stimme ließ ihn zusammenzucken und erstarren. Sie war hinter ihm … Zaghaft drehte er sich um. Da stand sie! Eine Frau. Nackt! Nein, korrigierte er sich, das war keine Frau, sondern die Dämonin! Es gab sie also wirklich …

»Sprichst du nicht mit mir, hm?«

»I-ich kann … weiß nicht … ich …«, stammelte er.

»Aah, ich verstehe, mein Anblick hat dir die Sprache verschlagen, nicht wahr?«

Der Mann konnte nur das Wesen anstarren. Sie war keine Schönheit, aber auch nicht hässlich. Faszinierend traf es wohl am ehesten. Sie war tatsächlich splitterfasernackt, aber andererseits auch wieder nicht. Es war seltsam … Bis auf das Gesicht war ihr ganzer Körper von Schuppen überzogen, jedoch keine Echsenschuppen, sondern eher solche, wie man sie von Fischen kennt. Nicht rau und kantig, eher flexibel. Wie Pailletten. Und sie waren hautfarben. Er konnte keine Scham erkennen, dafür aber ihre Brüste. Sie hatte drei! Die beiden normalen waren etwas zur Seite versetzt und die dritte befand sich in der Mitte. Sie waren schwer und voluminös und hingen ziemlich, dennoch konnte man sie nicht als Hängebrüste bezeichnen. Sie stand barfuß da, die Hände mit den langen Krallen in die Hüften gestemmt, und grinste ihn mit zurückgezogenen Lippen an. Er sah, dass sie spitz zulaufende Reißzähne hatte. Ihre Nase wirkte unauffällig. Ihre Augen waren tiefschwarz.

So ein Schwarz hatte er noch nie gesehen. Pupillen konnte er nicht erkennen. Aus ihrer Stirn ragten zwei, etwa zwanzig Zentimeter lange, sich nach oben verjüngende Hörner. Das Haar war dunkelrot und schulterlang. Es erweckte den Eindruck, als hätte sie es in einen mit Blut gefüllten Bottich getaucht.

»Gefällt dir, was du siehst, Mensch?«, fragte sie. Ihre Stimme klang sympathisch, fast schon schnurrend wie eine Katze.

»Bist … du … bist du Quaqzonda?«, brachte er mit Mühe heraus.

»Allerdings«, bestätigte sie. »Und du bist hier, um mich zu töten, nicht wahr?«

Adolf brachte keinen Ton heraus. Seine Kehle war wie zugeschnürt. Sein Weltbild war beim Anblick dieser Dämonenfrau zusammengebrochen.

»Versuch es gar nicht erst, Kleiner. Egal, was du dir einfallen lässt, es wird nicht funktionieren. Ergib dich und ich werde dich ein klein wenig schneller töten als all die anderen. Was hältst du davon, hm?«

»Was soll das heißen?«, fragte der Mann, völlig verwirrt.

Quaqzonda legte den Kopf schief und klärte Adolf Groll auf.

»Nun, für gewöhnlich esse ich meine Beute lebendig. Ich fange bei den unteren Extremitäten an und arbeite mich dann nach oben vor. Ich versuche, meine Opfer so lange wie möglich am Leben zu halten, weil das Fleisch dann umso deliziöser mundet. Das kann schon mal ein paar Tage andauern …«

Er stand da, wie ein kleiner Junge, der etwas angestellt hat und nun auf die Bestrafung wartet.

»Könnten wir nicht–«

Die Dämonin unterbrach ihn. »Nein, können wir nicht!«

»Aber du weißt doch gar nicht, was ich vorschlagen wollte«, warf er ein.

»Mir ist vollkommen egal, was du sagst, du landest so oder so in meinem Magen!«, sagte sie und kam auf ihn zu. Groll riss vor Schreck die Augen auf und rannte panisch in die Richtung, aus der er gekommen war. Während seiner

Flucht sah er kein einziges Mal nach hinten. Er wollte gar nicht wissen, wie nah sie ihm schon war. Seine Kleidung wurde von den Ästen und Zweigen, durch die er sich hindurch kämpfte, zerrissen. Er stolperte und stützte sich mit der Revolverhand ab, woraufhin er sich mehrere Finger brach. Er rappelte sich hoch und dachte nicht mehr an die Waffe. Er rannte, so schnell ihn seine Füße trugen.

Endlich erreichte er die Mauer. Er rief hektisch nach dem Totengräber. »Herr Zwackmüller! Herr Zwackmüller, sind Sie da?!«

»Natürlich bin ich hier. Haben Sie Ihre Aufgabe erledigt und Quaqzonda getötet?«, fragte er und Adolf hörte ihn lachen.

»Nein verdammt. Sie ist hinter mir her und will mich fressen! Helfen Sie mir, Erwin, und werfen sie das Seil über die Mauer.«

»Ich habe kein Seil!«

»Was … was soll das bedeuten?«, fragte Adolf Groll ungläubig.

»Sie sind ein bisschen schwer von Begriff, was? Aber das kann auch an der Todesangst liegen, die Sie gerade empfinden, deshalb sehe ich mal darüber hinweg. Mann, ich habe Ihnen doch vorhin erzählt, dass Quaqzonda uns Bescheid gibt, wenn Sie Hunger hat, hab' ich recht?«

»Ja, und?«

»Immer mit der Ruhe, junger Mann, nicht so hektisch. Ich möch–«

Groll unterbrach ihn. »Uns bleibt nicht mehr viel Zeit. Schnell, werfen das Sie–«

»Deine Zeit ist abgelaufen! Du bist hier, weil Quaqzonda

Nahrung braucht. Die Anzeige in der Zeitung? Du bist darauf hereingefallen und deswegen wirst du sterben. So einfach ist das.«

»Erzählen Sie keinen Quatsch, Zwackmüller. Quaqzonda ist mir auf den Fersen und wird jeden Moment hier sein.«

»Du irrst dich, ich bin schon da! Und ich habe groooßen Hunger!«

»Hiilfeee! Das Seil, ich brauche das Seil! Schnell! Das können Sie doch nicht machen!«

Im nächsten Augenblick wurde er von hinten gepackt und zu Boden geworfen. Scharfe Krallen rissen seine Kleidung vom Körper, dann wurde er auf den Bauch gedreht. Er schrie stundenlang, als Quaqzonda zuerst seine Zehen verspeiste und sich dann langsam nach oben vorarbeitete.

Sehr langsam …

EPILOG

Der Totengräber Erwin Zwackmüller hatte seine Aufgabe erfüllt und der Dämonin zum wiederholten Mal ein Opfer gebracht. Damit würde die Bevölkerung seines Heimatdorfes für eine Weile in Ruhe und Frieden ihrem Alltag nachgehen können.

Quaqzonda war fürs Erste gesättigt. In ein paar Wochen, vielleicht sogar Monaten würde ihr Magen wieder zu knurren beginnen. Dann wäre die nächste Zeitungsanzeige fällig …

ENDE

Im Labyrinth

Als vor einigen Jahren weltweit die Kriminalitätsrate explosionsartig anstieg, beschlossen die meisten Staaten, ausnahmslos alle Schwerverbrecher hinzurichten, denn die Gefängnisse platzten aus allen Nähten und die Gesamtlage verschlimmerte sich immer mehr.

Dann entwickelten einige Vertreter des Weltrats die Idee, die Exekutionen im TV beziehungsweise Internet live zu übertragen. Das gäbe zum einen unglaublich hohe Einschaltquoten und außerdem könnten auch die Angehörigen der Opfer auf diese Weise zufriedengestellt werden. Es wurde lange und intensiv darüber nachgedacht. Hitzige Diskussionen entbrannten unter den Mitgliedern des Rats, bezüglich dieses Vorschlags. Nach mehreren Wochen einigte man sich schließlich darauf, einen Testlauf durchzuführen.

Eine Sendung namens *(Un)Glücksrad* wurde kreiert. In dieser Sendung wurden zwölf Schwerverbrecher vorgestellt, die um ihr Leben spielen mussten. Die Zuschauerzahlen gingen durch die Decke und sprengten jegliche Vorstellungskraft! Allerdings wirtschaftete der Moderator dieser Show in seine eigene Tasche. Er wurde später festgenommen. Etwa zwei Jahre nach der Erstausstrahlung hatte man das Format der Show überarbeitet, um es noch interessanter und spannender zu machen.

Das Labyrinth wurde gebaut, in dem die *Kandidaten* nun um ihr Leben kämpfen sollten. Das Bauwerk bestand aus vier Meter hohen Wänden, die zur Hälfte mit Pflanzen bewachsen waren. Durch das obere Ende der Mauern floss Starkstrom. Das Labyrinth war komplett überdacht, schmale Lüftungsschlitze ließen die Luft zirkulieren. Überall in den Gängen hingen Kameras, die jeden Winkel erfassten.

Auf diese Weise konnten die Zuschauer ihren Favoriten über das Internet in dem Irrgarten beobachten. Diese Sendung war *der* Quotenrenner schlechthin! Zweimal pro Monat, später dann wöchentlich, wurde sie ausgestrahlt. Auch gestern war es wieder so weit.

Zwölf Teilnehmer standen bereit, im Labyrinth auf Leben und Tod zu kämpfen. Jeder von ihnen durfte sich bewaffnen, wobei Schnellfeuerwaffen und Sprengkörper nicht zugelassen waren. Diejenigen, die sich für eine Schusswaffe entschieden, bekamen sechs Patronen beziehungsweise Pfeile oder Bolzen. Damit mussten sie auskommen. Die anderen konnten zwei zum Beispiel Stich- oder Hiebwaffen mit sich nehmen. Für Spannung war in jedem Fall gesorgt.

Die gestrigen Teilnehmer waren:

Sandra Hölzer, 24 Jahre. Sie hatte die beiden Mörder ihrer kleinen Schwester aufgespürt und in Selbstjustiz getötet. Nach diesem für sie hoch befriedigendem Erlebnis verfolgte sie aufmerksam die Presse. Wann immer ein Mörder oder Vergewaltiger aus Mangel an Beweisen freigelassen wurde, war Sandra zur Stelle und tötete ihn. Auf diese Weise erwischte sie sechs von ihnen, bevor sie selbst verhaftet wurde.

Ihre Waffen im Labyrinth waren ein Wurfmesser und ein Tomahawk.

Der Killer-Uterus. Er schwamm in einem See und ermordete mindestens 33 Menschen. Da er keine Waffen nehmen konnte, tötete er seine Opfer, indem er sie unter anderem entweder mit Säure verätzte oder mit seinen Ovarien erschlug.

Susanne Wollert, 22 Jahre. Sie hatte in Notwehr in einem Billardsalon namens *Strullum* vier Menschen getötet. Ähnlich wie bei Kandidatin eins verlor sie von da an alle Hemmungen und ermordete vier weitere Leute, die ihr feindlich gesinnt waren. Im Labyrinth hatte sie einen Einschüsser dabei.

Piina Torrkanen, 16 Jahre. Sie hatte mittels Killerpuppen acht Lehrer ihrer Schule umbringen lassen. An zweien der Morde war sie direkt beteiligt. Zuvor hatte sie noch ein *Menschenopfer* gebracht, damit die Puppen überhaupt auferstehen konnten. Auch sie war auf den Geschmack gekommen und beförderte danach noch fünf weitere Menschen ins Jenseits. Sie hatte sich mit zwei Sai bewaffnet.

Yuki Takamoto, 16 Jahre. Sie tötete in Notwehr sechs Mitschülerinnen. Aufgrund einer durch dieses Erlebnis erlittenen psychischen Störung lief sie kurz darauf Amok in einer belebten Straße, was vier Menschen das Leben kostete. Ihre Waffen waren ein Brustdolch und ein großes Hackmesser.

Angus Bollinger, 51 Jahre, der Moderator der *(Un)Glücksrad*-Sendung. Er betrog die Regierungen um Gelder in Millionenhöhe. Außerdem hat er in den letzten Folgen selbst mehrere Kandidaten exekutiert. Er hatte sich im Labyrinth für einen Dolch und einen festen Morgenstern entschieden.

Audrey McCave, 30 Jahre. Sie war eine der Assistentinnen des Moderators und hat in der Sendung viele Todesurteile vollstreckt. Sie war auch in den Betrug involviert. Sie entschied sich für eine Pistole.

Deborah Quill, 32 Jahre. Sie war die zweite Assistentin der Sendung und hatte, genau wie Audrey, als Henkerin viele Leute hingerichtet und war ebenfalls in den Betrug verwickelt. Sie hatte eine Armbrust dabei.

Jochen Kawe, 35 Jahre. Er arbeitete als Profikiller und konnte in diesem Bereich 41 Opfer verzeichnen. Er nahm seine Pistole, Marke Walther, mit ins Labyrinth.

Erwin Zwackmüller, 57 Jahre. Er führte als Totengräber viele Menschen zur Dämonin Quaqzonda, um sie ihr als Opfer darzubringen. Er entschied sich für einen Trommelrevolver.

Quaqzonda, eine Dämonin. Alter unbekannt. Opferzahl: dreistellig. Sie hat lange Krallen, Reißzähne und zwei zwanzig Zentimeter lange Hörner auf der Stirn.

Leonid Zwornikow, 40 Jahre. Er erschoss als Sniper in Sibirien 24 Menschen aus dem Hinterhalt. Er brachte sein Hochpräzisionsgewehr mit ins Labyrinth.

Alle Teilnehmer – abgesehen von den beiden Dämonen – waren mit Schwarzen Overalls und Schuhen bekleidet. Sie standen jeweils einzeln auf kleinen Plattformen, die sie nach oben ins Labyrinth brachten. Jeder war voller Anspannung. Der Adrenalinspiegel stieg unaufhörlich. Keiner wusste, welche Gegner sich, außer ihnen, noch im Labyrinth befanden.

Als die Plattformen langsam nach oben fuhren, landeten die Kandidaten in unterschiedlichen Bereichen des Labyrinths. Alle verharrten regungslos. Nach wenigen Augenblicken ertönte ein Glockenschlag! Die Jagd hatte begonnen …

Sandra Hölzer setzte sich in Bewegung. Die Wände zu beiden Seiten wirkten auf den ersten Blick bedrückend. Gut war, dass die Decke nicht zu niedrig war, sonst hätte es noch schlimmer gewirkt. Sie konnte nicht sagen, mit welchen Pflanzen die Mauern bewachsen waren. Zuerst dachte sie an Efeu, aber das stimmte nicht. Gemächlich setzte sie einen Fuß vor den anderen. Der Boden war mit Erde bedeckt. Man konnte lautlos gehen. Der Gang vor ihr erstreckte sich über mehrere Meter, bevor er nach links abbog. Sandra hielt ihre Waffen in den Händen. Links das Wurfmesser, in der rechten den Tomahawk. Kurz vor dem Ende der Mauer drückte sie sich mit dem Rücken an die Wand und spähte vorsichtig um die Ecke. Niemand zu sehen. Sie betrat den sich anschließenden Gang …

Angus Bollinger traute sich erst gar nicht, seinen *Startplatz* zu verlassen. Er war kein Kämpfer und fürchtete sich. Seine Opfer in der Sendung waren wehrlos gewesen und es bestand nie die Gefahr, angegriffen zu werden. Abgesehen davon waren immer mehrere Wächter um ihn herum gewesen, die sofort eingeschritten wären. Jetzt hielt er seinen Dolch in der Hand. Den Morgenstern hatte er hinten im Gürtel verstaut. Er hoffte, sich irgendwie von den anderen fern halten zu können. Sollten die sich doch gegenseitig umbringen. Er wollte einen Platz finden, an dem er sich verstecken konnte …

Piina Torrkanen ging ohne Zögern den sich vor ihr öffnenden Gang entlang. Sie wollte ihre beiden Sai ausprobieren. Die einem Dreizack ähnliche Waffe lag gut in der Hand. Die Zinken endeten in scharfen Spitzen. Wenn jemand mit einem Knüppel oder einem Schwert auf einen einschlug, konnte man mit dem Sai die gegnerische Waffe abfangen und zur Seite abwehren. Piina erreichte eine T-Kreuzung. Sie sah sich beide Optionen an, dann beschloss sie, sich nach rechts zu wenden …

Jochen Kawe hielt seine Walther-Pistole in den Händen und marschierte zu einer abgerundeten Ecke, die er hinter sich ließ. Den dort angrenzenden Gang konnte er weit einsehen. Er war leer.

Vorsichtig setzte er einen Fuß vor den anderen. Immer darauf vorbereitet, einen potenziellen Feind auszuschalten. Sein Vorteil war, dass er jeden, der ihm entgegenkam, erschießen konnte, denn hier gab es ausschließlich Gegner, die ihn ebenfalls nicht verschonen würden …

Deborah Quill hatte einen der sechs Bolzen in die Schiene ihrer Armbrust eingelegt. Leider waren nur sechs erlaubt, aber im Gegensatz zu den anderen, die mit Schusswaffen ausgestattet waren, konnte sie die Bolzen wiederverwenden. Trotzdem durfte sie sie auf keinen Fall zu schnell abfeuern, denn es bestand die Möglichkeit, dass sie daneben zielte und das Geschoss verschwand. Deborah bog nach links ab und folgte dem Korridor …

Susanne Wollert lief völlig entspannt den Gang entlang, bog um eine Ecke und lief weiter. Ihr Einschüsser war verheerend, wenn er traf. Sie musste nicht einmal exakt treffen, es reichte ein Schuss in die ungefähre Richtung ihres Kontrahenten und der Schaden war angerichtet. Sie hielt sich in der Mitte des Gangs, wodurch sich ihr, wenn es die Situation erforderte, zwei Möglichkeiten boten, auszuweichen. Sie fand diese Veranstaltung spaßig und hatte richtig Lust, ihr Können unter Beweis zu stellen …

Audrey McCave hatte sich direkt neben der Plattform auf den Boden gesetzt und die Unterarme auf die Knie gestützt. Die Pistole hielt sie geladen und entsichert in der Hand. Sie wünschte sich, hier irgendwo ihrer Freundin und *Kollegin* Deborah zu begegnen. Sie waren ein gutes Team und würden einander Sicherheit geben. Audrey blieb erst einmal sitzen und wartete …

Erwin Zwackmüller hatte den Hahn seines Trommelrevolvers gespannt und lief bereits zum dritten Mal um eine Gangecke. Bisher war von den anderen Teilnehmern weder etwas zu sehen noch zu hören gewesen. Er hatte nicht so viel Selbstvertrauen, dass er davon ausging, lange am Leben zu bleiben. Hier waren harte Typen beiderlei Geschlechts dabei, die ihn, ohne mit der Wimper zu zucken, töten würden. Natürlich würde er sich verteidigen, keine Frage, aber eine Kugel wollte er auf jeden Fall für sich selbst aufheben.

Quaqzonda, der weibliche Dämon, lief splitternackt durch den Irrgarten und lauerte auf Opfer. Ihre Schuppen schimmerten wie Pailletten. Sie bedauerte, dass sie ihre Beute nicht wie gewohnt langsam zu Tode bringen konnte. Hier musste sie schneller sein. Krallen, Zähne und Hörner waren spitz und scharf. Quaqzonda zweifelte nicht daran, Beute zu machen. Außerdem hatte sie schon Hunger, da kam ihr ein unbedeutender Mensch gerade recht …

Leonid Zwornikow war auf der Suche nach einem Ort, von dem aus er einen guten Überblick hatte, um sein Hochpräzisionsgewehr in Stellung zu bringen. Zum Beispiel am Ende einer Sackgasse, wo er auf der Lauer liegen konnte, um einen nach dem anderen abzuknallen. Er war von diesem Labyrinth begeistert, auch wenn er noch nicht allzu viel davon gesehen hatte. Er liebte Labyrinthe und Irrgärten schon von klein auf. Es würde ein interessanter Tag werden …

Yuki Takamoto rannte einen Gang entlang. An dessen Ende stoppte sie, um um die Ecke zu spähen, dann rannte sie weiter. Sie wollte Action und kein vorsichtiges Anschleichen, nein, den Feind mit Schnelligkeit überraschen und genauso schnell ausschalten, das wollte sie. Ihr Hackmesser mit der breiten Klinge hielt sie in der Hand. Der Brustdolch steckte dort, wo er hingehörte …

Sandra war mittlerweile durch mehrere Korridore gegangen, ohne etwas zu sehen oder zu hören. Fast auf Zehenspitzen näherte sie sich einer Biegung. Als sie darum herumspähte, nahm sie eine Bewegung wahr. Jemand lief dort vorn in die entgegengesetzte Richtung. Sandra nahm die Verfolgung auf …

348

Angus war nach wie vor auf der Suche nach einem Versteck. Die gesamte Situation empfand er als bedrückend. Sicherheit, war das einzige, woran er denken konnte. Immer wieder drehte er sich um, damit er nicht hinterrücks angefallen werden konnte. Es war so anstrengend …

Piina wollte ihre Sai mit Blut füttern, aber es war niemand zu sehen. Das erfolglose Umherstreifen nervte sie. Sie wollte kämpfen und Blut vergießen …

Jochen pirschte sich durch einen Gang nach dem anderen. Hochkonzentriert, aber trotzdem innerlich ruhig. Bei all seinen Kills war er niemals in Panik verfallen. Er wusste stets, dass seine Zeit kommen würde. So war es auch hier, in diesem Irrgarten …

Deborah hatte sich in einer L - förmigen Nische an die Wand gelehnt und pausierte. Bisher war nichts Aufregendes geschehen. Einerseits war das gut, andererseits auch ein wenig schade …

Susanne spazierte einen sehr langen Korridor entlang. Sie hatte schon zwei Abzweigungen gesehen, war aber daran vorbei gegangen. Sie blieb auf dem Hauptgang in der Hoffnung, endlich zur Tat schreiten zu können …

Audrey hatte mehrere Minuten einfach nur dagesessen, dann war sie schließlich doch aufgestanden und den Gang bis zum Ende entlang marschiert. Dort ging sie in die Hocke und schaute um die Ecke in den nächsten Gang. Jemand lief direkt auf sie zu! Jetzt kam es drauf an. Sollte sie den Überraschungsmoment nutzen, in den Gang springen und sofort das Feuer eröffnen, oder warten, bis derjenige in ihren Gang einbog?

Erwin stand an einer Ecke und konnte somit beide Gänge im Auge behalten. Sollte in einem von ihnen jemand auftauchen, würde er in den anderen flüchten. Er wunderte sich über die absolute Stille, die ihn umgab. Keine Schreie, keine Schüsse! Wo waren die alle?

Quaqzonda schlenderte durch das Labyrinth auf der Suche nach Nahrung. Sie war so hungrig! Hier waren so viele Menschen, da würde ihr doch wohl wenigstens einer über den Weg laufen… Ihr lief das Wasser im Mund zusammen, als sie an das noch warme Menschenfleisch dachte…

Leonid war zufrieden. Er hatte eine Sackgasse gefunden, die relativ lang war und sich an deren Ende positioniert. Sein Gewehr stand auf einem Dreibein und war mit einem Zielfernrohr sowie einem Schalldämpfer versehen. Laserzielerfassung war hier nicht nötig. Leonid lag mit dem Gewehr im Anschlag am Boden und wartete auf sein erstes Opfer …

Yuki sprang in eine Abzweigung und sah wieder nur einen leeren Gang. Langsam wurde sie sauer. Sie wollte töten, aber es war niemand da!

Jochen hatte eine kurze Bewegung am Ende des Korridors wahrgenommen! Ein Irrtum war ausgeschlossen. Noch vier

Meter bis zur Ecke. Nichts zu entdecken. Noch drei Meter. Plötzlich schnellte eine Person um die Mauer und schoss auf ihn. Er erwiderte das Feuer und der Angreifer schrie auf, als er getroffen wurde. Leider fiel er hinter die Ecke zurück, weshalb Jochen damit rechnen musste, dass es eine Falle war. Dennoch schlich er weiter. Er lehnte an der Wand, atmete noch einmal durch und rannte zur gegenüberliegenden Wand des sich anschließenden Gangs. Keine Falle! Vor ihm lag, mit einem Kopfschuss niedergestreckt, eine blonde Frau. Er erkannte sie, ihr Name war Audrey. Sie hatte in einer Live-Show Exekutionen ausgeführt, zusammen mit einer Kollegin. Nun hatte es sie selbst erwischt. Jochen Kawe nahm ihre Pistole an sich und sah, dass sie noch fünf Patronen im Magazin hatte. Jetzt hatte er insgesamt zehn Schuss! Das sollte für eine ganze Weile reichen …

Piina Torrkanen suchte immer noch vergeblich nach einem Opfer. Forschen Schrittes ging sie geradeaus durch den Irrgarten. Da hörte sie ein Geräusch. Hinter sich! Sie schnellte herum und hatte endlich eine Gegnerin! Geht doch …

Sandra Hölzer hatte ihr potenzielles Opfer verfolgt. Es schien noch ein Teenie zu sein. Egal, es ging um Leben und Tod. Sie näherte sich dem Mädchen mit dem Tomahawk und dem Wurfmesser in den Händen. Letzteres wollte sie ihrer Feindin in den Rücken schleudern. Bei der Ausholbewegung streifte sie mit dem Knauf die Wand, was ein scharfes Geräusch verursachte. Augenblicklich fuhr die andere herum. Nun standen sie sich Auge in Auge gegenüber …

Piina war erstaunt, eine schwarzhaarige Frau zu sehen, die zudem dabei war, ein Messer in ihre Richtung schleudern zu wollen. Sie warf sich zur Seite und das Wurfmesser verfehlte sie. Sie grinste und ging auf die Angreiferin zu. Die Sai in den Händen. Die andere hatte lediglich ein kleines Beil oder einen Tomahawk, das sollte kein Problem sein!

Die beiden umkreisten sich. Piina stieß immer wieder mit den Sai zu, aber Sandra sprang jedes Mal außer Reichweite. Dann griff Sandra an. Sie holte mit dem Tomahawk kräftig aus, aber die Finnin konnte abblocken. Dann ging sie selbst zum Angriff über. Attacke! Sie rannte auf ihre Gegnerin zu und versuchte, sie mit den Sai zu erwischen. Sandra trat einen Schritt zur Seite und hämmerte den Tomahawk auf Piina herunter. Die ließ sich zu Boden fallen und rammte dann ein Sai durch Sandras Fuß! Die schrie vor Schmerz auf, wollte sich zurückziehen, konnte jedoch ihren Fuß nicht anheben. Sie hatte keine Möglichkeit sich von der Stelle zu bewegen!

Piina indes grinste. Endlich konnte sie Blut vergießen! Zwar hielt Sandra noch ihr lächerliches Beilchen in der Hand, aber darüber konnte sie nur lachen. Sie ging auf die Bewegungsunfähige zu und erwartete deren Verteidigung. Sandra drosch mit dem Tomahawk zu und dieses Mal fing Piina die Waffe mit einem Sai ab und schleuderte sie zur Seite. Dann stach sie mit dem zweiten Sai in die Körpermitte ihrer Gegnerin!

Die keuchte auf und hielt sich den Bauch. Alle drei Zinken waren in sie eingedrungen! Sie sackte zusammen, konnte nicht einmal richtig umkippen, weil sie festgenagelt war. Piina ging zu ihr und rammte beide Sai in ihren ungeschützten Rücken. Dann sackte Sandra Hölzer zusammen.

Piina war hochzufrieden. Lächelnd reinigte sie die sechs Zinken mit der Zunge …

Angus Bollinger schlich durch die unendlichen Gänge, als er unvermittelt auf einen Gang traf, der in seiner gesamten Länge mit Wasser gefüllt war! Wie ein lang gestrecktes Bassin. Er konnte nicht erkennen, wie tief es war, aber er spürte auch nicht das Verlangen, es auszutesten. Ratlos stand er da und schaute auf das Wasser. Im nächsten Moment bemerkte er eine Bewegung dicht unter der Oberfläche! Er runzelte die Stirn und versuchte, seinen Blick zu fokussieren. Es ging nicht. Dann erhob sich etwas aus dem Nass und Angus glaubte, den Verstand zu verlieren! Es war ein gigantischer Fleischberg, der sich nur mühsam zwischen den Wänden bewegen konnte. Er war rot und hatte an seiner Unterseite eine Öffnung, an deren Rändern er Zähne ausmachen konnte. Plötzlich wurde er von dem Wesen angespuckt! Sein Overall fing an zu dampfen und wurde regelrecht weggeätzt. Angus versuchte nun hektisch, sich von dem Kleidungsstück zu befreien, aber er verhedderte sich darin. Eine weitere Spuck-Attacke folgte, die ihn diesmal im Gesicht traf. Er brüllte auf, als sich die Säure in seine Gesichtshaut fraß. Er spürte förmlich, wie sich sein Fleisch verflüssigte. Er hörte das Wasser plätschern und im nächsten Moment wurde er von etwas getroffen, das ihm den Schädel zerschmetterte …

Yuki Takamoto bog um eine Mauerecke und sah ein paar Meter entfernt einen Mann. Er schien älter zu sein und machte auf sie einen eher ängstlichen Eindruck. Sie hielt ihr Hackmesser in der Hand und wollte ihm damit in die

Schulter seiner Waffenhand hacken, ihn so entwaffnen und sich dann an ihm austoben. Sie wollte sich in seinem Blut suhlen!

Erwin Zwackmüller drehte sich um und erschrak fast zu Tode. Eine Asiatin kam von hinten mit einer breiten Klinge auf ihn zu. Er wusste, was sie damit tun wollte. Aber nicht mit ihm! Er spurtete weiter den Gang entlang, um ihr zu entkommen.

Yuki verstand seine Reaktion überhaupt nicht. Er hatte eine Schusswaffe, weshalb setzte er sie nicht ein? Sie blickte ihm nach, wie er vor ihr davon stolperte, dann ging sie ihm hinterher.

Erwin floh vor der jungen asiatischen Frau. Er nahm die nächste Abzweigung, rannte ein paar Meter und bog dann erneut ab, in der Hoffnung, sie abzuhängen.

Yuki folgte ihm ohne Probleme. Mehrmals war er schon abgebogen, aber das nützte ihm auch nichts mehr. Sie würde ihn erwischen und auseinandernehmen.

Erwin sah über seine Schulter zurück. Seine Verfolgerin war schon dicht hinter ihm! Wieder betrat er einen neuen Korridor, machte ein paar Schritte, dann spürte er urplötzlich einen ungeheuren Schlag gegen seine Brust und wurde zurückgeschleudert …

Yuki holte gerade mit dem Hackmesser aus, als sie einen lauten Knall vernahm. Es war ein Schuss! Sie sah, wie der Mann, den sie bis hierher verfolgt hatte, in ihre Richtung katapultiert wurde. Er hatte ein großes Loch im Oberkörper. Neugierig sah sie um die Ecke und zog den Kopf gleich darauf wieder zurück. In dieser Sekunde hatte sie einen Mann erkannt, der mit einem riesigen Gewehr wie ein Scharfschütze am Boden lag. Da zog sie sich doch lieber zurück. Schade, dass der Revolver des Toten zu weit im Gang lag. Den hätte sie sehr gerne an sich genommen …

Deborah Quill vernahm Schüsse, aber nicht in unmittelbarer Nähe. Sie erreichte eine Kreuzung; ein Weg führte nach rechts, der andere schien einen Bogen zu beschreiben und wieder in die Richtung zurückzuführen, aus der sie kam. Sie entschied sich für den Weg nach rechts. Nach einer Weile schlug auch er einen Bogen und endete abrupt vor einer Treppe, die in die Tiefe führte. Unten war es finster. Sie war gespannt, wohin der Tunnel führen würde. Sie musste natürlich auch damit rechnen, dass da unten jemand auf sie lauerte. Trotzdem wagte sie den Abstieg. Langsam, Stufe für Stufe, ging sie nach unten. Es waren ungefähr elf Stufen, dann erreichte sie das Ende.

Sie tastete sich weiter, bis sie zu einer rechtwinkligen Abzweigung nach links kam. Sie linste um die Ecke und sah in einiger Entfernung etwas schimmern. Dort führten wieder Stufen nach oben. Deborah überlegte. Sie könnte hier unten bleiben und beide Treppen im Blick behalten. Sollte sich jemand nähern, würde sie ihn problemlos töten können, denn er konnte sie hier im Dunkeln nicht sehen. Umgekehrt konnte sie ihn in aller Ruhe ins Visier nehmen. Perfekt!

Susanne Wollert hörte von überall her Schüsse. Sie lächelte. Der Spaß hatte also schon einige Leben gekostet. Hier waren nur Bösewichte unterwegs, deshalb glaubte sie, sich auf einer Säuberungsaktion zu befinden. In einiger Entfernung sah sie eine nackte Frau durch das Labyrinth laufen! Sie war zwar ein wenig überrascht, aber das hielt sie nicht davon ab die Verfolgung aufzunehmen …

Quaqzonda ahnte nichts von ihrer Verfolgerin. Sie lief ziellos umher auf der Suche nach Nahrung. Sie war sich ihrer Stärke bewusst. Kein Sterblicher konnte ihr etwas anhaben. Der nächste Gang wartete mit einer Überraschung auf sie. Wasser! Sie trat an den Rand und starrte hinein.

Was hatte denn Wasser in einem Labyrinth zu suchen? Komisch … Sie ging in die Hocke und tauchte eine Hand in die Flüssigkeit. Es war relativ warm. Trinken wollte sie jedoch nicht davon, wer wusste schon, was sich darin befand? Nein, sie würde ihren Durst mit dem Blut ihrer Opfer stillen. Da spürte sie plötzlich eine Berührung an der Hand. Sie zog sie wieder heraus und brachte etwas Abstand zwischen sich und dem Wasser. Etwas war da drin, aber was? Einen Augenblick später bekam sie eine Antwort …

Sie sah ein großes fleischiges Etwas aufsteigen, das über ihr aufragte. Sie hob amüsiert die Augenbrauen und betrachtete das Ding. Es war hässlich! Hatte weder Augen noch eine Nase oder Ohren. Dafür aber ein Maul mit vielen kleinen, aber spitzen Zähnen! Vor dem Fleischberg trieben zwei orange-gelbe Dinger auf der Oberfläche, die Quaqzonda an Keulen erinnerten. Dann fiel es ihr wie Schuppen von den Augen. Sie wusste, was sie da vor sich hatte: Einen riesigen Uterus, eine Gebärmutter gigantischen Ausmaßes! Misstrauisch beäugte die Dämonin, wie sich das Maul öffnete und sie ging sicherheitshalber zwei weitere Schritte zurück. Dieser Entschluss war goldrichtig, denn im nächsten

Moment spritzte ihr eine Fontaine entgegen, die sie voll getroffen hätte. So verfehlte sie sie und verätzte die Grünpflanze an der Mauer.

Das war zu viel! Einen Angriff auf sich duldete sie nicht. Niemals! Sie nahm Anlauf und sprang ins Wasser …

Susanne stand hinter der Mauer und hatte alles aus sicherer Entfernung beobachtet. Sie konnte nicht fassen, was sie da sah! Aber noch unglaublicher fand sie es, dass die nackte Frau zu dem Ding ins Wasser sprang. Sie war gespannt, was nun geschehen würde. Sie hoffte, dass die beiden sich gegenseitig umbrachten.

Nachdem Quaqzonda ins warme Nass eingetaucht war, nahm sie direkten Kurs auf den Zervixkanal! Sie wollte eine schnelle Entscheidung herbeiführen. Sie hatte erwartet, dass der Uterus zuschnappen würde, als sie in ihn eindrang, aber das geschah erstaunlicherweise nicht.

Die Dämonin glitschte in den Korpus des Organs. Seltsamerweise war es nicht dunkel. Die Gebärmutter zog sich krampfartig zusammen und ließ dann wieder locker. Sie wollte den Eindringling durch diese Kontraktionen wieder austreiben. Wie bei einem Geburtsvorgang. Doch dem würde Quaqzonda einen Riegel vorschieben.

Sie fing an, mit ihren langen spitzen Krallen die Gebärmutterschleimhaut zu bearbeiten. Sie fetzte große Streifen ab, mehr und mehr. Der Uterus vollzog ruckartige Bewegungen, so als würde ein Pferd sie abwerfen wollen. Tatsächlich verlor Quaqzonda das Gleichgewicht und fiel hin. Sofort nahmen ihre Krallen ihr zerstörerisches Werk wieder auf. Sie bohrte die Nägel in den Untergrund des Uterus und schaffte es, ihn zu perforieren! Nur minimal, aber der Anfang war gemacht. Ihr lebendiges Gefängnis sonderte nun enorme Mengen Flüssigkeit ab. Es war Blut, was Quaqzonda noch zusätzlich anheizte. Sie nahm den Geruch wahr und bemerkte eine besondere Note darin. Dann wusste sie, um was es sich handelte. Die Gebärmutter sonderte Menstruationsblut ab. Der Dämonin war das aber völlig egal. Sie riss und schälte das Gewebe großflächig ab. Zusätzlich rammte sie auch noch ihre Stirnhörner in das Fleisch. Mit Erfolg! Wasser drang in den Uterus ein! Die knöchelhohe Blutpfütze, in der sie inzwischen stand, wurde immer wässriger. Die Bewegungen des Uterus verlangsamten sich merklich. Aufgrund des eindringenden Wassers nahm er immer mehr an Gewicht zu, welches er nicht kompensieren konnte. Er war quasi dabei zu ertrinken! Quaqzonda war sich absolut sicher, dass, wenn sie denselben Weg hinausnahm, durch den sie eingedrungen war, die Zähne am Eingang des Zervixkanals dieses Mal zuschnappen würden! Deswegen blieb ihr nichts anderes übrig, als sich einen anderen Ausgang zu schaffen.

Mit Krallen, Hörnern und ihren Reißzähnen hatte sie sich nach kurzer Zeit einen *Hinterausgang* ins Uterusgewebe gefetzt. Sie zwängte sich durch die Öffnung hinaus und schwamm an die Oberfläche. Dort orientierte sie sich erst einmal, bevor sie zum Rand des Bassins kraulte, wo sie sich auf den Boden zurück hievte. Kaum war sie dort angelangt, als der untergehende Uterus noch eine Attacke unternahm, indem er mit einem Ovarium nach ihr schlug. Tatsächlich erwischte er die Dämonin, die noch am Boden lag, an den Beinen! Das linke wurde komplett zertrümmert, das rechte unterhalb des Knies zermalmt. Quaqzonda wand sich vor Schmerzen! Aus den Augenwinkeln vernahm sie noch, wie der Uterus blubbernd versank. Sie hatte ihn endgültig besiegt, aber einen sehr hohen Preis dafür bezahlt …

Susanne war von dem Schauspiel, das sich ihr bot, total fasziniert. Erstaunt hatte sie den Kampf der Dämonen verfolgt. Er war einfach spektakulär. Die rote Gebärmutter war untergegangen und hatte die Nackte trotzdem noch schwer verletzt. Das war ihre Chance. Vorsichtig näherte sie sich der Verletzten. Die sah mit schmerzverzerrtem Gesicht zu ihr hoch und fauchte sie an. Susanne genoss ihre Überlegenheit. Selbstsicher hob sie den Einschüsser und legte auf ihre hilflose Gegnerin an, dann drückte sie ab!

Die Kugel durchschlug ihre Schulter und riss den kompletten Arm ab! Grünlich schillerndes Dämonenblut strömte aus der Wunde und tränkte die Erde. Quaqzonda jammerte. Susanne lud in aller Ruhe ihre Waffe, legte erneut auf sie an und jagte die Kugel dieses Mal in den Schädel der Dämonin, der daraufhin platzte! Susanne hatte also ihren ersten Kampf siegreich bestritten. So konnte es weitergehen …

Piina war nach dem Sieg gegen Sandra Hölzer regelrecht euphorisch. Sie wollte mehr Opfer, mehr Blut. Allerdings ging sie jetzt nicht mehr so schnell durch das Labyrinth, sondern war vorsichtiger geworden. Nur weil Sandra vorhin ein Geräusch verursachte, hatte sie sie bemerkt. Sonst hätte es tödlich für sie selbst enden können. Glück gehabt. Sie lief weiter und hörte Schüsse aus verschiedenen Waffen. Die Kämpfe waren in vollem Gange. Sie lächelte …

Deborah wartete unten in der Dunkelheit des Tunnels darauf, dass sich jemand blicken ließ. Bislang war das nicht geschehen. Ihr sollte es recht sein, dann geriet sie nicht in Gefahr und außerdem sparte sie auf diese Weise ihre Armbrustbolzen. Sie lehnte mit dem Rücken an der Wand in der Mitte der Abzweigung, sodass sie beide Treppenaufgänge im Blick hatte. Nun meldete sich ihre Blase, die geleert werden wollte …

Yuki ärgerte sich noch immer, dass der Mann seinen Trommelrevolver im Gang des Scharfschützen verloren hatte. Die hätte sie wirklich gut gebrauchen können. So eine Schusswaffe war schon etwas Schönes und auch verdammt effektiv! Sie fragte sich, wer ihr wohl als Nächstes über den Weg laufen würde. Und wer überhaupt noch am Leben war …

Jochen Kawe freute sich über die zusätzliche Pistole, die er der Blondine abgenommen hatte. Aber er verfiel deswegen nicht in Hochstimmung. Er blieb nach wie vor locker, aber ebenso konzentriert. Das war überlebenswichtig! Er linste um eine Ecke und zuckte noch rechtzeitig zurück, als der Schuss ertönte und einen nicht gerade kleinen Brocken aus der Mauerecke fetzte. Er ging in die Knie, wirbelte herum und gab zwei Schüsse auf seinen Gegner ab.

Leonid ärgerte sich, den Neuankömmling verfehlt zu haben. Das war sehr unschön! Und dann ballerte der auch noch zurück! Die Schnelligkeit des anderen zeigte ihm, dass er es mit einem Profi zu tun hatte. Das war gefährlich, aber auch höchst interessant. Der würde nicht einfach verschwinden, wie das Mädchen vorhin, nein, der würde das

Gefecht suchen. Und es war nicht vorherzusehen, wer als Sieger daraus hervorgehen würde.

Jochen hatte den Schützen nur einen winzigen Augenblick gesehen, aber er registrierte sofort, dass er es mit einem gefährlichen Mann zu tun hatte. Eine männliche Leiche mit einem Einschussloch in der Brust lag direkt hinter der Mauerecke am Boden. Er könnte einfach weiter gehen und sich andere Gegner suchen oder hier die endgültige Entscheidung herbeiführen. Er entschied sich für Letzteres …

Yuki legte eine Rast ein. Sie rutschte an der Wand herunter und schnaufte durch. Sie hatte großes Glück gehabt, denn wäre der Mann nicht vor ihr um die Ecke gebogen, dann wäre sie an seiner Stelle gewesen und läge jetzt tot im Gang des Snipers. Sie merkte, dass sie durstig war. Sie vernahm Schüsse. Wann würde sie endlich ein Leben auslöschen können?

Jochen wechselte die Waffen. Er hielt nun die erbeutete Pistole in der Hand. Wieder wirbelte er um die Wand herum und schoss zweimal. Gleichzeitig wurde das Feuer erwidert. Er bekam einen Schlag gegen die linke Schulter und brachte sich in Sicherheit. Er war getroffen worden! Blut lief an seinem Arm hinunter und tropfte auf die Erde. Glücklicherweise war er Rechtshänder. Es wurde langsam interessant …

Leonid hatte gewusst, dass der Typ nicht fliehen würde. Die beiden Schüsse waren gar nicht so schlecht gewesen. Der eine zischte haarscharf über ihn hinweg in die Wand und der zweite prallte von seinem Dreibein ab, welches dadurch instabil geworden war. Es war hinüber. Ab jetzt musste er sein Gewehr in den Händen halten. Er wünschte, er hätte einen Schokoriegel dabei …

Jochen legte sich auf den Boden und wollte sich in dieser Position um die Ecke rollen, um den anderen zu erschießen. Er ignorierte seine schmerzende Wunde, drehte sich um die eigene Achse und verfeuerte die drei letzten Kugeln aus der Pistole.

Leonid kniete mit dem Gewehr im Anschlag an die Rückwand gelehnt und wartete darauf, dass sich der Angreifer noch einmal zeigte. Er hatte nicht damit gerechnet, dass er sich in den Gang *rollte*!

Das hatte Leonid irritiert und er fing sich eine Kugel im Bauch ein, bevor er selbst einen Schuss abgeben konnte. Er wusste, was das für ihn bedeutete. Da es keine ärztliche Hilfe gab, würde er sterben. Daran führte kein Weg vorbei. Aber er wollte aufrecht und mit der Waffe in der Hand sterben, wie früher die Wikinger! Er rappelte sich auf und wankte mit seinem Gewehr zu der Mauerecke.

Jochen Kawe nahm nun wieder seine eigene Walther-Pistole. Er wollte diesen Typ unbedingt ausschalten. Dieses Mal würde er sich normal herumschwingen und schießen. Innerlich zählte er bis drei, dann trat er in Aktion …

Plötzlich standen sich die beiden Auge in Auge gegenüber, womit keiner von ihnen gerechnet hatte. Leonid wollte seine Waffe auf den Angreifer einpendeln, aber sein Blick trübte sich. Jochen zögerte keine Sekunde. Er feuerte zwei Kugeln in den Leib des Verwundeten und sah, wie er zusammenbrach. Er hatte es tatsächlich geschafft, den Sniper zu eliminieren. Er hatte noch eine Patrone im Magazin. Die andere Waffe war leer geschossen. Aber dafür hatte er jetzt ein Hochpräzisionsgewehr …

Susanne Wollert ging zwischen den begrünten Wänden zur nächsten Abzweigung. Links oder rechts? Sie bog nach rechts ab. Niemand war zu sehen. Schritt für Schritt ging sie vorwärts, bis sie das Ende des Korridors erreichte und feststellte, dass sie in einer Sackgasse steckte. Sie drehte sich um und lief drei Schritte, als sie am Eingang eine Asiatin sah …

Yuki Takamoto stand am Ende der Sackgasse und wartete auf ihr Opfer. Sie lächelte und freute sich auf die Auseinandersetzung mit der Frau mit der Kleopatra-Frisur. Allerdings nahm sie auch wahr, dass die mit einer seltsam aussehenden Schusswaffe ausgestattet war. Die Waffe wirkte klobig und unförmig. Aber die Frau schien mit ihr umgehen zu können, sonst hätte sie sich nicht für sie entschieden. Yuki ging langsam auf sie zu. Sie erinnerte sich, so eine Pistole schon einmal gesehen zu haben. Solche Waffen konnten immer nur einen einzigen Schuss abfeuern und mussten danach jedes Mal neu geladen werden. Das musste sie ausnutzen …

Susanne war stehen geblieben. Misstrauisch sah sie ihrer Opponentin entgegen. Sie hielt ein Hackmesser in der Hand und schien entschlossen zu sein, es einzusetzen. Susanne stoppte und hob den Arm mit dem Einschüsser.

Auch Yuki war stehen geblieben. Warum schoss ihre Gegnerin nicht? Egal, es würde so oder so eine Tote geben.

Susanne zögerte, zu schießen. Sie wusste selbst nicht, warum. Die Asiatin war noch ein Mädchen. Zwar kein Kind mehr, aber sie war definitiv zu jung, um einfach zu sterben.

Ihre Hand mit der Waffe zitterte. Sie senkte sie ein Stück. Plötzlich stürmte das asiatische Mädchen mit einem Kampfschrei auf sie zu, das Hackmesser zum Schlag erhoben!

Yuki wollte die Entscheidung erzwingen. Sie rannte los, weil sie die andere dazu verleiten wollte, überhastet zu reagieren. Auch der ausgestoßene Schrei sollte Verwirrung stiften.

Susanne riss die Pistole hoch und drückte ab. Yuki hatte sich genau im richtigen Moment auf den sandigen Boden geworfen, als der Schuss erklang. Die Kugel flog über sie hinweg. Sie wurde nicht einmal gestreift. Yukis Taktik war aufgegangen. Jetzt musste alles schnell gehen. Sie rappelte sich auf und rannte in vollem Tempo los …

Susanne ärgerte sich, dass sie sich von dem Gör hatte irritieren lassen. Sie sah, dass Yuki auf sie zu gestürmt kam. Susanne drehte sich um und rannte zur hinteren Wand zurück. Dabei versuchte sie, ihre Waffe zu laden.

Yuki registrierte das ebenfalls, holte aus und schleuderte das Hackmesser auf ihre Gegnerin. Treffer! Die Klinge drang in die Schulter der Schützin ein und brachte sie zu Fall.

So wie es sich anfühlte, war Susannes Schulterblatt zertrümmert. Sie wälzte sich mit schmerzverzerrtem Gesicht am Boden hin und her. Als sie sich aufstützen wollte, gab ihr Arm augenblicklich unter ihr nach. Sie drückte resignierend die Stirn in den Sand. Dann besann sie sich und brachte sich unter größter Anstrengung in eine sitzende Position.

Yuki stand bereits neben ihr und sah auf sie herab. Dann zog sie langsam den Reißverschluss ihres Overalls herunter und griff nach dem kleinen Brustdolch. Sie kniete sich neben ihr Opfer und rammte die Klinge seitlich in Susannes Hals. Eine Blutfontäne spritzte daraus hervor und Yuki hielt ihren weit geöffneten Mund in den Strahl.

Das Blut war köstlich, wie es warm ihre Kehle hinunter bis in den Magen rann! Nach mehreren Schlucken sah sie der Toten lächelnd ins Gesicht. Sie nahm sich deren Einschüsser sowie die restlichen drei Patronen und stand wieder auf. Jetzt hatte sie auch noch eine Schusswaffe! Was sollte da noch schiefgehen?

Jochen Kawes verwundete Schulter pochte. Er versuchte, so gut es ging, nicht an die Verletzung zu denken. Aber das war nicht so einfach. Bevor er vorhin den Kampfplatz verließ, hatte er noch den Revolver des Toten an sich genommen. Es befanden sich noch alle fünf Patronen in der Trommel! Jetzt zwängte er sich in eine kleine Nische und rutschte an der Wand nach unten, um sich für einen Moment auszuruhen …

Piina bog in einen Korridor ein, in dem auf einmal Stufen nach unten führten. Sie ging in die Hocke und sondierte die Lage. Dann legte sie sich bäuchlings hin und robbte langsam auf die oberste Stufe zu. Vorsichtig hob sie den Kopf und spähte in die Dunkelheit. Sie konnte niemanden sehen, aber das bedeutete natürlich nicht, dass keiner da war und auf Opfer lauerte! Sie könnte selbstverständlich auch umkehren und einen anderen Weg nehmen, aber das wollte sie nicht. Irgendwann würde sie unweigerlich auf die letzte verbliebene Person treffen. Dann konnte sie jetzt auch die Treppe nach unten steigen …

Deborah hatte die junge Frau bemerkt. Sie war beeindruckt von der Umsichtigkeit des Mädchens. Sie hielt ihre Armbrust mit dem eingelegten Bolzen fest und wartete auf eine sichere Schussposition. Auch wenn sie nicht gesehen werden konnte, war ein gezielter Schuss aus dem Dunkel gar nicht so einfach zu bewerkstelligen. Sie atmete langsam ein und aus. Sie war bereit.

Jochen hatte nach der kurzen Verschnaufpause seinen Weg fortgesetzt. Er fragte sich, wie viele der Teilnehmer noch am Leben waren. Dann blieb er überrascht stehen. Er sah vor sich eine Treppe, die nach unten führte. Damit hatte er nicht gerechnet. Behutsam näherte er sich dem Rand. Er konnte jedoch nichts erkennen. Dieser Tunnel eignete sich natürlich hervorragend für einen Hinterhalt! Die Frage war nur, ob schon jemand da war oder ob er selber derjenige sein würde, der anderen dort unten auflauerte …

Piina hatte die Hälfte der Stufen bereits hinter sich gelassen, als sie ein Geräusch vernahm. Im nächsten Augenblick zuckte sie zusammen und schrie auf. Etwas hatte sie an der Hüfte getroffen!

Sie wusste nicht, was es gewesen war, aber definitiv kein Schuss. Selbst einen schallgedämpften Schuss hätte sie erkannt. Vielleicht ein Pfeil? Das wäre möglich. Sie spürte, wie Blut an ihrer Seite hinab rann. Egal, Piina rannte die restlichen Stufen nach unten.

Deborah hatte sie doch tatsächlich verfehlt. Sie wollte auf der Stelle nachladen, da rutschte ihr der Beutel mit den Bolzen aus der Hand! Sie fluchte innerlich. In der herrschenden

Finsternis fand sie ihn nicht so schnell wieder. Zudem kam ihre Gegnerin auf sie zu.

Piina hielt beide Sai in den Händen und sprang die Frau an. Beide gingen zu Boden und rollten sich herum. Piina erkannte eine Armbrust und wusste nun, womit sie verletzt wurde. Dafür würde sie die andere leiden lassen!

Jochen hatte das alles mitbekommen. Die beiden kämpften auf der anderen Seite gegeneinander! Das hieß, dass er sich ihnen in aller Ruhe nähern konnte, ohne bemerkt zu werden. Selbst wenn er Geräusche verursachen würde, wäre es egal, denn die beiden Frauen waren selbst nicht gerade leise.

Jochen Kawe umrundete die Tunnelecke und hockte sich hin. So konnte er die Umrisse der beiden Kämpfenden erkennen. Er richtete das Gewehr, das einst dem Heckenschützen gehört hatte, auf die beiden und betätigte den Abzug! Drei Kugeln hatten sich noch im Magazin befunden. Er hörte zwei Stimmen aufschreien. Er legte die leergeschossene Waffe auf den Boden und holte seine Pistole aus dem Overall. Dann wartete er, welche der beiden sich noch bewegen würde. Aber es rührte sich keine von ihnen. Sollte er wirklich zwei Fliegen mit einer Klappe erwischt haben? Zentimeterweise pirschte er näher heran. Er trat auf etwas Metallisches, bückte sich und fand einen kleinen Dreizack! Den musste eine der beiden verloren haben. Jochen war in höchstem Maße angespannt. Jeden Moment könnte er attackiert werden. Er stieß mit dem Fuß gegen einen Körper.

Nichts passierte. Er wollte auf Nummer sicher gehen und stach mit dem Sai zu.

Kein Schmerzensschrei erklang. Er betastete den Körper und stellte fest, dass die Frau eine Armbrust umklammert hielt. Interessant! Er schlich zur zweiten und rammte auch ihr den Sai in den Leib. Wieder erfolgte keine Reaktion. Er hatte es wirklich geschafft, in fast völliger Dunkelheit, beide Feindinnen zu töten! Das war eine grandiose Leistung!

Yuki hatte die Schüsse vernommen, konnte aber nicht eruieren, woher sie kamen. Es gab also immer noch mehrere Gegner. Sie selbst war die Ruhe in Person. Immerhin hatte sie nun, abgesehen von dem Hackmesser und ihrem Brustdolch, auch noch den Einschüsser mit drei Patronen. Sie war quasi unbesiegbar!

Jochen hatte Inventur gemacht, was seine Bewaffnung betraf. Das Scharfschützengewehr war ohne Munition nutzlos geworden, und in seiner eigenen Pistole befand sich lediglich noch eine Kugel. Der erbeutete Trommelrevolver dagegen war noch unbenutzt. Zusätzlich hatte er noch die zwei Sai, die hinten in seinem Gürtel steckten. Er hatte zwar noch nie mit diesen Waffen gekämpft, aber er wollte sie auch nicht einfach zurücklassen. Und dann war da noch die Armbrust mit insgesamt vier Bolzen! Möglich, dass im Tunnel noch mehr gelegen haben, aber er wollte nicht zu viel Zeit mit der Suche vergeuden. Er beschloss, erst einmal hier unten zu bleiben. Es war ein perfekter Ort!

Die Zeit verging, nichts passierte. Yuki fragte sich, ob sie informiert werden würde, falls sie die einzige noch lebende Person wäre. Sie wusste, wie alle anderen *Mitspieler* auch, dass Zuschauer in Massen zu Hause an den Bildschirmen live dabei waren und dass Wetten in Millionenhöhe darauf abgeschlossen wurden, wer am Schluss übrigblieb. Sie hatte aber keine Ahnung, was danach geschah. Kam die Siegerin – Yuki ging davon aus, zu gewinnen! – zurück in den Todestrakt des Gefängnisses oder wurde sie freigelassen? Sie wusste es nicht. Sie lief weiter den Weg entlang und sah eine Leiche am Boden liegen! Sie ging darauf zu …

Jochen merkte, wie sich nach und nach Müdigkeit in ihm ausbreitete. Seine Schulter schmerzte und sein Magen knurrte. Er durfte auf gar keinen Fall einschlafen! Er stand auf und lief herum. Doch das half auch nicht viel. Er trat auf etwas Festes. Als er in die Hocke ging und den Boden abtastete, fand er einen weiteren Armbrustbolzen. Damit hatte er nun fünf davon.

Trotzdem sollte sich bald etwas ereignen. Allzu viele Mitstreiter dürften eigentlich nicht übrig sein, den Schüssen nach zu urteilen. Schon seit einer ganzen Weile herrschte Stille. Er holte tief Luft. Sollte er sich doch wieder ins Labyrinth begeben?

Yuki hatte die Tote umgedreht. Es war eine Blondine, deren halber Kopf weggeschossen worden war und nun zum Teil an der begrünten Mauer klebte. Sie durchsuchte die Leiche, fand jedoch nichts, das sich lohnte, mitzunehmen. Dass jemand Waffen liegen lassen würde, damit hatte sie ohnehin nicht gerechnet. Die Asiatin öffnete den Reißverschluss und zog den Overall der Toten bis zu den Knöcheln herunter. Sie musste eine attraktive Frau gewesen sein, als ihr Kopf noch intakt war. Yuki dachte kurz nach. Dann setzte sie sich neben die Erschossene und biss in deren Oberschenkel. Sie musste endlich etwas in den Magen bekommen.

Jochen hatte sich dazu entschlossen, den Tunnel zu verlassen. Er durfte nicht träge werden. Jedes zu langsame Blinzeln konnte sein Leben kosten! Er kam an eine Kreuzung, wo es gleich drei Abzweigungen gab. Spontan wandte er sich nach links. Der Weg war recht kurz, wies aber an seinem Ende eine Kurve auf. Er folgte dem Gang. Die zwei Sai hinten in seinem Gürtel, die Schusswaffen vorne. Die Armbrust mit dem eingelegten Bolzen hielt er in seiner rechten Hand. Der Gang mündete in einer Rundung. Es dauerte ziemlich lange, bis es eine seitliche Öffnung gab. Er ging hinein und sah einen unvollendeten Gang.

Ungefähr drei Meter vor ihm endete der Weg. Zumindest größtenteils. Er trat näher. Vor ihm tat sich eine Grube auf. Sie war zirka vier Meter tief und der Boden war, genau wie hier oben, mit Erde bedeckt. Eine Falle oder dergleichen konnte er nicht ausmachen. An der rechten Seite gab es einen höchstens zehn Zentimeter schmalen Sims, der zur anderen Seite des Gangs führte. Der Abstand betrug vielleicht sechs Meter. Das gefiel ihm überhaupt nicht. Sobald er den Sims betrat, wäre er so gut wie wehrlos! Dann könnte ein potenzieller Gegner ihn einfach so abschießen. Aber er hatte auch keine Lust, wieder umzukehren.

Nachdem Yuki gesättigt war, hatte sie ihren Weg fortgesetzt. Sie würde gerne die Uhrzeit wissen. In diesen Irrgarten drang kein Tageslicht. Es waren mit Sicherheit schon etliche Stunden vergangen, seit sie hier angekommen waren. Sie setzte den Weg fort. Nachdem sie noch zweimal abgebogen war, stand sie vor einer nach unten führenden Treppe. Erstaunt blieb sie stehen und versuchte dort unten etwas zu erkennen, aber dafür war es zu dunkel. Ohne auf Deckung zu achten, trat sie an den Rand. Sie glaubte, ein paar Füße zu sehen! Sie streckte die unförmige Pistole vor und lief eine Stufe nach der anderen hinab, bis sie unten angelangt war.

Weder eine Bewegung noch ein Geräusch war zu vernehmen. Es schien sich keiner hier aufzuhalten. Sie ging weiter, bis sie bei einer Toten angelangt war. Nein, es waren sogar zwei! Beide waren erschossen worden, das sah Yuki sofort. War der Killer noch am Leben, vielleicht sogar in der Nähe? Sie grinste. Es schien ja doch noch mal spannend zu werden …

Jochen Kawe hatte den Sims betreten. Mit dem Gesicht zur Wand schob er sich zentimeterweise vorwärts. Nur mit den Ballen befand er sich auf dem Vorsprung, die Fersen schwebten über dem Abgrund! Die Armbrust hielt er in seiner rechten Hand, um seine linke Schulter nicht noch zusätzlich zu belasten. Er war schon ziemlich außer Puste, dabei hatte er erst etwas mehr als die Hälfte hinter sich gebracht. Hoffentlich bekam er keinen Schwächeanfall! Er hatte kaum Bewegungsfreiheit. Direkt vor seinem Gesicht befand sich die Mauer, beugte er sich zurück, stürzte er unweigerlich in die Tiefe. Doch daran wollte er nicht denken. Er würde die andere Seite unversehrt erreichen. Er war schon immer zäh gewesen, in jeder Beziehung. Ihn konnte so leicht nichts aus der Ruhe bringen.

Noch anderthalb Meter, dann hatte er es geschafft …

Yuki war die Treppe auf der anderen Seite wieder nach oben gestiegen und erstmal geradeaus gelaufen. Es gab fast keine Nebenwege, also blieb sie im Hauptgang. Plötzlich wurde der Weg rund. Sie wunderte sich zwar, lief aber weiter. Die Rundung schien kein Ende zu nehmen. Doch irgendwann zweigte ein Gang ab. Endlich! Sie lief nur wenige Schritte, dann hielt sie abrupt an.

Sie entdeckte eine Grube und auf der anderen Seite einen Mann mit einer Armbrust. Wo kam der denn her? Yuki ging noch ein kleines Stück, da sah sie den Sims, am Rand der Grube.

Der Kerl musste tatsächlich diesen schmalen Mauervorsprung benutzt haben. Sie nickte anerkennend. Das hätten sich nicht viele Leute getraut! Aber egal, er war ein Feind und musste sterben! Sie hob den Einschüsser und legte seelenruhig auf ihn an …

Jochen hatte es geschafft! Kurz vor dem Ende wurde er zwar von einem Wadenkrampf erwischt, aber er sprang die letzten Zentimeter und erreichte den festen Boden hinter der Grube. Er dehnte das betroffene Bein und der Krampf ließ nach. Dann erhob er sich und humpelte weiter. Er war ziemlich fertig. So langsam griff sein Körper auf seine Reserven zurück. Vor ihm befand sich eine Abzweigung nach rechts. Er lief darauf zu, stolperte über seine eigenen Füße und fiel hin.

Im selben Moment hörte er einen lauten Schuss und über ihm wurde ein großes Stück Mauerwerk herausgefetzt! Er robbte den Rest der Strecke und verschwand dann um die Ecke!

So ein Mist! Yuki drückte ab und zeitgleich stolperte der Typ, landete am Boden und brachte sich auch noch in Sicherheit! Sie ärgerte sich maßlos darüber. Falls der Kerl der letzte Gegner war, hatte seine Ungeschicktheit sie den Sieg gekostet! Sie lud nach und zog sich ihrerseits in den Gang zurück, aus dem sie gekommen war …

Jochen konnte sein Glück kaum fassen! Seine Schwäche hatte ihn gerettet. Zumindest vorerst. Er wusste nicht, wer auf ihn geschossen hatte, aber es war eine hinterhältige Attacke gewesen! Wenn er noch auf dem Mauersims gestanden hätte, wäre er jetzt tot.

Vorsichtig spähte er um die Ecke herum. Nichts zu sehen. Er bemerkte, dass ein großer Brocken aus dem Gestein weggeschossen worden war. Das musste ein riesiges Kaliber sein. Ein direkter Treffer könnte einen Menschen bestimmt fast in zwei Teile reißen! Wie sollte es nun weitergehen? Die Grube bildete ein unüberwindliches Hindernis. Für beide Gegner …

Yuki schaute ebenfalls um die Kante herum und sah gerade noch, wie der Mann seinen Kopf zurückzog. Hier konnte ihr erst einmal nichts passieren. Keiner von beiden würde den Weg über die Grube nehmen! Das Beste war, mit der Waffe auf die Mauerecke zu zielen, hinter der er sich verschanzt hatte, und abzuwarten. Sobald er sich blicken ließ, würde sie abdrücken und ihn bestenfalls töten. Ja, die Idee war gut …

Jochen befand sich in einer ähnlichen Lage wie vor einigen Stunden mit dem Scharfschützen. Er könnte sich entfernen, aber das wäre äußerst unbefriedigend. Immerhin bestand durchaus die Möglichkeit, dass der Schütze der letzte Teilnehmer war. Außer ihm selbst natürlich.

Nein, er musste die Entscheidung hier herbeiführen, aber wie? Er griff sich die Armbrust und legte sich auf die Erde. Dann kroch er vorwärts und äugte, nur wenige Millimeter über dem Boden, um die Ecke. Es war niemand da. Er nahm die Armbrust und legte an. Das war keine angenehme Haltung für seine malträtierte Schulter, aber hier ging es um Leben und Tod, da konnte er darauf keine Rücksicht nehmen. Nun hieß es, zu warten, bis sich jemand zeigte und ihn dann auszuschalten.

Yuki atmete mehrmals langsam ein und aus. Dann drehte sie sich um die Ecke und sah ihn. Im selben Augenblick traf etwas ihr Ohr und sie zuckte zurück. Schmerz erfasste sie und sie blutete! Als sie nach ihrem Ohr fühlte, war es nicht mehr vollständig. Die obere Hälfte war weg. Der Kerl hatte sie verstümmelt! Sie sah sich um und fand das fehlende Teil. Es war von einem Bolzen aufgespießt worden, der immer noch darin steckte. Yuki war verwundert darüber, dass der Kerl keine Schusswaffe besaß. Sie hatte vermutet, dass Männer sich stets dafür entschieden, aber offenbar war er nicht wie andere. Sie überlegte.

374

Er hatte bestimmt schon Auseinandersetzungen mit anderen Teilnehmern gehabt. Er war verletzt und demzufolge konnte sie davon ausgehen, dass er noch mindestens einen weiteren Bolzen abgeschossen hatte. Vielleicht sogar noch mehr. Es bestand sogar die Möglichkeit, dass er keinen mehr übrighatte. Aber das waren lediglich Spekulationen. Sie würde jedenfalls noch mal die gleiche Taktik anwenden wie eben.

Auch Jochen wartete wieder mit angelegter Armbrust darauf, dass sich sein Gegner zeigte. Er war sich nicht ganz sicher, aber es hatte so ausgesehen, als ob er einen Treffer gelandet hatte. Außerdem glaubte er, eine asiatische Frau erkannt zu haben. Aber beschwören konnte er das nicht, weil er sie nur für einen Sekundenbruchteil wahrgenommen hatte. Er wollte eine ähnliche Taktik anwenden wie gerade eben. Nur mit einer, möglicherweise entscheidenden Variation. Vielleicht rechnete sie nicht damit und er würde einen Volltreffer landen. Mal sehen …

Yuki und Jochen drehten sich um die jeweilige Mauerecke herum. Beide feuerten zeitgleich. Jochen schrie auf und kippte hinter die Wand zurück.

Yuki hatte den Schrei des Kerls registriert und gesehen, wie er umfiel. Leider hinter die Wand. Es konnte eventuell eine Falle sein. Sie konnte aber die vordere Hälfte seiner Armbrust am Boden liegen sehen. Das sah vielversprechend aus, hatte aber, bei genauerer Betrachtung, nicht unbedingt etwas zu bedeuten. Sie lud den Einschüsser nach und ging in Richtung Grube …

Jochen Kawe wünschte sich einen kleinen Taschenspiegel. Dann hätte er um die Ecke schauen können. Bisher hatte alles so funktioniert wie erhofft. Als die Frau abgedrückte, hatte er sich mit einem Aufschrei hinter die Mauerecke fallen lassen. Die Armbrust hatte er absichtlich so fallen lassen, dass die Frau sie sehen musste. Mit Sicherheit würde sie nun längere Zeit warten, ob sich etwas tat. Dann musste sie auf jeden Fall eine Entscheidung treffen. Er hoffte, sie würde zu ihm herüberkommen …

Yuki blickte konzentriert zur Nische auf der anderen Seite der Grube. Es tat sich absolut gar nichts. Hatte sie ihn vielleicht doch getroffen, möglicherweise sogar tödlich? Es gab nur eine Möglichkeit, das herauszufinden. Vorher wollte sie aber noch einen wichtigen Schritt vollziehen. Sie zielte mit der klobigen Pistole auf die Armbrust und drückte den Abzug. Das Projektil zerschmetterte die Waffe, Splitter flogen überall umher. Sollte der Typ vorgehabt haben, die Waffe urplötzlich an sich zu ziehen, um sie damit auszuschalten, hatte er sich verrechnet! Nur hatte Yuki nun keine Munition mehr für den Einschüsser. Sie warf ihn in die Grube, aber sie hatte noch Alternativen …

Jochen erschrak, als der Schuss losdonnerte. Seine Armbrust wurde zerstört und verteilte sich um ihn herum. Das war das Opfer, das er bringen musste, um seinen Plan durchführen zu können.

Ohne Hast zog er einen seiner Schuhe aus. Jetzt hieß es, wieder einmal warten …

Anders als Jochen Kawe schob sich Yuki mit dem Rücken zur Wand über den Sims. Die Hand mit der Pistole immer auf die Ecke gerichtet. Insgeheim rechnete sie fast damit, dass er noch lebte. Es würde zu ihm passen. Dann hatte sie die Grube überwunden. Sie atmete auf und trat auf einen Splitter der zerstörten Armbrust. Ein Knacken war zu hören, sie hielt an. Wartete …

Jochen hatte das Geräusch natürlich vernommen. Er lächelte, jetzt war es so weit. Er stieß einen Schrei aus und schleuderte den Schuh um die Mauerecke in Richtung seiner Gegnerin in der Hoffnung, dass sie entsprechend reagierte. Und das tat sie!

Yuki hörte den Schrei und sah, wie etwas auf sie zu flog. Reflexartig sprang sie zur Seite. Im nächsten Augenblick kam der Mann auf sie zu.

Er wankte und wirkte schwach. Seine rechte Seite war blutgetränkt. Er hielt einen Sai in der Hand, den er jedoch zur Seite warf und noch einen zweiten hinterher! Dann kniete er sich breitbeinig auf den Boden und hob die Hände! Er schwankte. Yuki verstand nicht, was das zu bedeuten hatte.

Noch eine Falle? Aber wie sah die aus? Sie musste auf der Hut bleiben! Sie zog ihr Hackmesser und schlug mit dessen Rückseite in ihre offene Handfläche. Sie legte den Kopf schief und betrachtete den Mann. Dann schüttelte sie den Kopf. Von dem ging bestimmt keine Gefahr mehr aus.

Jochen kniete auf dem sandigen Untergrund und sah die junge Frau nun zum ersten Mal aus der Nähe. Sie war bestimmt noch nicht volljährig, vielleicht sechzehn alt und durchaus hübsch. Aber sie war auch extrem gefährlich. Darum würde er mit aller Härte gegen sie vorgehen. Er sah, wie sie lächelnd auf ihn zukam. Dabei spielte sie mit ihrem Messer. Etwa zwei Meter vor ihm blieb sie stehen.

Yuki schätzte den Mann auf Ende dreißig oder Anfang vierzig. Er erweckte den Eindruck, jeden Moment zusammenzubrechen. Selbst die erhobenen Hände schienen ihn anzustrengen, weshalb sie immer weiter absackten. Doch plötzlich war er nicht mehr langsam! Seine rechte Hand verschwand hinter dem Rücken und kam mit einem Revolver wieder zum Vorschein!

Diesmal lächelte *er* und schoss ohne Vorwarnung ...

Schnelligkeit war es, worauf es ankam. Jochen riss sich zusammen, zog die Waffe aus seinem Gürtel und leerte die gesamte Trommel! Die Asiatin zuckte bei jedem Einschlag. Insgesamt wurde sie viermal getroffen. Nur eine Kugel verfehlte ihr Ziel. Wie ein großes X, mit ausgestreckten Armen und Beinen, lag sie da. Tot! Auch Jochen ließ sich auf den Rücken fallen. Er war fix und fertig! Noch einen Kampf würde er kaum überstehen. Er war müde, hungrig und durstig und sein Körper bestand nur noch aus Schmerzen. Erschöpft schloss er die Augen ...

Er wusste nicht, wie lange er so dagelegen hatte, aber als er die Lider wieder anhob, standen ihm mehrere Uniformierte mit Schnellfeuergewehren gegenüber. Das waren Soldaten der Regierung, wie er sofort erkannte. Das hieß, dass er, Jochen Kawe, der Gewinner war!

Er lächelte zufrieden. Er ahnte, dass sie ihn beseitigen würden. Bald würde eine neue Mannschaft ins Labyrinth geschickt werden, um sich gegenseitig umzubringen. An Nachschub gab es keinen Mangel. Mörder, Räuber und Vergewaltiger gab es millionenfach. Somit konnte die Show noch viele Jahre weitergehen. Die Zuschauer an den

Bildschirmen fieberten mit ihren Favoriten mit, schließlich wollten sie viel Geld gewinnen. So war das Leben eben …

Er blinzelte, blickte zu seinen Henkern empor und nickte ihnen zu.

Dann eröffneten die Uniformierten das Feuer! Jochen Kawe starb als Sieger …

ENDE

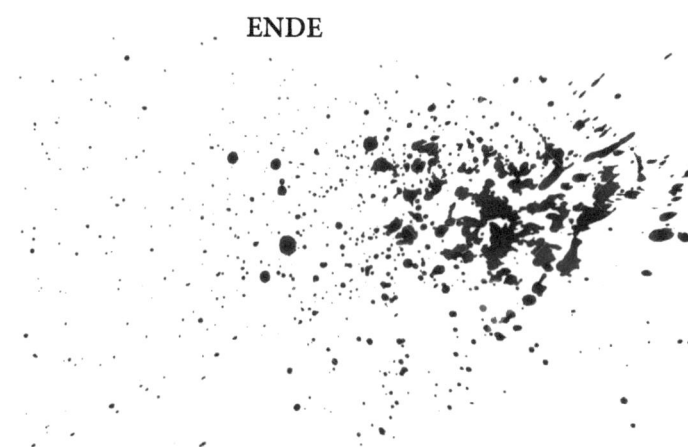

Danksagung

Ich danke meiner Lektorin, F. Junghans, von Ka und Jott GbR, für ihre Kompetenz und Unterstützung. *(Großartige Arbeit!)*

S. & A. Boß und D. Bieß für den Beistand in „besonderen" Lebenslagen …

Schwiegerpapa Lothar für den PC und die Beantwortung der medizinischen Fragen.

Ein großes Dankeschön geht an meine Frau Maria, die stets als meine Erstleserin und Kritikerin fungiert und viele nützliche Vorschläge mit einbringt. Vielen Dank für Deine Unterstützung, Deine Geduld und Liebe …
Du bist und bleibst mein *Goldschatz*! ILD (Wo wäre ich ohne Dich …?)